ars vivendi ®

MARTIN VON ARNDT

WIE WIR TÖTEN, WIE WIR STERBEN

POLITTHRILLER

ars vivendi

Originalausgabe

1. Auflage November 2021
© 2021 by ars vivendi verlag
GmbH & Co. KG, Cadolzburg
Alle Rechte vorbehalten
www.arsvivendi.com
Satz: ars vivendi
Druck: Gugler GmbH, Österreich
Printed in Austria

ISBN 978-3-7472-0329-3

WIE WIR TÖTEN, WIE WIR STERBEN

ERSTER TEIL

WIE WIR TÖTEN

»Wir wollen, dass die Algerier freier, brüderlicher,
gleicher werden – kurz: französischer.«
Max Lejeune, sozialistischer Verteidigungsminister Frankreichs, 1956

1

Spätherbst 1961

Im Alter von sechs Jahren zwang ihn sein Vater dazu, Bleiche zu trinken. Nicht so viel, dass er sich die Speiseröhre dauerhaft verätzt hätte – gerade genug, dass er zwei Tage lang Bauchkrämpfe hatte und sich so oft übergab, bis er Sternchen sah, sogar als er aufgehört hatte, sich zu übergeben.

Vielleicht hatte ihn sein Vater davon abhalten wollen, zum Säufer zu werden wie alle anderen Männer in der Familie. Oder er wollte, dass seine Kinder niemandem blindes Vertrauen entgegenbrachten, nicht mal dem eigenen Vater. Oder, und das war am wahrscheinlichsten, er hatte rein gar nichts damit bezweckt, weil der Vater ständig Blödsinn mit seinen Jungs trieb, wenn die Mutter kein Auge auf sie hatte.

Jetzt fühlte sich seine Magengrube wieder so an, als hätte man ihm Bleiche eingeflößt. Die Attacke war unerwartet, der Schlag hatte ihn mit einer Geschwindigkeit und Härte getroffen, wie er sie nie zuvor erlebt hatte. Es war, als würde ihm der Boden unter den Füßen weggerissen, alles Blut schien sich aus seinen Beinen zurückzuziehen. Er krümmte sich, würgte, taumelte rückwärts. Er sah, wie der Angreifer abermals auf ihn zustürmte, er musste zwei, drei Schritte zur Seite tun, sonst würde ihn der andere endgültig fertigmachen. Er wich im Krebsgang aus, ihm war unbeschreiblich schlecht, es hörte gar nicht mehr auf. Der Angreifer fokussierte ihn, Entschlossenheit in den Augen. Oder Blutgier.

Er atmete dreimal durch, so tief es ging. Seine Beine hatten die bleierne Schwere verloren, der andere würde es jetzt nicht mehr so leicht haben, ihn zu überrumpeln. Dann traf ihn ein Schlag auf das rechte Ohr. Es blitzte in ihm auf, als ob etwas in seinem Hirn geplatzt wäre, und er ging zu Boden. Schwärze breitete sich von der Brust bis zu den Haarspitzen über seinen Kopf, er hörte seinen eigenen rasselnden Atem, spürte das Herz bis in die Schläfen klopfen. Unter ihm war eine Lache aus Schweiß, die ihn am Boden festzukleben schien. Er hörte die Stimme seines Angreifers, aber er verstand die Worte nicht, sie kamen aus weiter Ferne, waren von einem überlauten Echo verzerrt oder langten rückwärts bei ihm an.

Dann merkte er, dass es nicht sein Angreifer war, der sprach.

»Drei – vier …«

Sein Kopf strebte nach oben, er machte den Nacken lang, aber seine Arme und Beine hatten vergessen, dass sie sich am Aufstehen beteiligen mussten, und er wusste ums Verrecken nicht, wie er ihnen klarmachen sollte –

»Fünf …« Er rollte sich auf die Seite, sein Oberkörper klebte nun nicht mehr am Boden und er konnte ihn aufrichten. »Sechs …«

Er stellte ein Bein auf, dann das andere, drückte sich mit aller Kraft in die Vertikale. Die Worte waren verstummt, dafür hörte er jetzt das Geschrei der Halle. Ein hundertstimmiger Chor begann etwas zu skandieren, das nach »Auf–die–Knie–auf–die–Knie« klang.

Er brachte die Fäuste mühsam vors Gesicht, sie hielten Schläge ab, die eher spielerisch kamen. Endlich ertönte der Gong.

Auf dem Weg in seine Ecke musste er sich mühevoll ausbalancieren, ließ sich auf das Polster fallen, spürte, wie ihm der Sekundant Blut aus dem Gesicht wischte und Wasser in den Mund spritzte. Er war unendlich dankbar für die Flüssigkeit, auch wenn er das meiste wieder ausspuckte.

In der kleinen Halle in Hamburg saßen die Zuschauer gedrängt. Es roch nach zu vielen erregten Menschen, zusammengepfercht auf zu engem Raum. Blaue Rauchfäden aus Zigaretten vermischten sich mit dem dicken grauen Qualm der Zigarren und zogen in Schwaden zum Ring hinauf. In den ersten drei Reihen Typen mit gemusterten Sakkos und bunten Hemden, die bis zum Bauchnabel aufgeknöpft waren. Alles Milieu, dachte er, Luden, die ihre Goldketten und Goldzähne spazieren führten. Dahinter erkannte er Kleinbürger in schäbigen blauen oder grauen Anzügen. Das zurückgekämmte Haar strotzte vor Brillantine, die das Deckenlicht reflektierte. Dazwischen junge Männer in Matrosenanzügen, die bei jedem Schwinger mitgingen und fast von den Stühlen fielen. Die meisten waren besoffen, sie gingen erst zu den Boxkämpfen und versumpften dann auf der Reeperbahn, bis ihr Landurlaub vorbei war.

Sein Sekundant musste etwas zu ihm gesagt haben, aber er hatte nicht darauf geachtet. Er stellte sich vor, er wäre jetzt da unten, inmitten dieser Männermeute, in einem Dunst aus Bier und Schweinebraten, aus Schweiß, Tabak und ungewaschenen Klamotten. Und er ließ den Gedanken an sich vorüberziehen, was all diese mittelalten Überlebenskünstler da unten vor zwanzig Jahren gemacht hatten – ob sie in Polen und Russland jüdische Frauen und Kinder in die von ihnen selbst ausgehobenen Gräben geschossen hatten. Es war nicht gut, darüber nachzudenken. Schluck deinen Stolz runter, er macht dich nicht satt, hatte sein Vater immer gesagt. Also schluckte Vanuzzi seinen Stolz runter und begann, sich in der für die Pause verbleibenden Zeit den bisherigen Kampf zu vergegenwärtigen.

Sein Gegner war ein verdammter Rechtsausleger. Vanuzzi hatte schnell begriffen, dass der gewohnt war, gegen Linksausleger gut auszusehen. Mit jeder im Uhrzeigersinn ausgeführten Bewegung drohte Vanuzzi, in die Schlaghand des Deutschen zu laufen. Mehrmals hatte der Southpaw ihm schon linke Haken verpasst, die gesessen, ihn aber nicht ausgeknockt hatten. Aber da Vanuzzis rechte Augenbraue aufgeplatzt und das Auge darunter angeschwollen war, hatte er Mühe, die Schlaghand des anderen rechtzeitig zu sehen. Vor einer Minute wäre das beinahe schiefgegangen.

Im Infight war Vanuzzi dem Deutschen überlegen, doch seine Uppercuts hatten bislang keinen Erfolg erzielt. Mittlerweile hielt ihn der Kerl auf größerer Distanz – Kunststück!, er war fast zehn Zentimeter größer als Vanuzzi, ein Hüne von zwei Metern Körperlänge.

Es war nicht sein erster Kampf in den letzten Monaten – aber der erste, dessen Ausgang tatsächlich offen war. Bei den anderen hatte ihm irgendeiner dieser schmierigen Typen wenige Stunden vorher gesagt: »Du gehst runter, Ami, aber nicht vor Runde vier, kapiert?«

8–9–2. Acht Siege, neun Niederlagen, zwei Unentschieden. Seine Bilanz musste ausgeglichen sein, sonst wäre mit den Wetten auf ihn kein Geld zu verdienen gewesen. Mit seinem italienisch klingenden Namen hätte er hier gar nicht erst aufzutauchen brauchen, also hatte er sich einen echten Ami-Namen verpasst: Ted Jackson. Das Publikum, das vermutlich aus Leuten bestand, die immer noch an die Überlegenheit der arischen Rasse glaubten, wollte sehen, wie sein teutonischer Held den verdammten Besatzer vermöbelte. Doch das passierte nur hin und wieder, wenn die mit der Brillantine im Haar ihre Wetten im Vorfeld entsprechend platziert hatten.

Beinahe fünfzig Minuten ging dieser Kampf bereits – lange genug für Vanuzzi, um den Southpaw zu studieren. Und als eine Handbewegung des Ringrichters die beiden Kontrahenten wieder in die Mitte rief, glaubte er, endlich die Lücke in der Verteidigung des Deutschen gefunden zu haben. Ödön, Vanuzzis Sekundant, klatschte ihm zweimal aufmunternd mit den Handflächen auf die Trapezmuskeln. Sofort begannen die Boxer, einander zu belauern, tauschten einige harmlose Jabs aus. Der Deutsche, der zuvor so siegessicher gewesen war, schien durch die Pause aus dem Rhythmus gekommen zu sein. Seine Schläge wurden langsamer, verrieten sich durch eine vorangehende Bewegung in der Schultermuskulatur.

Es war Zeit!

Zwei, drei weitere Jabs, dann setzte Vanuzzi einen Cross, der den Deutschen schwanken und direkt in seinen Powerpunch rennen ließ, einen rechten Haken. Sein Gegner ging auf die Bretter, der Ringrichter schickte Vanuzzi in die neutrale Ecke. Der Deutsche versuchte, sich wieder zu fangen, krabbelte im Kreis, während der Ringrichter zählte und das Publikum johlte, buhte und pfiff. Dann war es vorbei.

Vanuzzi spürte, wie eine Hand nach seinem verschwitzten rechten Arm griff, abglitt, noch einmal fester zugriff, um ihn in die Höhe zu befördern. Er stand da, den Arm gereckt, pumpte unentwegt und schaute mit so verengtem Blickwinkel Richtung Publikum, dass er den Ringrichter an seiner Seite kaum erkannte.

Vanuzzi drehte eine Ehrenrunde, trollte sich dann zu seinem Sekundanten. Die beiden verließen den Ring und strebten dem Umkleideraum zu. In weniger als fünf Minuten würde der nächste Kampf beginnen.

Die Umkleide der Boxhalle war eine ehemalige Waschküche. Sie roch nach Schimmel, der die Wände in abstrakten Mustern bedeckte, nach Chlor und Urin. Kaum einer der Boxer ging zum Pinkeln vor die Tür, sie benutzten einfach die beiden Waschbecken, in denen sich nachfolgende Kämpfer ihre Gesichter wuschen. Der Harngeruch ging nicht mehr weg, so viel Lauge sie auch in die Leitungen kippten.

Vanuzzi ließ sich auf eine wacklige Holzbank fallen, die unter seinem Gewicht ächzte. Sein getrübter Blick fiel auf die gegenüberliegende Wand, auf eine Ankündigung aus dem vergangenen Jahr. Eine englische Musikgruppe namens The Beatles trat allabendlich in einem Stripclub auf der Großen Freiheit auf. Es klang nicht nach Jazz, und so verlor Vanuzzi umgehend das Interesse.

Ödön zog ihm schweigend die Handschuhe ab und versorgte seine Wunden. Der junge Mann ließ sich immer wieder zu diesen Freundschaftsdiensten überreden. »Wer soll mich sonst nach den Kämpfen zurückbringen? Mit verklebten Augen kann ich nicht Auto fahren«, erklärte Vanuzzi jedes Mal, und Ödön gab jedes Mal nach, obwohl er das Boxen verachtete. Vanuzzi konnte es ihm nicht verdenken. Er selbst hatte für diese Gladiatorenkämpfe in der Hamburger und Kölner Unterwelt nichts übrig. Aber er brauchte das Geld. Es war zuletzt eine mehr oder weniger sichere Einkommensquelle gewesen. Die einzige.

Vanuzzi hustete, winzige Tröpfchen Blut landeten auf seinen nackten Oberschenkeln.

Dann ging die Tür auf, und ein Mann trat ein, den er hier noch nie gesehen hatte. Anfang vierzig, gelocktes hellbraunes Haar, Bartschatten, der Mund ein Strich.

»Zutritt nur für Boxer und Betreuer«, schnauzte Ödön.

Der Mann reagierte nicht, trat direkt vor Vanuzzi hin und sagte: »Wohin sind die Wildgänse gezogen?«

Vanuzzi betrachtete ihn skeptisch. Teures Jackett, bis obenhin geschlossenes Hemd und Krawatte – der gehörte eindeutig nicht zur Klientel hier. Außerdem stimmte etwas an seinem Deutsch nicht.

»Die Wildgänse sind nicht gezogen. Sie sind hier und dort und überall.«

»Eine Sekunde nach der Geburt, eine Sekunde vor dem Tod.«

Vanuzzi nickte, schickte Ödön mit einem Blick aus dem Raum und warf sich ein Unterhemd über. Er hasste es, mit bloßem Oberkörper Verhandlungen führen zu müssen.

Der Mann zog eine Packung filterlose Gauloises Caporal und hielt Vanuzzi eine hin.

»Lungentorpedo. Aber Sie können das ab.«

Er gab Vanuzzi Feuer, steckte sich selbst eine Zigarette an und nahm einen tiefen Zug.

»Also?«, fragte Vanuzzi.

»Nennen Sie mich Sélestat.«

»Nennen Sie mich Jackson.«

Sélestat lachte.

»Sie glauben, dass ich das mit den beschissenen Wildgänsen weiß und dann nicht mal Ihren wirklichen Namen kenne, Vanuzzi?«

Sie maßen einander.

»Gruß von Monty. Aber das dürfte klar sein, oder?«

»Was haben Sie für mich, Sélestat?«

»Sie sind ein Kämpfer, Vanuzzi. Aber sind Sie auch ein Jäger?«

»Kommt auf das Wild an.«

»Zwei kriminelle Elemente, die großen Schaden angerichtet haben und noch größeren Schaden anrichten werden, wenn man sie lässt. Es wäre gut, wenn jemand sie für uns findet und stellt. Nicht, weil wir es selbst nicht könnten … aber es gäbe – gewisse Verwicklungen, wenn wir es tun, und die müssen wir vermeiden.«

»Wer ist ›wir‹?«

»Erst die Antwort, dann die Details.«

»Antwort gibt's erst, wenn ich weiß, für wen ich arbeite.«

»Sie können hier«, Sélestat führte die Arme weit auseinander und beschrieb einen Kreis, »als mittelmäßiger Boxer weitertingeln oder für uns arbeiten. Ihre Entscheidung.«

Vanuzzi fixierte den anderen.

»Wir zahlen allerdings besser als die hier.«

Sélestat hatte das starke französische Kraut hastig aufgeraucht und schnipste den Zigarettenstummel in ein Waschbecken.

»Natürlich müssen Sie sich erst einmal bei Ihrem Case Officer rückversichern, ob alles seine Richtigkeit hat. Ich bitte sogar darum, Vanuzzi.«

»Wie kann ich Sie kontaktieren?«

»Gar nicht. Wir treffen uns übermorgen, wenn Sie wieder bei Kräften sind. Dreiundzwanzig Uhr. Merken Sie sich den Ort, der in diesem Brief steht. Da finden Sie auch die Summe, die wir für Sie springen lassen. Ich bin überzeugt, dass dies Ihre Entscheidung beschleunigt.«

Er drückte Vanuzzi einen Umschlag in die Hand und wandte sich zum Gehen. Dann drehte er sich noch einmal um und sagte: »Übrigens: Sie sollten mehr auf Ihre Deckung achten. Ist Ihre große Schwäche, Vanuzzi!«

Er sah, wie der andere aus der Tür verschwand. Dann fanden seine Augen wieder das Plakat aus dem letzten Jahr. The Beatles. Was für ein dämlicher Name! Damit würden es die Jungs nie zu etwas bringen.

2

Der bestirnte Himmel über ihm und das Gaspedal unter ihm. Sein Taunus 15M hatte zigtausend Kilometer auf dem Tacho und so einiges mitgemacht, dennoch lief der Motor, ohne zu mucken. Als er ihn gekauft hatte, hatte Ödön ihn ausgelacht, ob's nicht vielleicht etwas sportlicher gehe. Vanuzzi hatte abgewinkt. Einen Sportwagen musste man sich leisten können, außerdem wäre der viel zu auffällig gewesen. Vanuzzi wollte ein amerikanisches Fabrikat fahren, eines, an dessen Ersatzteile er mühelos herankam und das zugleich verlässlich war. Er hatte den Wagen selbst frisiert, sodass er, wenn es hart auf hart kam, auch mal hundertsechzig Sachen machte. Damit gab es nur wenige Autos in diesem Land, die ihn abhängen konnten.

Vanuzzi war wieder einmal auf der Autobahn von Köln nach Bonn unterwegs. »Diplomatenrennbahn« nannte man sie ironisch – seit Gründung der Bundesrepublik tobten sich auf ihr vorwiegend die nationale und internationale Politik und das Diplomatische Corps aus. Vielmehr: deren Chauffeure. Früher hatte Vanuzzi diese Strecke drei- bis viermal die Woche zurückgelegt, um seinen Case Officer in Bonn zu treffen. Mittlerweile gab es kaum mehr eine Notwendigkeit dafür.

Er war jetzt im zehnten Jahr »unabhängiger Informationsbeschaffer«, wie er sich selbst nannte. Hatte all diese Jahre dem britischen Auslandsnachrichtendienst MI6 zugearbeitet, aber keinen Volltreffer mehr gelandet, seit er 1956 wichtige Dokumente aus dem kommunistischen Ungarn geschmuggelt hatte. Alle interessanten – und daher lukrativen – Geschichten hatte die CIA abgegriffen. Es war ein Teufelskreis: Je weniger Erfolg, desto weniger verwertbare neue Infos, je weniger Infos, desto weniger Chancen auf Erfolg. Das MI6 ließ ihn am ausgestreckten Arm verhungern, und das war nicht bildlich gesprochen.

Seit drei Jahren hielt er sich vor allem mit Boxen über Wasser. Es waren Showkämpfe, weit davon entfernt, professionell organisiert zu sein, sonst hätte er auch nicht mithalten können. Das Gros seiner Gegner waren Männer, die ihren Zenit vor mehr als zehn Jahren überschritten hatten und nichts anderes konnten oder wollten als boxen. Doch keiner von ihnen war vierundfünfzig Jahre alt wie Vanuzzi. Noch konnte er durch Erfahrung und Schlaghärte ausgleichen, was ihm an Schnelligkeit, Reflexen und Kondition allmählich zu fehlen begann. Aber das Training musste immer umfangreicher werden, um den Status quo seiner Möglichkeiten zu erhalten, und die Blessuren brauchten ewig, bis sie ausheilten. Wenn er ehrlich mit sich selbst war, gab er sich keine zwei Jahre, bis sie ihn ausrangierten. Die Kämpfe mussten, wegen der Wetten, mit denen die Veranstalter gutes Geld verdienten, einigermaßen realistisch wirken; doch die Zocker, Luden hin oder her, würden riechen, dass etwas faul sein musste, wenn ein Mann wie er einen fünfzehn Jahre Jüngeren nach fünf Runden ausknockte.

Hin und wieder war er als Trainer eingesprungen, um ein paar Mark dazuzuverdienen. Aber seit er massive Schulden bei einem der Veranstalter hatte, reichte auch das nicht mehr. Und Schulden hatte er, weil … normalerweise hatte er kein Problem damit, wenn man ihm sagte, dass der Kampf nach fünf oder sechs Runden für ihn zu Ende sei. Und meist hatte er auch keines damit, gegen einen Deutschen zu verlieren – er schluckte seinen Stolz runter. Aber an diesem Tag war sein Gegner ein ehemaliger SS-Mann gewesen. Er hatte ihn an der ausgebrannten Blutgruppentätowierung am Oberarm erkannt. Etwas in ihm war an diesem Tag ausgerastet. Der Deutsche war ein Bulle, hatte gut und gern zehn Kilo mehr auf den Rippen. Fett, nicht Muskeln. Dadurch war er langsam. Zugleich überheblich und siegessicher, weil auch er wusste, wie der Kampf ausgehen würde. Vanuzzi hatte sich fünf Runden lang ans Drehbuch gehalten. Als er auch in der sechsten Runde keine Anstalten machte, in die behäbigen Schwinger seines Gegners zu rennen, zischte ihm der Deutsche ein ums andere Mal zwischen den lädierten Zähnen etwas zu. Nicht, dass er ihn wirklich verstanden hätte, doch glaubte er das Wort »Drecksjude« herausgehört zu haben. In Runde sieben war die SS sichtlich am Ende, schwitzte, dass bei jedem Schlag die Tropfen spritzten, keuchte pfeifend und hielt mühsam die Fäuste zur Deckung. Vanuzzi machte Schluss. Er ließ seinen Gegner in eine Gerade laufen, von der er sich nicht mehr erholte. Nach dem Kampf hatten sie ihn zu acht am Hinterausgang abgepasst und zusammengeschlagen. Sie hatten ihm nur deshalb nicht alle Knochen gebrochen, weil sie ihn für weitere Kämpfe brauchten und er ihnen versichert hatte, dass er ihre verlorenen Wetteinsätze einschließlich des verlorenen Gewinns mit Zins und Zinseszins zurückzahlen würde.

Doch wie …?!

Vanuzzi brauchte Geld. Viel Geld. Und er brauchte es dringend. Die Summe, die Sélestat in den »Brief« geschrieben hatte, war so groß, dass er auf einen Schlag nicht nur seine Schulden zurückzahlen konnte, er würde damit auch sich und Ödön die nächsten zwei Jahre durchbringen. Da Ödön gerade mal wieder seinen Job verloren hatte, war das auch bitter nötig.

Sie waren noch letzte Nacht aus Hamburg ins Ruhrgebiet zurückgekehrt.

Sélestat hatte Ödön vom ersten Augenblick an missfallen. Kaum war der Franzose gegangen, war Ödön wieder zurückgekehrt und hatte mit zusammengebissenen Zähnen gefragt: »Was war 'n das für ein Typ?«

»Einer, der mir Tipps für meine Defense geben wollte.«

Wie immer, wenn er auswärts kämpfte und danach längere Rückfahrten vor sich hatte, hatte ihn Ödön chauffiert, und wie immer hatte Vanuzzi die Fahrt komplett verschlafen, auch wenn sein Tagesrhythmus normalerweise ein anderer war und er nachts erst auf Touren kam. Die Kämpfe machten ihn so fertig, dass er, sobald das

Adrenalin abgeflaut war, schlief wie ein Stein. Gegen Mittag hatte er Monty ein Telegramm geschickt, das dieser umgehend beantwortet und Vanuzzi um zwanzig Uhr in den Kurpark von Bad Godesberg bestellt hatte. Ein viel besuchter, dazu warmer Ort, Restaurant oder Kneipe, wie es bei früheren Treffen üblich gewesen war, wäre Vanuzzi allerdings lieber gewesen.

Er stellte sein Auto in der Nähe des Kurparks ab. Vanuzzi war mehr als eine halbe Stunde zu früh dran. Monty war Pünktlichkeitsfanatiker, hasste es, wenn seine Leute mehr als fünf Minuten zu spät zu Treffen kamen. Aber er hasste es noch mehr, wenn sie zu früh dran waren. Monty musste die Situation kontrollieren, musste derjenige sein, der bereits vor Ort war.

Vanuzzi drehte den Innenspiegel seines Wagens zu sich her und sah sich ins Gesicht. Er hatte Cuts an Unterlippe und Augenbraue, ein Auge war ein wenig geschwollen, aber nicht dramatisch. Nach anderen Kämpfen hatte er schlimmer ausgesehen.

Er wirkte noch immer deutlich jünger als seine Jahre. Das dunkelblonde, kurze Haar hatte erst wenige Silbersträhnen. Wässrig-graue Augen, die tief im Kopf steckten, und ein schmaler Mund mit je einer perfekt symmetrisch stehenden Falte rechts und links verliehen ihm mehr das Aussehen eines norwegischen Wintersportlers als das des italienischstämmigen Chicagoer Straßenkinds, das die Ereignisse der Kriegs- und Nachkriegsjahre zufällig nach Deutschland gespült hatten.

Ein schönes Curriculum Vitae: ein Chicago-Mobster, der zu Prohibitionszeiten kanadischen Alkohol schmuggelt. Er meldet sich zur US Army, als die dringend Leute braucht und deshalb keine strenge Musterung vornimmt. Heuert beim US-Heeresnachrichtendienst CIC an, übernimmt heikle Missionen in der Kriegs- und Nachkriegszeit in Italien und Deutschland. Lässt sich vom Mossad als Doppelagent rekrutieren und wechselt nach einem Alleingang nach Israel. Er legt sich in Tel Aviv einmal zu oft mit seinen Vorgesetzten an und steht plötzlich allein da. Seitdem arbeitete er auf eigene Faust.

Vanuzzi warf einen letzten Blick in den Innenspiegel, drehte ihn wieder zurück.

Was hielt ihn eigentlich so jung? Seine Jobs konnten es nicht sein.

Vielleicht der Umstand, dass er sich so ruhelos und unstet fühlte wie mit Mitte Zwanzig? Oder dass etwas in ihm dieses Leben, wie es seit ein paar Jahren lief, gründlich satt hatte und sich nach etwas ganz anderem sehnte? Sich sehnte nach etwas, das wirklich zählte ... aber Vanuzzi hatte keinen Schimmer, *was* wirklich zählte und wie er der Antwort auf diese Frage überhaupt näherkommen sollte.

Er verwarf den Gedanken, schnappte sich die dunkelbraune Fliegerjacke aus Leder, die er seit Jahren trug, sobald die Temperaturen unter zehn Grad fielen, verschloss das Auto und ging Richtung Kurpark. Es war dunkel, Lampen erhellten nur notdürftig die Wege. Er sah den Lehne an Lehne stehenden Parkbänken entgegen und entdeckte Monty, Zeitung lesend, auf einer von ihnen.

Montgomery Cuthred Hanson, seit zehn Jahren Vanuzzis Case Officer, der Mann, der ihn zum MI6 gebracht hatte, war das Abziehbild eines Engländers: Er trug sogar im Sommer Melone und Handschuhe, dazu Harris-Tweed-Dreiteiler, die er sich, wie er nicht müde wurde zu betonen, aus Hawick schicken ließ. Auch seinen Regenschirm betrachtete er – eingedenk des nicht besonders regnerischen Wetters in Bonn – als Zeichen der Distinktion. Mittelgroß, früh ergraut, glattrasiert, ging von ihm bei jeder Bewegung ein Hauch seines Eau de Toilette von Floris London aus, das Vanuzzi kräftig in der Nase kitzelte.

Vanuzzi ging einige Schritte in Montys Rücken an der Bank vorbei, streckte sich und blickte in den Himmel. Mit Ausnahme des Großen Wagens konnte er keine Sterne entdecken. Dann hörte er das Umblättern von Zeitungsseiten, schlenderte zurück und setzte sich Rücken an Rücken mit seinem Case Officer.

»Ich weiß wirklich nicht, was Sie gegen Restaurants haben, Monty.«

»Dies ist kein offizieller Fall, schon gar keiner von uns. Es ist besser, wenn meine Kollegen nichts mitbekommen, sonst tratschen sie bloß.«

Wieder raschelte es, wahrscheinlich faltete der Brite seine Gazette.

»Man sieht kaum die Hand vor Augen, das mit der Zeitung ist albern.«

»Ich komme immer um diese Zeit hierher und tue so, als würde ich lesen. Dann muss ich nicht mit den Leuten reden. Sobald die einen englischen Akzent hören, fangen sie an, sich zu rechtfertigen, was sie im Krieg getan oder nicht getan haben. Aber niemand quatscht einen Irren an, der im Dunkeln Zeitung liest.«

»Keeping a low profile geht trotzdem anders.«

»Ich wäge ab zwischen meinem Seelenfrieden und der richtigen Haltung zu meinem Job. Ich bin jetzt in einem Alter, in dem mir mein Seelenfriede wichtiger wird. Warten Sie zehn Jahre, Dan, dann geht's Ihnen auch so.«

Vanuzzi schnaubte amüsiert. Monty tat immer noch so, als ob er der wesentlich Ältere und Lebenserfahrenere wäre, dabei trennten sie kaum drei Jahre.

»Ein Franzose, eins fünfundsiebzig, hellbraune Locken –«

»Sélestat. Ich habe ihm gesagt, wie er Sie erreichen kann.«

»Vermutlich Résistancekämpfer, die haben als Nom de guerre oft die Stadt genommen, aus der sie stammen. Wo auch immer dieses Sélestat liegt.«

»Im Elsass.«

Das erklärte allerdings das schleppende, kehlige Deutsch des Mannes.

»Wie heißt er wirklich?«

»Thierry. Den Nachnamen weiß ich nicht.«

»Monty …?«

»Ich habe ihn vergessen. Vielleicht habe ich ihn auch nie gewusst. Er war immer Sélestat. Arbeitet für den französischen Auslandsgeheimdienst.«

»SDECE? Im Krieg haben sich eure Dienste gegenseitig beharkt. Ich wusste gar nicht, dass Briten und Franzosen seit Neuestem Liebesheiraten eingehen.«

»Das tun sie auch nicht. Franzmänner sind paranoid, sie glauben, dass die Queen ihnen höchstpersönlich die Kolonien wegnehmen möchte. Sie vergessen, dass auch wir kaum mehr Land in Afrika besitzen. Was für eine Schande!«

»Ja, früher war einfach alles besser. Zurück zu Sélestat –«

»Ich möchte es Goodwill nennen, Dan. Seht her, ihr Franzosen, wir helfen euch, die Kolonien zu behalten, und schicken euch sogar unsere Leute dafür.«

»Wie haben Sie sich kennengelernt?«

»1940, in Dünkirchen. Die Nazis hatten uns eingekesselt, wir wären alle verreckt oder in Kriegsgefangenschaft gekommen – und dann auch verreckt, nur bedeutend langsamer. Ich ganz sicher. Ich hatte einen Granatsplitter im Bein, es drohte, brandig zu werden. Ich lag bewegungsunfähig am Strand, als Air Force und Navy uns rausholen kamen. Allein hätte ich es nicht aufs Schiff geschafft.«

»Sélestat hat Ihnen geholfen?«

»Hmhm. Und dann habe ich ihm geholfen. Es war Order ergangen, dass nur britische Soldaten herausgeholt würden. Also habe ich ihn kurzerhand in die Uniform eines toten Kameraden gesteckt und erzählt, dass er taubstumm sei. Sein Englisch war grauenhaft, es hätte ihn verraten. Er ist bis ins Krankenhaus nicht von meiner Seite gewichen.«

»Allein wäre er auch aufgeflogen.«

»Trotzdem verdanke ich ihm wohl mein Leben. – Na, sind Sie jetzt gerührt, Dan?«

Vanuzzi lachte.

»Sie sind ihm also noch etwas schuldig, Monty?«

»Wie gesagt: Goodwill. Aber es hat auch damit zu tun, dass das Vereinigte Königreich mit Sorge auf die Ereignisse in Algerien blickt.«

»Algerien?«

»Er hat Ihnen nicht gesagt, worum es geht?«

»So weit sind wir nicht gekommen.«

Monty atmete hörbar aus. Dann sagte er: »Ich bin altmodisch, Dan, ein Verfechter der britischen Kolonialpolitik. Wenn Frankreich einknickt, wird auch das Empire unwiderruflich zerbrechen. Wir können unseren Eingeborenen nicht gut erklären, warum ihre Nachbarn plötzlich unabhängig sind, sie selbst aber Untertanen der britischen Krone bleiben. Verlieren wir nach Indien auch noch die afrikanischen Kolonien – nun, es gibt Kreise in meinem Land, die warten nur auf eine solche Gelegenheit, um zu putschen.«

»Sie denken, diese Unabhängigkeitsbewegung ist ein Virus, das sich ausbreitet?«

»Der FLN findet immer mehr Nachahmer in unseren Kronkolonien. Er ist mir an und für sich schon ein Gräuel.«

»FLN. Das sind die algerischen Separatisten?«

»Front de libération nationale. Eine kommunistische Kaderpartei. Sie wird von Moskau dirigiert. Überhaupt scheinen mir dieser Tage alle Algerier Kommunisten zu sein.«

Vanuzzi schwieg.

»Ich erinnere mich noch, als Sie ’56 aus Ungarn zurückkamen, Dan. Der Hass in Ihren Augen … die Sowjets hatten gute Freunde von Ihnen erschossen. Wenn Sie noch immer die kommunistische Weltrevolution aufhalten möchten –«

»Whoa, whoa, geht’s noch ein bisschen größer?«

»Wenn Sie ein Hühnchen mit den Sowjets rupfen wollen: *Dies* ist die perfekte Gelegenheit dafür. Es wird nur wichtig sein, dass Sie die Leute, die Sie jagen, in Frankreich übergeben, nicht in der BRD. Sélestat soll Ihnen erklären, warum. Sie müssen sich beizeiten um gute Pässe kümmern, Dan, für sich selbst und Ihre algerischen ›Gäste‹.«

»Okay, das hab ich hinterm Ohr. Sollte ich weitere Fragen haben –«

»Werde *ich* Ihnen ganz sicher nicht weiterhelfen können. Ich weiß nichts von Algerien und will davon auch nichts wissen. – Weidmannsheil!«

Von einer nahe gelegenen Kapelle drang Glockenklang herüber. Vanuzzi hörte Monty aufstehen, hörte, wie der die Zeitung in den Mülleimer warf. Dann sah er dem Briten hinterher, der schwerfällig in der Tiefe des Parks verschwand.

3

Es war Wochen her, seit er zuletzt die Sonne gesehen hatte. Was nicht nur an Vanuzzis verschobenem Tag-Nacht-Rhythmus lag. Rauch und Industrienebel breiteten sich so dicht über und in den Straßen von Essen aus, dass man kaum dreißig Meter weit sehen konnte. Angeblich hatte der Smog seit Herbstbeginn schon zwanzig Menschen getötet. Wo er wohnte, schien alles zu kulminieren: Wenn die Kokerei, die nur wenige Straßen weiter lag, Koks drückte, hüllten riesige Rauchschwaden das Haus ein. Von Chicago war er so einiges gewöhnt, aber das hatte ihn doch nicht auf das Leben im Ruhrgebiet vorbereitet.

Sélestat hatte einen Treffpunkt in Köln gewählt. Im piefigen katholischen Bonn wäre um dreiundzwanzig Uhr wahrscheinlich auch nichts mehr offen gewesen. *Chez René*, der Name ließ auf nichts Gutes schließen. Von außen sah er verrammelt aus, zwei kleine Fenster an der Vorderfront waren so abgeklebt, dass man nicht hineinsehen konnte. Vanuzzi rechnete mit einem Gorilla als Einlasskontrolle. Er atmete vorsorglich tief durch, um nicht gleich zu explodieren; er konnte es auf den Tod nicht ausstehen, von Männern betatscht zu werden. Doch zu seiner Überraschung betrat er den Laden ohne Musterung.

Nikotinschwaden und Musik. Vanuzzi erreichte eine Plattform oberhalb einer kleinen Treppe, die ins eigentliche Lokal führte. Es war schwach beleuchtet und gut gefüllt, vorwiegend Männer in Anzug und Krawatte, wahrscheinlich Geschäftsleute, die für ein paar Stunden vergessen wollten, dass sie seit zwanzig Jahren verheiratet waren. Rechts befand sich eine kleine Bühne, auf der sich eine junge Frau in Schulmädchenuniform mit einem Teddybär in der Hand zu rauchigen Saxophonklängen bewegte. Vanuzzi verdrehte die Augen. Wahnsinnig originell! Früher oder später landete man bei jedem Fall in einem Nachtclub und wurde vom Barmann oder den Mädchen ausgenommen. Er hatte nur zehn Mark bei sich, sein letztes Geld, dafür bekam man hier vermutlich gerade mal ein Glas Leitungswasser. Ohne Eis.

Vanuzzi suchte von seiner erhöhten Position das Publikum nach einem bekannten Gesicht ab, fand keines, ging die Treppe hinab und sah noch einmal in jede Nische. Er schlenderte zum Tresen. Der Barmann, kräftig, mit Schnurrbart und mehr als einmal gebrochener Nase, musterte ihn von oben bis unten mit abschätzigem Blick.

»Was darf's sein?«

»Ich warte auf jemanden.«

»Sie müssen etwas bestellen.«

»Ich warte auf jemanden.«

»Sie müssen –«

»Kölsch.«

»Gibt's hier nicht.«

»Irgendein Bier. Klein. Hell.«

Der Barmann griff nach einem Gläschen und drehte sich zum Zapfhahn. Vanuzzi sah zur Bühne hinüber. Das Mädchen war beim letzten Knopf ihrer Bluse angekommen. In dem Tempo würde es wahrscheinlich zwei Stunden dauern, bis sie endlich nackt abtreten konnte.

Das Bier war eiskalt. Vanuzzi nahm lediglich einen winzigen Schluck, doch er genügte, das Gesöff um die Hälfte zu verringern. Als er sich wieder zur Treppe umdrehte, sah er den Franzosen auf der Plattform, neben ihm einen zweiten Mann. Er war größer als Sélestat, ein paar Jahre älter, der Kopf schien direkt in den Oberkörper überzugehen, Halbglatze, hervorstehende Augenwülste, die Augen zu schmalen Schlitzen verengt. Da kommt der Pudel mit seinem Rottweiler, dachte Vanuzzi.

Sélestat hatte ihn gesehen, trat direkt auf ihn zu.

»Vanuzzi! Was macht Ihre Deckung?«

»Monty grüßt zurück.«

»Dann freue ich mich, Sie in unserem Team begrüßen zu dürfen. Obwohl Sie eher Einzelgänger sind. – Das ist mein Mitarbeiter, sein Name ist Faucon.«

»Faucon. Aber natürlich.«

Wo in Frankreich lag dieses Kaff nun wieder?

»Monsieur Faucon spricht ein wenig Deutsch, er war nach dem Krieg hier stationiert … er kann uns verstehen, wenn wir langsam schwetze.«

Schwetze? Vanuzzi sprach die deutsche Sprache jetzt schon so lange, er hatte längst begonnen, in ihr zu denken, in ihr zu träumen, Selbstgespräche in ihr zu führen. Und doch überraschte sie ihn immer wieder.

Sélestat machte Zeichen, ihm zu folgen. Er steuerte eine kleine, etwas abseits vom Geschehen befindliche Nische an, die gerade frei geworden war. Der Franzose bestellte Rotwein, Vanuzzi knurrte, dass er sich als eingeladen betrachte. Faucons Augenschlitze wurden schmaler, doch Sélestat lachte.

»Naturellement.«

»Erzählen Sie!«

»Gleich zur Sache, das ist gut. – Was wissen Sie über Algerien, Vanuzzi?«

»Nur, dass ihr Franzosen da seit sieben Jahren Krieg führt.«

Sélestat sah ihn mit kritischem Blick an.

»Das ist kein Krieg! Ein Krieg kann nur zwischen souveränen Staaten geführt werden. Algerien ist seit vielen Jahren fester Bestandteil des französischen Mutterlands. Genau wie die Bretagne.«

»Allerdings treten euch die Bretonen nicht in die Eier.«

»Weil die Bretonen zivilisiert sind im Gegensatz zu den Arabern. Wir haben es lange mit Vernunft probiert. Der Entwicklungsschub, den Algerien durch unsere Kolonisierung bekommen hat, ist superb. Wir haben ihnen Recht und Ordnung, Bildung und Kultur gebracht, und alles, was wir dafür bekommen, ist Terror und Gewalt.«

»Na, ein bisschen wird es sich für euch gelohnt haben, sonst wärt ihr längst raus.«

»Mir gefällt dein Gequatsche nicht, Vanizzi!«, dröhnte Faucons Bassstimme dazwischen.

»Der Name ist ›Vanuzzi‹. Und für das Gequatsche kann ich nichts. Ich bin aus Chicago, da redet man so.«

Er sah, wie Sélestat dem Rottweiler einen herrischen Blick zusandte, dann sprach der Pudel weiter.

»Jedenfalls haben auch die Sozialisten vor einiger Zeit verstanden, dass unsere zivilisatorische Mission scheitern wird, wenn wir den algerischen Terrorismus nicht mit Stumpf und Stiel ausrotten. Also musste die Armee ins Land. Sie setzt die Polizeiarbeit fort – mit den Methoden, die der FLN versteht.«

»Und was für Methoden sind das?«

»Informationsgewinnung. Aktionen und Strategien des FLN vorwegnehmen.«

»Folter.«

»Unsere Leute foltern nur, wenn Eile geboten ist. Wenn ein Anschlag droht, wenn *ein* Menschenleben gegen zwanzig zählt. Wenn wir uns weigern, einen Schuldigen zu foltern und dadurch den Tod eines Unschuldigen verhindern – wie sollen wir den Eltern des Getöteten in die Augen schauen?! – Sie waren im Krieg, Vanuzzi, wenn Ihre Jungs auf SS-Leute getroffen sind, haben Sie sie auch nicht zum Kaffee eingeladen.«

»Kaffee war meist aus.«

»Mir gefällt auch deine Visage nicht, Vanizzi!«

Diesmal reagierte auch Sélestat genervt.

»Wenn Sie das nicht verstehen«, sagte Sélestat in schärferem Ton, »dann verstehen Sie hoffentlich die Worte Ihres ehemaligen Präsidenten Theodore Roosevelt: Kolonialkonflikte sind immer unbarmherzige Rassenkriege, die außerhalb der Regeln der internationalen Moral stehen. Die völkerrechtlichen Vereinbarungen zur Kriegsführung besitzen keine Gültigkeit, weil der Gegner als unzivilisierter Barbar die Regeln der zivilisierten Kriegsführung gar nicht *kapiert*.«

»Good old Teddy! Ist allerdings ein bisschen her, dass er das sagte.«

»Ich stamme aus dem Elsass. Als es 1871 an die Deutschen ging, hat sich ein Teil meiner Familie in Algerien ein neues Leben aufgebaut. Sie haben das Land rechtmäßig erworben, sie haben geschuftet und die Gegend urbar gemacht. Für die Araber war es Wüste, aber heute, wo es gutes Land ist, wollen sie es zurückhaben … ich war oft zu Besuch, ich kenne die Verhältnisse. Glauben Sie mir, Vanuzzi: Die Araber sind nichts als eine dreckige Rasse! Unser Fehler war von Anfang an, dass wir sie wie Menschen behandelt haben. Sie taugen nichts. Du kannst ihnen nicht vertrauen. Sie widersetzen sich jeglichem sozialen Fortschritt. Und wenn wir ihnen etwas beibringen, dient es nur dazu, uns übers Ohr zu hauen.«

Vanuzzi verbiss sich einen Kommentar. Obwohl ihm die Worte bekannt vorkamen – als Jude hatte er sie mehr als einmal gehört, nur waren immer er und seine Glaubensbrüder damit gemeint gewesen.

Sélestat kippte den letzten Schluck Rotwein, der sich in seinem Glas befand, schenkte sich und den anderen nach und sagte dann: »Vielleicht haben Sie davon gehört, dass de Gaulle kürzlich über ein Referendum zur Unabhängigkeit Algeriens abstimmen ließ. Meine Familie da unten fühlt sich von ihm verraten und verkauft. Und ich kann sie verstehen. Weil wir den Sieg schon vor Augen hatten.«

»Ist das so?«

»Wenn de Gaulle den Terroristen nicht permanent Zugeständnisse gemacht hätte, wäre Algerien längst befriedet. Noch ist es nicht zu spät. Auf keinen Fall dürfen wir das Land herschenken, wie wir Indochina hergeschenkt haben, sonst wären all die jungen Soldaten dort sinnlos gefallen. – Aber es geht dabei nicht nur um Frankreich.«

»Sondern?«

»Um den Einfluss der Kommunisten in der Region. Wenn Algerien dem FLN in die Hände fällt, wird ganz Nordafrika kommunistisch.

Wenn Nordafrika kommunistisch ist, nehmen die Sowjets Europa von zwei Seiten in die Zange. Nasser, der Staatspräsident von Ägypten, ist schon Moskaus Schoßhündchen. Er heizt den Konflikt in Algerien an. Unsere Jungs führen einen Krieg für die ganze freie Welt!«

»Ich dachte, es ist gar kein Krieg.«

»Eigentlich gefällt mir an dir gar nichts, Vanizzi.«

»Mach Männchen!«

»Was hast du gesagt?«

Faucon war hochgeschnellt, sah Vanuzzi drohend an. Trotz ihrer Randposition im Raum hatten sich einige Köpfe zu ihnen umgedreht.

»Wollt ihr beiden vielleicht mal vor die Tür?«

Sélestat sah abwechselnd von Vanuzzi zu Faucon. Der zischte ein paar französische Worte zwischen den Zähnen, zog seinen Mantel über und verließ den Club.

»Sie sollten vorsichtig sein, Vanuzzi. Faucon ist ein besserer Kämpfer als Sie. Im Krieg hat er deutschen Soldaten mit bloßer Hand den Garaus gemacht.«

»Schon gut, Sélestat, wir haben alle unsere Heldengeschichten aus dem Krieg. Zu den Fakten: Um wen geht es?«

Sélestat zog ein maschinengeschriebenes Blatt und ein Foto hervor, auf dem zwei Männer in Sonntagsgarderobe posierten. Der Ältere mit Vollbart, gut aussehender Südländer mit melancholischem Blick, der Jüngere mit eng stehenden Augen, kleiner Nase, auf der Stirn ein liegendes Dreieck aus Muttermalen.

»Das sind die beiden: Youssef Ben Kemali und Saïd Djefel. Schon mal gehört?«

»Nein, woher denn?«

»Würden Sie etwas mehr als den Sportteil in der Zeitung lesen, wären Ihnen die Namen ein Begriff.«

»Mehr als den Sportteil, muss ich mir aufschreiben. – Warum sind sie in der BRD untergetaucht?«

»Ich bin mir nicht sicher, ob Sie das wissen müssen.«

»Ich bin mir *sehr* sicher, dass ich das wissen muss.«

»Also gut. Seit drei Jahren ist Charles de Gaulle Ministerpräsident. Für die meisten Franzosen ist er ein Kriegsheld. Er hat den Arabern Honig ums Maul geschmiert, daraufhin sind viele von ihnen in sein Lager abgewandert, weil sie dem FLN nicht mehr zugetraut haben, das Land in die Unabhängigkeit zu führen. Der FLN musste reagieren, also hat er Algerien für unabhängig erklärt.«

»Algerien ist unabhängig?«

»Wäre ja noch schöner! Außer Ägypten und ein paar anderen arabischen Staaten hat niemand diese Farce anerkannt. Aber um das Ganze offiziell zu machen, hat der FLN ein Schattenkabinett präsentiert, künftige Regierungsleute, Männer in Anzügen. Um der Welt zu signalisieren, dass man keine Verbrecherbande ist.«

»Djefel und Ben Kemali waren Teil des Schattenkabinetts.«

»Nur Ben Kemali. Djefel ist sein Mitarbeiter.«

»Um zu erfahren, was diese Regierung plant, würden Sie sie gern mal in die Mangel nehmen, klar. Aber was machen die in der BRD?«

»Sind hier abgetaucht. Weil sie, wie alle von der ALN, Kriegsverbrecher sind, und Deutschland selten ausliefert.«

Als er Vanuzzis fragenden Blick sah, schob Sélestat hinterher: »Armée de libération nationale, der bewaffnete Arm des FLN. Wissen Sie, was die mit gefangenen französischen Soldaten machen? Sie stechen ihnen die Augen aus. Wenn sie ihre Messer nicht schmutzig machen wollen, nehmen sie Schraubenzieher. Dann schlagen sie die Hände ab. Am Ende ziehen sie ihnen die Axt über den Schädel und lassen die Leichen liegen, als Abschreckung für andere.«

»Ich verstehe.«

»Tun Sie das, Vanuzzi? Tun Sie das *wirklich* …? Ich habe im letzten Krieg manches gesehen: die Nazis in Dünkirchen, die Ruinen von Oradour … aber so etwas habe ich nicht erlebt. Denken Sie an die Worte Ihres Präsidenten: Unzivilisierte Barbaren kapieren –«

»Weshalb ich? Mit dem SDECE hatte ich noch nie zu tun.«

»Wir brauchen jemanden, der nicht direkt mit uns in Verbindung gebracht werden kann. Unsere Leute haben in der BRD schon einmal viel Wind gemacht, das ist noch nicht lange her. Diesmal will man im Élysée-Palast keine Demarche der westdeutschen Regierung riskieren. Die Beziehungen unserer Länder sind zarte Pflänzchen … außerdem könnten uns die Deutschen bei den Amis verpetzen, weil wir alliierte Statuten verletzen.«

»Ich arbeite auf eigene Rechnung, also deutet nichts Richtung Paris, okay. Aber warum muss ich Ben Kemali und Djefel in Frankreich übergeben, und nicht hier?«

»Weil wir dann sagen können, dass wir sie bei uns geschnappt haben. In Frankreich liegen Haftbefehle gegen sie vor.«

Vanuzzi grinste. Auch wenn er Sélestat etwas suspekt und Faucon zum Kotzen fand, hatte die Sache begonnen, sein Jagdfieber zu wecken. »Wo soll ich ansetzen?«

»Was ich Ihnen gegeben habe, ist alles, was Sie von uns erwarten können.«

»Das ist nicht besonders viel. Die BRD ist zwar nicht groß, aber groß genug, um …«

»Muss ich Ihnen Ihre Arbeit erklären? Oder habe ich mich nicht klar ausgedrückt? Die Crémerie weiß von nichts. Wir haben uns nie gesehen, wir haben nie miteinander gesprochen. Das ist *Ihr* Job, Vanuzzi. Machen Sie was Schönes draus!« Sélestat stand auf, legte einen Zettel über die Vorgehensweise zur Kontaktaufnahme, einen Briefumschlag mit einer Anzahlung und einen Hundertmarkschein für die Bedienung auf den Tisch. Dann ging er ohne zu grüßen zum Ausgang.

Vanuzzi überschlug Sélestats Geld, tauschte den Hunderter gegen einen Fünfziger aus dem Umschlag und bezahlte. Als er einen letzten Blick zur Bühne warf, war dort gerade ein neues Mädchen damit beschäftigt, sich umständlich ihres Mieders zu entledigen.

Vanuzzi trat hinaus in die Nacht und atmete die Luft tief ein. Sie roch nach Chrysanthemen, verbranntem Holz und frischem Teer.

4

Vor fünf Jahren waren Vanuzzi und Ödön mit brisanten Unterlagen für den MI6 aus dem brennenden Ungarn entkommen. Danach mussten sie sich eine neue Heimatbasis schaffen. Ödön war schon nach zwei Wochen krank vor Heimweh. Er hing Tag und Nacht vor dem Radio, las jede Zeitung, die ihm unter die Finger kam, immer in der Hoffnung, irgendwann doch gute Nachrichten aus Budapest zu finden. Vergeblich. Die Sowjets zertraten den revolutionären Widerstand im Land und zementierten ihre Herrschaft. Vanuzzi nahm Ödön das Radio weg und sorgte dafür, dass er keine Zeitungen mehr zu Gesicht bekam. Der junge Mann hatte immer mehr Gewicht verloren, drohte zugleich, apathisch zu werden. Dennoch drängte er darauf, in Österreich zu bleiben, wohin sie zunächst geflohen waren. Falls die Revolution in Ungarn eines Tages einen zweiten Anlauf nehmen würde, wäre Ödön schneller wieder in seinem Heimatland gewesen. Doch Vanuzzi hatte ihm klargemacht, dass Österreich, seiner Neutralität wegen, für Agenten uninteressant geworden war: »Wenn du Kühlschränke verkaufen willst, ziehst du auch nicht an den Nordpol!« Und da Ödön in ihm immer noch so etwas wie seinen »Ausbilder«, wahrscheinlich auch einen Ersatzvater sah, war er ihm 1957 widerwillig in die BRD gefolgt. Für Leute wie Vanuzzi *der* europäische Hotspot. Der MI6 hatte dafür gesorgt, dass sie problemlos Papiere bekommen hatten. Kurzzeitig hatte er darüber nachgedacht, nach Westberlin zu gehen … spätestens heute war er froh, sich dagegen entschieden zu haben. Es war keine drei Monate her, dass die DDR begonnen hatte, die Stadt mit einer Mauer, Sperranlagen und Todesstreifen abzuriegeln. Beinahe jeden Tag hörte Vanuzzi von Republikflüchtlingen, die erschossen worden waren, und am Checkpoint Charlie hatten sich schussbereite amerikanische und sowjetische Panzer gegenübergestanden. Westberlin war eine Insel geworden, vielleicht sogar eine tödliche Falle.

Monty Hanson, der 1957 frisch in Bonn akkreditiert war, hatte Vanuzzi damals vorgeschlagen, in seiner Nähe zu bleiben. Im großbürgerlichen Bonn hatten sich Vanuzzi und Ödön allerdings keine Wohnung leisten können, deshalb waren sie nach Köln ausgewichen und in einem Ledigenheim untergekommen. Hatten sich das Zimmer mit zwei weiteren Ungarn-Flüchtlingen geteilt. Das ganze Jahr über mussten sie ihre Lebensmittel in Zeitungen verpacken und auf den äußeren Fensterbänken lagern, weil es keine andere Möglichkeit gab, sie zu kühlen. »So viel zum Thema Kühlschränke verkaufen«, hatte Ödön gemurrt. Doch wenigstens hatte er wieder ein wenig Gewicht zugelegt.

Anfangs schien das Ledigenheim für Vanuzzi die perfekte Tarnung, auch wenn er alles, was nicht zu dieser Camouflage passte, in einem Bankschließfach verstecken musste. Nach zwei Jahren wurde er nachlässiger, begann, seine Waffe in seine Nachttischschublade zu legen und diese nicht immer abzuschließen. Als einer ihrer Zimmerkameraden offenbar auf der Suche nach Geld war, stieß er zufällig auf die Pistole. Am selben Abend nahm er Vanuzzi beiseite und sagte ihm, dass ein Ungar schweige wie ein Grab, aber nur, wenn man von Zeit zu Zeit ein paar Mark aufs Grab lege. Der verblüffte Vanuzzi ließ sich zunächst darauf ein, bis die Forderungen immer unverschämter wurden. Ödön, der einen Job als Schreinergehilfe in Köln gefunden hatte, blieb im Ledigenheim, und Vanuzzi, dem der MI6 eine winzige Wohnung beschafft hatte, packte seine Siebensachen und zog weiter. Seitdem lebte er in Essen, konnte in der Masse der italienischen Gastarbeiter untertauchen, ein Gesicht unter vielen in einer Stadt mit über siebenhunderttausend Einwohnern.

Die ihm manchmal, besonders an den Wochenenden, im Vergleich zu Chicago vorkam wie ein Dorf, das aus den Nähten geplatzt war. Und über dem stets der Geruch von faulen Eiern lag.

Vanuzzi hatte sich die Dossiers seiner Zielpersonen durchgelesen. Sie waren knapp gehalten. Beide wurden vom SDECE für ein Massaker in der Nähe des Ouarsenis-Gebirgsmassivs verantwortlich gemacht, bei dem mehr als dreihundert französische Soldaten bestialisch getötet worden waren. Ben Kemali hatte Englisch und Rechtswissenschaft studiert. Er war Anfang vierzig, hatte Frau und zwei Kinder. Djefel war zehn Jahre jünger, ohne eigene Familie. In Algerien schien er so etwas wie Ben Kemalis rechte Hand gewesen zu sein. Sie waren gebildet, hatten sich beim FLN schnell einen Namen gemacht und waren in der Hierarchie aufgestiegen. Seit Frankreich den Krieg in Algerien verschärfte, waren immer mehr hochrangige FLN-Leute festgenommen worden. Ben Kemali und Djefel schien die Flucht in letzter Minute gelungen zu sein. Immerhin hatte der SDECE die Stationen, die sie über Italien und die Schweiz genommen hatten, nachverfolgen können, bis sich in der BRD ihre Spuren verloren. Man ging davon aus, dass sie irgendwo in Nordrhein-Westfalen untergekommen waren, weil hier die algerische Gemeinschaft am größten war. Dennoch, das war immer noch viel zu wenig. Vanuzzi hatte nicht *einen* echten Anhaltspunkt. Und Monty hatte nur zu deutlich gemacht, dass er ihm nicht helfen würde. Also musste er damit beginnen, ganz kleine Brötchen zu backen.

Sein Boxclub lag im finstern Hinterhof eines finstern Viertels im finstern Norden der Stadt. Es war bereits dunkel, als sich Vanuzzi dorthin aufmachte. An einem nahegelegenen Förderturm waren wie jeden Abend die Lichter angegangen, der Dampf der Kühlanlagen quoll in weißlichem Grau empor, bis er sich in der Schwärze des nächtlichen Himmels verlor.

Beim Betreten des Clubs schlug ihm der Geruch von alten Socken entgegen, von Kohl, Mäusekot und Männern, die einmal in der Woche baden. Vanuzzi atmete nur oberflächlich ein und aus.

Immerhin standen die Chancen gut, dass »Die Taube« heute trainierte. Die Taube war der mit Abstand beste Halbschwergewichtler aus ihren Reihen, auch wenn er den Sprung zur Professionalisierung nicht geschafft hatte und als Anfangsdreißiger auch nicht mehr schaffen würde. Trotz seiner Größe von fast eins achtzig war er Gedingehauer (was auch immer das sein mochte) auf Zeche Fritz-Heinrich. Vor allem aber stammte sein Vater aus Algerien.

Die Taube bearbeitete gerade den Sandsack. Vanuzzi trat näher, sah ihm dabei zu. Die Augenlider des Boxers waren entzündet, den Kohlestaub bekam er nie ganz aus ihnen heraus. Er ließ seine braunen Augen noch dunkler erscheinen. Schwarzhaarig, gutaussehend wie ein Filmstar, ein drahtiger Typ, der nahezu unendliche Kondition hatte. Eigentlich hieß er Alexander – die deutsche Mutter hatte sich bei der Namenswahl durchgesetzt. Doch weil er, wie viele, die unter Tage arbeiten, Tauben züchtete, nannten sie ihn hier nur: Die Taube.

Mit einer mächtigen rechten Geraden beendete er den Trainingsabschnitt, fing den Sandsack mit seinen Handschuhen ab und sagte: »Danny, schon gehört: guter Kampf in Hamburch.«

Vanuzzi winkte ab.

»Denkt, er hat mich nach zwei Runden am Boden. Riesenbaby mit Glaskinn.«

Die Taube lachte. Vanuzzi zeigte ihm das Foto der beiden Algerier.

»Schon mal gesehen?«

Die Taube blickte flüchtig auf das Bild.

»Freunde von dir?«

»Könnte man so sagen. Vor allem schulden sie mir Geld für mein Auto, die Beule repariert sich nicht von selbst.«

Die Taube nickte. Er begann, sich für die Arbeit am Punchingball vorzubereiten.

»Und dat Fotto hasse vor oder nachen Unfall gemacht?«

Statt einer Antwort grinste Vanuzzi.

»Nie gesehn, Danny.«

»Wo trifft sich dein alter Herr mit seinen Landsleuten?«

»In Köln. Am Hansaring gibbet ein Café. Irgendwat mit L … Lessner … Lessing … Lessmann! Der Pächter is von Tunesien.«

Vanuzzi steckte das Foto wieder ein und sah der Taube einen Moment bei den Speed-Bag-Punches zu. Dann machte er sich auf den Weg nach Köln.

Als er kurz nach zwanzig Uhr dort ankam, schloss das Café gerade. Die letzten Gäste standen in Grüppchen, unterhielten sich auf Arabisch. Vanuzzi beschloss, bei seiner Geschichte der Fahrerflucht zu bleiben, auch wenn es nicht allzu wahrscheinlich war, dass die Männer einen der Ihren in die Pfanne hauen würden. Immerhin würde er in ihren Augen sehen, wenn sie jemanden erkannten, dann könnte er sie sich anderswo in Ruhe vornehmen. Doch nachdem die Männer Vanuzzis Gruß freundlich erwidert hatten, verhärteten sich ihre Mienen, als er das Foto und seine Geschichte präsentierte. Die meisten sahen gar nicht hin, und die, die hinsahen, schüttelten die Köpfe. Innerhalb weniger Minuten strebten die Grüppchen auseinander, Vanuzzi stand unentschlossen – sollte er auf den Wirt warten? Aber vielleicht wohnte der im Haus, und er würde sich hier in der Kälte nur die Beine in den Leib stehen. Blöde Idee! Vanuzzi machte sich auf den Weg, dachte über das weitere Vorgehen nach. Wenn die Algerier schwiegen und die Franzosen und Briten ihm nicht weiterhelfen würden, musste er es wohl oder übel bei seinen ehemaligen Landsleuten versuchen.

Er hatte ein wenig straßab geparkt, musste die Ringstraße überqueren. Der Verkehr war überschaubar, und Vanuzzi ließ sich Zeit. Doch als er die Straßenmitte gerade erreicht hatte, hörte er einen Wagen beschleunigen. Er drehte sich dem Geräusch zu und sah, wie das Auto, das ohne Licht fuhr, direkt auf ihn zuhielt. Er trat einen Sprint an, ein Motor jaulte drohend, dann blitzte der Kühlergrill direkt neben ihm auf. Vanuzzi hechtete auf den Bürgersteig, der Wagen schlingerte, fing sich wieder und jagte in irrem Tempo in westlicher Richtung davon. Er hatte ihn nur um wenige Zentimeter verfehlt. Kennzeichen: Fehlanzeige, auch Automarke und Farbe hatte er nicht erkannt, geschweige denn den Fahrer.

Als das Adrenalin abzuflauen begann, richtete sich Vanuzzi mühsam auf. Seine Hüfte schmerzte, wahrscheinlich geprellt, Schürfwunden an den Händen, sonst war er unverletzt. Entweder machte in Köln ein geisteskrankes Arschloch Jagd auf Fußgänger – oder seine neuen algerischen Freunde mochten es überhaupt nicht, wenn jemand Fragen nach einem der Ihren stellte. Es war nicht viel mehr als eine Warnung. Wenn ihn das Auto wirklich erwischen hätte wollen, hätte er keine Chance gehabt!

Das Glas seiner Armbanduhr war gesplittert, aber das Uhrwerk war nach dem Hechtsprung nicht stehengeblieben. Sie zeigte 20.27 Uhr. Wenn er sich beeilte, konnte er es in einer halben Stunde schaffen. Vor 21.30 Uhr ging sein Mann nie heim, Vanuzzi wusste, dass der sicher sein wollte, dass die Kinder bereits im Bett waren, bevor er zu Hause ankam.

Vanuzzi lenkte den Wagen Richtung Autobahn, dann gab er Vollgas bis zum Bonner Verteilerkreuz. Es war 21.05 Uhr, als er an Schloss Deichmannsaue in Bad Godesberg ankam.

5

Die eigentliche Residenz des US-Botschafters lag mehr als einen Kilometer entfernt, doch das Gros der Botschaftsangehörigen war in einem Nebengebäude des Schlosses am Rheinufer untergebracht. Unter »Schloss« hatte sich Vanuzzi allerdings etwas anderes vorgestellt. Dies hier war nicht viel mehr als eine aufgeblasene Villa, und die daran anschließenden Erweiterungsbauten hatten den Charme einer Marines-Kaserne in Central Indiana. Der Wachsoldat am Eingangstrakt sah ihm genervt entgegen, um diese Uhrzeit hatte hier niemand mehr etwas verloren, schon gar nicht jemand in einer abgewetzten Fliegerjacke. Vanuzzi selbst arbeitete zwar schon lange nicht mehr für US-Dienste, aber er kannte noch immer die wichtigen Namen, und das öffnete ihm einmal mehr Tür und Tor. Er folgte einem zweiten Mann in Uniform zu einem etwas versteckt liegenden Seiteneingang, dann über zwei Treppen und mehrere Flure in die Tiefen des Gebäudes. Der Uniformierte platzierte ihn in einem Zimmer, das größer war als Vanuzzis Wohnung, außer einem Schreibtisch, zwei Stühlen und einem Bücher- und Aktenschrank aber nichts enthielt. Und niemanden. Als Vanuzzi auf seine Uhr schaute, waren zehn Minuten vergangen, ohne dass etwas geschehen war. Dann öffnete sich eine Nebentür und der Mann, den er suchte, trat ein.

Graeme van Doren war in Vanuzzis Alter, vielleicht ein paar Jahre jünger. Mittelgroß, Schnurrbart, nach unten ziehende Augen- und Mundwinkel, dazu schütter werdendes grau-braunes Haar. Er hatte noch einmal deutlich Gewicht zugelegt, seit Vanuzzi ihn zuletzt gesehen hatte, wirkte steifer, schwerfälliger, umständlicher in seinen Bewegungen. Er stammte zwar aus keiner der »First Families«, die mit der Mayflower in die neue Welt gekommen waren, doch die van Dorens gehörten zu denjenigen niederländischen Händlern, die Nieuw Amsterdam, das spätere New York, mitbegründet hatten. Sein Akzent ließ auf eine exzellente Ausbildung an einer Universität in Neuengland schließen, welche eine Laufbahn im diplomatischen Dienst vorgezeichnet hatte; selbst seine Arbeit für den ehemaligen Heeresnachrichtendienst CIC, wo sie sich kennengelernt hatten, war nur eine Station auf dieser Karriereleiter, die van Doren nun in die US-Botschaft in der BRD geführt hatte.

»Vanuzzi … behalten Sie Platz. Was kann ich gegen Sie tun?«

Van Dorens sonore Tenorstimme wurde von einem leisen hohen Knurren begleitet.

»Ganz ruhig, Mister Cough.«

Vanuzzi entdeckte einen Yorkshireterrier, der neben van Dorens Füßen verharrte.

»Mister Cough …?«

Van Doren gab dem Hund ein Zeichen, es ertönte ein Geräusch wie ein heiseres Husten.

»Meine Kinder haben so lange gebettelt, ihn zu bekommen. Jetzt hab *ich* die ganze Arbeit mit ihm.«

»Und doch, man weiß nicht, wie, dreht die Welt sich weiter. – Sie rauchen nicht mehr, Veedee? Oder lüften Sie den lieben langen Tag?«

»Au contraire, mon cher, ich habe auf Zigarren umgestellt. Wir haben ein eigenes Rauchzimmer mitsamt Humidor, ist das nicht reizend?«

Van Doren hatte sich einen Whiskey eingeschenkt und deutete mit dem Zeigefinger darauf. Vanuzzi schüttelte den Kopf. Dann setzte sich der Botschaftsangehörige hinter seinen Schreibtisch.

»Sind Sie eigentlich direkt von der CIA übernommen worden, als das CIC abgewickelt wurde, Veedee?«

»So wie Sie vom Mossad, als Sie das CIC verraten haben?«

»Also ja.«

»Sie wissen, dass ich Sie töten müsste, wenn –«

»Wenn Sie ehrlich darauf antworten. Der Witz ist so alt wie die Tora.«

»Konversation war noch nie Ihre starke Seite, Dan.«

Vanuzzis Blick streifte das Abschlussklassenfoto hinter van Dorens Kopf.

»Nicht jeder von uns hatte das Glück, in Harvard Konversation zu üben.«

»Nicht jeder bringt es nach Harvard. Was wollen Sie um – gütiger Gott! – halb zehn in der Nacht von mir, Dan?«

»Sie daran erinnern, dass Sie mir einen Gefallen schuldig sind.«

Van Doren kräuselte die Nase, kniff die Augen zusammen und lachte.

»Ihr Verrat hätte mich damals fast meinen Job gekostet!«

Vanuzzi zuckte mit den Schultern.

»Ach was, mit Ihren Verbindungen haben Sie das Problem leicht wieder ausgebügelt. Man schiebt alles Ihrem Vorgesetzten in die Schuhe und Sie rücken nach, sobald der erste Sturm vorüber ist.«

»*Meine* Verbindungen, Sie sagen es. Ich sehe nicht, warum ich *Ihnen* dafür einen Gefallen schuldig bin.«

»Dann helfe ich Ihrem Gedächtnis ein wenig auf die Sprünge: das Dossier mit den Namen von Sowjet-Agenten, das ich Ihnen vor vier Jahren unter den Weihnachtsbaum gelegt habe …?«

»Ach *das* … das hätten wir ohnehin von den Briten bekommen, die teilen brüderlich.«

»Mag sein. Aber nicht so schnell. Auf meine Weise hatten Sie mehr Zeit, es auszuwerten.«

»Sie hatten schließlich auch was davon. Dass Sie hier einfach so reinspazieren können, ohne dass ich Ihnen Handschellen verpasse … als Sie kurz nach dem Krieg zu den Israelis übergelaufen sind, war das Landesverrat. Das hätte Sie eigentlich den Kopf kosten müssen!«

»Denken Sie an die Sowjet-Spione, die durch mich enttarnt wurden.«

»Was wollen Sie, Dan? Einen Orden?«

»Reden. Über Algerier, Deutsche und Franzosen.«

Nase kräuseln, Augen zusammenkneifen – van Doren lachte.

»Sie glauben, das sei mein Thema?«

»Bekommen Sie hier nicht ständig Besuch von den Franzosen?«

»Ich arbeite für die Botschaft.«

Vanuzzi lachte ebenfalls.

»Aber natürlich, und wenn ein Pferd umfällt, hat ihm einer ein Bein gestellt.«

Van Doren blickte durch Vanuzzi hindurch.

»Algerien, sagen Sie?«

Er nahm das Telefon zur Hand und wählte eine kurze Nummer.

»Mo noch im Haus?«

Einige Sekunden vergingen, dann sagte van Doren: »Gut, schicken Sie ihn rauf.«

Kurz darauf trat ein hoch aufgeschossener Endzwanziger in militärischer Ausgehuniform ein. Er hatte große Ähnlichkeit mit Gregory Peck in *Des Königs Admiral*, roch nach teurem Aftershave und nahm Habachtstellung an. Van Doren bot ihm keinen Platz an.

»Mo Mahmoudi – Dan Vanuzzi. Woher stammt Ihre Familie, Mo?«

»Aus Connecticut, Sir.«

»Nein, ich meine: ursprünglich.«

»Oh, aus der Nähe von Oran in Algerien, Sir.«

»Mister Vanuzzi hier interessiert sich sehr für Ihre alte Heimat. Vielleicht können Sie ihm etwas aus erster Hand darüber erzählen.«

»Sehr gern, Sir. Womit soll ich beginnen?«

»Am besten am Anfang. Seit wann sind die Franzosen überhaupt in Algerien?«, fragte Vanuzzi.

»In den 1830er-Jahren hat Frankreich begonnen, das Land zu erobern, Sir. Es war die erste und größte Kolonie. Um das Land unter Kontrolle zu bringen, hat man an der Nordküste gezielt Franzosen angesiedelt und die Einheimischen ins Hinterland vertrieben. Gegen Ende des letzten Jahrhunderts gab es dann mit Großbritannien einen regelrechten Wettlauf um Afrika. Frankreich versuchte, einen geschlossenen West-Ost-Korridor zu errichten. Die Folge davon war, dass Algerien in einem riesigen Kolonialgebiet aufging.«

»Das hat den Leuten natürlich nicht gepasst.«

»Sie hatten ihre Freiheit verloren, Mister Vanuzzi. Als Frankreich dann begann, die Menschen einzuteilen in französische Bürger und französische Untertanen und Christen mehr Rechte einräumte als Juden oder Muslimen, regte sich Widerstand im Volk. Auch weil sich die französischen Siedler mit billigen muslimischen Arbeitskräften riesige Industrieimperien aufbauen konnten und wegen des Wucherverbots im Koran das Bankenwesen vollständig kontrollierten.«

»Okay, massiver Unmut und Wunsch nach Unabhängigkeit. Aber warum kommt es erst 1954 zum regelrechten Krieg, Mr. Mahmoudi?«

»Viele Algerier haben im Zweiten Weltkrieg für Frankreichs Freiheit gekämpft. Sie hatten gehofft, dass die französische Regierung diesen Einsatz honorieren würde.«

»Hat sie aber nicht.«

»Es gab noch immer keine Selbstverwaltung, Sir. Nur einen Generalgouverneur, der das Land regiert. Einige gut ausgebildete Algerier versuchten, den Weg durch die Institutionen zu nehmen, die Demokratie von innen heraus zu verändern. Aber die Wahlen in Algerien waren eine Farce, US-Beobachter haben aufgedeckt, dass es massiven Wahlbetrug gab, um zu verhindern, dass algerische Parteien Einfluss gewinnen.«

»Verstehe. Irgendwann war das Maß voll, weil alle reformerischen Bewegungen gescheitert waren, und dann griff man eben zu den Waffen.«

»Nur dass es die französische Armee seit 1954 nicht mehr zu tun hat mit einigen verstreuten Aufständischen, sondern mit dem FLN. Frankreich bekommt das Bergland nicht unter Kontrolle.«

»Es ist der schlimmste Krieg, den sie seit dem Zweiten Weltkrieg geführt haben«, warf van Doren ein. Seinem Gesichtsausdruck war nicht zu entnehmen, ob er seinem algerischstämmigen Musterschüler bislang mit Wohlgefallen zugehört hatte. Als er den nun entließ, sah Vanuzzi Mahmoudi aus der Tür gehen und fragte: »Der schlimmste Krieg? Schlimmer als Indochina?«

»Südvietnam war ein Desaster für die Franzosen, das die USA jetzt wieder geraderücken müssen, damit nicht ganz Asien an die Kommunisten fällt. Aber nein, der Krieg in Algerien ist brutaler. Haben Sie schon einmal von der ›Französischen Doktrin‹ gehört, Dan? Sie besagt, dass sich Unabhängigkeitskämpfer in der eigenen Bevölkerung bewegen wie ein Fisch im Wasser – und deshalb muss man ihnen das Wasser abgraben.«

»Wie?«

»Durch Umsiedlungsmaßnahmen, durch die Einweisung in Lager, durch den Einsatz planmäßiger Folter, um die Bevölkerung zu demoralisieren. Und natürlich durch Kollektivstrafen.«

Van Doren stand auf und kramte in seinem Aktenschrank, dann zog er ein Papier hervor und setzte sich wieder. Beim Vorlesen folgte der rechte Zeigefinger den Worten.

»Hier habe ich einen Bericht. Ein kommandierender französischer Leutnant erklärt: ›Wenn einer meiner Männer in einem Hinterhalt getötet wird, gehe ich in das nächstliegende Dorf, versammle alle Einwohner und erschieße auf der Stelle jeden zweiten. Weil sie uns nicht gewarnt haben, dass wir dort in einen Hinterhalt geraten.‹ Und bei ihren *ratissages* …«

»Bei was?«

»Bei der Durchsuchung algerischer Dörfer gehen französische Soldaten so vor: Finden sie Waffen, heißt das, dass alle Einwohner den FLN unterstützen, finden sie nichts, sind die Waffen zu gut versteckt. In beiden Fällen werden die Bewohner vertrieben und das Dorf wird angezündet. – Ich will ja nicht behaupten, dass das Weiße Haus nicht ein gewisses Verständnis dafür hätte … will man den Terrorismus stoppen, muss man hin und wieder das Recht beugen … für Frankreich ist das leichter, weil die Algerier ohnehin weniger Rechte haben. Aber aus ganz Algier ein Verhörzentrum machen, Gefangene zum Holzsammeln ins Gelände schicken, um sie dann auf der Flucht zu erschießen und die Leichen via Helikopter im Meer loszuwerden – damit treibt man den FLN in die Arme Moskaus.«

»Und die französische Regierung?«

»Die berühmten drei Affen, comme on le dit si bien. De Gaulle sitzt zwischen allen Stühlen. Man hat ihn als konservativen Hardliner ins Amt gewählt, um den Krieg militärisch zu beenden. Aber das funktioniert nicht. Weil er sich auf Verhandlungen mit den Algeriern einlässt. Die französischen Siedler glauben, dass er das Land an die Kommunisten verkauft, er fährt hinunter, die Siedler steinigen ihn beinahe, es gibt Ausschreitungen mit mehr als hundert Toten …«

»Verstehe, Veedee, von allen beschissenen Jobs auf dieser Welt hat de Gaulle den beschissensten. – Was anderes: Wenn Algerier hier in Deutschland abtauchen –«

»Tun sie das, weil die BRD für sie ruhiges Hinterland ist und weil sie unter den Deutschen viele Sympathisanten haben. Außerdem handhabt man hier Einfuhr, Ausfuhr und Durchfuhr von Kriegswaffen lax.«

»Und wenn die Franzosen etwas gegen solche Algerier in der BRD unternehmen möchten?«

»Sollten sie die Beine still halten. Die Aktionen der *Main Rouge* hat man in Bonn nicht vergessen.«

»Main Rouge?«

»Dan, für jemanden, der von Informationen lebt, haben Sie erstaunliche Lücken! Die Rote Hand, ein Terrorkommando, das innerhalb des französischen Auslandsnachrichtendienstes operiert haben soll.«

»Munkelt man.«

»In unserem Job ist Munkeln alles, was wir haben, nicht?! Main Rouge hat vor ein paar Jahren in der BRD Jagd gemacht auf FLN-

Leute. Den einen oder anderen deutschen Händler, der Waffen nach Algerien geschmuggelt hat, haben sie sich auch vorgeknöpft.«

»Wie haben die Deutschen reagiert?«

»Irgendwann ist das Gerücht so laut, dass es sogar der Greis im Kanzleramt hört. Er droht den Franzosen mit dem Zeigefinger, die drohen zurück, dass sie die DDR anerkennen, wenn die deutschen Behörden FLN-Leute nicht konsequent verfolgen. Seither ist Ruhe, und die wollen beide Seiten nicht riskieren.«

»Sagen wir, ich bin Algerier und in der BRD abgetaucht. Was mache ich?«

»Landsleute aufsuchen. Oder deutsche Helfer, die Wohnungen anmieten, besonders in anonymen Hochhäusern.«

»In Bonn?«

»Köln. Mehr Einwohner, mehr Hochhäuser.«

»Sie wissen nichts Genaues, Veedee? Warum nicht?«

»Diese Leute sind uninteressant, solange sie nicht damit drohen, irgendwas in die Luft zu sprengen, das eine US-Flagge trägt.«

Vanuzzi legte das Foto, das die beiden Algerier zeigte, auf den Tisch. Van Doren nahm es, setzte sich in seinem Stuhl zurück und musterte Vanuzzi.

»Schon mal gesehen?«

»Namen haben die keine?«

Vanuzzi schwieg.

»Sie wissen, dass ich die ohnehin rausbekomme, wenn ich möchte.«

»Dann muss ich sie Ihnen auch nicht sagen.«

Van Doren hielt sich das Foto direkt unter die Augen, dann weiter weg, rückte es wieder näher. Dieses Spiel trieb er so lange, bis Vanuzzi unruhig auf dem Stuhl hin und her zu rutschen begann. Schließlich deutete van Doren auf Djefel und sagte: »Der hier kommt mir bekannt vor. Irgendwo habe ich den schon mal gesehen …«

»Strengen Sie sich ein bisschen an, Veedee!«

»Vergessen Sie's, um die Uhrzeit schaltet mein Hirn in manuellen Betrieb. Ich melde mich bei Ihnen, wenn es mir wieder einfällt.«

»Ach ja, und wie? Mein Name steht nicht im Telefonbuch.«

Nase kräuseln, Augen zusammenkneifen. Van Doren platzte förmlich vor Lachen.

»Très drôle, Dan. Schlafen Sie gut!«

Auf der Rückfahrt sah Vanuzzi, wie sich der Himmel im Westen blutrot zu färben begann. Irgendwo bei Brühl musste es brennen. Oder es waren Polarlichter, hin und wieder sollten die auch im mitteleuropäischen Herbst zu sehen sein. Vanuzzi hielt auf der fast leeren Autobahn an, nahm das merkwürdige Schauspiel eine Zigarettenlänge in den Blick. Dann schnippte er die Kippe auf die Fahrbahn und gab wieder Gas.

6

Er stand am Fenster, trank einen starken Kaffee. Ein Himmel wie aus Bleiguss: Grautöne, kaum unterscheidbar, ob Wolken, ob Hintergrund.

Das Telefon hatte ihn geweckt, van Doren hatte bei ihm anrufen lassen, nun sollte Vanuzzi in Bonn antanzen. Es war früher Nachmittag, ganz und gar nicht seine Uhrzeit. Er warf zwei Kopfschmerztabletten zum Kaffee ein, verzichtete aufs Duschen und fuhr los.

Nachdem er sich beim Zerberus an der Pforte gemeldet hatte, ließ man ihn geschlagene zehn Minuten im Regen stehen. Dann kam Mo Mahmoudi angelaufen, der sich seine Uniformjacke über den Kopf hielt, und drückte Vanuzzi ein großes Kuvert in die Hand.

»Mister van Doren schickt Ihnen das mit einer Empfehlung.«

Vanuzzi öffnete den Umschlag, zog eine zusammengefaltete Kölner Zeitung heraus. Am Titel sah er, dass sie mehrere Wochen alt war.

»Was soll ich damit? Sonst hat er nichts gesagt?«

»Nichts, Sir. Kann ich sonst noch etwas für Sie tun, Sir?«

Vanuzzi zuckte mit den Schultern, Mahmoudi hüpfte in langen Schritten, mit denen er die Pfützen umschiffte, zum Haus zurück.

Vanuzzi ging zu seinem Wagen und entfaltete die Zeitung. Son of a bitch! Das sah van Doren ähnlich: Jemandem helfen, ohne ihm wirklich zu helfen. Wahrscheinlich eines dieser Spielchen, die sie in Harvard trieben, ein Intelligenztest, und er war der Hamster … nein: die Laborratte.

Er hatte die Zeitung überflogen. Van Doren hatte tatsächlich nichts angestrichen oder anderweitig markiert. Vanuzzi warf das Blatt auf den Beifahrersitz und zündete sich eine Zigarette an. Er rauchte hastig, gegen den Ärger an, der sich in seinem Magen breit machte.

Sein Blick fiel wieder auf die Zeitung. Er stutzte, nahm sie auf. Jetzt erst bemerkte er, dass die Seiten 3 bis 6 fehlten. Ja, die Ausgabe bestand überhaupt nur aus zwei Zeitungsbüchern. Das grenzte die Suche immerhin ein wenig ein. Titelseite – uninteressant, im ersten Buch würde er nichts finden, das diente nur dazu, Aufschluss über das Datum zu geben, sonst hätte van Doren das andere Buch nicht beigelegt, sondern es ebenfalls einfach weggelassen. Es musste um einen Artikel im zweiten Buch gehen, doch das waren entweder langweilige lokale Wirtschaftsthemen oder die Ergebnisse der Trabrennbahnen.

Dann aber, beim nochmaligen Überfliegen: ein Foto. Im Vordergrund der Geschäftsführer einer Konservenbüchsenfabrik, die überwältigend gute Umsätze getätigt hatte. Im Hintergrund Arbeiter in Blaumann und Schiebermütze, die nach Schichtende aus der Fabrik strömen. Ein Malocher streift so knapp an seinem Boss vorbei, dass sein Gesicht über der Schulter des Geschäftsführers gut erkennbar ist. Vom Blitzlicht überrascht, blickt er direkt in die Kamera … Muttermale in der Form eines liegenden Dreiecks auf der Stirn … kein Zweifel: Es war Saïd Djefel!

Die feuerroten Haare des jungen Mannes standen in alle Richtungen ab, sie hätten einen frischen Schnitt gebrauchen können. Vor ein paar Tagen war Ödön zweiundzwanzig Jahre alt geworden. Sommersprossig, schmächtig, kaum größer als eins fünfundsechzig, wirkte er eher wie ein Schuljunge, der buchstäblich auf gepackten Koffern saß und seine Eltern erwartete. Er hatte nicht nur seinen Job verloren, sondern auch das Zimmer im Ledigenheim. Es war ein Teufelskreis: ohne Einkommen keine Unterkunft, ohne Unterkunft kein Einkommen. Auch wenn seine eigene Bude viel zu klein war, hatte Vanuzzi Ödön angeboten, für den Übergang bei ihm unterzukommen. Erst als Vanuzzi ins Ledigenheim kam und den jungen Mann sah, der ihm in der Lobby traurig entgegenblickte, fiel es ihm wieder ein: Natürlich, er hätte ihn schon vor zwei Stunden abholen sollen.

»Sorry, kleine Planänderung«, sagte Vanuzzi und ging in die Offensive.

Ödön seufzte und schüttelte den Kopf.

»Ich kann nicht noch mal eine Nacht hierbleiben, die haben mir schon eine Woche gestundet …«

»Nein, du kommst natürlich mit. Nur haben wir vorher noch eine Kleinigkeit zu erledigen.«

Kaum hatte Vanuzzi Djefel in der Zeitung identifiziert, hatte er sich auf den Weg zur Konservenbüchsenfabrik gemacht. Er kannte die Gegend aus seiner Kölner Zeit, sein damaliger Boxclub lag ganz in der Nähe. Vanuzzi war einen Moment unschlüssig, ob er den Pförtner auf Sélestats Foto von Djefel und Ben Kemali oder auf die Zeitung ansprechen sollte. Da er den Algerier nicht alarmieren wollte, schien ihm der Bericht unverdächtiger. Doch als er den Pförtner sah, war ihm sofort klar, dass der, gut geschmiert, ein phänomenales Gedächtnis hätte und sich für nichts weiter interessieren würde als den Zehner, den Vanuzzi ihm mitsamt der Zeitung unter dem Schalter durchschieben würde. Und Vanuzzi behielt recht: Djefel nenne sich Bertini, erzählte der Pförtner, und sei pünktlich zur Spätschicht an diesem Wochenende gekommen. Sie würde um zwanzig Uhr enden. Vanuzzi hatte seine Vorbereitungen getroffen und hatte Ödön abgeholt. Er war ihm stets ein unerlässlicher Helfer gewesen – nicht nur als Sekundant bei den Boxkämpfen. Mit ihm würde er Djefel in die Enge treiben, und anschließend würde Ödön den Algerier auf der Rückfahrt nach Essen bewachen.

Auf dem Weg zur Fabrik erklärte Vanuzzi Ödön in groben Zügen seinen Auftrag und den Plan. Der junge Mann nickte und schwieg. Euphorie sah anders aus.

»Das ist unsere Chance, aus dem Dreck zu kommen, Ödön! Denk dran, was wir mit dem Geld alles anstellen können.«

Ödön sah aus dem Seitenfenster. Wahrscheinlich noch immer beleidigt, weil er ihn hatte warten lassen. Nicht zu ändern!, dachte

Vanuzzi und steckte sich eine Zigarette an. Er nahm einen tiefen Zug, der in den Lungen brannte und nach Asche schmeckte. Dann warf er die Zigarette halb geraucht aus dem Seitenfenster.

Der Mond hatte sich hinter eine kompakte Wolkenwand verkrochen. Es nebelte, im gelblichen Schein der Straßenlaternen tanzten kleine Schneeflocken, die vom Wind verwirbelt wurden.

Es war 20.10 Uhr. Unter den ersten Arbeitern, welche die Fabrik verlassen hatten, war Djefel nicht gewesen.

Vanuzzi hatte das Auto in einer Seitenstraße abgestellt und sich und Ödön gegenüber dem Fabriktor postiert. Er rauchte hastig, um seine Nervosität zu betäuben. Hoffte, dass Djefel nicht in unmittelbarer Nähe der Fabrik wohnte. Dann hätten sie mehr Zeit, zuzuschlagen. Und weniger Zeugen.

Als der Algerier zwanzig Minuten nach Schichtende noch immer nicht da war, zog Vanuzzi los, sich an der Pforte nach Djefel zu erkundigen. Neuer Pförtner, neues Risiko. Im selben Moment sah er einen Mann im Gespräch mit einem zweiten aus dem Tor treten – er hatte ein liegendes Dreieck aus Muttermalen auf der Stirn. Djefel trug einen Knebelbart, der ihn älter aussehen ließ. Vanuzzi gab Ödön ein Zeichen, und sie folgten den beiden Arbeitern in kurzer Distanz.

Der zweite Mann war definitiv nicht Ben Kemali, dafür war er zwanzig Jahre zu alt. Und noch etwas gab Vanuzzi zu denken: Er hatte nicht damit gerechnet, dass Djefel einen Bekannten haben würde – das zum Thema »keine Zeugen«. Er musste darauf vertrauen, dass sie nicht zusammenwohnten, also würden sie sich früher oder später trennen, Vanuzzi musste nur geduldig sein. Doch schon zweihundert Meter weiter sah Vanuzzi entsetzt, wie Djefels Begleiter auf ein Auto zuhielt und die Fahrertür öffnete. Dann aber hob Djefel die Hand zum Gruß, ging geradeaus weiter, und das Auto fuhr ohne ihn an.

Der Algerier schlenderte allein weiter in der Richtung von Vanuzzis ehemaligem Boxclub. Mit der Gegend war dieser bestens vertraut:

Ein paar Hundert Meter weiter kam eine Unterführung. Vanuzzi gab Ödön Instruktionen, Djefel zu folgen, und schlug sich seitab, um vor dem Algerier die andere Seite der Unterführung zu erreichen. Er sprintete über eine verkehrsreiche Straße, rutschte eine Böschung hinab und sah den Eingang. Die Unterführung war schwach beleuchtet, doch konnte Vanuzzi zwei Männer erkennen, die sich näherten. Porca Madonna!, Ödön hielt viel zu wenig Abstand, hoffentlich spannte Djefel nicht, dass ihm jemand seit der Fabrik folgte. Doch der Algerier ging still seines Wegs, einen Henkelmann in der Hand. Als er etwa in der Mitte der Unterführung angekommen war, machte sich Vanuzzi auf, Djefel entgegenzutreten. Sie waren noch zwanzig Meter voneinander entfernt, als Ödöns Schuhe knirschend über Kies rutschten. Der Algerier blieb abrupt stehen, drehte sich um, dann wieder zu Vanuzzi hin. Mit blitzschneller Reaktion rannte Djefel auf Ödön zu, der vergessen hatte, seine Waffe zu ziehen, und schlug dem jungen Mann seinen Henkelmann ins Gesicht. Ödön taumelte, fiel aber nicht zu Boden. Im Vorüberrennen sah Vanuzzi, dass Ödön in Ordnung schien, und forderte ihn auf, zu folgen. Djefel hatte Mühe zu laufen, schien erst jetzt zu bemerken, dass er noch immer den Henkelmann in der Hand hielt und warf ihn weg. Vanuzzi holte auf, doch dann sah er, dass der Algerier auf eine Mauer sprang und sich nach oben hangelte, bevor Vanuzzi nach seinen Beinen greifen konnte. Er hörte etwas reißen, einen Schmerzenslaut, dann ein Aufplumpsen auf der anderen Seite. Nachdem er selbst auf die Mauer geklettert war, sah Vanuzzi, dass sie zu einem Haus gehörte und von drei Seiten ein kleines Gartengrundstück einfasste. Kein Durchlass zur gegenüberliegenden Straße. Vanuzzi schickte den leicht aus der Nase blutenden Ödön um das Haus herum zum Vordereingang, falls es dem Algerier gelingen sollte, ins Haus zu kommen. Er selbst sprang in den Garten und schaltete seine Taschenlampe an. Sie funzelte, er hätte die Batterien prüfen sollen, bevor er damit losgezogen war. Immerhin konnte er sehen, dass Blutflecke auf dem Gras waren. Djefel musste sich beim

Klettern verletzt haben, nach rechts oder links über die angrenzenden Mauern würde er so jedenfalls nicht mehr kommen. Häschen in der Grube.

Aber eines, das sich gut versteckt hatte!

Es waren knapp dreißig Meter bis zum Haus. Ein Mietshaus, mindestens drei Stockwerke. Rechts vor sich sah Vanuzzi dichtes Buschwerk. Er zog seine Pistole, setzte die Taschenlampe darauf ab und hielt langsam auf das Gebüsch zu. Das Licht der Lampe ging immer wieder aus, damit die Batterien wieder Kontakt bekamen, musste er sie schütteln. Er hatte sich bis auf wenige Meter den Sträuchern genähert, als das Licht komplett erlosch. Dann hörte er ein Rascheln neben sich. Vanuzzi fuhr herum, fühlte eine Bewegung an seinem rechten Fuß und setzte zu einem Tritt an – als er plötzlich hörte, wie eine Katze schreiend das Weite suchte.

Im nächsten Moment ertönte ein Knarren, und ein Lichtschein erhellte ein Stück Rasen links vor Vanuzzi. Aus dem Augenwinkel sah er, wie sich eine Gestalt an einer zweiten vorbeidrückte und ins Innere des Hauses huschte. Eine Männerstimme fluchte.

Dass gerade jetzt jemand in den Garten kommen musste! Vanuzzi rannte seinerseits den Hausbewohner über den Haufen und schlug die Tür hinter sich zu. Sie führte wenigstens nicht in einen Keller, in dem sich Djefel hätte verstecken können, sondern über einige Stufen nach oben, ins eigentliche Treppenhaus. Das Hauslicht ging aus, Vanuzzi hörte Schritte auf den Stiegen über sich. Unregelmäßig. Der Algerier zog hörbar ein Bein nach. Vanuzzi tastete sich die Treppe hinauf und fand einen Lichtschalter. Wenige Meter vor ihm war die Haustür. Er ging darauf zu, öffnete sie und sah, wie Ödön zum Schlag ausholte.

»Hast du ihn gesehen?«

»Ja. Aber er hat mir direkt die Tür vor der Nase zugeknallt.«

»Gut. Er kommt nicht mehr weit.«

»Er könnte klingeln.«

»Wer lässt jemand um die Uhrzeit rein?«

»Wenn er um Hilfe bittet?«

»Ein Illegaler? Riskiert, dass die Polizei ihn findet …?«

Ödön, der sich ein Taschentuch in ein Nasenloch gesteckt hatte, nickte. Dann sagte er: »Solange er uns nicht davonfliegt …«

Vanuzzi riss die Augen auf, instinktiv drückte er Ödön seine Pistole in die Hand und rannte die Stiegen hinauf.

Scheiße …! Scheißescheißescheißescheiße.

Als er auf dem Treppenabsatz zum zweiten Stock angekommen war, hörte er einen lauten, dumpfen Schlag. Vanuzzi blieb abrupt stehen, drehte sich um, starrte in Ödöns Gesicht, das Panik verriet.

Als Vanuzzi aus dem Haus trat, standen bereits mehrere Menschen um Djefels Leib. Der lag auf der Seite, die Glieder verrenkt, Blut breitete sich kreisförmig um den Schädel aus.

»Krankenwagen, schnell!«, rief eine Stimme.

»Is hier ne Telefonzelle?«

»Im Haus wird ja wohl einer Telefon ham.«

»So wie dat hier aussieht?«

»Komm, mach!«

Vanuzzi atmete ein, dann sagte er mit tiefer Stimme: »Lassen Sie mich durch, ich bin Arzt!«

7

Im Winde klirrten die Fahnen.

Ihn fröstelte.

Es war nicht nur ihre beste Spur – es war bislang auch ihre einzige. Er war aus dem Wagen ausgestiegen, um »ihren Mann« einmal aus der Nähe zu sehen. Außerdem wollte er schnell reagieren können, sollte der beim Herauskommen einfach eine andere Richtung einschlagen als die, aus der er gekommen war. Ein Termin mit einem Abgeordneten, wie lange konnte der dauern?! Und doch stand er nun bereits – Grundgütiger! – mehr als eine Stunde und war Kälte und Wind ausgesetzt. Wenn er wenigstens Handschuhe mitgenommen hätte. Er war den europäischen Herbst nicht mehr gewöhnt.

Er hatte Posten gegenüber dem Bundeshaus bezogen, jederzeit bereit, hinter einen Baum zu huschen, falls ein Hausdiener ihn genauer in Augenschein nehmen wollte. Er fixierte den Eingang des Gebäudes. Obwohl der Wind schneidend war, blinzelte er kaum. Er spürte, wie die Pupille in seinem linken Auge starr wurde, das Lid zu zucken begann. Seine Brille hielt den Luftzug nicht ab – wenn er nicht achtgab, hätte er spätestens übermorgen eine Augenentzündung. Zu einem Arzt wollte er nicht gehen. Die deutschen Ärzte … ihnen traute er am allerwenigsten über den Weg in diesem Land.

Einem Land, in dem man versucht hatte, ihn umzubringen. Jahr um Jahr um Jahr.

Zusammen mit seinen beiden Begleitern war er vor zwei Wochen in die BRD eingereist. Wie bei solchen Operationen üblich: unter falschem Namen, mit Diplomatenpass. Das Vorgehen sollte das gleiche sein wie zuvor in Argentinien: Zielperson beobachten und fotografieren durch ein Loch in der Plane des gemieteten Kleinlasters. Man hatte ihnen dieselbe Aktentaschen-Kamera mitgegeben, die sie auch im Fall Eichmann verwendet hatten. Aber es war eben doch ein gewaltiger Unterschied, ob man sich auf einer gottverlassenen Straße in einem gottverlassenen Vorort von Buenos Aires befand oder vor dem Regierungsgebäude der Bundesrepublik Deutschland.

Im Winde klirrten die Fahnen. Zwölf Flaggenmasten standen vor dem weiß getünchten Haus, das längst einen neuen Anstrich vertragen hätte können. Die zur Versteifung des Stoffs eingenähten Bleigewichte stießen bei jeder Brise arhythmisch gegen die Metallpfosten. Es klang, als schlüge ein erregter Küchenchef mit seinem Kochlöffel auf eine Edelstahlschüssel.

Man hatte ihm erklärt, dass zehn der zwölf Flaggen für die Delegationen der Staaten gehisst würden, die derzeit in der Hauptstadt anwesend wären. Rechts und links des Eingangs hing schwarz-rot-gold. Es erinnerte ihn unweigerlich an seine Jugend, die Zeit, die sie jetzt »Weimarer Republik« nannten. Die Tage von schwarz-weiß-rot, als man nach seinem Leben getrachtet hatte, schienen endgültig vorbei. Nicht mehr lange, dann würde dieser neue Staat länger existieren als sein demokratischer Vorgänger. Und doch traute er dem äußeren Anschein nicht. Es gab immer noch zu viele von ihnen in Westdeutschland, zu viele in zu hohen Positionen – Nachrichtendienst, Polizei, Politik, in allen Parteien saßen sie. Er hatte den Amerikanern nicht geglaubt, als sie behaupteten, die Entnazifizierung in Deutschland so schnell abschließen zu müssen, weil das Land sonst unverwaltbar sei und den Sowjets in die Hände fiele. Hatte ihnen nicht mehr geglaubt, weil er während eines Einsatzes den Schwenk der US-Nachrichtendienste vom Kampf gegen die Nazis zur Verbrüderung mit SS-Männern direkt miterlebt hatte. Alles lief letztlich darauf hinaus, den USA deutsche Waffentechnik und Informationen über Spionagenetzwerke in der Sowjetunion zur Verfügung zu stellen. Dafür nahmen die Amerikaner gern in Kauf, sich mit der SS ins Bett zu legen. Als wäre nie etwas geschehen. Als wäre seine Familie noch am Leben.

Normalerweise liebte Rosenberg diese frühe Phase der Observation, in der alles neu war, in der er sich auf den Rhythmus der Zielperson einlassen, ihn verinnerlichen musste. Diesmal war alles anders. Es war das erste Mal seit Kriegsende, dass er wieder auf deutschem Boden stand. Damals war er von sicherer Wohnung zu sicherer Wohnung gezogen – sofern in den Tagen der Nazi-Herrschaft überhaupt eine Wohnung für ihn als sicher gelten konnte. Er war ein »U-Boot« gewesen, ein untergetauchter illegaler Jude in Berlin. Er hatte einmal gesagt, dass er den Deutschen würde vergeben können. Nun war er sich nicht mehr so sicher.

Bei allen Männern zwischen vierzig und achtzig Jahren, die ihm in Straßen und Geschäften begegneten, fragte er sich: Was hast du damals getan? Warst du bei der SS? (Groß genug dafür wärst du gewesen, arisch genug hättest du ausgesehen.) Warst du ein Krämer, der sich an jüdischem Raubgut bereichert hat? (Ich konnte ja nicht wissen, dass es von Juden stammte, diese Leuchter hatte damals doch jeder, und überhaupt, hätte ich es nicht getan, dann hätte ein anderer …) Oder warst du einfach nur einer, der wegsah und brav die Schnauze hielt, als man seine Nachbarn in die Viehwaggons trieb …?

Auf Dauer war dies anstrengend, weil in diesem Teil von Bonn nur Männer zwischen vierzig und achtzig Jahren zu leben schienen, und es trug nicht gerade dazu bei, dass er bei seiner Arbeit besser funktionierte (oder überhaupt funktionierte). So begann er, sich zu jedem, der ihm besonders auffiel, eine geistige Notiz zu machen, sie wieder zu verdrängen, bis er abends alle Notizen, an die er sich zu erinnern vermochte, in seine Kladde schrieb. Die dadurch maximal eintöniges Gekritzel beherbergte, und wenig mehr.

Ephraim Rosenberg war ein Mann über sechzig, kaum mittelgroß. Er hatte zeitlebens ein beinahe mädchenhaft wirkendes Gesicht, das ihn stets um Jahre jünger hatte erscheinen lassen, und das nun, auch infolge der Medikamente, die man ihm in Israel verabreichte, einen

Zug ins Matronenhafte bekommen hatte. Blonde, hier und da ergraute Locken, eine Hornbrille mit dicken Gläsern, ein Trenchcoat, den er seit seiner Jugend trotz der Kälte auch im Winter lieber trug als einen Mantel. In dieser wie in jeder anderen Stadt fiel er nicht auf, wurde Teil des Straßenbildes. Im Berlin der Nazijahre hatte ihm diese Unscheinbarkeit das Leben gerettet; für Beschattungen in Tel Aviv wurde er öfter angefragt als jeder andere Agent, weil man in ihm nur den Verwaltungsbeamten sehen wollte, der auf dem Weg zu einem Termin war.

Durch *Operation Garibaldi* wurde das »Institut«, wie seine Mitarbeiter den israelischen Nachrichtendienst Mossad liebevoll nannten, im Mai 1960 aus dem Dornröschenschlaf geweckt. Sie hatten den deutschen Kriegsverbrecher Adolf Eichmann in Argentinien aufgespürt und nach Israel entführt. Seit mehr als einem Jahr herrschten hektische Betriebsamkeit und angespannte Erwartung im Institut. Wenn unbedeckte Arme einander versehentlich im Vorübergehen berührten, schienen sich knisternd kleine Mengen Elektrizität zu entladen. Sie wollten den Erfolg von Argentinien um jeden Preis wiederholen. Josef Mengele stand ganz oben auf der Liste, aber das schien aussichtslos, schon weil Rafi Eitan, der Held von Buenos Aires, davon abgeraten hatte. Die alten Nazis waren hellhörig geworden, vorsichtiger als vor *Garibaldi*. Künftige Operationen, die auf erstrangige Kriegsverbrecher zielten, würden es schwerer haben.

Vielversprechender schien die Suche nach SS-Standartenführer Arthur Hermann Florstedt, Erster Lagerführer in Buchenwald und später Kommandant des Vernichtungslagers Majdanek. Das Institut hatte einen anonymen Tipp bekommen, und, um die Ernsthaftigkeit des Anliegens zu unterstreichen, eine Fotografie. Sie war, nach dem Stempel des Fotostudios zu schließen, aktuell. Alter, Größe, Personenbeschreibung stimmten überein mit den letzten repräsentativen Bildern, die sie von Florstedt in SS-Uniform hatten. Sicher: Fünfzehn Jahre waren vergangen, auf dem Foto hatte er zudem eine fast greisenhaft anmutende Haltung, dabei war er kaum ein Jahr älter als Rosenberg. Doch der Lippenschwung, die Form von Nase und Augen hatten auffallende Ähnlichkeit.

Der Hinweis war zwar anonym, enthielt jedoch die Information, dass er von einem Häftling stamme, der wisse, wovon er schreibe. Florstedt habe unter den Insassen schon während seiner Zeit in Buchenwald als unberechenbar gegolten, als hochmütiger, grausamer Tyrann. Ein falscher Blick – oder überhaupt ein Blick in seine Richtung –, und man habe froh sein müssen, nach Schlägen mit Reitgerte oder Pistolenknauf mit dem Leben davonzukommen. Als Florstedt aus Buchenwald versetzt worden war, habe, wenigstens kurzzeitig, das ganze Lager aufgeatmet.

Rosenberg hatte zu recherchieren begonnen. Zwar sollte Florstedt kurz vor Kriegsende des Mordes und der Korruption für schuldig befunden und auf Befehl Himmlers erschossen worden sein. Doch die Angaben der Zeugen waren in Umständen, Zeit (Oktober 1943? April 1944?) und Ort widersprüchlich. Die einen sagten aus, es sei im KZ Buchenwald nach einem Kriegsgerichtsurteil geschehen, andere verorteten die Hinrichtung irgendwo tief in einem mitteldeutschen Wald, zwischen Frühstück und Mittagessen von einem SS-Standgericht ausgeführt. Zudem waren die Zeugen alles andere als glaubwürdig. Sie gaben zu, selbst nicht bei der Erschießung dabei gewesen zu sein. Es wäre nicht das erste Mal gewesen, dass jemand einem alten Kameraden zu Flucht oder Untertauchen verhalf, indem er ihn für tot erklärte. Und die Unterlagen des für Buchenwald zuständigen Standesamtes waren, wenig verwunderlich, kriegsbedingt verloren gegangen.

Dann begann der Prozess gegen Adolf Eichmann in Jerusalem, und Rosenberg verdoppelte seine Anstrengungen. Er fand schließlich, was er suchte: einen Hinweis in alliierten Unterlagen, dass Florstedt im April 1945 aus seiner Haft in Weimar entwichen sei. Diese Zeugenaussage schien glaubhafter, stammte sie doch von dessen Schwägerin, die angab, dass sich Florstedt nach Kriegsende für kurze Zeit bei ihr in Halle aufgehalten habe, bevor er endgültig untergetaucht sei und den Kontakt mit der Familie nicht mehr aufgenommen habe.

Rosenberg warf einen letzten vergleichenden Blick auf die Fotos. Dann hielt er die Recherchen seinem Vorgesetzten Avi unter die Nase und bat um eine Versetzung in die Europa-Division des Mossad. Er hatte gute Argumente: 1947 hatte er zusammen mit zwei Kollegen einen Kriegsverbrecher aus Europa nach Palästina entführt, gleichsam die Blaupause für *Operation Garibaldi*. Dann sprach er – auch wenn er es nur noch selten tat – nach wie vor akzentfrei Deutsch und würde in der BRD nicht auffallen. Die Garibaldi-Leute hatten genug mit dem Eichmann-Prozess zu tun und galten als »verbrannt« für weitere Operationen dieser Art. Und schließlich war Rosenbergs Ehe zerrüttet, er hielt es in Tel Aviv kaum aus – so nah bei Arella und den Kindern, und doch so unendlich weit von ihnen entfernt. Der Prozess selbst wäre ein guter Grund gewesen, in Israel zu bleiben, aber er konnte ihn auch in der internationalen Presse verfolgen. Außerdem war Rosenberg sicher, dass sich seine wilden nächtlichen Träume mit Prozessbeginn intensiviert hatten. Vielleicht wäre es besser für ihn, ein wenig Abstand zu bekommen, und nichts konnte ihm in diesen Tagen mehr Abstand bringen als seine Arbeit.

Avi ging das natürlich nichts an, und doch platzte es aus Rosenberg heraus. Sein Vorgesetzter sah ihm mit zusammengezogenen Augenbrauen entgegen. Eine Woche lang. Dann überantwortete er Rosenberg *Operation Beethoven*.

Sie waren zu dritt und hatten kaum Anhaltspunkte. Der wichtigste war das Studio in Bonn, welches das Foto entwickelt hatte. Der Name stand auf der Rückseite. Ihr anonymer Hinweisgeber musste aus Bonn stammen, er hätte den Film sicher nicht zur Entwicklung in eine Nachbarstadt kutschiert. Als Rosenberg das Studio aufsuchte, das sich in der Altstadt nahe dem Münster befand, konnte sich der Besitzer weder an das Bild selbst noch an den Auftraggeber erinnern, schließlich entwickle er jede Woche mehrere Hundert Fotos. Rosenberg hatte sich bereits zur Tür gewandt, als ihn der Besitzer zurückrief und noch einmal um das Bild bat. Er nahm eine Lupe zur Hand, hielt sie schräg, hielt sie gerade, dann wieder schräg, und sagte schließlich triumphierend, dass es sich bei einer Wand, die im Hintergrund zu erkennen war, eindeutig um die eines Seitengebäudes des Bonner Bundeshauses handle.

Rosenberg ließ sich den genauen Standort des Hauses relativ zum Hauptgebäude beschreiben, dann fuhr er hin und suchte nach dem richtigen Blickwinkel, aus dem das Foto entstanden war. Als er ihn zuordnen konnte, näherte er sich dem Gebäude, zog dabei aber die Aufmerksamkeit eines Hausdieners auf sich. Offenbar konnte man dorthin, wo Florstedt mit einer zweiten Person gestanden hatte, von der lediglich ein Arm und ein Spazierstock zu sehen waren, nur gelangen, wenn man im Bundeshaus zu schaffen hatte.

Seine Kollegen in der eigens für sie vom Institut angemieteten Wohnung, ihrem »Hauptquartier«, waren wenig beeindruckt vom Ergebnis dieses Tages. Mordechai hörte Rosenbergs Ausführungen mit müdem Blick zu. Dann zuckte er mit den Schultern und sagte in seiner barsch klingenden Bassstimme: »Schön, was wissen wir jetzt? Dass Florstedt *einmal* in der Nähe des Bundeshauses war. War er öfter dort? Lebt er überhaupt in Bonn oder in der Umgebung? Reine Spekulation!«

»Du nennst es Spekulation, ich nenne es Intuition. Die hat mir schon bei der Berliner Kripo gute Dienste geleistet. Zieht euch bequemes Schuhwerk an, morgen werdet ihr lange Wege zurücklegen!«

Rosenberg bemühte sich, das laute Murren zu überhören.

Sie mussten versuchen, möglichst vielen Leuten, die um das Bundeshaus herum zu tun hatten, das Foto zu zeigen, ohne Florstedt oder einen seiner Vertrauten aufzuscheuchen. Abgeordnete, deren

Mitarbeiter oder die Hausdiener kamen nicht infrage – zu viel Aufmerksamkeit! Ihnen blieben die Lieferanten, Handwerker, Gärtner, Hauswarte. Eitan traute er zu, mit dem nötigen Fingerspitzengefühl vorzugehen; aber Mordechai war eigentlich Sprengstoff- und Waffenexperte, einer, der im Kampf um die Unabhängigkeit Israels gelernt hatte, Leute aus dem Weg zu räumen, nicht, sie zu observieren.

Rosenberg würde wieder einmal alles selbst tun müssen.

Nacht im November 1961
Hanna erwartet mich an der Wohnungstür in Potsdam. Ich kann ihr Gesicht nicht sehen, sie trägt einen schwarzen Schleier, doch ich rieche die Seife, mit der sie sich immer die Haare wäscht: Lavendel und Rosenöl. Sie legt einen Zeigefinger an den Mund und signalisiert mir, die Tür leise zu schließen. Dann weist sie mich zum Wohnzimmer, das nur von einer Menora erleuchtet wird. Mutter, Leni und Tante Hedi sitzen schweigend am leeren Tisch. Auch sie tragen Schleier. Ich sage: Schabbat Schalom, aber alles bleibt still, sie halten die Köpfe gesenkt.

Was soll das, sage ich zu Hanna, warum sprechen sie nicht mit mir?
Wir sind enttäuscht von dir, Ephi. Du hast uns vergessen.
Das ist nicht wahr, antworte ich, es vergeht kein Tag, an dem ich nicht an euch denke.
Es ist nicht genug, Ephi. Mit jedem Tag werden wir ein bisschen weniger.
Ich war beim Suchdienst des Roten Kreuzes. Direkt nachdem sie das Lager befreit hatten. Es war aussichtslos.
Es ist nicht genug.
Aber was kann ich noch für euch tun?
Weißt du das denn nicht? Weißt du es nicht, Ephi?
– Gegen vier Uhr aufgewacht, Puls raste, nicht mehr zurück in den Schlaf gefunden.
Wieder ein Tag.

Bonn mit seinen vielen engen Gassen, Buchhandlungen, Burschenschaften, kleinen Bäckereien mit einem Hinterzimmer, wo man Kaffee trinken konnte. In einer von ihnen traf er sich um die Mittagszeit mit Eitan und Mordechai. Sie machten einen entnervten Eindruck, die Befragungen hatten rein gar nichts ergeben. Bald würde der Schabbat beginnen, und auch wenn die beiden nicht religiös waren, sprachen sie sich doch dafür aus, die Recherche für einen Tag zu unterbrechen.

Er schickte sie zurück ins Hauptquartier und beschloss, den Rest des Tages selbst die Laufarbeit zu erledigen. Die Familie, in die er geboren worden war, war tot, die Familie, die er selbst gegründet hatte, war weit, wozu also Schabbes feiern …?!

Er trank seinen Kaffee in schnellen Schlucken, packte das vor ihm liegende Foto in die Jackentasche. Er stand auf, die Gedanken bereits auf die Befragungen gerichtet, als sein Blick auf das Profil eines vertrauten Gesichts am anderen Ende des Hinterzimmers fiel. Er wollte genauer hinsehen, doch da hatte der andere sich schon abgewendet, Rosenberg blickte auf einen Hinterkopf mit schütterem Haarkranz und einen breiten Rücken in bordeauxrotem Jackett.

Rosenberg verließ eilig die Bäckerei.

Er kannte das Gesicht, vermochte es aber nicht zuzuordnen. Dann, als er es zuzuordnen wusste, schüttelte er nur den Kopf. Weil es zu einem Toten gehörte.

So ein Unsinn!

Rosenberg musste zu Fuß zum Bundeshaus, seine Kollegen hatten den Kleinlaster genommen. Er stellte den Kragen seines Trenchcoats hoch, es hatte zu schneien begonnen. Der Schnee blieb nicht liegen, aber durch den auffrischenden Wind fühlte er sich beißend an, wo immer er auf nackte Haut traf.

Jahnke – so ein Unsinn!

Wie das Gedächtnis einem doch immer wieder Streiche spielte, wenn man nur lang genug lebte. Wahrscheinlich waren auch daran die Träume von seiner Mutter und seinen Schwestern schuld.

Wann hatte er Jahnke zum letzten Mal gesehen?

1936? 1937? Da waren Mutter, Hanna und Leni noch am Leben.

Er kannte Jahnke schon aus seiner Jugend in Potsdam. Sie waren Fußballkameraden gewesen, hatten sich aus den Augen verloren, als Rosenberg nach Berlin gewechselt war. Bei einer zufälligen Begegnung in der »Fabrik«, dem Polizeipräsidium auf dem Alexanderplatz, stellten sie fest, dass sie beide bei der Kripo arbeiteten – wenn auch in unterschiedlichen Abteilungen. Als sie Rosenberg aus dem Dienst entlassen hatten, hielt Jahnke noch kurze Zeit die Stellung bei der Gestapo, bis er es nicht mehr ertrug und um seine Versetzung bat.

Nein! Es war Ende 1938, dass er ihn zuletzt gesehen hatte. Jahnke verkehrte damals noch immer mit Gestapoleuten. Hatte Rosenberg gewarnt, es braue sich etwas zusammen für die Juden, die Gestapo habe eine zentrale Judenkartei eingerichtet, in den Lagern schafften sie Platz.

»Was könnte sich da noch mehr für uns zusammenbrauen?«, hatte Rosenberg gefragt.

Jahnke hatte den Kontakt zu einem hergestellt, der Juden beim Untertauchen half. Rosenberg hatte seine Mutter und seine Schwestern inständig beschworen, stattdessen mit ihm auszuwandern, doch sie lehnten ab, er müsse sich jetzt um sich selbst kümmern, die Männer seien immer als Erste dran. Alles Weitere werde sich ergeben.

Es war eines der letzten Male, dass er »seine drei Frauen« gesehen hatte.

Wahrscheinlich hatte sein Kopf den Traum der gestrigen Nacht mit der Zeit verknüpft, als er untergetaucht war, und irgendein Detail im Gesicht Jahnkes in den Zügen dieses Fremden wiederzuerkennen geglaubt, wider alle Logik.

Aber warum schlugen seine Beine nun doch den Weg zurück zur Bäckerei ein? Und weshalb ließ er es geschehen? Weil er Sicherheit haben wollte? Oder weil es mehr als nur ein Detail war, das er erkannt zu haben glaubte …?

Als Rosenberg vor die Bäckerei trat, verließ das bordeauxrote Jackett gerade den Laden. Ein gemurmeltes »Auf Wiedersehen« des anderen, dann blickten sie einander direkt in die Augen. In schneller Folge wurde aus den beiläufigen Abschiedsworten eines Fremden Wiedererkennen, wurde Fassungslosigkeit, wurde Versteinerung. Ein merkwürdiges inneres Zusammenzucken, das den ganzen Körper vor ihm durchlief.

»Jahnke? Eberhard Jahnke …?«

»Ephraim Rosenberg …«

Wie mechanisch schnellten die Hände vor. Jahnke begann unablässig den Kopf und die Rechte zu schütteln, er schien gar nicht mehr damit aufhören zu wollen.

»Das kann ja nicht sein, du bist doch –«

»Tot mit den Toten? Nein, alter Freund, so schnell stirbt ein Außenläufer nicht …!«

»Ephraim Rosenberg, ich glaub's nicht. Was machst du hier?«

»Und du?«

»Arbeiten. Sicherheitsdienst des Bundeshauses.«

Rosenberg spürte, dass sein Herz einen Schlag ausgelassen hatte. Vielleicht strahlte aber auch nur das unentwegte Schütteln von Jahnkes kalter Hand auf andere Körperteile ab.

»Davon musst du mir unbedingt erzählen, Jahnke.«

»Ja.«

Sein Gegenüber zögerte, ein Schatten überzog dessen Augen. Endlich ließ er Rosenbergs Rechte aus.

»Na klar. Nur nicht jetzt, ich muss zurück in den Dienst. Wie lange bist du in Bonn?«

»Einige Tage.«

Jahnke fragte, ob er noch immer seine Kladden bei sich führte, wie früher bei der Kripo. Rosenberg grinste, zog eine aus der Innentasche seines Jacketts und hielt sie dem anderen mitsamt Kugelschreiber hin. Der kritzelte einige Zahlen.

»Ruf mich an. Morgen.«

Einmal mehr streckte ihm Jahnke die rechte Hand hin, die Rosenberg freudig ergriff. Sekunden später sah er den anderen mit leicht watschelndem Gang davongehen.

Einer war also doch von den Toten auferstanden!

Einer, der ihm geholfen hatte.

Einer, der ihm das Leben gerettet hatte.

Einer, den sie dafür hingerichtet hatten. Mitsamt seiner kleinen Widerstandsgruppe.

Auferstanden von den Toten.

Rosenberg lächelte und beschloss, ins Hauptquartier zurückzukehren, um nun doch Schabbes zu feiern.

Der Schneeregen war längst in Schnee übergegangen.

Nacht im November 1961

Ich baue eine Synagoge. Die Mauern stehen, das Dach ist gedeckt. Es ist Nacht, ich lege Hand an Kleinigkeiten. Die Atmosphäre ist gespannt, als gäbe es in dem nagelneuen Gebäude ein uraltes Geheimnis. Ich höre hinter einer Wand ein Scharren, als ob jemand Mörtel, den ich zuvor verteilt hatte, wieder ausheben würde. Ich spüre Wut aufsteigen, werfe einen Hammer durch den offenen Türbereich in Richtung der Geräusche. Es ist ein schwerer Hammer, und ich werfe ihn mit der Absicht, den oder das auf der anderen Seite zu verwunden. Als er ins Dunkel fällt, vergeht ein Moment, dann kommt er wieder zurück zu mir – mit Wucht, aber einige Meter an mir vorbei. Ich nehme einen zweiten, kleineren Hammer, werfe wieder. Auch der kommt zurück, landet in einiger Entfernung von mir. Ich weiß jetzt, dass mich der- oder dasjenige nicht verletzen möchte, doch meine Wut weicht nur der Angst. Angst vor dem Ganz-Anderen, das hinter dieser Wand lauert und tut, was es tut. Leise knirscht der Kies. Ich rufe: Warum hältst du meine Arbeit auf? Warum zerstörst du mein Werk? Siehst du nicht, dass ich mich redlich mühe und nicht vorankomme? Schweigen. Es ist unaushaltbar. Ich spüre, wie mein Herz zu rasen beginnt, weil ich ahne, dass dieses Ganz-Andere sich langsam zu nähern beginnt.

– Schweißgebadet aufgewacht, Puls über 150.
Wieder ein Tag.

»Was genau tust du am Bundeshaus?«

»Ich überwache den Eingangsbereich. Wer rein- und wieder rausgeht.«

»Du bist ein Pförtner?«

»Es ist schon etwas mehr als das. Ich kontrolliere, ob die Leute korrekt angemeldet sind, ob sie im Bundeshaus überhaupt etwas zu suchen haben. Schließlich soll da ja nicht jeder reinspazieren können.«

Jahnke vermied weiterhin Rosenbergs Blick. Er schien unablässig damit beschäftigt, mit seinem Zeigefinger Brotkrümel vom Tisch aufzuklauben und sie zu einem kleinen Haufen zu schichten.

»Jahnke, du altes Polizeipferd! Wird dir das nicht langweilig?«

»Es ist ein interessanter Arbeitsort. Man lernt viele Menschen kennen.«

»Aber du warst beim Raubdezernat, da war mehr los.«

»Man wird älter, Rosenberg. Noch zwei, drei Jahre, dann war's das für mich und ich geh in Rente.«

Jahnke ließ ab von den Krümeln und nahm einen großen Schluck Wein. Es war Samstagabend, sie hatten sich in einem altstädtischen Weinlokal getroffen und tranken auf ihr Wiedersehen. Inzwischen mit der zweiten Flasche Riesling. Auch wenn Rosenberg von der ersten nur ein wenig gekostet hatte.

Ein forschender Blick, Jahnke sah weg, dann förderte er zwei Zigarren zutage und hielt Rosenberg eine hin.

»Passe. Ich rauche nicht mehr.«

Jahnke nickte. Dann sagte er: »Ich weiß, was du hören willst. Ja, ich hatte den Vermerk. Es waren zwar nur neun Monate, aber es war die Gestapo. Ich hatte nicht damit gerechnet, überhaupt entnazifiziert zu werden. Aber ich hatte Glück. Und jetzt arbeite ich hier, im Herzen der deutschen Demokratie. Ist das nicht verrückt?«

»Verrückt, ja. In diesem Land ist so einiges verrückt.«

Jahnke zuckte mit den Schultern. Dann fragte er: »Wie bist du rausgekommen, Rosenberg?«

»Lange Geschichte.«

»Du warst im Judensammellager?«

»Große Hamburger Straße 26. Ein Tieffliegerangriff, das halbe Lager ist abgebrannt.«

»Ja, eben.«

»Ich war in der anderen Hälfte.«

Um sie herum war es merklich lauter geworden, der Abend schien seinem Höhepunkt entgegenzustreben. Rosenberg spürte noch immer die seltsame Zurückhaltung, die von Jahnke ausging, und wusste nicht, was er daraus machen sollte.

»Woher weißt du eigentlich davon?«, fragte er.

»Wovon?«

»Vom Judensammellager. Woher weißt du, dass sie mich geschnappt hatten?«

»So was spricht sich herum.«

»Hat dir Petermann davon erzählt?«

»Petermann? Na klar, Petermann muss es gewesen sein.«

Jahnke paffte an seiner Zigarre, begann stark zu schwitzen.

»Wie bist du ihnen ausgekommen?«, fragte Rosenberg.

»Was meinst du?«

»Ich erinnere mich genau an die roten Plakate auf den Litfaßsäulen: Bekanntgabe der Hinrichtung von Petermann und Jahnke.«

»Ach das!«, Jahnke lachte gekünstelt. »Wie du siehst: Es hat mich einfach nicht erwischt. Was hast du gesagt? So schnell stirbt ein Außenläufer nicht – und ein Mittelläufer auch nicht … so kurz vor Kriegsende wär das ja blöd gewesen.«

»Kurz vor Kriegsende? Es war im November 1944.«

»War es das? Ich kann mich nicht genau erinnern.«

»Und Petermann?«

»Der hatte nicht so viel Glück.«

Rosenberg wusste, dass die Deutschen nicht gern über die letzten beiden Kriegsjahre sprachen. Aber dies war nun doch sehr mühselig. Er saß seinem Retter gegenüber, dem Mann, der ihm geraten hatte, abzutauchen, der ihn mit den richtigen Menschen zusammengebracht hatte, die geholfen hatten, dass die SS ihn jahrelang nicht aufspürte … bis zum März 1943, als er in einer Menschenmenge von einem anderen ehemaligen Kollegen entdeckt wurde, der nun bei der SS war … zwei Tage später holten sie ihn und seinen letzten Fluchthelfer ab und verfrachteten ihn ins Sammellager.

Um das auf ihm lastende Schweigen zu brechen, sagte Rosenberg: »Ja, das hatte er wohl nicht: Glück.«

Jahnkes Blick wurde unstet, die Zigarre zwischen Zeige- und Mittelfinger seiner rechten Hand begann stark zu zittern. Dann brach es plötzlich aus ihm heraus: »Du weißt es, oder?«

Rosenberg sah ihn mit großen Augen an.

»Na klar weißt du es! Wer hat es dir gesagt?«

»Wer hat mir *was* gesagt?«

»Wo du mich finden kannst.«

»Reiner Zufall.«

»Zufall, ein Scheiß! Bist du deshalb gekommen?«

»Um dich zu sehen?«

»Um Rache zu nehmen, Herrgottnochmal …«

Rosenberg runzelte die Stirn. Was war hier eigentlich los?

»Ich hab das nicht gewollt, das musst du mir glauben, Rosenberg. Ich habe bis heute Albträume. Aber du weißt, wie sie waren, die Gestapo hatte dich auch in der Mangel …«

»Du …?«

»Die hatte dich doch auch in der Mangel …«

»*Du* hast Petermann verraten?«

»Du weißt, wie sie waren. Das waren keine Menschen. Die haben nicht damit aufgehört. Die ganze Nacht. Sie haben mir die Fußnägel ausgerissen, einen nach dem anderen …«

»Er war mit dir verwandt, Jahnke, und du hast ihn verraten.«

Rosenberg war aufgestanden, im Lokal war es still geworden, viele Augenpaare sahen zu ihnen herüber. Rosenberg griff nach seinem Trenchcoat. Er hatte Petermann gemocht. Ohne dessen Hilfe hätte er nicht einen Monat im Untergrund überlebt. Er knallte einen Zwanzigmarkschein auf den Tisch und ging zur Tür. Draußen sog Rosenberg die kalte Abendluft ein und setzte sich in Bewegung.

Petermann. Bärbeißiger Kerl. Bei ihrer ersten Zusammenkunft hatte ihn Rosenberg gefragt: »Warum hilfst du mir?«

»Weil das die einzige Art von Widerstand ist, den ich in diesem Land leisten kann. Wenn ich's nicht täte, müsste ich mich umbringen.«

Jetzt, auf der Straße, hörte Rosenberg erst im letzten Moment die Schritte hinter sich, drehte sich abrupt um, holte aus und schlug dem einen Kopf größeren Jahnke mit der Faust ins Gesicht. Der krümmte sich, Blut lief ihm aus der Nase und den aufgeplatzten Lippen. Doch als Rosenberg seinen Weg fortsetzte, vernahm er kurz darauf wieder Schritte hinter sich. Sie gingen schweigend, Rosenberg immer einige Meter voraus. Dann blieb ihm die Luft weg, und er hielt an.

»Hast du mich auch denunziert?«

Er stand mit dem Rücken zu Jahnke, hörte dessen lamentierende Stimme.

»Ich musste ihnen Namen geben … aber ich hab nie gesagt, wo sie euch finden können …«

»Weil du es selbst nicht wusstest.«

»Ich dachte, die finden euch sowieso nicht.«

»Sie haben uns aber gefunden.«

»Da war diese Greiferin, die für den Jüdischen Fahndungsdienst der Gestapo gearbeitet hat … die wusste einfach alles, keine Ahnung, wieso … versteh doch, ich hatte immer darauf gehofft, das große Ganze retten zu können –«

»Wenn ein paar kleine Juden sterben. – Was ist dann passiert? Zwischen meiner Festnahme und der Hinrichtung von Petermann liegen anderthalb Jahre.«

Rosenberg drehte sich um. Jahnke schwieg, hielt sich ein Taschentuch auf die blutende Lippe.

»Verstehe. Die haben dich nicht aus dem Netz gelassen. Du warst die ganze Zeit Gestapo-Zuträger. Und natürlich wolltest du immer nur die Gruppe vor dem Zugriff retten, nicht deinen eigenen Arsch. Was ist dann passiert, warum hast du die Gruppe am Ende doch verraten?«

»Sie sagten: er oder ich.«

»Warum war dann auch dein Name auf den Hinrichtungsplakaten?«

Wieder schwieg Jahnke. Rosenberg nickte.

»Du hattest einen Deal mit ihnen. Einen dreckigen kleinen Deal.«

Er widerstand dem Impuls, noch einmal zuzuschlagen.

»Die haben einen anderen für dich hingerichtet, damit du abtauchen konntest.«

»Ach Gesums, nein.«

»Was hast du ihnen gegeben, Jahnke?«

»Ich hatte Kontakte.«

»Was für Kontakte?«

»Gute Kontakte. In den Osten.«

»In den Osten? KPD? Petermann war in der KPD gewesen, aber du …?«

»Meine Kontakte wussten, dass ich mit Petermann befreundet war. Zwei der Gestapoleute ahnten, dass das Reich keine Zukunft mehr hatte. Ich habe versprochen, sie mitzunehmen. Wir haben uns einen Fliegerangriff zunutze gemacht. Das weißt du ja … fast jeden Tag sind Menschen verschüttet worden …«

Rosenberg wollte nichts mehr davon hören. Er nahm seinen Weg wieder auf. Diesmal war er mit seinen Schritten allein.

»Sie waren keine schlechten Kerle, Rosenberg. Sie waren jung. Wir waren alle jung. Wir waren Verführte.«

Jahnkes Worte drangen kaum mehr an sein Ohr.

Am darauffolgenden Tag hatte Rosenberg Schmerzen in seiner rechten Hand. Sie war blau und leicht geschwollen. Er hoffte, damit nicht zum Arzt zu müssen. Die deutschen Ärzte …!

Um die Mittagszeit rief er Jahnke an und beorderte ihn in den Hofgarten. Dort erklärte er ihm barsch, dass er nun seine Schulden (wenn schon nicht seine Schuld) bei Rosenberg »abarbeiten« könne. Jahnke starrte ihn an, nickte mechanisch auf Rückfrage, ob er verstanden habe.

Er zeigte Jahnke das Foto. Fragte, ob er die Person kenne, ob er sie im Bundeshaus einmal gesehen habe. Jahnke verneinte, auch als Rosenberg insistierte, ihn nicht anzulügen. Dann stutzte Jahnke, betrachtete das Bild genauer. Er wies auf den rechten Rand, auf die zweite Person, die durch den Bildausschnitt, den der Fotograf gewählt hatte, abgeschnitten war. Eine behandschuhte Linke, der Knauf eines Spazierstocks.

»Kaiser«, sagte Jahnke und stupste aufgeregt mit dem Zeigefinger auf das Foto, das sei ganz eindeutig Hermod Kaiser. Rosenberg legte die Stirn in Falten. Jahnke erklärte, dass das Bild aus dem Frühjahr oder Sommer stamme, darauf deuteten die Bäume im Hintergrund hin. Wer aber trage da heutzutage einen schweren Lederhandschuh? Nur jemand, der im Krieg seine Hand verloren habe und den Stumpf maskieren wolle. Und dann – der Spazierstock ende in einem Habichtkopf. Keine Massenware, betonte Jahnke, vielmehr eine Maßanfertigung für Kaiser, er habe ihn mehrmals prahlen hören, wie kompliziert der Silberaufsatz zu schmieden gewesen sei und dass dieses Federvieh irgendeine Rolle in der germanischen Mythologie spiele.

Rosenberg zog seine Kladde, notierte sich den Namen: Hermod Kaiser.

»Was macht er im Bundeshaus?«

»Ich weiß es nicht genau. Er nennt sich ›politischer Berater‹.«

»Was heißt das?«

»Ich weiß es wirklich nicht, Rosenberg. Aber wenn du möchtest, kann ich dir Informationen über ihn zusammenstellen.«

»Was für ›Informationen‹?«

»Wer er ist. Woher er kommt. Welche Rolle er unter den Nazis gespielt hat.«

»Und wie kommst du an diese Informationen?«

»Ich lerne viele Menschen kennen an der Pforte. Ich sehe, ich höre, ich mache mir Notizen. «

Das glaube ich sofort, dachte Rosenberg. Wenn Jahnke wirklich »in den Osten« gegangen war, wie er behauptete, haben die ihn nicht ohne Gegenleistung wieder ziehen lassen. Denkbar, dass er von den Ostdeutschen an der Schleuse des Bundeshauses platziert worden war. Das würde auch erklären, wie er so glimpflich durch die Entnazifizierung gekommen war.

Nun gut, sollte der Name Ephraim Rosenberg eben in einem Bericht der DDR-Staatssicherheit auftauchen, sich darüber Gedanken zu machen, lohnte nicht.

Er gab Jahnke drei Tage.

Sie trafen sich ein letztes Mal. Jahnke überreichte ihm zwei mit Schreibmaschine getippte Seiten, die Rosenberg überflog. Dann stachen ihm die entscheidenden Worte ins Auge: »Adjutant von Arthur Hermann Florstedt«.

Rosenberg faltete die Notizen und steckte sie ins Jackett. Er schärfte Jahnke ein, dass er ihn, sollten sie sich zufällig vor dem Bundeshaus begegnen, ja nicht ansprechen solle. Es werde kein Wiedersehen geben.

Dann ging er durch den Schnee, der über Nacht gefallen war, zurück ins Hauptquartier.

Hermod Kaiser, Adjutant von Arthur Hermann Florstedt.

Und bis auf Weiteres »ihr Mann«.

8

»Lassen Sie mich durch, ich bin Arzt!«

Vor Vanuzzi teilte sich die Gruppe der Umstehenden. Er kniete sich neben den Körper. Djefel lag mit zerschmettertem Kopf auf dem Pflaster des Bürgersteigs. Vanuzzi betastete vorsichtig das Genick, zog einen Taschenspiegel aus seiner Jacke und hielt ihn vor den Mund des Algeriers. Er beschlug nicht.

»Tot, nä?!«

»Was'n eigentlich passiert?«

»Vom Dach gesprungen. Hab's gesehn.«

Vanuzzi tat, als würde er weitere Untersuchungen anstellen. Dabei tastete er Djefel oberflächlich und rasch ab, um einen Hinweis zu erhalten, wo dieser wohnte. Er musste sich beeilen, bevor die Polizei hier war und nach Vanuzzis Papieren fragte. Außerdem war da der Hausbewohner, den er über den Haufen gerannt hatte. Der konnte ihn wahrscheinlich identifizieren und wusste, dass er dem Algerier hinterhergejagt war.

Vanuzzi fand ein Portemonnaie und einen Schlüssel. Durch einen Taschenspielertrick brachte er beides an sich. Dann rief jemand: »Krankenwagen is auffem Weg!«

Vanuzzi stand auf und sagte: »Für den kommt jede Hilfe zu spät.«

Zwei Frauen wandten die Gesichter erschrocken ab, um sie im nächsten Moment neugierig wieder zur Leiche hinzudrehen.

Vanuzzi musste Land gewinnen, doch dafür brauchte er Ödön. Als er sich umblickte, sah er, wie sich der junge Mann an der Hauswand festhielt. Er war leichenblass, schnappte nach Luft. Vanuzzi kannte das Phänomen, im Krieg hatten sie es »Weißwand« genannt: Du kannst einen Menschen im Nahkampf umbringen, auch wenn du das vorher noch nie getan hast. Einige Momente lang bist du ganz klar, fokussiert, stehst über den Dingen. Aber sobald das Adrenalin abgeflaut ist, kotzt du dir die Seele aus dem Leib, hast keine Kontrolle mehr über deine Hände, die zuvor präzise getötet hatten. Ödön hatte zwar schon Leichen gesehen, aber er hatte selbst nie getötet – oder jemanden in den Tod getrieben.

Als Vanuzzi sich anschickte, zu Ödön zu gehen, hielten ihn zwei der Schaulustigen auf.

»Wohin, Doktor?«

»Dem jungen Mann da geht's nicht gut.«

»Sie müssen mit den Schupos reden.«

»Erst mal kümmere ich mich um den Jungen.«

Sie ließen ihn los, folgten ihm aber mit den Augen. Ödön zitterte, sagte, dass ihm schwarz vor Augen geworden sei, es gehe aber schon wieder. Im nächsten Moment übergab er sich an die Hauswand. Vanuzzi reichte ihm ein Taschentuch.

»Schau mich an. Schau – mich – an! – Gut so. Und jetzt blick nach oben, das stabilisiert den Kreislauf.«

Ödön tat, wie ihm geheißen. Vanuzzi kam näher, er konnte den sauren Atem des jungen Mannes riechen. Er sprach besänftigend in Englisch auf ihn ein, sagte, dass die Übelkeit gleich vorübergehen werde. Dann müsse er ihm helfen, unbemerkt von hier zu verschwinden. Für Ödön bestehe keine Gefahr, er könne nicht mit Djefel in Verbindung gebracht werden, Vanuzzi aber schon. Er schob dem jungen Mann seine Auto- und Wohnungsschlüssel in die Jackentasche, unbemerkt von ihren Beobachtern.

»Wenn die Bullen nichts von dir wollen, gehst du zum Auto zurück. Sollte ich bis dreiundzwanzig Uhr nicht da sein, fährst du. Mach's dir in meiner Wohnung bequem. – Hast du verstanden?«

Ödön nickte.

»Sehr gut. Ödön: Feuer für einen Raub!«

Der junge Mann blähte die Nüstern beim Einatmen. Vanuzzi führte ihn in Richtung der beiden Männer, die sie noch immer belauerten. Als Vanuzzi ihn losließ, kippte Ödön direkt in deren Arme.

»Ach du Scheiße, wat …?«

Einen Augenblick hatte Ödön die volle Aufmerksamkeit der immer größer gewordenen Menschenmenge. Lang genug, dass Vanuzzi geräuschlos auf die Straße und hinter ein Auto schlüpfen konnte. Von hier setzte er seinen Weg unbehelligt fort.

Sie hatten die alten chinesischen Strategeme, die Vanuzzi in seiner Zeit für den US-Nachrichtendienst kennengelernt hatte, oft durchgesprochen und geprobt. Sie stammten angeblich von einem General aus dem fünften Jahrhundert und gehörten zum Effizientesten, was Vanuzzi in strategischer Kriegsführung kennengelernt hatte. Nun schien ihr Studium Früchte zu tragen. Feuer für einen Raub. Vanuzzi hoffte nur, dass Ödöns Schwächeanfall Teil des Strategems war und er nicht wirklich bewusstlos geworden war. Der junge Mann hatte eine Historie von Absencen, auch wenn schon Jahre seit dem letzten Anfall vergangen waren.

Vanuzzi hatte eine Hauptstraße erreicht und trat unter grelles Lampenlicht. Er durchsuchte Djefels Portemonnaie genauer, fand einen Arbeiterausweis der Fabrik mitsamt einer Adresse. Als in schneller Folge Krankenwagen und Polizei an ihm vorüberbrausten, wandte er sein Gesicht rasch vom Licht ab.

Was ihm fehlte, war ein Kölner Stadtplan. Dieses verteufelte deutsche Straßensystem! Namen, die sich keiner merken konnte, Wege, die Kurven beschrieben, und schnurgerade verlaufende Alleen, die nach einer Kreuzung anders hießen … für ein Taxi hatte er zu wenig Geld, Djefels Portemonnaie war auch fast leer. Er fragte zwei Passanten, die ihm aber nicht weiterhelfen konnten oder wollten. Erst ein dritter hatte eine Idee und schickte ihn in die richtige Richtung – ein Fußmarsch von mehr als zwanzig Minuten. Vanuzzi setzte seinen Weg fort, warf den Geldbeutel in einen Abfalleimer. Zuweilen blickte er sich um. Er hatte das vage Gefühl, verfolgt zu werden, und das schon seit einiger Zeit. Er hielt vor Schaufenstern, um Fußgänger vorbeistreifen zu lassen, tat, als ob er sich die Schuhe bände, seine Augen erfassten dabei gründlich die Umgebung – doch der Eindruck, dass ihm jemand auf den Fersen war, bestätigte sich nicht.

Schließlich hatte Vanuzzi das Haus erreicht. Nur zwei der zehn Klingeln waren mit Namen versehen: Müller E. und Müller O. Na prima! Djefels Schlüssel passte, doch die Haustür gab bereits nach, bevor er ihn im Schloss gedreht hatte. Offenbar ließ sie sich gar nicht mehr verschließen, und die Bewohner hatten sich damit abgefunden. Vanuzzi stand im dunklen Treppenhaus, drückte auf den Lichtschalter. Nichts geschah. Er knipste seine Taschenlampe an. Nichts geschah. Er schlug sie ein paarmal gegen den Oberschenkel. Das schien den Wackelkontakt beseitigt zu haben, sie leuchtete wieder hinlänglich hell.

Welche war nun Djefels Wohnung? Er konnte den Schlüssel nicht gut an jeder Tür ausprobieren – viel zu auffällig!

Er ging los. Bei jeder senkrecht stehenden Treppenstufe reflektierte das Licht seiner Taschenlampe und blendete ihn, während er langsam die Stiegen erklomm. Als er oben angekommen war, schlussfolgerte er, dass es nur zwei Wohnungen gab, die keinerlei Merkmale auf seine Bewohner lieferten, wie beispielsweise Geräusche von innen, Licht, Schuhe oder Schmuck an der Tür. Vanuzzi stieg wieder einen Treppenabsatz hinab und probierte den Schlüssel an der ersten dieser beiden Wohnungen, als innen ein Hund anschlug. Er knipste die Lampe aus, fuhr herum und zog sich ins Dunkel zurück. Die Tür flog auf, das Bellen wurde lauter, und ein schnaufender, fetter Mittfünfziger in weißem Unterhemd trat heraus.

»Du besoffene Sau! Willste wieder inne falsche Wohnung? Ich schlach dir den Schädel ein, wenn dat nich aufhört, Kowalski!«

Die Tür knallte zu. Vanuzzi wartete einen Moment, dann schlich er die Treppe hinab und probierte es an der anderen Wohnungstür. Der Schlüssel passte, doch dann hielt er plötzlich inne: Was, wenn Djefel nicht allein lebte?

Frau und Kinder hatte er in Algerien keine. Dass er sich in Deutschland jemanden angelacht hatte … möglich, aber unter seinen Lebensbedingungen unwahrscheinlich. Doch Ben Kemali – vielleicht teilten sie sich die Wohnung?

Vanuzzi wollte nach seiner Pistole greifen und stellte fest, dass er sie nicht dabeihatte. Porca Madonna! Er hatte sie Ödön gegeben, bevor er Djefel nachgestiegen war und dann glatt vergessen. Er atmete tief durch, hielt die Taschenlampe so, dass er damit zuschlagen konnte. Dann stupste er die mittlerweile offene Tür an, die einen leisen Knarrton von sich gab, und spähte hinein.

Drinnen war es still. Es war viel heller als im Treppenhaus, durch gardinenlose Fenster fiel der Schein von Straßenlaternen in die Räume. Vanuzzi durchkämmte sie nacheinander, bis er sicher sein konnte, dass niemand da war.

Es war eine ausgekühlte, heruntergekommene Bude mit Kammer und Küche, kleiner als seine eigene. Ein Waschbecken, Tisch und Stuhl, Matratze auf dem Boden; ein Teppich, zusammengerollt in der Ecke, wahrscheinlich für Djefels Gebete. Vier Bücher, drei auf Arabisch, ein französisches; Kochutensilien, Vorräte für wenige Tage. Nicht mehr als ein Notbehelf für jemanden, der nicht viel brauchte. Der den Tod einem französischen Geheimdienstverhör vorzog.

Als sich Vanuzzi in der Kammer setzte, die Djefels Wohn- und Schlafzimmer zu sein schien, kippelte der Stuhl und ächzte unter seinem Gewicht.

Wie hatten damals die Mobster, mit denen er als Jugendlicher zu tun gehabt hatte, ihre Sachen versteckt? Lose Bretter im Dielenboden – hier gab's nur den Estrich. Hinter der Tapete – hier gab's nur nackten Putz an den Wänden. Toilette – zu riskant, Vanuzzi hatte im Treppenhaus Etagenklos gesehen, die sich mehrere Mietparteien teilten. Er stand auf, tastete die morsche Fensterbank auf einen Hohlraum ab. Nichts. Dann ging er in die Küche und schüttete sämtliche Vorräte ins Waschbecken. In einem Behälter, der Couscous enthielt, wurde er fündig. Es war ein Zettel mit einer Einladung für eine Tombola in einer Kölner Kneipe, übermorgen. Jemand hatte mit wie gemalt wirkenden lateinischen Buchstaben Straßenname und -nummer auf die Rückseite geschrieben. Darunter zwei arabische Buchstaben. Vanuzzi sprach zwar kein Arabisch, aber durch den Kontakt mit palästinensischen Händlern in Tel Aviv hatte er zumindest das Alphabet in Grundzügen gelernt und wusste, dass die beiden Buchstaben B und K waren.

Ben Kemali.

Wie aufmerksam, dachte er. Dann hörte er das Geräusch.

Ein Knarren, das sofort verstummte. Vanuzzi hielt den Atem an. Wieder das Knarren. Stille. Ihm fiel ein, dass er die Wohnungstür nicht zugemacht hatte. Sie hatte in den Angeln gerieben, als er selbst in den Flur getreten war. Er hielt sich noch immer in der Küche auf, sah sich nach einem Fisch- oder Brotmesser um, aber da waren nur stumpfe Tafelmesser.

War das die Polizei?

Da er Djefels Portemonnaie gestohlen hatte, konnten sie die Identität nicht so rasch geklärt haben. Außerdem hätte die längst Licht gemacht.

Ben Kemali?

Wozu dann ein Treffen in einer Kneipe vereinbaren?!

Ein anderer Mitbewohner? Aber hätte der nicht auch längst das Licht angeschaltet?

Es musste jemand sein, der entweder selbst einbrach oder wusste, dass Vanuzzi in der Wohnung war. Wenn er doch nur seine Pistole hätte …!

Er hörte vorsichtige Schritte im Flur.

Lieber nichts riskieren, vielleicht wäre der andere bewaffnet … Vanuzzi stand leise auf, ging auf den Fußballen Richtung Küchentür und hielt die Taschenlampe schlagbereit. Dann griff er mit der linken Hand ins vorstehende Ende des Türrahmens, schwang sich mit

Wucht in den Flur und begann zur Wohnungstür zu rennen. Fünf-undneunzig Kilogramm in Schwung zu bringen dauert einen Moment, doch sind sie einmal in Bewegung, räumen sie alle Hindernisse aus dem Weg. Er kollidierte auf Höhe von Djefels Wohnzimmer, aber es war zu dunkel zu erkennen, um wen es sich dabei handelte. Vanuzzis Körpermasse sorgte dafür, dass der andere Leib abprallte und aus dem Flur in den offenen Raum stürzte. Er rannte, durch die Wohnungstür ins Treppenhaus, die Stiegen hinab, hinaus auf die Straße, weiter bis zur nächsten Quere, zur Hauptstraße. Dort schnappte er nach Luft – er musste dringend an seiner Kondition arbeiten, Spring-seil und Dauerlauf, auch wenn es die Trainingseinheiten waren, die er am Boxen hasste. Vanuzzi sah, dass ihm niemand gefolgt war, und ging schnellen Schrittes zurück zum Wagen. Wenn er sich beeilte, konnte er es bis dreiundzwanzig Uhr schaffen.

An seinem Taunus angekommen, sah er, dass Ödön im Auto schlief. Die Scheiben waren beschlagen. Als Vanuzzi den Motor an-ließ, stotterte der, kam erst beim dritten Versuch. Ödön wachte auf und gähnte mit offenem Mund. Immerhin schien es ihm wieder gut zu gehen.

Obwohl Vanuzzi todmüde war, hielt er bis sechs Uhr durch, stand be-reits eine Viertelstunde früher vor dem Telegrafenamt und wartete, bis der Beamte aufschloss. Vanuzzi folgte den Anweisungen zur Kontakt-aufnahme, die ihm Sélestat bei ihrem letzten Treffen gegeben hatte. Es war ein bewährtes Prinzip in Nachrichtendienstkreisen, wenn beide Seiten ihren Aufenthaltsort oder die Telefonnummer nicht preisge-ben durften: Sie tauschten eine festgelegte Zahl von Codenamen aus, die nur ihnen vertraut waren und die in regelmäßigem Rhythmus wechselten. Durch den Codenamen, den Vanuzzi benutzte, wüsste Sélestat, dass das Telegramm echt war. Dann war verabredet, dass der Adressat eine darin angegebene Telefonnummer am selben Tag um fünfzehn Uhr anrief. Sollten sie einander nicht erreichen, folgten weitere Anrufe jeweils zur vollen Stunde. Um zu erkennen, ob auch wirklich der Richtige am Telefon war, hielten wieder die Wildgänse her, die hier und dort und überall waren.

Vanuzzi musste in den sauren Apfel beißen und Sélestat das Debakel erklären, bevor der es von einem anderen erfuhr und die Situation erst so richtig außer Kontrolle zu geraten drohte. Er hoffte nur, dass die Kontaktaufnahme auch wirklich funktionierte. Wenn nicht, würde er wertvolle Zeit verlieren. Sobald Ben Kemali von Djefels Tod erführe, würde er abtauchen, und dann wäre alles für die Katz gewesen …!

Nachdem er das Telegramm an die französische Adresse abgesetzt hatte, fuhr er, völlig übernächtigt, zurück in die Wohnung, in der Ödön bereits lautstark Kaffee kochte. Vanuzzi stellte den Wecker, schluckte eine Schlaftablette, zog sich das Kissen über die Ohren und fiel aufs Bett.

Mit dem Klappern leerer Kohlenschütten im Treppenhaus schlief er ein.

9

Die Taube ging ins Büro, um den Anruf entgegenzunehmen. Vanuzzi war gerade zum dritten Mal eingenickt, seit er in den Club gekommen war. Er hätte die verdammte Tablette nicht nehmen sollen vorm Einschlafen, jetzt wurde er überhaupt nicht mehr wach. Das Telefonklingeln hatte er in den Traum eingebaut, und als sein innerer Wächter kapiert hatte, dass er seinen Arsch bewegen musste, war es schon zu spät. Die Taube sagte:

»Wat für Wildgänse? Hömma, wennze mich veraaschen wills, Männeken …!«

Er hatte den Hörer bereits aufgeknallt, als Vanuzzi das Büro erreichte.

»Na, auch wieda wach, Danny?«

Die Taube hatte einen freien Tag und sich für den Freiwilligendienst eingetragen. Mitglieder konnten einmal im Monat ein paar Stunden für den Club arbeiten, kleine Hausmeistertätigkeiten übernehmen, aufräumen, putzen, dafür bekamen sie eine Ermäßigung. Die Taube trug sich immer für den Nachmittag ein, denn um diese Uhrzeit war nicht viel los, und er konnte in Ruhe trainieren.

»Ich erwarte einen Anruf, Alex.«

»Von deinen algerischen Freunden?«

Die Taube kicherte und kehrte zum Krafttraining zurück. Vanuzzi spülte eine Tasse aus, füllte Wasser nach und legte einen Tauchsieder hinein. Als das Wasser sprudelte, kippte er so viel amerikanischen Instantkaffee hinein, dass der Löffel beim Umrühren stockte. Er zwang sich dazu, die Brühe in schnellen Schlucken zu trinken.

Unvermittelt ging die Eingangstür auf, und eine brünette Frau trat ein. Die Taube sah zu ihr hinüber und rief: »Junge Frau, dat is n Männerboxclub. Tut mir leid.«

»Ted Jackson. Trainiert der hier?«

»Danny, dein Typ is gefracht!«

Vanuzzi hatte einen üblen Geschmack im Mund und von dem Instantgranulat verklebte Finger. Er trat aus dem Büro und sah die Frau auf sich zukommen. Er schätzte sie auf Anfang dreißig. Kaum größer als eins sechzig, sehr schlank, gescheiteltes, mittellanges Haar, das sie auf der einen Seite hinter den Ohren trug, auf der anderen in die Stirn hängen ließ. Sie hatte grüne Augen, ein schmales Gesicht, ausgeprägte Wangenknochen und je eine Falte rechts und links des Mundes. Sie lächelte ihn an, er lächelte nicht zurück.

»Danny?«, fragte sie.

»Ted Jackson ist mein Boxername. Ich heiße Dan.«

»Amerikaner?«

»Gewesen.«

Sie lächelte breiter.

»Was auch immer das bedeuten mag. Ich hab dich kämpfen sehen, Dan.«

»Wo?«

»In Köln.«

»Muss ein paar Tage her sein.«

»Hab mich nicht getraut, dich anzusprechen.«

Sie hatte ein offenes, mitreißendes Lachen. Vanuzzi schnappte einen interessierten Blick der Taube auf und bat die junge Frau ins Büro.

»Und du bist?«

»Fabienne.«

Jetzt erst bemerkte er ihren leichten Akzent. Er hielt die Packung mit dem Instantkaffee hoch und fragte: »Getränk?«

»Auf keinen Fall.«

»Kluge Entscheidung. Die Brühe schmeckt nach destillierten Autoreifen.«

Ihr Lachen klang höher als die leicht heisere Altstimme, die sie beim Sprechen hatte.

»Fabienne … du scheinst mir nicht … wie soll ich sagen – zur typischen Klientel von Boxkämpfen zu gehören.«

»Du meinst, ich bin keine Schickse, die von einem Zuhälter in der Halle präsentiert wird? Nein, dafür bin ich wohl zu alt. Ich mag den Sport. Mein Vater hat geboxt. Er war nicht besonders gut, aber er war Rechtsausleger. Er hat's den anderen so schwer wie möglich gemacht.«

»Kann ich mir vorstellen.«

»Southpaw nennt ihr Amerikaner die, oder nicht?!«

»Ich bin beeindruckt.«

»Ich auch.«

Sie sah ihm aufmerksam in die Augen. Ein bisschen zu viel und ein bisschen zu schnell, dachte er. Er spürte leichtes Unbehagen, war nicht mehr gewohnt zu flirten. Er musste die Unterhaltung auf ein anderes Gleis lenken.

»Du bist Französin?«

»Luxemburgerin.«

»Und was machst du in Deutschland? Außer ältliche Boxer anhimmeln?«

Wieder dieses Lachen. Heilige Scheiße! Begann er etwa, sich in dieses Lachen zu verlieben?

»Ich seh mich um. Ich bin Fremdsprachensekretärin, ich musste mal raus, Luxemburg ist nicht gerade … na ja, du weißt schon. Ich habe eine kleine Erbschaft gemacht, dadurch bin ich unabhängig.«

»Wohnst du in Essen?«

»Zurzeit schon. Aber lass uns über dich reden. Was machst du, wenn du gerade nicht boxt?«

»Ich bin im Dienstleistungsgewerbe.«

Sie sah ihn einen Moment von der Seite an, dann prustete sie los.

»Was? Was ist so witzig daran?«

»Mal angenommen, ich will dich anheuern – welche Dienstleistung bietest du mir an, Boxer?«

»Nicht, was du jetzt denkst.«

»Was denke ich denn …?«

In diesem Augenblick klingelte das Telefon. Vanuzzi atmete tief durch und sagte: »Da muss ich ran.«

»Ja? Du weißt doch gar nicht, wer anruft.«

»Ich *muss* ran, und es wird einige Zeit dauern.«

Fabienne schien zu verstehen, schnappte sich erst einen Kugelschreiber, dann Vanuzzis linke Hand und schrieb eine Telefonnummer auf. Sie winkte ihm jungmädchenhaft zu und verließ das Büro.

Zwei Stunden später war Vanuzzi wieder im Auto. Kohlehalden zogen sich entlang der Straße, das Rad im Förderturm einer Zeche drehte sich schleppend, die Kühltürme qualmten.

Er nahm die Autobahn nach Köln. Rauchte eine Zigarette.

Er hatte zwar mehr als die Hälfte des Gesprächs nicht verstanden, weil Sélestat entweder auf Französisch oder in seiner Elsässer Mundart geflucht hatte – doch wie zu erwarten, war er am Telefon explodiert, und zwar in einer Lautstärke, dass Vanuzzi die Bürotür schließen musste, weil Die Taube, der gut und gern zehn Meter entfernt trainierte, irritiert zu ihm herübergesehen hatte.

Dann war Sélestat dazu übergegangen, zu übersetzen, was Faucon, der nicht minder laut im Hintergrund tobte, von ihm hielt. Dass man von einem Amateur nichts anderes erwarten könne, dass sie die ganze Sache selbst hätten durchziehen sollen, und ob er, Vanizzi, glaube, dass dies ein Kaspertheater sei.

»Wenn Faucon ein Problem hat, soll er mir das beim nächsten Treffen ins Gesicht sagen.«

»Beim *nächsten Treffen* übergeben Sie uns Ben Kemali. Verkacken Sie das bloß nicht wieder, Vanuzzi! Ihnen ist hoffentlich klar, für wen Sie hier arbeiten?«

»Für Kasperl und Seppel«, murmelte Vanuzzi, doch Sélestat hatte bereits aufgelegt.

Er hatte an einem Kiosk angehalten und die Kölner Zeitungen durchsucht. Er wollte herausfinden, ob die Polizei der Presse ein Foto Djefels zugespielt hatte, um dessen Identität zu klären. Fehlanzeige.

Unmittelbar bevor Vanuzzi die Bierpinte unweit der Kölner Altstadt betrat, in der sich die beiden Algerier treffen wollten, fiel ihm nicht mehr ein, welchen Decknamen Djefel benutzt hatte. Sein Gedächtnis war auch nicht mehr, was es einmal war … der Algerier hatte einen auf Gastarbeiter gemacht und wie ein italienischer Politiker geheißen … Babbi, Bertelli … Bertini!

Vanuzzi öffnete die Tür. Es war eine typische deutsche Kneipe mit dem säuerlichen Geruch von abgestandenem Bier und dem Zigarettenrauch von gestern. Außer dem vierschrötigen, glatzköpfigen Wirt, einem Endfünfziger mit angewidertem Blick, war niemand da. Vanuzzi stellte sich an den Tresen und orderte ein Kölsch. Der Kneipier knallte das Glas hin und verschüttete dabei die Hälfte des Getränks.

Vanuzzi versuchte es mit Smalltalk. Als das nicht fruchtete, beschrieb er Ben Kemali. Er erinnere sich gerade nicht an dessen Namen, aber sie hätten einen gemeinsam Freund, Bertini. Der habe ihm gesagt, dass der andere vielleicht einen Job für ihn habe und dass er ihn hier finden könne. Der Wirt zuckte nicht mit den Wimpern.

»Bertini meinte, dass er heute hier ist.«

»Sochs d'en?«

»Wie bitte?«

»Siehst du ihn?«

»Nein.«

»Wenn du ihn nicht siehst, ist er nicht da.«

»War er heute schon mal da?«

»Hab eben erst aufgesperrt.«

Damit verschwand der Wirt in einen Nebenraum, der sich an den Tresenbereich anschloss. Vanuzzi rauchte und wartete, wartete und rauchte. Der Laden begann sich nur zögerlich zu füllen. Er orderte ein weiteres Bier, dann eine Coke. Der Wirt war mit einem zweiten Mann, der den gleichen angewiderten Blick hatte und sein Bruder hätte sein können, in einer entfernten Ecke des Raums beschäftigt, um die Tombola vorzubereiten. Vanuzzi nutzte die Abwesenheit und fing an, die Männer, die um den Tresen versammelt waren, auf Ben Kemali anzusprechen. Sie trugen Anzug ohne Krawatte, vermutlich also Arbeiter, und waren alles andere als gesprächig.

Irgendwann begann die Stimmung feindselig zu werden, als einer von ihnen Vanuzzis amerikanischen Akzent identifiziert hatte und ihn beschimpfte: »Jetzt lassen uns die verdammten Besatzer nicht mal mehr in Ruhe unser Bier trinken!«

Vanuzzi zog sich mit seiner Coke an einen Stehtisch weit im Hintergrund zurück, der vom Tresen aus nicht zu sehen war. Er hatte nichts erfahren, musste darauf vertrauen, dass Ben Kemali irgendwann auftauchen würde, um Djefel zu treffen.

Um einundzwanzig Uhr begann die Tombola. Alles Geschehen war jetzt auf den vorderen Teil des Raumes konzentriert, der Lärm kaum auszuhalten. Als die Tür aufging und Kälte hereinwehte, sah Vanuzzi einen Mann eintreten, der einen weißen Rauschebart hatte und aussah wie Karl Marx. Er schaute sich in der Kneipe um, dann fiel sein Blick auf Vanuzzi und er kam zielgerichtet an den Tisch. Er nickte lächelnd und entblößte eine Reihe schlechter Zähne. Bei Vanuzzi angekommen, pustete er sich in die Hände. Von Karl Marx, den Vanuzzi auf Mitte sechzig schätzte, ging ein Geruch nach Nikotin und, seltsam!, Veilchen aus. Er behielt seinen Mantel an, nickte Vanuzzi noch einmal freundlich zu und sagte: »Uns hat gedürstet und du hast uns gelabet.«

»Ich bin nicht bibelfest.«

»Sicher nicht im Neuen Testament.«

Vanuzzi stutzte: »Was hast du gerade gesagt?«

»Das war nicht aus der Bibel.«

»Nein, das mit dem Neuen Testament.«

»Man trinkt Herrengedeck. Du weißt, was das ist?«

Vanuzzi nahm Karl Marx genauer in Augenschein. Wenn das irgendein Trick war … aber weshalb sollte man ihn hier kennen? Er war nie in dieser Ecke von Köln gewesen. Immerhin war der Kerl gesprächiger als alle anderen zusammen, und so ging Vanuzzi an den Tresen und kehrte mit einem Kölsch und einem Kirschwasser wieder. Karl Marx leerte den Schnaps in sein Bier, dann stieß er fröhlich glucksend mit Vanuzzi an.

»Uns hat gedürstet und du hast uns gelabet.«

Geht das wieder los?, dachte Vanuzzi.

»Wen suchst du?«

»Wer sagt, dass ich jemanden suche?«

»Deine Augen.«

Vanuzzi grinste und zog das Foto hervor, das Ben Kemali und Djefel zeigte.

»Bertini, ein Freund von mir. Er hat mir gesagt, dass der andere heute kommen würde. Er soll Arbeit für mich haben.«

»Zoli? Was mag das für Arbeit sein?«

»Zoli, ja, ich hatte den Namen vergessen. Du kennst ihn?«

»Man kennt ihn. Zoli ist oft hier, trinkt Tee und spielt Schach.«

»Mit wem spielt er?«

»Mit dem Wirt. Man hat sie beobachtet. Sie sind gleich stark. Sie haben Freude daran, miteinander zu spielen.«

Das erklärte allerdings, warum der Wirt vorhin so einsilbig war.

»Man hat selbst mit ihm gespielt, aber Zoli ist zu stark für uns.«

Karl Marx kippte den letzten Schluck und hielt das leere Glas Vanuzzi aufmunternd hin. Der ließ am Tresen nachschenken, er selbst blieb seiner Coke treu.

»Du sagst, er ist oft hier. Aber heute ist er nicht da.«

»Nein, heute ist er nicht da.«

»Wann hast du ihn zuletzt gesehen?«

»Vorgestern. Oder vorvorgestern.«

»Das heißt, es besteht eine Chance, dass er heute noch kommt? Wann ist er sonst aufgetaucht?«

»Man kommt immer um neun. Dann ist Zoli schon da oder schon weg oder er kommt erst nach uns.«

Vanuzzi rollte mit den Augen. »Was weißt du sonst noch über Zoli?«

»Man kennt ihn. Man weiß, dass er Frau und Kinder hat, die bald in unser Land kommen.«

Noch bevor Vanuzzi weiterbohren konnte, hörte er die Stimme des Wirts neben sich: »Halt dinge Jabbeck, Harald! En do –« Der Kneipier hielt Vanuzzi knurrend einen Bierdeckel unter die Nase. »Do zahls jetz en bewägs din Aasch us ming Weetschaff!«

Vanuzzi legte einen Zehner auf den Tisch, der Wirt zog eine Geldmappe aus seiner Brusttasche, die prall gefüllt war mit Scheinen. Von wegen: Wer nichts wird, wird Wirt! Entweder war die Tombola ein Erfolg oder der Kerl hatte nebenher noch ein paar Pferdchen laufen. In jedem Fall war es besser, sich zurückzuziehen, denn der Wirt schien nur darauf zu warten, dass Vanuzzi Ärger anfing.

Er kehrte zu seinem Auto zurück, fuhr näher an die Pinte heran, um den Eingang im Auge behalten zu können. Vor ihm parkte kein Wagen, er hatte frontal freie Sicht. Wenn Ben Kemali nicht auftauchen würde, musste er wenigstens auf Harald alias Karl Marx warten, um ihn weiter ins Gebet zu nehmen.

Vanuzzi bereitete sich auf alle Eventualitäten vor. Er schraubte den Schalldämpfer auf seine Pistole – den besten, den er je hatte, der so gut wie jeden Schusslaut unterdrückte; er nahm ein paar Handschellen an sich, die er vor geraumer Zeit vom MI6 bekommen hatte, und legte sein Fernglas bereit. Bis zur Kneipe hatte er eine sichere Distanz von gut siebzig Metern gewählt.

Dann überlegte er: Djefel hatte in seiner winzigen Bude definitiv allein gehaust. Eine Matratze, kaum Vorräte. Wenn sie explizit heute verabredet waren, hatten sie ansonsten wenig Kontakt, vermutlich aus Sicherheitsgründen. Djefel hatte in einem anderen Viertel gewohnt, sich den Namen der Straße aufschreiben lassen müssen. Also hatte Ben Kemali die Kneipe entdeckt und zu ihrem Treffpunkt gemacht. Das bedeutete, dass er irgendwo in der Nähe untergekommen sein musste – man würde für so eine Kaschemme nicht von weither angefahren kommen, ging da nur hin, weil sie in der Nachbarschaft lag und sich nichts Besseres finden ließ.

Dennoch konnte es sein, dass Ben Kemali die Nachricht vom Tod seines ehemaligen Mitarbeiters schon erreicht hatte. Der Pförtner in Djefels Fabrik hatte Ben Kemalis Gesicht noch nie gesehen, der arbeitete also – wohl auch aus Sicherheitsgründen – nicht in derselben Firma. Aber ein Dritter könnte davon Wind bekommen und Ben Kemali gewarnt haben. Dann wäre der längst über alle Berge.

Gegen zehn hatte es zu nebeln begonnen. Vanuzzi hatte jetzt sogar mit seinem Fernglas Mühe, den Kneipeneingang scharf zu sehen. Näher heran wollte er trotzdem nicht.

Im Auto war es frostig. Er zog den Reißverschluss seiner Fliegerjacke bis oben zu und rauchte gegen die Kälte an. Immer wieder waren Männer in kleinen Grüppchen aus der Bierpinte gekommen, Harald war nicht darunter gewesen. Die Straßen hatten sich geleert, die meisten Lichter in den umliegenden Häusern waren bereits aus.

Kurz vor halb elf sah er, wie ein Mann eine Nebenstraße links von Vanuzzis parkendem Auto herabkam. Vanuzzi hatte nur eine Bewegung im Augenwinkel wahrgenommen, doch sein Instinkt riet ihm, das Fernglas in die Hand zu nehmen und genauer zu schauen.

Er hatte sich den Vollbart abrasiert, nur einen Schnauzer stehen lassen: Youssef Ben Kemali.

Vanuzzi schätzte die Distanz auf fünfzig Meter. Er zog sich Handschuhe über und verließ den Wagen, um auf den Mann zuzugehen. Je näher er kam, desto deutlicher wurden Ben Kemalis Gesichtszüge, die sich Vanuzzi eingeprägt hatte. Kurz bevor sie einander begegneten, sah Vanuzzi, wie aus einem Haus auf der gegenüberliegenden Straßenseite ein Rentner mit Hund auf den Bürgersteig trat. Zwar hielt der auf die Gegenrichtung zu, aber es war riskant … Vanuzzi blieb stehen, zog eine Zigarette und klopfte seine Jacke demonstrativ ab. Als er Ben Kemalis Blick begegnete, fragte er: »Haben Sie Feuer?«

Der Algerier nickte und griff in seinen Mantel. In diesem Augenblick rückte Vanuzzi ganz nah an Ben Kemali heran und drückte ihm den Schalldämpfer seiner Pistole in die Magengrube. Den Zeigefinger der linken Hand legte Vanuzzi auf seinen Mund und gab dem Algerier einen Wink mit den Augen, seinen Weg fortzusetzen. Er folgte ihm, der Schalldämpfer hatte ununterbrochen Kontakt mit Ben Kemalis Rücken.

Sie waren vielleicht zwanzig Meter von der Einmündung entfernt, auf deren entgegengesetzter Seite sein Auto stand, als Vanuzzi wie aus dem Nichts einen Schlag erhielt. Der Angreifer hatte auf den Kopf gezielt, war aber verrutscht, als Vanuzzi im allerletzten Moment ein Geräusch wahrgenommen und sich in eine Drehbewegung begeben hatte, sodass ihn der Schlagstock lediglich aufs Schlüsselbein traf. Doch traf er ihn so hart, dass Vanuzzi zu Boden ging und die Waffe losließ. Er registrierte seinen Angreifer sowie einen zweiten Mann und sah im Augenwinkel Ben Kemali die Flucht ergreifen. Während der zweite Mann dem Algerier folgte, stand sein Angreifer nun direkt über ihm und holte mit dem Schlagstock aus, als Vanuzzi ihm mit voller Wucht gegen die Kniescheibe trat. Ein lautes Knirschen. Der Mann fiel neben ihm nieder. Vanuzzi schlug ansatzlos mit der Faust auf den Adamsapfel seines Angreifers, der ließ den Schlagstock fallen und fuhr sich, nach Luft japsend, an die Kehle. Vanuzzi drehte sich in Richtung des Fluchtwegs von Ben Kemali, sah ihn nicht mehr, dafür kam der zweite Mann angerannt, eine Pistole in der Hand. Vanuzzi rollte sich zur Seite, griff nach seiner eigenen Waffe und schoss zweimal aus nächster Nähe, mehr oder weniger lautlos. Noch bevor der zweite Mann selbst feuern konnte, ging er in die Knie und kippte vornüber aufs Gesicht.

Vom Nebel eingehüllte Stille. Auch das Röcheln neben ihm war verstummt.

Vanuzzi brauchte einen Augenblick, um sich wieder zu berappeln. Ihm war übel, sein Schlüsselbein schmerzte, er hatte Mühe, den rechten Arm zu heben. Wie nach einem Niederschlag in der achten Runde kam er mühevoll auf die Beine, blickte sich um. Niemand auf der Straße, keine Köpfe in den Fenstern, der Nebel wurde dicht und immer dichter. Auch wenn außer Ben Kemali keiner das Geschehen verfolgt hatte, musste sich Vanuzzi doch schnell etwas einfallen lassen. Er stellte den Tod seiner beiden Angreifer fest und durchsuchte sie. Er fand Pässe, die sie als algerische Franzosen auswiesen, ziemlich sicher gefälscht, dazu ein bisschen deutsches und französisches Geld.

Er prüfte die Waffe des Algeriers. Es war ein neueres Modell als sein eigenes, zudem ein anderes Kaliber. Das war nicht gut … er musste die Waffen wohl oder übel austauschen, wenn die Polizei nicht auf die Spur eines Dritten aufmerksam werden sollte. Er zog beiden Männern die Handschuhe aus und steckte sie mitsamt der Pistole des Algeriers in seine Jackentasche. Dann nahm er den Schlagstock und schloss die Finger des Angreifers, den er erschossen hatte, um den Griff des Stocks zur Faust. Dem Mann, der erstickt war, drückte Vanuzzi seine eigene Pistole fest in die Hand. Er hatte registriert, dass der ihn mit der Linken geschlagen hatte, also musste auch die Pistole in dieser Hand liegen. Vanuzzi blickte sich vorsichtig um. Er schoss einmal in die Richtung, aus der sich der zweite Mann genähert hatte, führte dabei die Hand des erstickten Angreifers, um für Schmauchspuren zu sorgen. Dann schraubte er seinen Schalldämpfer ab, sah noch einmal auf den arrangierten Tatort und lief seinem Auto entgegen. Er fuhr los, nicht zu schnell, nicht zu langsam. Auf der

Hauptstraße angekommen, hörte er Polizeisirenen, die sich aber nicht näherten.

Ben Kemali hatte also Leibwächter gehabt. Und jetzt war er nicht nur entkommen, sondern wusste auch mit Bestimmtheit, dass ihm jemand auf den Fersen war.

One really bad day in paradise!

10

Handschuh–Habichtstock. Handschuh–Habichtstock. Handschuh–Habichtstock.

Längst hatten sie Kaisers Identität bestätigt. Er lebte unter echtem Namen, entnazifiziert und unbehelligt, am Rande des schmucken Godesberger Villenviertels. Er war fast gleichaltrig mit Rosenberg. Militärisch-drahtige Haltung (im Gegensatz zu Florstedt, der auf dem Foto greisenhaft anmutete), ein strammer Fußgänger – »uff Zack«, hätte man ihm früher in Berlin bescheinigt. Er legte alle Strecken zu Fuß zurück, Rosenberg schätzte, dass er jeden Tag auf wenigstens zehn Kilometer kam. Wenn Kaiser ausschritt, hatte er Mühe, ihm zu folgen, und er konnte ja nicht immer mit dem Kleinlaster hinter dem Mann hertuckern.

Rosenberg arbeitete noch immer am liebsten allein, in der Tagschicht. Mordechai und Eitan zogen nachts zusammen los. Die meiste Zeit spielten sie Karten. Um den Kitzel zu erhöhen, hatten sie angefangen, ihre Löhne zu verzocken, bis Rosenberg irgendwann dazwischengegangen war, weil er Sorge hatte, sie könnten, wenn es um reichlich Geld ging, die Observation vernachlässigen und Kaisers nächtliche Besuche verpassen.

Aber Kaiser bekam keine nächtlichen Besuche.

Kaiser bekam überhaupt keinen Besuch.

Traf niemanden außerhalb der Arbeit. Schon gar nicht Florstedt.

Ihr Mann ging täglich im Bundeshaus ein und aus. Blieb dort etwas über eine Stunde. Dann eilte er zum immer selben französischen Restaurant und blieb etwas über eine Stunde. Dreimal pro Woche spazierte er durch den Godesberger Kurpark – etwas über eine Stunde lang. Er hatte eine Zugehfrau, mit der Rosenberg auf einer Busfahrt freundliche Worte gewechselt hatte. Kaiser sei ein höflicher älterer

Herr, ein »schöner Geist« (Rosenberg hatte innerlich die Augen verdreht), der allein lebe, oft Opern höre (vermutlich Wagner, aber das war vielleicht nur ein Rosenberg'scher Klischeegedanke), zufrieden sei mit ihrer Arbeit und pünktlich zahle.

Es war die hausbackenste Beschattung, die er je erlebt hatte. Das Glanzvollste an *Operation Beethoven* war bislang ihr Titel. Das Institut liebte es, hochtrabende Namen zu vergeben.

In den Stunden, in denen Kaiser im Bundeshaus war, hatte Rosenberg begonnen, sich in dessen und die Biografie seines ehemaligen Vorgesetzten einzulesen.

Arthur Hermann Florstedt wurde in Bitsch geboren, einem laut Baedeker reizlosen Städtchen in Lothringen, das 1871 ans Deutsche Reich und 1918 wieder zurück an Frankreich gefallen war. Er wuchs in Eisleben auf, in der dortigen Bürgerschule lernte er vermutlich den zwei Jahre jüngeren Hermod Kaiser kennen. Der folgte Florstedt als Vierjährig-Freiwilliger ins Potsdamer Leib-Garde-Husaren-Regiment. Beide waren sie im Ersten Weltkrieg an der Ostfront, beide kamen sie in russische Kriegsgefangenschaft. Danach trennten sich ihre Wege. Florstedt zog nach Weimar, trat dem Stahlhelm bei, einem erzreaktionären Bund ehemaliger Frontsoldaten. Er versuchte sich als Taxiunternehmer und als Fahrradverkäufer, scheiterte, trat in schneller Folge in die NSDAP, die SA, schließlich in die SS ein. 1933 machte sich zum ersten Mal seine sadistische Ader öffentlich bemerkbar, als er, zurück in Eisleben, KPD-Männer derart brutal (und ergebnislos) folterte, dass sich seine Vorgesetzten über ihn beschwerten.

Über Kaiser war aus dieser Zeit wenig in Erfahrung zu bringen. Jurastudium in Leipzig, das er offenbar nie abgeschlossen hatte. Die obligatorische NSDAP-Mitgliedschaft, Eintritt in die SS, eine geschiedene, kinderlose Ehe.

Ein Personalbericht aus dem Jahr 1935 zeichnete Florstedt als »treu, offen, lebensfroh, zäh und energisch«, als »klaren Kopf mit guter Allgemeinbildung«, aber auch als »bedingt beherrscht, trink-froh« und (was für eine Formulierung!) »schnell mit der Faust bei der Hand«. 1939 wechselte er dann in die Waffen-SS und wurde zur Lagerkommandantur im KZ Buchenwald berufen, war Wach-blockführer, Schutzhaftlagerführer, Erster Lagerführer und schließ-lich ab 1941 Stellvertretender Lagerkommandant. Er holte seinen alten Kameraden Kaiser aus einer vermutlich sterbenslangweiligen SS-Registraturstelle in seinen Stab und machte ihn zu seinem Ad-jutanten. Beide zeichneten sich durch Effizienz und Ruchlosigkeit aus. Im Rang eines Sturmbannführers wurde Florstedt zum Lager-kommandanten von Majdanek befördert, wohin er Kaiser mitnahm. 1943 tauchte Kaiser dann mit unbekanntem Auftrag plötzlich im besetzten Frankreich auf, während Florstedt – nach Buchenwald zu-rückversetzt – wegen des Verdachts von Untreue und Unterschla-gung festgenommen wurde. Von Florstedt fehlte seit 1945 jede Spur. Kaiser, der erst in französischer, dann in amerikanischer Kriegsgefan-genschaft war, wurde 1949 in die Organisation Gehlen geholt, den ersten westdeutschen Nachrichtendienst. Und mittlerweile verkehrte er in für Rosenberg undurchschaubarer, doch offensichtlich hochlu-krativer Beratertätigkeit in Bonner Diplomaten- und Politikerkrei-sen.

Warum war er eigentlich nicht selbst auf Kaiser gekommen? Wa-rum hatte er die Hilfe von Jahnke gebraucht? Ausgerechnet Jahnke! Gerade bei SS-Oberen ging der Weg immer über den ehemaligen Stab, die Adjutanten. Die alten Kameraden hielten zusammen wie Pech und Schwefel (»Meine Ehre heißt Treue«), und an die rangun-teren Dienstgrade war viel einfacher heranzukommen, weil sie unter Klarnamen lebten.

Rosenberg hatte den Mann schlicht übersehen. Wer nur zwei oder drei Stunden Schlaf findet, kann sich nicht ausreichend auf eine sol-che Arbeit konzentrieren. Und von Mordechai und Eitan war wenig intellektuelle Eigeninitiative zu erwarten.

Er hatte darauf gehofft, dass die nächtlichen Albträume ihn verließen, sobald er wieder in einer Operation, in seinem Element war. Das Gegenteil war der Fall. Dieses Deutschland …!

So kam ich unter die Deutschen. Barbaren von alters her, durch Fleiß und Wissenschaft und selbst durch Religion barbarischer geworden, tiefunfähig jedes göttlichen Gefühls, dumpf und harmonielos, wie die Scherben eines weggeworfenen Gefäßes.

Zu seinem eigenen Erstaunen bemerkte Rosenberg, wie er diesem Volk gegenüber misstrauischer, rachsüchtiger wurde. Misstrauen war angebracht, aber Rache war ein schlechter Berater, wenn es darum ging, einen Kriegsverbrecher zu jagen.

Es waren nicht nur die Träume. Es war auch der Fortgang des Eichmann-Prozesses. *Der Spiegel* hatte geschrieben: »*Nicht etwa, daß Eichmann etwas verschweigen wollte. Ehrpusselig leugnet er lediglich, Befehle nicht befolgt oder aber überschritten zu haben, und wirklich in Rage gerät er nur, wenn ihm direkt oder andeutungsweise der Vorwurf persönlicher Bereicherung gemacht wird.*«

Eichmann und sein Anwalt hatten die Verteidigungsstrategie auf der Behauptung aufgebaut, dass er sich zu keinem Zeitpunkt in einem juristischen Sinne schuldig gemacht hätte. Auch habe er nie persönlich einen Juden ermordet oder deportiert. Hätte ihn sein Führer aufgefordert, selbst Morde zu begehen, wäre er allerdings auch diesem Befehl gefolgt. Denn Befehl war Befehl.

Bürokraten des Todes. Rosenberg hatte den Ausdruck irgendwo gelesen, fand ihn passend. Er spürte, wie sich die Wut in seinem Bauch zu einem Klumpen verdichtete. Er war solchen Gestalten in seiner Zeit bei der Berliner Kripo noch und nöcher begegnet. In ihrer Ungreifbarkeit, ihrer mathematisch-technischen Weltfremdheit und der herausgefressenen Zufriedenheit damit, nur Rädchen im Getriebe zu sein, waren sie mindestens so schlimm wie die Florstedts dieser Welt. Und, ja, vielleicht hatte *Der Spiegel* auch damit recht, als sein Prozessbeobachter notierte: »*Wenn nunmehr Adolf Eichmann im Jerusalemer Volkshaus zum deutschen Juden-Vernichter schlechthin avanciert, so liegt darin eine fatale Dramatik – nicht für den Angeklagten Eichmann, der unter keinen Umständen härter bestraft werden kann, als er es verdient, wohl aber für die Deutschen; denn mit der Verurteilung Eichmanns werden sie ihre Vergangenheit auch dann nicht bewältigt haben, wenn die Juden den Eichmann in Jerusalem zur Verkörperung alles nationalsozialistischen Bösen überhöht haben; viele Deutsche jedoch werden sich mit dieser Annahme zufriedengeben ...«*

Denn das Böse, dachte Rosenberg, das sind immer die anderen.

Er hatte wieder damit begonnen, Hölderlin zu lesen. Hölderlin und Kleist. Sie waren seine Lektüre und sein Trost gewesen, als er in die Oberprima gekommen war. Der große Krieg war gerade ausgebrochen, und die anderen Jungen auf dem Gymnasium prahlten mit ihrem Deutschtum, mit ihrem Stolz darauf, lutherisch zu sein, lutherisch, deutsch, unbesiegbar. Sie sperrten die Juden aus ihrem Kreis aus, und wenn die aufbegehrten und erklärten, dass auch ihre älteren Brüder in den Krieg gezogen waren, taten sie dies ab mit den Worten: »Mag schon sein, aber für euch ist doch egal, wer diesen Krieg gewinnt. Irgendein Onkel Itzig aus England wird euch schon aufnehmen, wenn's hart auf hart kommt. Doch unser Blutzoll gilt!«

Ich wollte nun aus Deutschland wieder fort. Ich suchte unter diesem Volke nichts mehr, ich war genug gekränkt, von unerbittlichen Beleidigungen, wollte nicht, daß meine Seele vollends unter solchen Menschen sich verblute.

Hölderlin und Kleist. Sie wurden zu seinen Gefährten. Christen, denen er vertraute. Beider Lebensgeschichten hatten für ihn etwas Tröstliches. Der eine, der in kurzer genialischer Jugend Deutschland fluchtartig verlassen hatte, dann an gebrochenem Herzen und in Umnachtung gestorben war; der andere, der auf Fluchtreisen von Furien gehetzt wurde und sich erschoss, weil er an der ganzen Welt verzweifelt war.

An der Welt. Und an den Deutschen. Beide waren sie an den Deutschen verzweifelt. Und nun, so schien es, war die Reihe an Rosenberg.

Es war während einer morgendlichen Beschattung. Vielleicht war er nachlässig geworden – er hielt den Mindestabstand nicht ein, konnte nicht auf den Bürgersteig der gegenüberliegenden Straßenseite ausweichen, weil er Kaiser sonst nicht mehr im Blick gehabt hätte. Ein Auto neben Rosenberg hatte eine Fehlzündung, der Knall ließ ihn zusammenfahren. Kaiser war abrupt stehengeblieben und hatte sich ebenso abrupt umgesehen. In diesem Moment hätten sich ihre Blicke begegnen können. Müssen. Doch im selben Augenblick ging eine Tür neben Rosenberg auf und ein Handwerker trat aus dem Hauseingang. Rosenberg sprach ihn geistesgegenwärtig an und fragte nach einem Arzt, dessen Praxisschild er an der Hauswand erspäht hatte. Der junge Mann wies auf die noch offene Tür, Rosenberg lüpfte dankend den Hut, sah aus dem Augenwinkel, dass Kaiser seinen Weg wieder aufgenommen hatte, und trat ein.

Statt nach oben zur Praxis ging Rosenberg die Kellertreppe hinab.

Er stand ein, zwei Minuten im Dunkeln.

Hatte Kaiser sein Gesicht erkannt?

Unwahrscheinlich. Zu große Distanz!

Hatte Kaiser ihn noch ins Haus gehen sehen?

Rosenberg wartete, bis sich sein Herzschlag beruhigt hatte, dann trat er wieder auf die Straße und ging Richtung Bundeshaus.

Die kurze abendliche Besprechung im Kleinlaster. Sie hatten geplant, bei Kaiser einzusteigen und in der Wohnung nach Anhaltspunkten für den Kontakt mit Florstedt zu suchen. Rosenberg verwarf die Idee. Auch wenn Kaiser die heutige Situation nicht als bedrohlich in Erinnerung behalten würde, wäre er doch wachsamer als zuvor, wenn auch nur unbewusst. Zudem müssten sie tagsüber in die Wohnung und hätten nur eine Stunde.

Rosenberg sagte, dass der Einbruch warten müsse. Mordechai fuhr auf, schlug mit beiden Fäusten aufs Lenkrad. Er war seit Tagen reizbar, forderte Taten. Vielleicht hatte er auch nur Sehnsucht nach seinem Sprengstoff.

Eitan hatte geschwiegen und Rosenberg konzentriert angesehen. Dann fragte er mit ruhiger Stimme: »Auf Ihre bloße Vermutung hin sollen wir das abblasen?«

»Ich habe seit vierzig Jahren Erfahrung mit Beschattungen. Ich weiß, wann nicht die Zeit ist für den nächsten Schritt.«

»Wann *ist* denn die Zeit für den nächsten Schritt?«

»Jetzt nicht.«

»Aber hier kommen wir nicht weiter, Ephraim.«

»Ungeduld ist ein schlechter Ratgeber.«

Mordechai verdrehte die Augen. Er griff unter den Fahrersitz und zog eine Flasche Coke hervor.

»*Garibaldi* war erfolgreich, weil die Kollegen geduldig blieben«, sagte Rosenberg.

»*Garibaldi* war erfolgreich, weil die Kollegen den perfekten Zeitpunkt erwischt haben, um zuzuschlagen.«

Rosenberg richtete sich auf, sah von Eitan zu Mordechai. »Der Einbruch muss warten.«

Eitan setzte noch einmal an, doch Mordechai unterbrach ihn brüsk: »Streng dich nicht an, hat ja doch keinen Sinn.«

»Was meinen Sie damit, Mordechai?«

Mordechai nahm einen Schluck Coke. Sie stierten einander in die Augen.

»Dass ich guten Argumenten nicht zugänglich bin, meinen Sie das?«

»Ich meine gar nichts. Sie sind der Boss. Und Sie müssen los, unsere Nachtschicht hat begonnen.«

Rosenberg machte sich auf den Weg zurück ins Hauptquartier. Er war aufgewühlt. Nein: empört, zornig. Ihm fehlte das rechte Wort für das ihn beherrschende Gefühl, wie so oft.

Er hatte sich von Avi andere Leute auserbeten, doch der hatte abgelehnt. Mordechai und Eitan seien zwar noch jung, aber nicht unerfahren. Bessere waren auf die Schnelle nicht zu haben.

Je länger sie zusammenarbeiteten, desto klarer wurde Rosenberg: Die beiden waren vielleicht erfahren, aber sie waren aus anderem Holz. Man hatte sie in der Besatzungszeit rekrutiert, sie kamen von Irgun und Lechi, aus den gewalttätigen Untergrundorganisationen, die gegen die Briten gekämpft hatten. Beide waren sie bereits in Palästina geboren worden – immer wieder stellten sie beiläufig klar, dass es *ihr* Land war, das ihrer Generation. Rosenberg dagegen war älter als ihre Eltern. Er hatte einen europäischen Hintergrund, durch und durch. Für sie war er ein in die Jahre gekommener Aschkenasi, ein Ostjude, der nicht einmal richtig Hebräisch konnte, trotzdem eine zentrale Position im Institut einnahm – und einfach nicht in Pension gehen wollte, um seinen Platz für Jüngere freizugeben.

Ja, er war Europäer – eine wichtige Qualifikation für diese Operation! Ein ums andere Mal musste er die beiden darauf hinweisen, dass man dies oder jenes in der BRD nicht tun konnte, ohne aufzufallen oder mit dem Gesetz in Konflikt zu kommen.

Es war keine ganz neue Erfahrung. Seit Jahren begegnete er solchen Leuten im Institut. Die Hauptsektion in Tel Aviv wimmelte von junghündischen Haudraufs mit nonchalanter Was-kostet-die-Welt-Attitüde. Aber dort hockte er nicht auf engstem Raum mit ihnen. Und er war nicht darauf angewiesen, dass sie funktionierten.

Sie waren aus anderem Holz. Die Erfahrungen, die er gemacht hatte, konnten sie nicht verstehen. Sie wussten erschreckend wenig von der Verfolgung in Europa, nichts vom Leben im Verborgenen. Nichts davon, was aus einem Menschen wurde, der jahrelang nur Angst kannte. Angst und Hunger. Hunger und Angst.

»Das kannst du ihnen nicht vorwerfen«, hatte Arella gesagt. »Wir sollten froh sein, dass in Israel langsam eine Generation heranwächst, die ein ganz normales Leben führt.«

Ein ganz normales Leben.

Abgesehen davon, dass das noch kein ganz normales Leben war; abgesehen davon, dass das Leben in Israel vielleicht nie »ganz normal« sein könnte; abgesehen davon spürte Rosenberg in sich ein tiefes Gefühl von Überlegenheit diesen Menschen gegenüber. Eine Überlegenheit, über die man nicht sprechen *durfte*. Weil sie einen Menschen erhob über andere, und das war nicht gut, nicht gut vor den Menschen, nicht gut vor Gott. Und eine Überlegenheit, über die man nicht sprechen *konnte*. Weil die anderen sie nicht verstehen würden. Weil die anderen sie mit Larmoyanz oder mit Schwäche verwechselten.

Und Schwäche, das hatte er gelernt, durfte er nicht zeigen.

Nacht im November 1961
Hanna erwartet mich an der Wohnungstüre. Es ist meine Wohnung in Tel Aviv. Sie schweigt, macht aber eine einladende Handbewegung. Ich trete ein, sehe, dass alle Zimmer mit den Möbeln meiner Mutter und meiner Schwestern, mit ihren Sachen vollgestellt sind. Alles, was mir gehört, ist in einer Ecke des Wohnzimmers aufgeschichtet.

Ich sage: Ihr könnt euch nicht einfach hier ausbreiten. Wo sollen Arella und die Kinder wohnen?

Siehst du Arella und die Kinder irgendwo?, fragt Hanna.

Und wo soll ich bleiben?

Du schläfst im Wohnzimmer.

Aber ich brauche ein eigenes Zimmer. Ich schlafe schlecht. Ich gehe nachts umher.

Die Wohnung ist zu klein, Ephi. Hör auf, nachts umherzugehen, Ephi. Wir brauchen Schlaf, Ephi.

Könnte ich damit aufhören, ich hätte es längst getan.

Du wolltest uns wieder hier haben, nun sind wir wieder hier. Alle, alle sind wir wieder hier, Ephi.

– Um halb vier aufgewacht, gegen die aufkommende Panik das Zimmer gründlich durchsucht.

Wieder ein Tag.

Rosenberg träumte so lebhaft, dass er nach dem Aufwachen lange brauchte, um sich klarzumachen, dass dies Traum war, nicht Wirklichkeit. Dazu kamen die Erinnerungsbilder. Sie waren überscharf, überfielen ihn meist unmittelbar vor dem Einschlafen. Er hatte im letzten Jahr auch nachts begonnen, immer ruheloser in der Wohnung umherzuwandern. Schlief er doch einmal ein, häufig am Küchentisch, nachdem er ein Glas Wasser getrunken und sich kurz hingesetzt hatte, um die Augen zu schließen, wachte er von seinem eigenen Stöhnen wieder auf und irrte weiter. Manchmal fand Gili ihren Weg zu ihm. Sie sah ihn mit ihren schilfgrünen Augen an, in denen Ratlosigkeit stand, bevor er sie besänftigen und wieder zu Bett bringen konnte.

In einer viel zu warmen Herbstnacht 1952 war sein Sohn geboren worden. Er wollte ihn Amichai nennen, »mein Volk lebt«. »Geht's nicht etwas kleiner?«, murrte Arella, doch er bestand darauf. Sie willigte ein – unter der Voraussetzung, den Namen ihres zweiten Kindes auswählen zu dürfen. Ein Jahr später kam Gili zur Welt, »meine Freude«. Auf seine Frage, ob das weniger bedeutungsschwanger sei, lachte Arella nur und fragte, ob er den Namen nicht möge.

Er mochte ihn.

Vor vier Monaten dann hatte sich Arella von Rosenberg getrennt, war zu ihren Eltern gezogen. Sie hatte die Kinder mitgenommen. Die Übergangslösung war allmählich zum Dauerzustand geworden, das Haus ihrer Eltern war ausreichend groß; und aus dem Gefühl, dass dies lediglich eine »schlechte Phase« im neunten Jahr ihrer Ehe war, wurde die Gewissheit, dass es keine bessere Phase mehr geben würde.

Arella stammte aus einer Familie, die sich, trotz ihres Wohlstands, ganzen Herzens zur Mapai bekannte, einer sozialistischen Partei. Besonders der Vater war von Anfang an nicht glücklich über den wesentlich älteren Mann als Schwiegersohn, der für einen zionistischen Dienst arbeitete und, freundlich formuliert, als nationalkonservativ gelten durfte. Rosenberg spürte Arellas Rechtfertigungszwang bei jedem Besuch, und seit die Kinder da waren, besuchten sie die Großeltern naturgemäß oft. Als Ende der Fünfzigerjahre auch der israelischen Öffentlichkeit bewusst wurde, dass das Institut längst nicht mehr demokratisch kontrolliert war und für alle Arten von Operationen Rückendeckung erhielt, egal, wie aggressiv sie waren, eskalierte der Konflikt mit seinem Schwiegervater. Und der mit Arella. Sie hatte ihn beschworen, das Institut zu verlassen, ein ums andere Mal. Er würde eine andere Arbeit bekommen, näher an ihrem Leben und dem ihrer Kinder.

»Ich kann das Institut nicht verlassen. Ich habe meine ganze Familie in den Gaskammern verloren. Was bleibt mir anderes als dieser Staat?«

»Wir! Wir bleiben dir. Aber das reicht dir ja nicht. Es hat noch nie gereicht. Noch nie!«

»Das ist nicht wahr, Arella.«

»Es *ist* wahr. Und wenn du ehrlich zu dir wärst, wüsstest du das auch.«

Die Arbeit bedingte, dass er ununterbrochen unterwegs war und sie mit den Kindern allein lassen musste. Vielleicht hätte er sich in eine andere Abteilung versetzen lassen und einen Schreibtischjob annehmen können. Doch der bloße Gedanke daran, eingesperrt zu sein in einem viel zu kleinen Büro, in dem es heiß und immer heißer wurde … er brauchte Luft, er brauchte Bewegung. Er hatte gedacht, dass es, sobald die Kinder auf der Welt wären, irgendwann einfacher für ihn würde. Er hatte sich getäuscht. Wenn er unterwegs war, wurde die Stimme in seinem Schädel leiser. Sie verstummte nie, aber sie flüsterte nur noch: Warum darfst du leben …?

Er war nie wirklich aus der Illegalität aufgetaucht. Er war immer in Berlin. Es war immer das Jahr 1942. Und er litt immer Hunger. Einiges war besser geworden, sie hatten hart daran gearbeitet, Arella und er, nachdem sie endlich in eine eigene Wohnung ziehen konnten. Seine Schreckhaftigkeit, die ihn bei jedem Geräusch hatte zusammenfahren lassen … untragbar in seiner Arbeit! Die Fingernägel, die er sich abgekaut hatte bis zum rohen Fleisch. Vor allem aber hatte er Brot gehortet, warf es auch dann nicht weg, wenn es von einer dicken Schicht Schimmel überzogen war. Wer jahrelang mit einer Fluchthelferin von einer schmalen Lebensmittelkarte leben musste, wollte nie wieder Hunger leiden, wollte, dass auch seine Kinder nie Hunger leiden müssten. Arella spürte seine Verstecke auf und leerte sie; jeden Tag stellte sie frisches Brot auf den Tisch, jeden Tag aufs Neue, bis er es begriffen hatte.

Anderes saß tiefer. In jedem Raum, den er betrat, prüfte er erst einmal, ob die Tür von innen wieder aufging. Wenn er nach Hause kam und Arella und die Kinder nicht da waren, durchsuchte er die Wohnung. Es durfte nie ganz dunkel im Schlafzimmer sein, und wenn er nachts schreiend aufwachte und nicht anders zu beruhigen war, führte ihn seine Frau durch alle Zimmer, um ihm zu zeigen, dass er nicht in Berlin, sondern in Tel Aviv war. Sie hielt ihm die Zeitung vom Vortag unter die Nase und wies auf das Datum.

Doch irgendwann war sie es leid.

Erst Arella. Dann Amichai. Schließlich Gili.

Immer öfter hatten sie gespürt, dass er nicht anwesend war, auch wenn er sich im selben Raum aufhielt und dieselbe Luft atmete. Als es Gili aussprach, würgte es ihn so, dass er sich eine ganze Nacht übergeben musste: »Warum bist du nicht glücklich, warum lachst du nie mit uns, Aba?«

Da hatte Arella schon aufgegeben und sich zurückgezogen, und Amichai war ihr nachgefolgt.

Rosenberg war immer häufiger geflohen, weil sie seine Geschichten nicht mehr hören mochten. Und sie nicht verstehen konnten. Arella war als Kind mit den Eltern aus Kanada nach Palästina eingewandert. Sie kannte seinen Krieg und seine Verfolgung nur aus Büchern und Zeitungen. Wenn er mit den Kindern spielte, ging es selten länger als eine Viertelstunde gut, dann übertönte die Stimme in ihm alles: Wenn deine Schwestern sehen würden, wie du umhertollst … wenn deine Mutter sehen würde, wie du lachst … er hatte jegliches Recht zu lachen verwirkt. Den Genuss eines guten Essens, eines Spaziergangs, sein bloßes Leben war Verrat an denen, die in den Gaskammern gemordet worden waren.

Er hatte sich Arella zu erklären versucht, aber er spürte, dass er an eine Grenze stieß. Er sah es ihren Augen an, die abzuschweifen begannen, die kramten in der Erinnerung, versuchten, einen katastrophalen Moment der eigenen Lebensgeschichte heraufzubeschwören, den durchzustehen sie Opfer bringen musste, nur, um sich einfühlen zu können in ihn … aber diese katastrophalen Momente gab es nicht, sie hatte nie mehr durchstehen müssen als den Tod eines Onkels, der bei einer Fahrradtour durch Québec an einem Hitzschlag gestorben war.

Auf Drängen Arellas hatte Rosenberg einen Psychiater aufgesucht. Es war ein berühmter Psychiater, er hatte bei Professor Freud studiert und war über die USA nach Israel gelangt. Er konnte Deutsch mit ihm sprechen, auch wenn sie dies nicht allzu häufig taten, nur dann, wenn ihnen die hebräischen Worte fehlten, um etwas korrekt zu benennen. Sie waren in die Traumarbeit vertieft, Rosenberg hatte wiederkehrende Albträume, die den Fachmann besonders zu interessieren schienen. Er wurde gebeten, ab sofort ein Traumtagebuch zu führen.

Nach wenigen Sitzungen erklärte ihm der Psychiater plötzlich klipp und klar, dass diese seelischen Belastungen, gleich welcher Art sie auch sein mögen, abklingen und keine krankheitswertigen psychischen Schäden hinterlassen würden. Rosenberg bedankte sich beim berühmten Psychiater, ging und kam nie wieder.

Und wenn manchmal mir so ein Wort entfuhr, wohl auch im Zorne mir eine Träne ins Auge trat, so kamen dann die weisen Herren, die unter euch Deutschen so gerne spuken, die Elenden, denen ein leidend Gemüt so gerade recht ist, ihre Sprüche anzubringen, mir zu sagen: klage nicht, handle!

Die Belastungen klangen nicht ab. Und dann wurde es ihm immer klarer: Vielleicht waren seine Gefühle ansteckend, er würde seine Kinder früher oder später damit infizieren, und dann …? Vielleicht war es besser für Amichai und Gili, wenn sie ihn nicht mehr sähen.

Alles war anders heute. Kaiser strebte nicht nach Hause, sondern rheinabwärts, der Altstadt zu. Das Wasser war schmutziggrau, seltsam aufgepeitscht, als wollte es gierig von den Uferpromenaden fressen, Sand und Erde und Asphalt und alles verschlingen.

Kaiser betrat ein Café. Es war geräumig und so gut gefüllt, dass Rosenberg nicht weiter aufgefallen wäre. Doch wollte er sicherheitshalber fünf Minuten vergehen lassen, bevor er nachkäme. Durch die Schaufenster konnte er Kaiser erkennen, der allein an einem Tisch saß. Dann sah er, wie zwei Männer von einem entfernten Platz aufstanden und zu Kaiser herüberkamen. Sie setzten sich. Nun war es höchste Zeit.

Rosenberg nahm an einem Tisch in angemessener Distanz Platz, bestellte einen Kaffee, zog die Tageszeitung aus seinem Jackett und stellte sich, als würde er sich in die Lektüre vertiefen.

Bislang hatte er Kaisers Gefährten nur im Profil oder von hinten gesehen. Der eine der Männer hatte gelocktes hellbraunes Haar, der andere eine Halbglatze, war kräftig gebaut. Beide waren sie jünger als Kaiser, zwischen vierzig und fünfzig Jahre alt, schätzte Rosenberg. Er verstand nicht, was sie sprachen, dafür war die Unterhaltung zweier älterer Damen an einem Tisch, der zwischen Kaisers und dem seinen platziert war, entschieden zu laut. Rosenberg ärgerte sich, dass er einen zu großen Sicherheitsabstand gewählt hatte und nun nicht näherrücken konnte, ohne aufzufallen. Doch dann sah er mit Befriedigung, dass die Damen zahlten und wenige Minuten später das Café verließen. Schlagartig wurde es leiser.

Rosenberg konzentrierte sich auf das Gespräch der drei Männer. Er verstand kein Wort. Erkannte nicht einmal die Sprache.

Irgendwann schnappte er einige Worte auf, die ihm lateinischen Ursprungs schienen, entstellt von zwei Jahrtausenden, nasaliert, und er konstatierte: Portugiesisch oder Französisch.

Ein halblautes »Voilà«, und nun war auch dies geklärt. Aber es half ihm nicht weiter. Drei tote Sprachen gelernt, dachte er, in Sachen *nutzloses* Wissen kenne ich mich aus. Er tröstete sich damit, dass er, selbst wenn er Französisch beherrschte, die drei wahrscheinlich auch nicht verstanden hätte: Sie redeten in enormer Geschwindigkeit, Kaiser parlierte erstaunlich leicht und geläufig. Rosenberg erinnerte sich daran, dass er im besetzten Frankreich stationiert gewesen war.

Vielleicht tauschten sie Kriegserlebnisse aus? Doch dafür verlief das Treffen ein wenig zu förmlich. Französische Diplomaten oder Handelsreisende, die Kaiser um ein informelles Gespräch außerhalb des Bundeshauses gebeten hatte? Dafür waren sie zu salopp gekleidet.

Die beiden Männer schienen Kaiser nichts übergeben zu haben, sie schrieben keine Zettel. Nach einer halben Stunde war das Treffen beendet, man schüttelte einander die Hände, und als die Franzosen schweigend das Café verließen, duckte sich Rosenberg hinter seiner Zeitung.

Der Kaffee war kalt. Es hatte zu schneien begonnen. Kaiser ordnete seine Garderobe, um sich auf den Weg nach Hause zu begeben. Einmal mehr war er zu Fuß unterwegs, Rosenberg schmerzten schon jetzt die Sohlen. – Und plötzlich kam ihm ein Gedanke: Was, wenn dieser Mann einen ähnlich rastlosen Bewegungsdrang wie er hatte? Was, wenn ihn die Ereignisse von Majdanek und Buchenwald nicht zur Ruhe kommen ließen, nur dass Kaiser tags gehen musste und Rosenberg nachts …? Was, wenn dieser Kaiser *der Mensch* war, mit dem er die meisten Gemeinsamkeiten hatte …?

Da zürnte die Stimme in seinem Schädel, und rasch verwarf Rosenberg den Gedanken.

In der Nacht war Mordechai passiert, was ihm selbst gedroht hatte: Kaiser hatte ihn gesehen. Nicht nur gesehen, er hatte ihn *wahrgenommen*.

Eitan war bei der Übergabe der Nachtschicht nur zögerlich damit herausgerückt, Mordechai lag da schon im Bett und schnarchte. Rosenberg stand neben der Fahrertür, Eitan saß im Wagen, die Thermosflasche mit kaltem Kaffee neben ihm morste in hohen Tönen unverständliche Zeichenkombinationen.

Es war mitten in der Nacht gewesen. Es nebelte, keine Menschenseele weit und breit, die Straßenbeleuchtung funzelte, erhellte kaum den Bürgersteig. Mordechai wollte testen, wie schwer das Haustürschloss zu knacken wäre. Eitan suchte ihn davon abzuhalten, aber Mordechai sagte nur, dass sie jetzt schon seit Wochen an dem Kerl dran seien und um diese Uhrzeit alles toter als tot war. Der Milchmann kam frühestens in einer Stunde, und länger als fünf Minuten brauche er nicht. Mordechai zog den Reißverschluss seiner Jacke zu und stapfte los. Eitan war ebenfalls ausgestiegen, um Schmiere zu stehen, falls sich im Haus etwas tat. Keine zwei Minuten später ging in einem Fenster des ersten Stocks ein Licht an, Eitan wollte pfeifen, doch seine Finger waren eingefroren, der Ton erstarb auf seiner Zunge. Er schrie Mordechai an, als die Haustür auch schon aufgerissen wurde und eine Männerstimme nach der Polizei rief. Eitan hastete zurück zum Wagen, der, ohne vorzuglühen, erst nach mehreren Versuchen hustend ansprang. Mordechai kam angerannt, mit

Handschuhen, aber ohne Gesichtsmaske. Sie jagten ohne Abblendlicht davon – unwahrscheinlich, dass jemand Marke und Farbe des Kleinlasters bei den Sichtverhältnissen ausgemacht hatte, geschweige denn das Kennzeichen.

Rosenberg hatte die ganze Zeit geschwiegen, obwohl er innerlich kochte. Nun unterbrach er Eitans Vortrag: »War es Kaiser?«

»Mordechai war sich nicht sicher, es dauerte nur eine Millisekunde. Könnte jeder andere Hausbewohner gewesen sein.«

»Wie konnte das passieren?«

»Es ist unverzeihlich. Er wusste selbst nicht, warum er die Gesichtsmaske nicht getragen hat.«

»Wie – konnte – das – passieren?«

»Er hat gegen Ihren ausdrücklichen Befehl gehandelt, Ephraim. Aber nachts war ja wirklich nie jemand –«

»Mordechai ist raus! Er kehrt sofort nach Israel zurück.«

»Raus? Zwei Mann, Ephraim! Ohne Mordechai sind wir nur zwei Mann für die Beschattung, das Institut wird uns keinen neuen schicken.«

»Angst davor, Überstunden zu machen?«

»Vermutlich denkt der Kerl, dass er einen Einbrecher auf frischer Tat –«

»Oder den Pokerpartner zu verlieren?«

»Wir wissen nicht, ob Kaiser überhaupt Lunte gerochen hat.«

»Wissen müssen wir das nicht, es reicht, wenn er misstrauisch wird. Wenn ihm Mordechais Gesicht nicht mehr begegnet, wird Kaiser die Sache wieder abtun. Wir können Mordechai nicht mehr einsetzen, ohne die ganze Operation zu gefährden.«

»Aber –«

»Was haben Sie an ›Mordechai ist raus‹ nicht verstanden?«

»Ich war davon ausgegangen, mehr Mitspracherecht zu haben, Senior Officer hin oder her …«

»So kann man sich irren, Eitan!«

Rosenberg hatte sich schon abgewandt, dann drehte er sich wieder seinem Kollegen zu. Dessen Kiefermuskeln mahlten, nur mühsam schien er seine Wut unter Kontrolle zu behalten.

»Sagen Sie ihm, weil er es nicht für nötig befunden hat, mir persönlich Meldung zu erstatten, dürfen Sie sich nun auch um seinen Rückflug kümmern. Packen Sie ihm ein schönes Souvenir aus Deutschland ein. Er soll sein Leben lang an den Mist denken, den er hier gebaut hat. Ich habe gehört, diese Saison sind bunte Eierbecher der letzte Schrei.«

Rosenberg ging mit schnellen Schritten davon. Als er den Wagen nicht starten hörte, wandte er sich noch einmal um.

In seinem schwarzen Mantel saß Eitan da wie eine Krähe, die gleich kotzen musste.

11

Die dunkle Flüssigkeit spiegelte sein Gesicht, machte sein Kinn noch breiter, als es ohnehin schon war, sie längte seinen Schädel bis hin zum silbergrauen Tassenrand. Eierkopf, er sah aus wie der Mobster, der seinen ältesten Bruder Matt auf dem Gewissen hatte.

Ein Tropfen fiel in den Kaffee, die Wellen, die er auslöste, ließen Vanuzzis Gesichtszüge verschwimmen. Noch ein einzelner Tropfen, dann begann es richtig zu regnen. Er zog sich in sein Auto zurück.

Der Kaffee roch nach Popcorn, er kippte ihn in einem Schluck herunter und schraubte den Becher auf die Thermosflasche.

Allmählich begann sich sein Schlafdefizit bemerkbar zu machen.

Als er nach dem Fehlschlag mit Ben Kemali nach Hause zurückgekehrt war, war er zugleich wütend und völlig überdreht gewesen. Er hatte bis in die frühen Morgenstunden auf dem Bett gelegen, ohne Ruhe zu finden. Dann hatte er sich erinnert an die Telefonnummer auf seiner linken Hand. Sie war ein wenig verwischt, aber noch immer gut leserlich. Er sah nicht auf die Uhr, als er sie anrief. Ein Nachtportier stellte ihn durch, Fabiennes Stimme war voller Müdigkeit und Trauer. Nachdem er seinen Namen gesagt hatte, dauerte es einen Moment, dann hörte er wieder ihr Lachen und ein geflüstertes »Komm vorbei, dann finden wir zu zweit keinen Schlaf«. Sie verbrachten den Tag im Bett, überstrapazierten den Roomservice, hatten Sex, badeten und lachten miteinander. Irgendwann fiel ihm wieder ein, dass es noch etwas zu erledigen gab, und so sammelte er seine Klamotten ein, gab ihr einen langen Kuss und verabschiedete sich. Fabienne machte keine Anstalten, ihn aufzuhalten.

Er kehrte noch einmal nach Hause zurück. Ödön war sichtlich still und in sich gekehrt.

»Sauer, dass ich dir nicht Bescheid gesagt habe, wo ich hingehe?«

Ödön zuckte mit den Schultern. »Ich war im Club. Die Taube hat mir erzählt, dass eine Frau bei dir war. Ich nehme an, du warst bei ihr.«

Vanuzzi nickte.

»Ist sie nett?«

»Sie ist anders als alle Frauen, die ich kenne.«

Da er seit geraumer Zeit kaum mit Frauen zu tun hatte, war das kein großes Kunststück, dachte Vanuzzi. Ödön schwieg. Dann sagte er: »Ich kann bei einem Bekannten unterkommen, wenn ich störe.«

»Blödsinn!«

»Du musst es nur sagen.«

»Blödsinn! Ist das der Grund, warum du so bist, Ödön?«

»Wie bin ich denn?«

»Du schaust mir nicht in die Augen, redest nur das Nötigste. Was ist los?«

»Der tote Algerier …«

»Djefel?«

»Vor vier Tagen bin ich in Köln zufällig in eine Demonstration gekommen, es ging um den Krieg in Algerien. Dan: Die französische Armee macht da unvorstellbare Sachen!«

»Das haben sie dir erzählt?«

Ödön schüttelte den Kopf. Er kramte in einer Schublade am Wohnzimmertisch und förderte eine Zeitung hervor, die er Vanuzzi hinhielt: *Freies Algerien*.

»Da steht, dass der französische Geheimdienst von de Gaulle carte blanche erhalten hat, Algerier zu töten, wenn sie nur unter dem Verdacht stehen, für den FLN zu arbeiten. Die meisten arbeiten aber gar nicht für den FLN, und sie bringen sie trotzdem um.«

»Du weißt schon, dass der FLN eine kommunistische Partei ist, Ödön? Sie wird von den Sowjets gesteuert, denselben Leuten, die dein Heimatland kaputtgeschlagen haben.«

»Vielleicht ist das so. Aber ich sehe, dass es ein Befreiungskampf ist, den die Algerier führen, gegen einen übermächtigen Gegner.«

»Und das erinnert dich natürlich an Ungarn. Ödön: Du solltest nicht jeder Propaganda auf den Leim gehen, weil sie gut gemacht ist.«

»Es ist nicht nur das … Djefel, er hatte uns nichts getan. Er wusste nicht, wer wir sind, und trotzdem hat er sich lieber umgebracht, als … bist du dir sicher, dass es das Richtige ist, was wir tun, Dan?«

»Es ist das, was uns hier am Leben erhält.«

Ödön senkte den Blick und schüttelte den Kopf.

Na wunderbar, dachte Vanuzzi, konnte er sich jetzt auf seinen einzigen Helfer nicht mehr verlassen?

»Was heißt das, Ödön – bist du raus?«

»Ich weiß es nicht, Dan. Ich weiß es wirklich nicht.«

Sie wechselten kein weiteres Wort mehr. Vanuzzi stieg in sein Auto und fuhr auf die Autobahn. Bestirnter Himmel und Gaspedal.

Er musste neu ansetzen. Wohin würde Ben Kemali gehen? Sicher nicht weit weg von Köln, weil seine ganzen Kontakte hier waren, aber in Köln selbst zu bleiben, wäre für ihn zu riskant. Vanuzzi hatte genau zwei Personen, die ihm dabei helfen könnten, ihn wiederzufinden.

Er saß im Auto und wartete vor der Bierpinte darauf, dass es einundzwanzig Uhr würde und Harald alias Karl Marx wieder auftauchte.

Als er in Köln angekommen war, hatte sich Vanuzzi an einem Kiosk die Abendzeitung gekauft. Es war der Aufmacher: Tote nach Schießerei. In der vorangegangenen Nacht seien zwei Leichen unweit der Kölner Altstadt gefunden worden. Die beiden algerischen Männer, deren Identitäten noch nicht hätten geklärt werden können, hätten sich, vermutlich nach kurzem heftigen Kampf, gegenseitig getötet, ohne dass ein Anwohner etwas gehört oder gesehen hätte. Da sie nicht nur Waffen, sondern auch falsche Ausweisdokumente bei sich getragen hätten, gehe die Polizei von internen Machtkämpfen rivalisierender algerischer Gruppen aus. Der grausige Fund erinnere die Leser sicherlich daran, wie in einer Oktobernacht vor zwei Jahren Ahmed

Nesbah, ein Mitglied des algerischen Mouvement national algérien (MNA), vor dem *Hotel Neunzig* in Köln getötet worden war. Seit Jahren gebe es zwischen der moskauhörigen FLN und der trotzkistischen MNA bewaffnete Konflikte um die Führung der algerischen Befreiungsbewegung, und nun hätten sie wieder in Köln zugeschlagen. Der Artikel endete mit den Worten, dass es nicht sein dürfe, dass dieser inneralgerische Krieg auf deutschen Straßen ausgetragen werde – wie lange wolle sich die Bundesregierung dieses Geschehen denn noch bieten lassen?

Sie hatten seinen Köder geschluckt, auch wenn das Tatortbild die eine oder andere Unstimmigkeit aufgewiesen haben muss … beispielsweise den Umstand, dass das Schlagmal am Kehlkopf nicht von einem Stock herrührte. Aber Menschen machten oft passend, was nicht passte, und das nicht allein bei Polizei und Presse.

Harald schien bereits Breitseite zu haben, als er auf die Kneipe zusteuerte. Vanuzzi passte ihn ab, und zu seiner Überraschung konnte sich der Mann tatsächlich an ihn erinnern. Vanuzzi schlug beiläufig vor, anderswo hinzugehen, er könne sich in der Pinte nicht mehr sehen lassen. Harald war ein frommes Lämmchen, das sich führen ließ.

Das Lokal, das Vanuzzi aussuchte, war weniger finster und schmuddelig als Haralds Stammkneipe. Sie setzten sich an einen Tisch in einer Ecke.

»Uns hat gedürstet und du hast uns gelabet.«

»Schon verstanden. Herrengedeck kommt!«

Er sah dem Mann dabei zu, wie er mit seligem Blick den Schnaps ins Bier kippte.

»Sag mal, Harald – du hast gestern was gesagt über mich und das Neue Testament. Hat dir jemand etwas von mir erzählt?«

»Von dir? Nein.«

Er schwieg. Dann sagte er mit weihevoller Stimme: »Man ist Prophet!«

Vanuzzi atmete vernehmlich ein und wieder aus. »Abwechslungsreicher Job, schätze ich.«

»Man wird dir von Zoli berichten … auch wenn man weiß, dass du nichts Gutes im Schilde führst … aber es wird sich am Ende alles fügen … wenn auch anders, als du glaubst.«

»Whatever.«

»Zoli ist nicht mehr in Köln.«

»Sag mir was Neues. Weißt du auch, wo er hin ist – Prophet?«

»Er zog nach Norden.«

Vanuzzi rollte mit den Augen. »Mehr so Schweden-Norden oder Wuppertal-Norden?«

»Er hat Freunde im Norden. Freunde, die ihm helfen. Ihm, seiner Frau und den Kindern.«

»Weißt du etwas von seiner Frau und den Kindern?«

»Man hat sie gesehen.«

»Sind sie hier in Köln?«

»Man hat ein Bild gesehen. Leila. Ein prächtiges Weib –«

»Aber nicht hier in Köln?«

»Noch nicht in unserem Land.«

»Weißt du, wann Zoli sie erwartet?«

»Bald.«

»Und dann? Was haben sie vor?«

»Möge Sanftmut sein auf ihren Lippen, lau wie ein Abend, der langsam ins Laub der Bergeschen sinkt.«

»Ja, jeder liebt Bergeschen. Aber weißt du, was sie vorhaben?«

Der Prophet hatte sein viertes Gedeck gestemmt und einen glasigen Blick bekommen.

»Möge freundlicher Sinn sich breiten in ihren Augen, edel wie die Sonne, die aus Nebeln sich hebt.«

Vanuzzi nahm einen weiteren Anlauf, doch die Gedanken des Propheten waren auf einer einsamen Umlaufbahn um einen fernen Planeten angelangt. Er sah auf seine Uhr, fluchte und drückte Harald einen Zwanziger in die Hand. »Halt dich fern von Walen!«, rief er und verließ das Lokal.

Wenn er sich beeilte, konnte er es gerade noch schaffen. Er schlug den altbekannten Weg nach Bonn ein und erreichte die US-Botschaft gegen 22.15 Uhr. Der Wachsoldat an der Pforte teilte ihm barsch mit, dass Graeme van Doren nicht mehr im Haus sei. Zum selben Zeitpunkt kam Mo Mahmoudi aus dem Botschaftsgebäude. Er trug Zivilkleidung und sah mehr denn je aus wie Gregory Peck.

»Mister Vanuzzi? Kann ich etwas für Sie tun, Sir?«

»Machen Sie jetzt erst Feierabend? Armer Kerl!«

Der junge Mann trat lächelnd näher. »Schön, dass das mal jemand bemerkt. Wenn Sie Mister van Doren suchen: der hat vor rund zwanzig Minuten das Haus verlassen.«

»Zu dumm!«

»Aber er ist heute zu Fuß mit dem Hund unterwegs. Mit dem Auto können Sie ihn bestimmt einholen, Sir.«

Mahmoudi nannte Vanuzzi die Straße, die er ansteuern musste, und verabschiedete sich.

Vanuzzi jagte seinen Taunus den Rhein entlang, fand die angegebene Straße in einem snobistischen Villenviertel und stellte den Motor ab. Hausnummer hatte er keine, aber da die Straße nicht besonders lang war, konnte er sie gut einsehen. Wenige Minuten später registrierte er Herr und Hund im Außenspiegel und stieg aus.

»Schönen Abend, Mister Cough!«

Als Antwort auf Vanuzzis Begrüßung knurrte der Yorkshireterrier.

»Der Wop! Irgendwie war's mir, als ob der böse Tag kein Ende hätte.«

Van Doren brachte den Hund ins Haus, lotste Vanuzzi auf die Veranda. Die Kinder schliefen schon, die Frau auch, hier störe man niemanden, und außerdem wolle er Vanuzzi nicht im Haus haben. Der Diplomat brachte ein Glas Whiskey on the rocks und eine Bierflasche, dann nötigte er seinen Gast dazu, einen Blick auf den ausladenden, äußerst gepflegten Rasenplatz hinter der Villa zu werfen.

»Na, was sagen Sie dazu, Dan?«

»Viel Grün. Mähen Sie selbst?«

Van Doren verzog das Gesicht, als ob er auf etwas Saures gebissen hätte.

»Ich bin nicht reich, falls Sie darauf anspielen. Ich habe nur eine exzellente Ausbildung.«

»Und die bekommt man in den Staaten leichter, wenn man van Doren heißt, nicht Vanuzzi.«

»Sind Sie hierhergekommen, um mit mir über Chancengleichheit zu plauschen?«

Vanuzzi trank einen Schluck Bier.

»Bei unserem letzten Treffen haben Sie von deutschen Helfern gesprochen, die Wohnungen für untergetauchte Algerier anmieten.«

»Sie meinen die FNF …?«

»Porca Madonna! Verschonen Sie mich mit diesen Abkürzungen, Veedee.«

»Die Fédération de France du FLN.«

»Warum agiert die von der BRD aus?«

»Vor drei Jahren ist der FNF der Boden in Frankreich zu heiß geworden, also haben sie ins Wilaya Deutschland gewechselt.«

»Wilaya?«

»Der FLN hat ganz Europa informell in Wilayas, Provinzen, unterteilt. Die FNF ist dafür zuständig, den algerischen Aufstand vom Ausland aus zu sichern. Sie arbeitet mit Schutzgelderpressung: Algerier, die in Deutschland leben, müssen jeden Monat in die Kriegskasse des FLN einzahlen. Das Geld wird in Koffern in die Schweiz geschmuggelt, um Waffen zu kaufen. Da Algerier in Europa allerdings auffallen und Gefahr laufen, von der Polizei hochgenommen zu werden, hat die FNF hierzulande Leute in linken Gruppen als Kofferträger angeworben.«

»Und wenn's gerade keine Koffer zu tragen gibt, kümmern sich diese Leute darum, Unterkünfte zu organisieren, verstehe. Sichere Wohnungen, in denen FLN-Leute untertauchen können, gibt's bestimmt nicht wie Sand am Meer. Geben Sie mir einen Tipp, Veedee.«

»Hippou men areten en polemo.«

Vanuzzi starrte van Doren an.

»Nein? Na ja, wie sagte unser Griechischlehrer immer: ›Es muss ja auch Menschen geben, die die einfachen Arbeiten verrichten.‹ – Finden Sie nicht, dass ich Ihnen schon genug geholfen habe? Ich weiß ja noch immer nicht, für wen Sie arbeiten.«

Vanuzzi lachte aufreizend.

»Sie wissen längst, für wen ich arbeite, und Sie wissen auch, wen ich suche. Also?«

»Wie gesagt, diese Leute interessieren Langley nicht wirklich. Man geht davon aus, dass es kein eigentliches FNF-Hauptquartier gibt. Man trifft sich mit gefälschten Pässen in gehobenen Hotels.«

»Ich bin Algerier, in Köln gestrandet. Jetzt muss ich schnell weg. Wo finde ich offene Arme, ohne weit zu fahren, Veedee?«

»Ich würde es an der ›Roten Ruhr‹ probieren. Im Ruhrgebiet gibt es jede Menge linke Gruppen, irgendeine wird die Arme ganz weit öffnen.«

Vanuzzi trank sein Bier aus und ging über den Rasen Richtung Straße. Nach ein paar Metern hörte er noch einmal van Dorens Stimme und drehte sich um.

»Dan?«

»Hm?«

»Ich möchte Sie vor 1964 nicht mehr sehen.«

»Warum 1964?«

»Dann endet meine Akkreditierung in der BRD. Die Sache, an der Sie dran sind, ist très délicat. Um nicht zu sagen: Sie stinkt zum Himmel! Und ich habe eine sehr feine Nase.«

12

Hundemüde und überdreht zugleich. Auf der Rückfahrt ins Ruhrgebiet überkam ihn Sehnsucht nach Fabienne, eine Sehnsucht, die er nicht ohne Grollen registrierte. Na prima, verliebt wie ein Teenager, brauchst du das gerade, Dan …? Doch da sich die Frage von selbst zu beantworten schien, besuchte er sie in ihrem Hotel. Sie schliefen miteinander, dann döste er ein. Als er in den frühen Morgenstunden aufwachte, war die junge Frau nicht da. Er suchte nach einer Notiz, die sie für ihn hinterlassen haben konnte, fand keine, duschte und machte sich auf den Weg nach Hause.

Ödön, der das Frühaufstehen in seiner Schreinerlehre gelernt und die Gewohnheit nie wieder abgelegt hatte, hatte bereits Kaffee gekocht und war in die Nachrichten seines Kurzwellenempfängers vertieft. Er hörte ungarischen Rundfunk. Vielleicht wollte er die Sprache der Heimat inhalieren, vielleicht war er aber auch davon überzeugt, dass der staatliche Radiosender in den frühen Morgenstunden weniger log.

Vanuzzi trank einen Kaffee im Stehen und fragte Ödön nach Ausgaben der Zeitung *Freies Algerien*. Das Gesicht des jungen Mannes erhellte sich, als wollte er sagen: Endlich kommst du zur Einsicht!

Vanuzzi überflog einige Artikel. Sie trugen Titel wie: *Der Kolonialismus schafft eine gefährliche Lage für den Weltfrieden*, *Algerische Frauen im Krieg* oder *Einen Nürnberger Gerichtshof für französische Kriegsverbrechen?* Er hatte Mühe, sich auf die Inhalte zu konzentrieren, die waren, was er erwartet hatte: mehr oder weniger gut gemachte Propaganda. Immerhin war es nicht das elitäre Gewäsch, das linke Ultras in den USA abzusondern pflegten, wenn man sie hinter eine Schreibmaschine steckte. Vanuzzi las von einem Massaker im Oktober, als ein gewaltloser Protestmarsch von rund dreißigtausend Algeriern in Paris brutal von der Polizei aufgelöst wurde. Sie tötete und verstümmelte

Hunderte Demonstranten und deportierte mehr als zehntausend Algerier außer Landes. Er las davon, wie sich die ALN mit der viertmächtigsten Armee der Welt anlegte, selbst aber kaum tausend Kämpfer hatte; dass schon der Umstand, dass die algerische Befreiungsarmee im Maquis überdauern konnte, unzugänglichen Wäldern, in denen sich die Untergrundbewegung versteckt hielt, den Kampf zu einem Erfolg und zu einer Ermutigung für alle unterdrückten Völker dieser Erde mache. Er las: *Das algerische Volk steht seit sechs Jahren im Kampf um seine Unabhängigkeit. Mit aller Brutalität der kolonialen Unterdrückung wird in Algerien das Menschenrecht, das Recht auf nationale Selbstbestimmung erstickt. »Freies Algerien« will helfen, die deutsche Öffentlichkeit über die wahren Hintergründe des »schmutzigen« Krieges zu informieren. Diese Aufgabe kann nicht durch individuelle Schritte von Einzelpersonen bewältigt werden. Nur die gemeinsamen Anstrengungen Gleichgesinnter können Resultate erzielen. – Achtung! Neue Anschrift!*

Die »neue Anschrift« war lediglich ein Postfach mit dazugehöriger Postleitzahl, die, wie Vanuzzi schnell recherchiert hatte, zu einem Verlag gehörte. Als er dessen Adresse herausgefunden hatte, machte er sich einmal mehr auf den Weg nach Köln.

Er hatte beschlossen, die Gastarbeiterkarte zu spielen. Wenn sich Djefel und Ben Kemali als Italiener ausgeben konnten, konnte er das schon lange. Immerhin war er im Gegensatz zu ihnen Muttersprachler, auch wenn er den leichten amerikanischen Akzent in seinem Italienisch nie ganz verbergen konnte. Er hatte sich für den Vornamen seines ältesten Bruders entschieden, Matteo, den er immer mehr geliebt hatte als seinen eigenen, hatte den Bereich zwischen Oberlippe und Nase rasiert und sich einen Schnurrbart angeklebt, der farblich nicht zu sehr kontrastierte mit seinen blonden Haaren. Für die meisten Deutschen würde das genügen, um den Italiener zu geben.

Der Verlag war eigentlich eine Druckerei, ein Zweimannbetrieb. Der Geselle machte gerade Feierabend, also hielt sich Vanuzzi an den Chef. Anders als erwartet war dieser keineswegs zurückhaltend, sondern erzählte begeistert von seiner Arbeit für den *Algerischen Freundeskreis in Deutschland*, von Markus und Hildrun, einem Ehepaar aus Essen, in deren Wohnung sich die Ruhrgebietssektion des Freundeskreises regelmäßig treffe. Vanuzzi bat darum, an einem der Treffen teilnehmen zu dürfen. Der Drucker sagte zu, dass er Markus und Hildrun gleich anrufen und Matteo ankündigen werde. Die nächste Zusammenkunft sei in zwei Tagen.

Zurück in Essen beschloss Vanuzzi, zwei Tabletten zu nehmen und sich endlich einmal gründlich auszuschlafen. Er zog den Telefonstecker und schickte Ödön ins Kino. Dann schlief er mehr als zwanzig Stunden, traumlos und fest.

Nach dem Aufstehen lief er eine Stunde durch die Stadt – er konnte sein Ausdauertraining schließlich nicht ganz schleifen lassen. Danach rief er Fabienne an. Sie bestand darauf, sich nicht in ihrem Hotel zu treffen, sie wolle endlich einmal sehen, wie Vanuzzi wohne. Er war etwas zögerlich, auch Ödöns wegen, gab ihr dann aber doch die Adresse.

Sie kam fast zwei Stunden später als verabredet, drückte Vanuzzi einen halb verwelkten Blumenstrauß in die Hand mit den Worten: »Kleines Präsent für die Dame des Hauses!« und begann, wie ein Bluthund durch die Zimmer zu stöbern. Nachdem sie ihren Rundgang beendet hatte, sagte sie: »So hab ich mir die Bude vorgestellt.«

»Es ist beengter als sonst, weil Ödön –«

»Egal, was du zahlst: Es ist zu viel!«

Vanuzzi bemerkte, dass er noch immer die Blumen in der Hand hatte. Um guten Willen zu zeigen, suchte er nach einem Gefäß, in das er Wasser eingießen und sie hineinstellen konnte.

»Gib dir keine Mühe, die sind hinüber«, sagte Fabienne, schnappte sie und warf sie in den Abfalleimer.

»Wusstest du, dass es in Luxemburg üblich war, dass Frauen Männern Blumen mitbringen, nicht umgekehrt?«

»Nein. Warum?«

»Keine Ahnung.«

»Das hast du gerade erfunden, oder?!«

»Stimmt.« Fabienne lachte. »Geschichten von Luxemburg muss ich immer erfinden. Weil es keine gibt, die erzählenswert sind.«

»Das sagen die meisten denkenden Menschen über ihre Heimat.«

Fabiennes erstes Aufeinandertreffen mit Ödön war, wie Vanuzzi befürchtet hatte: Die beiden schienen wie Hund und Katz. Vielleicht kabbelten sie sich nur, vielleicht stritten sie wirklich – in jedem Fall wusste Vanuzzi, dass es keine gute Idee gewesen war, Fabienne hier-herzubringen. Er ging ans Büdchen, um Getränke zu holen und ein paar Minuten Ruhe zu finden. Als er zurückkam, hörte er Fabiennes Lachen und Ödöns aufgebrachte Stimme.

»Eifersüchtig? Warum sollte ich eifersüchtig sein?«

»Na, ich kenne nicht viele erwachsene Männer, die freiwillig so eng zusammenwohnen. Es sei denn, sie hätten was miteinander.«

»Ich weiß wirklich nicht, was er an dir findet.«

»Schau mir auf den Arsch, Kleiner, vielleicht kommst du noch drauf.«

Fabienne trat Vanuzzi im Flur entgegen, hatte bereits ihren Mantel angezogen.

»Gib deinem Jungen das Fläschchen, Dan. Wir sehen uns.«

Im nächsten Moment war sie aus der Tür. Ödön saß brütend am Küchentisch. Vanuzzi öffnete zwei Bierflaschen, stellte eine vor den jungen Mann hin und stieß mit seiner klirrend an. Ödön nahm einen Schluck, ohne aufzusehen. Dann fragte er: »Denkst du manchmal an unsere Freunde, die in Budapest gestorben sind?«

»Nein.«

Ödöns Gesicht zeigte Spuren tiefer Enttäuschung. »Aber ich träu-me von ihnen. Fast jede Nacht.«

Sie tranken.

»Ich vermisse sie, Dan. Ich kann gar nicht sagen, wie sehr.«

Dieses »sie« konnte sich auf alle Freunde beziehen, die beim Aufstand gegen die Sowjets vor fünf Jahren getötet worden waren. Aber Vanuzzi wusste, dass Ödön damit Daria meinte. Daria, die für den jungen Mann wie eine große Schwester gewesen war – und für Vanuzzi die letzte Frau, die er wirklich nah an sich herangelassen hatte. Obwohl Fabienne und Daria weder äußerlich noch in ihrem Auftreten einander ähnelten, gab es doch eine Gemeinsamkeit – vielleicht war sie der Grund, weshalb Fabienne begonnen hatte, eine Rolle in Vanuzzis Leben zu spielen. Daria und Fabienne waren beide *überwältigend*. Sie hatten es geschafft, ihn vom ersten Moment an emotional so zu überrumpeln, dass er keine Gegenwehr gefunden hatte.

Schweigend tranken sie weiter. Dann platzte es aus Vanuzzi heraus: »Halte ich dich eigentlich von irgendwas ab, Ödön?«

»Wie meinst du das?«

»Na – gibt es irgendetwas, das du lieber tun würdest? Oder einen *realistischen* Ort, wo du lieber wärst?«

Ödön schien angestrengt nachzudenken. Mehr als eine Minute verging, dann sagte Vanuzzi: »Wohin möchtest du mit deinem Leben?«

Er wusste, dass er die Frage eigentlich gar nicht an Ödön gerichtet hatte, sondern an sich selbst.

»Ich habe aufgehört, darüber nachzudenken, kurz nachdem wir Ungarn verlassen haben. Seitdem lebe ich – seitdem leben *wir* so vor uns hin. Ich arbeite hier, ich arbeite da, bis sie einen finden, der es für noch weniger Geld macht. Ich geh mit dir zu deinen Kämpfen und hab jedes Mal Angst, dass sie dich totschlagen. Ich warte auf etwas, aber ich kann nicht sagen, was es ist.« Ödön nahm einen Schluck aus der Flasche. »Oder vielleicht doch …? Wenn du schon fragst, Dan: Ich träume oft denselben Traum. Vielleicht ist es gar kein Traum, eher ein Gefühl: das Gefühl, durch eine Stadt mit völliger Selbstverständlichkeit zu gehen, alle und alles zu kennen, mich überall hinein- und hinbegeben zu können. Dann sehe ich plötzlich in einem Hauseingang das Gesicht einer jungen Frau. Kurze Haare, sehr hübsch. Im ersten Moment weiche ich zurück, als wäre ich gegen sie geprallt. Dann erkenne ich sie, und sie erkennt mich, und ich erkenne, dass sie mich erkennt. Sie küsst mich, ohne dass einer von uns ein Wort gesprochen hätte. Und ich weiß – wir wissen, dass wir uns endlich wiedergefunden haben.«

Vanuzzi spürte, dass sein Mund offen stand. Er konnte sich nicht erinnern, dass Ödön je zuvor solche Worte gefunden hatte. Der junge Mann trank die Neige seines Biers, stand auf und sagte: »Nein, ich glaube, es gibt nichts, das ich lieber tun würde. Und es gibt auch keinen *realistischen* Ort, an dem ich lieber wäre.«

13

Markus und Hildrun wohnten im Essener Nordosten, in einem Stadtteil, der von Zechensiedlungen geprägt war. Graue Häuser mit schmalen Vorgärten, die leicht versetzt zu den grauen Nachbarhäusern standen. Gaslaternen, die mit ihrem schwachen Licht Nebel und Smog nicht durchdrangen und nur als leichter Halo am Himmel erkennbar waren. Zwischen den Häusern ein Gewirr von Stromleitungen. Vanuzzi fuhr langsam, die Straßen waren voller Schlaglöcher. Zudem musste er jederzeit damit rechnen, dass Arbeiter auf unbeleuchteten Fahrrädern wie aus dem Nichts auftauchten und auf dem Weg zurück von der Trinkhalle Schlangenlinien fuhren. Vanuzzi passierte Trümmergrundstücke, die noch immer Kriegswunden trugen, und einen grünlich verwitterten Zechenturm. Das Förderrad stand still, vielleicht für immer. Er hatte in der Zeitung gelesen, dass die Kohleindustrie in die Krise geschlittert war und Zechenschließungen drohten. Wenn das passiert, geht bei uns bald das Licht aus, hatte ein Journalist sarkastisch kommentiert, doch Vanuzzi hatte nur gedacht: Licht? Welches Licht …?

Als er sein Ziel erreicht hatte, sah er, dass es ein Wohnblock unter anderen war, die alle braun getüncht waren und gleich aussahen. Er fuhr zwei Straßen weiter und stellte das Auto ab. Ein Gastarbeiter mit eigenem Wagen passte nicht ins Bild, das er abgeben wollte. Außerdem musste er, wenn er den Weg zu Fuß zurückgelegt haben wollte, ein wenig ausgekühlt beim Algerischen Freundeskreis ankommen. Vanuzzi zog seine Jacke aus und ging durch den Nebel, den Ruß oder Smog – was auch immer es war, das er einatmete und das seine Bronchien zu konvulsivischen Reaktionen zwang, sodass er sich beim Luftholen einen Schal vor Mund und Nase halten musste.

In der Druckerei in Köln hatte er sich als Gastarbeiter ausgegeben, der in einem Stahlwerk in Duisburg maloche. Seine Hände waren vom Boxen schwielig – schwielig genug jedenfalls, dass ihn diese

»Geistesarbeiter« nicht als einen der ihren erkennen würden. Was seine Stellung als Neuling in diesem Kreis deutlich verbesserte … denn er wäre einer aus dem Proletariat, ein Geknechteter, Ausgebeuteter, der seinen Weg zu denjenigen gefunden hatte, die angetreten waren, die Geknechteten im Geiste der Weltrevolution zu befreien.

Markus und Hildrun waren einige Jahre älter als er. Sie begrüßten ihn freundlich, als sie seinen Akzent hörten und baten ihn in ein schmuckloses Wohnzimmer, in dem außer dem Ehepaar zwei identisch aussehende Männer in schwarzen Rollkragenpullis und schwarzen Cordhosen, mit schwarzen Bärten und schwarzen Brillengestellen standen. Er hatte ihre Nachnamen im selben Moment vergessen, als sie sie sagten, memorierte sie für sich lediglich unter Otto 1 und Otto 2. Sie sprachen bewusst langsam und betonten jedes Wort. Offenbar hatte sein Tonfall sie zu der Annahme geführt, dass er nur ein paar Brocken Deutsch verstand. Natürlich übertrieb Vanuzzi seinen Akzent gnadenlos und achtete darauf, den amerikanischen Anteil, Akzent im Akzent, zu verbergen. Doch war ihm klar, dass der jemandem, der sich auskannte, schnell auffiele. Da er nicht wusste, wie lange er seine Tarnung aufrechterhalten musste, die Zeit aber zu knapp war, eine gute Legende zu konstruieren und auswendig zu lernen, beschloss er, in groben Zügen seine wirkliche Lebensgeschichte zu erzählen. Dass er aus einer neapolitanischen Familie stamme (wahr), die vor Armut in die USA ausgewandert sei (ebenfalls wahr), dass er in Italien geboren und im Herzen immer Italiener geblieben sei (glatt gelogen, weil seine Eltern selbst Jugendliche waren, als sie nach Chicago emigrierten und er sich als Chicagoer Straßenkind empfand). Dass er mit zahlreichen Brüdern und Schwestern aufgewachsen (wahr, obwohl es natürlich darauf ankam, was man unter »zahlreich« verstand), nach der Arbeitslosigkeit des Vaters, resultierend aus einem Arbeitsunfall, wieder in Armut geraten sei (wahr) und sich vom kapitalistischen System angewidert abgewandt habe (kaum, hatte er doch jahrelang von den Schwachstellen des Systems profitiert, indem er zu Prohibitionszeiten

Alkohol ins Land schmuggelte). Dass er zurück nach Italien und in den antifaschistischen Kampf gezogen sei (was zumindest in Teilen stimmte, hatte er mit der US Army das Land doch tatsächlich von den Faschisten befreit) und nun dringend Geld verdienen müsse, um seine Familie aus den USA zurückholen zu können (Nonsens, aber was sollte er diesen Leuten sonst erzählen?).

Otto 1 und Otto 2 nickten gravitätisch, Markus und Hildrun waren regelrecht entzückt und schenkten ihm ununterbrochen von ihrem Chianti nach. Die Hälfte davon war bereits in den Blumentopf geflossen, der sich neben Vanuzzis Sitzplatz auf dem Sofa befand.

Er hatte mit deutlich mehr Leuten gerechnet, wusste nicht, ob das die Situation vereinfachte oder erschwerte. Nach einer Stunde Beschnupperns begann, was ein weitschweifiger Diavortrag von Otto 1 zum Thema Verwaltungsapparat in Algerien werden sollte. Vanuzzi hatte bereits fälschlich an zwei Stellen applaudiert, weil er sie für die Vortragsenden hielt. Otto 1 ignorierte den Novizen gnädig und schaltete zum nächsten nichtssagenden Dia. Irgendwann klingelte es, Hildrun verschwand aus dem Zimmer und kam mit einer Frau wieder, die sich ans andere Ende von Vanuzzis Sofa setzte. Es war so dunkel im Raum, dass er sie nur mit Mühe erkennen konnte. Er schätzte sie auf Anfang zwanzig, kastanienbraunes, auftoupiertes Haar (»Beehive« nannten sie es in den Staaten), stark akzentuiertes Augen-Make-up. Er ertappte sie dabei, wie sie ein Gähnen unterdrückte. Als er ihren Blick auffing, tat er selbst, als müsste er gähnen, und hielt sich rasch eine Hand vor den Mund. Sie begann leise zu kichern und suchte fortan regelmäßig Augenkontakt.

Als der Vortrag dann wirklich zu Ende war und das Licht abrupt angeschaltet wurde, hörte Vanuzzi die junge Frau zu Hildrun sagen: »Ich hab Schmacht, brauch getz ne Zichte.«

Sie ging auf den Balkon. Als ihr niemand sonst nachfolgte, nutzte Vanuzzi die Gelegenheit, stellte sich zu ihr und zündete sich ebenfalls eine Zigarette an.

»Ssigarette aufe Balcone, eh?«

Die junge Frau lachte, sagte, dass alle anderen überzeugte Nichtraucher seien und sie froh sei, endlich einen Mitstreiter gefunden zu haben. Vanuzzi nickte und streckte ihr die Hand hin. »Matteo.«

»Evelin.«

Erst jetzt bemerkte Vanuzzi, dass die junge Frau einen für ihr Gesicht sehr kleinen Mund mit »Mausezähnchen« hatte. Wahrscheinlich betonte sie ihre Augen so stark, um von ihm abzulenken.

Sie waren bei der dritten Zigarette angekommen, Vanuzzi hatte ein weiteres Mal seine Legende abgespult, sie davon erzählt, dass sie studiere. Sie hörten Gezeter aus einem benachbarten Wohnblock, Evelin kicherte und sagte: »Lohntütenball.«

Den Ausdruck hatte er nun wirklich noch nie gehört.

»Freitachabend, Matteo. Du schaffs dein ganzes Geld nach Italien, aber die deutschen Arbeiter hauen ihren Wochenlohn auffen Kopp. Wenn se verheiratet sind, schickt die Frau die Kinners inne Kneipe, um sie nach Haus zu holen, bevor allet wech is, un dann gibbet Lackes.«

»Lackes?«

Evelin lachte und warf den Zigarettenstummel in den Hof. »Hömma, du muss echt noch viel lernen, wennze hier überleben wills.«

Den Rapport hatte er aufgebaut, nun war es Zeit, zur Sache zu kommen. Er ließ es auf einen Frontalangriff ankommen, sagte, als alle wieder im Wohnzimmer zusammensaßen und eine Diskussionspause entstanden war, dass er gehört habe, Saïd Djefel sei tot. Zwar solle es sich um einen Suizid handeln, aber das glaube ja wohl niemand. Wahrscheinlich habe der französische Geheimdienst wieder mal seine Finger im Spiel gehabt.

Die Reaktion war anders als von Vanuzzi erwartet: Alle schwiegen, sahen betreten zu Boden, Otto 2 schien seine Schnürsenkel hypnotisieren zu wollen. Vanuzzi suchte Evelins Augen, aber auch sie blickte weg. Nach einer halben Ewigkeit sagte Markus schließlich: »Ja, das waren bestimmt die Franzosen …«

Deckung hoch und drauf, dachte Vanuzzi. Er sprach weiter, erzählte, er habe läuten hören, dass der Anschlag auf Djefel eigentlich Ben Kemali gegolten habe. Als er den Namen des Algeriers aussprach, nahm er einen kurzen, intensiven Blick von Evelin auf. Wieder blieb eine Reaktion zunächst aus, dann sagte Markus, dass ihn gar nichts mehr wundere, dass die französischen Geheimdienstleute schalteten und walteten, wie sie wollten, dass sie auch schon versucht hätten, den Freundeskreis zu unterwandern, sich dabei aber extrem dämlich angestellt hätten. Von hier wanderte das Gespräch unmerklich wieder zurück zum Thema Verwaltungsoffensive im befreiten Algerien. Vanuzzi dachte einen Moment, dass sie zurückhaltend waren, weil sie ihm misstrauten. Doch als Hildrun von zwei FLN-Leuten berichtete, die der Freundeskreis in einer sicheren Wohnung in Essen untergebracht hatte, und es denkbar einfach für Vanuzzi gewesen wäre, herauszufinden, wo diese Wohnung lag, wurde ihm bewusst, dass mindestens vier der Freundeskreisler tatsächlich nichts wussten oder nichts wissen wollten von Djefel und Ben Kemali. Nur Evelin, der er noch einmal zum Rauchen auf den Balkon folgte, gab ihrer Unterhaltung, die er wieder auf die beiden Algerier lenkte, eine auffällig andere Richtung. Er spürte, dass sie mehr wusste, als sie sich den Anschein gab.

Als sie ihren Mantel holte, verabschiedete sich auch Vanuzzi. Er begleitete die schweigende Evelin zur Straßenbahn, und als sie schließlich in eine Bahn stieg, folgte er ihr nach. Sie sah überrascht zu ihm auf. Vanuzzi sagte, dass er denselben Weg habe. Sie hob eine Augenbraue.

»Hab ja gar nich gesacht, wo ich hinwill.«

Vanuzzi hob ebenfalls eine Augenbraue.

»Hömma – ich bin nich so eine. Un ich wohn bei mein Eltern, also schlach dir dat aussen Kopp!«

Sollte sie ruhig denken, dass er sie ins Bett bekommen wollte, das würde wenigstens seine wahren Absichten verschleiern.

Wenige Haltestellen später sagte sie kühl: »Zieh mal anne Decken-leine zum Klingeln.«

Sie verabschiedete sich, Vanuzzi machte Anstalten, sich auf ihren frei gewordenen Platz zu setzen, dann hastete er dem Ausgang zu, bevor sich die Straßenbahntür wieder schloss. Sie hatte sein Manö-ver nicht bemerkt, ging schnellen Schritts Richtung Innenstadt. Er versteckte sich hinter einer Litfaßsäule, bis sie ausreichend Abstand hatte. Gerade als er die Verfolgung beginnen wollte, sah er, dass sie stehen geblieben war. Sie machte sich an irgendetwas zu schaffen, aber er konnte nicht erkennen, was es war. Es schien, als würde sie schrei-ben … aber bevor er einen genauen Eindruck gewinnen konnte, wur-de er von Betrunkenen angerempelt, die rasch in ihre Straßenbahn kommen wollten. Als er wieder zu Evelin hinübersah, war sie ver-schwunden. Vanuzzi blickte sich um, entdeckte sie wieder, wie sie in ein Taxi stieg, das in die Richtung fuhr, aus der sie gekommen waren. Verdammter Mist! Sein Wagen stand noch immer da, wo er ihn am frühen Abend abgestellt hatte, und ein zweites Taxi war weit und breit nicht zu sehen.

Er ging bis zu der Stelle, an der Evelin stehen geblieben war, sah oder fand aber nichts, das seine Aufmerksamkeit geweckt hätte. Ent-weder hatte sie jemanden getroffen und demjenigen etwas übergeben, oder sie hatte irgendwo etwas deponiert, und das in genau dem Mo-ment, in dem er durch die Besuffkis abgelenkt war.

Vanuzzi gab auf und machte sich auf den Weg zu seinem Auto. Die Nacht war erbärmlich kalt, aus den Gullydeckeln sah er Dampf-schwaden aufsteigen.

14

Obwohl der Freundeskreis für gewöhnlich freitags und dienstags zusammenkam, war das nächste Treffen bereits für den kommenden Tag anberaumt. Sie mussten eine Demonstration am Montag vorbereiten, Infomaterial herankarren und Transparente malen. Vanuzzi hoffte, Evelin wiederzusehen, vielleicht würde er durch geschicktere Fragen heute etwas aus ihr herausbekommen.

Als er von Markus und Hildrun mit großem Hallo begrüßt wurde, sah er, dass die Wohnung diesmal voll war mit Menschen, Otto 1 und Otto 2 waren außer den Gastgebern die einzigen, die er kannte. Man drückte ihm einen Pinsel und eine Dose mit roter Farbe in die Hand. Um sicherzugehen, dass er sich keine Schreibfehler auf den alten Bettlaken leistete, hatte ihm Otto 1, der Lehrer war, den Text in Schönschrift auf ein Blatt vorgeschrieben. Vanuzzi ging wenig routiniert mit dem Pinsel um, der Stoff knitterte bei jedem gerundeten Buchstaben. Er fluchte.

»Na kuckma, gibbet in Italien keine Demos oder keine Transparente?« Evelin stand plötzlich neben ihm und lachte. »Rück ma bissken, ich helf dir.«

Sie machte einen aufgeschlossenen, fröhlichen Eindruck. Wenn sie ihm seinen Vorstoß vom gestrigen Abend übel genommen hatte, war davon nichts mehr zu spüren.

»Kommse Montach?«

»Maloche. Ssefe böse.«

»Lecko mio, ja, aabeitende Bevölkerung un so.«

Als sie mit dem Pinsel eine Pause einlegten, griff Evelin in ihre Handtasche und förderte Zigaretten und Feuerzeug zutage. Sie stellte die Tasche wieder ab und machte Vanuzzi Zeichen, ihr zu folgen. Er sah zum Balkon hinüber. Dort standen schon etliche Raucher, es gab also keine Möglichkeit, in Ruhe mit ihr zu sprechen. Vanuzzi schüttelte den Kopf, sah sie aus dem Zimmer gehen. Mit schneller Handbewegung schnappte er die Tasche, zog sie unter seinen Pulli und eilte zur Toilette. Evelin war keine schnelle Raucherin, doch er hätte nur fünf, höchstens sechs Minuten, weil sie ohne Mantel draußen stand und der Wind schneidend war. Die Toilette war besetzt. Vanuzzi schaute in die Küche, aber da stand ein junges Paar und unterhielt sich angeregt. Er kehrte zurück zur verschlossenen Toilette, begann, nervös von einem Fuß auf den anderen zu treten. Dann sah er zum Balkon hinüber. Evelin sprach mit Otto 2, die Zigarette war zur Hälfte herabgebrannt. Er sah auf seine Uhr: drei Minuten.

Als endlich geöffnet wurde, rannte er den unbekannten Helfer, der aus der Toilette kam, beinahe um und knallte die Tür hinter sich zu. Er konnte den Schlüssel allerdings nicht so drehen, dass das Schloss zuschnappte, offenbar gab es einen Trick, den nur Eingeweihte kannten. Zwei Minuten. In Ermangelung eines geeigneten Gegenstandes verbarrikadierte er die Tür mit einem Fuß. Die Handtasche war bis oben hin voll mit Kram, er hätte sie ausschütten müssen, um sie untersuchen zu können, aber das ging nicht, weil er zugleich darauf achten musste, die Tür zu blockieren. Er sah und ertastete Lippenstifte, Schminkutensilien, eine zweite Packung Zigaretten, Frischhaltetücher, Schlüssel, ein englisches Taschenwörterbuch (studierte sie Englisch?), Bleistifte, einen Zirkelkasten, Zettel, Zettel und nochmals Zettel. Er blickte auf seine Uhr: Die Zeit war abgelaufen, zumal bereits jemand versucht hatte, hereinzukommen und vermutlich mit der Stirn gegen die Tür gedonnert war.

»Momento!«, rief Vanuzzi. Er griff noch einmal blind in die Tasche, schnitt sich an einem kleinen Stück Karton, zog ihn heraus und sah, dass es eine Visitenkarte war. Ein Gasthaus. Nahe dem Duisburger Innenhafen.

Vanuzzi spülte, verstaute die Handtasche wieder unterm Pulli und huschte aus der Toilette. Evelin war zwar nicht mehr draußen, doch stand sie, in ein Gespräch mit der Hausherrin vertieft, in der offenen

Balkontür. Vanuzzi kehrte an seinen Platz zurück und ließ die Handtasche unauffällig zu Boden gleiten. Sekunden später hörte er ihre Stimme neben sich.

Vanuzzi war beim G von ALGERIEN angekommen. Die Rundungen bereiteten ihm noch immer Schwierigkeiten.

Es war gerade dunkel geworden, als er sein Auto mit Blick auf das Lokal in Duisburg abstellte. Wobei dies ein vornehmer Ausdruck für die Absteige war, die er sah: Die ehemals helle Fassade war in verschiedenen Brauntönen gefleckt, Fensterläden fehlten entweder ganz oder hingen schief in den Angeln, die Eingangstür war mit zwei Querbrettern geflickt worden, offenbar hatte sie jemand eingetreten. Hin und wieder tauchte eine einsame Gestalt aus dem Dunkel auf, welches das Haus umgab, und öffnete die Tür. Der Klientel nach zu urteilen, war es allerdings kein Bordell – dafür sahen die Typen zu abgebrannt aus.

Vanuzzi kurbelte das Seitenfenster seines Autos herunter, um einen Zigarettenstummel wegzuwerfen. Der Geruch von Brackwasser, Fisch und Schwefel wehte zu ihm herüber. Evelin hatte erzählt, dass sie von Freitag bis Sonntag hier arbeite, um ihr Studium zu finanzieren. Heute war Samstag. Als er sie erblickte, war es kurz nach zwanzig Uhr. Evelin trug in jeder Hand eine schwer aussehende Einkaufstüte. Sie ging an der Vordertür vorbei, hielt auf einen Seiteneingang zu, der nur schwach beleuchtet war. Sie nestelte einen Moment am Schloss herum, dann verschwand sie drinnen. Vanuzzi stieg aus dem Wagen, um das Haus besser im Blick zu haben. Er sah, wie in einem hell erleuchteten Fenster im ersten Stock ein Vorhang vorgeschoben wurde. Kurz darauf kam Evelin ohne Einkaufstüten wieder aus dem Haus. Vanuzzi duckte sich hinter sein Auto. Sie verschloss die Tür und ging in die Richtung, aus der sie gekommen war. Wenige Minuten später kehrte sie zurück und ging durch den Haupteingang hinein.

Es begann die Zeit, die Vanuzzi in seinen Observationen stets »die große Öde« nannte. Er saß im Auto, döste, sah alle halbe Stunde auf die Uhr. Sie zeigte kurz nach eins, als Evelin mit einem Mann aus dem Lokal kam, der die Tür verrammelte, verschwand, mit einem Porsche 356 wieder auftauchte und mitsamt Evelin davonheulte.

Das Fenster mit vorgeschobenem Vorhang, das genau in der Mitte des Gebäudes lag, blieb erleuchtet.

Vanuzzi öffnete die Autotür und klatschte sich mit flachen Händen ins Gesicht, um sich zu ermuntern. Der Geruch nach dem Ruß von Kohleschiffen und Altöl hatte den Fischgestank verdrängt.

Sonntagabend. Vanuzzi hatte schwarze Klamotten angezogen, dazu eine Sturmhaube, die er, wenn er sie hochkrempelte, auch als Mütze tragen konnte. Er hatte Dietrich und Brecheisen bereit gelegt und die Handschellen eingesteckt. Er hatte seine zweite Pistole geputzt und geölt – seine eigene, nicht die, welche er dem Algerier abgenommen hatte. Er hatte sich noch einmal vergewissert, dass alles bereit war, um Ben Kemali für ein paar Tage unterzubringen. Dann war er nach Duisburg gefahren. Im Laufe des Sonntags hatte es aufgeklart, die Temperaturen waren merklich gestiegen, in seiner Fliegerjacke war es ihm im Auto fast zu warm.

Gegen zwanzig Uhr wiederholte sich das Schauspiel vom gestrigen Abend: Evelin mit zwei Tüten zur Seitentüre hinein, Vorhang zu, ohne Tüten heraus, kurz darauf verschwand sie durch die Vordertür. Es kamen deutlich weniger Gäste als am Abend zuvor, sodass Evelin und ihr Sportwagenfahrer bereits kurz vor halb eins die Spelunke verließen und sich auf den Weg machten.

Vanuzzi behielt das erleuchtete Fenster im Auge. Irgendwann musste der Kerl ja mal schlafen. Doch als gegen 1.30 Uhr das Licht noch immer nicht ausgegangen war, zog er sich die Sturmhaube über das Gesicht, nahm Brecheisen und Dietrich und ging auf die Seitentür zu. Weit und breit kein Mensch, ab und an entferntes Industrierauschen, ansonsten war die Gegend wie ausgestorben. Er versuchte das Schloss zu knacken, aber es verweigerte sich hartnäckig seinem Zugriff. Vanuzzi setzte das Brecheisen an. Schon der erste Ton splitternden Holzes war so laut, dass er umgehend wieder davon abließ. Er ging einmal um das Haus herum. Auf der Hinterseite, die dem Hafen zu lag und wo es erbärmlich nach Urin stank, fand er ein Schiebefenster, das nicht ganz heruntergezogen war. Er rüttelte daran, so vorsichtig wie möglich. Es ließ sich langsam nach oben schieben, ohne weiteren Laut von sich zu geben. Vanuzzi machte sich klein, stieg ein und trat auf Glasscherben. Er verharrte, spürte seinen Herzschlag. Eine Reaktion im Haus? Keine Tür, die aufging, keine Schritte, keine Stimmen. Nur ab und an entfernt schlurfende Geräusche und Klackern. Er knipste seine Taschenlampe an und sah sich um. Er war in einem Getränkelager gelandet, die Tür war nur angelehnt. Er schlich ins Treppenhaus, das etwas heller war. Die Klacklaute waren hier deutlicher zu hören, doch noch immer keine menschliche Stimme. Vanuzzi zog seine Pistole und entsicherte sie. Dann ging er, Stufe um Stufe, auf den Fußballen die Stiegen hinauf. Oben versuchte er sich zu orientieren: In welcher Richtung lag die Vordertür, um welches Zimmer handelte es sich? Es gab nur zwei, aus denen ein Lichtschein unter der Tür hindurchfiel. Eines, aus dem die Geräusche kollidierender Billardkugeln kamen, lag am Ende des Flurs – also musste es das andere sein. Vanuzzi schlich darauf zu, legte sein Ohr an die Tür. Keine Stimmen, ab und an ein Schlurfen. Er atmete tief durch, nahm zwei Schritte Anlauf und trat die Tür auf.

Der Raum war in beißenden Zigarettenqualm gehüllt. Drei Augenpaare starrten ihm entgegen, als er mit der Pistole auf sie zielte. Auf einem Tisch in der Zimmermitte lagen Spielkarten, türmten sich Geldscheine. Die Männer auf den Stühlen waren Ende dreißig, hatten schwarze Schnäuzer und blitzende Goldzähne. Keiner von ihnen war Ben Kemali. Neben dem Tisch standen Evelins Einkaufstüten: Proviant für Zocker.

Vanuzzi legte den Zeigefinger seiner freien Linken an die Lippen. Als ein Mann eine Bewegung mit der Hand zu seiner Brusttasche machte, sagte Vanuzzi leise: »Tu das nicht, Kumpel!«

Er knurrte: »Ich suche einen Algerier … er hat –«

Dann sah er, wie drei Augenpaare zeitgleich nach links wanderten. Vanuzzi drehte sich abrupt um, nahm wahr, wie ein Billardqueue, von einem Riesen mit Quadratschädel geschwungen, erst auf sein Gesicht, dann auf den Arm traf, der die Pistole hielt. Vanuzzi verlor das Gleichgewicht und stürzte, beim Aufprall auf den Boden entfiel die Waffe seiner Hand. Er lag auf dem Bauch. Spürte Tritte in seiner Körpermitte und im Gesicht. Die Pistole war in Griffweite. Er versuchte sich heranzutasten, als sie von einem Fuß in eine Zimmerecke gekickt wurde. Dann traf ihn eine Stiefelspitze so hart auf die Nase, dass er das Bewusstsein verlor.

Er erlangte es in der nachfolgenden Zeit immer einmal wieder für wenige Sekunden.

Als sich zwei Arme unter seine Schultern schoben und zwei Hände die Beine umklammerten.

Als sein Kopf gegen eine Kofferraumkante knallte.

Als man ihn aus dem Kofferraum zog und wie einen Kohlensack schwang.

Als sein Körper auf Gras aufschlug und eine Böschung hinabkollerte. Als sein Hirn registrierte, dass das da unten Wasser war und dass das nicht gut war.

15

Krähen flogen tief über die Felder. In breiten Ackerfurchen stand das Brackwasser knöcheltief. Der Himmel war mit einer dichten Wolkendecke überzogen, ein einziges Graublau ohne klare Umrisse. Nur in der Ferne erkannte er am Horizont einen schwach orangefarben leuchtenden Streifen, eine deutlich abgegrenzte Linie, ab und an unterbrochen durch den Rauch von Fabrikschloten, der kerzengerade aufstieg und beim Betrachter ein unklares Gefühl von Sehnsucht erweckte.

Rosenberg hatte vergessen, dass es solche herbstlichen Tage in Deutschland gab.

Er hatte beschlossen, die Schicht mit Eitan zu tauschen. Wenn er nachts ohnehin kaum schlief, konnte er stattdessen auch Kaiser observieren. Außerdem war es gut, wenn nicht immer derselbe Mann Kaiser verfolgte.

Zuletzt war Rosenberg, wenn er nicht wieder einschlafen konnte, aufgestanden, hatte geduscht, seinen Trenchcoat übergeworfen und die Stadt durchwandert. Meist führte ihn der Weg zu Kaisers Haus. Er postierte sich so, dass Eitan ihn nicht sehen konnte. Er beobachtete nicht, er stand einfach nur da und wartete. Hätte selbst nicht anzugeben gewusst, worauf. Vielleicht darauf, dass es endlich einmal still würde in ihm, dass die Stimme verstummte, die sagte: Ich habe nicht genug dafür getan, dass wir zusammenbleiben konnten. Ich war nur darauf bedacht, mich selbst zu retten. Warum habe ich überlebt und sie nicht? Ich hätte zurückgehen müssen, um sie mitzunehmen oder bei ihnen zu bleiben.

Doch die Stimme verstummte nicht.

Wenn es zu kalt wurde, machte er sich auf den Rückweg. Meist hatten die ersten Bäckereien um diese Uhrzeit bereits geöffnet. Er kaufte Brot, ging zurück ins Hauptquartier, rasierte sich, frühstückte, nahm den Bus und kehrte zurück zu Eitan, der übellaunig und einsilbig Bericht erstattete, den Diesel anließ und davonfuhr.

Wütend jagte Rosenberg den nächsthöheren Gang ins Getriebe. Der Laster war alt und störrisch wie ein Muli. Wenn sie eine Entführung nach dem Vorbild von *Garibaldi* machen sollten, mussten sie froh sein, heil am Flugplatz anzukommen. Oder überhaupt irgendwo.

Er hatte den Rhein überquert und war Richtung Siebengebirge gefahren, irgendeine Geschichte im Hinterkopf, die vom deutschen Strom, von Riesen und einem Drachen handelte. Aber vielleicht verwechselte er das auch mit der Siegfriedsage. Die Gipfel waren weißgetüncht, sie standen kalt und klar vor dem Horizont. *Sprachlos und kalt*, dachte Rosenberg. Er entschied sich, nicht anzuhalten, weiter nach Osten zu fahren. Berge, sagte Arella, seien aus der Nähe nie so majestätisch wie aus der Entfernung, wenn man die Silhouette zum ersten Mal erblickte. Dann hatte er hinter einem Örtchen Halt gemacht. Vettelschoß. Es schüttelte ihn vor Lachen, er hatte Sorge, das Lenkrad zu verreißen. Er konnte ebenso gut hier aussteigen und die Gegend erkunden. Felder. Wälder. Er hielt sich an den Wald, musste gehen, lange und weit, durch das verwelkte Laub stapfen.

In Israel, so hatte ihm Eitan gesagt, sprächen jetzt mehr Menschen mit ihren Kindern über die Shoa. Der Eichmann-Prozess führe zu einer ganz neuen Auseinandersetzung mit der eigenen Lebensgeschichte.

»Ist das so?!«, hatte Rosenberg geantwortet und die Unterredung beendet.

Er hatte es nicht vor. Wozu sollte es gut sein? Es war geschehen, es konnte nicht ungeschehen gemacht werden. Sollte er Amichai und Gili auch noch damit belasten? Würden sie überhaupt zuhören? Könnten sie irgendetwas davon verstehen? Würde es etwas ändern, außer dass sie Albträume bekämen und sich und ihn fragten, was genau er im Land der Täter zu tun habe, ob er je wiederkomme oder ob die Deutschen auch ihn ermorden würden.

Er dachte an Sinkler. Seinen Freund.

Sinkler, der begonnen hatte, mit seiner Tochter Miriam über Auschwitz zu sprechen. Er hatte das Lager überlebt. Er wusste, dass seine Frau und Miriam es nach Palästina geschafft hatten. Als Sinkler zehn Jahre nach ihrer letzten Begegnung plötzlich in Tel Aviv vor ihnen stand, spürte er, wie fremd sie ihm geworden waren. Sein Verstand hatte versucht, ihn darauf vorzubereiten, dass Miriam nichts mit der Fünfjährigen zu tun haben würde, die in einer Juninacht mit ihrer Mutter in einen Zug gestiegen war, der in die Schweiz fuhr. Und doch hatte er immer nur das Bild der Kleinen in seiner Seele getragen und musste sie erst kennenlernen wie jeden anderen Fremden, der ihm in Israel begegnete. Mit seiner eigenen Frau gelang es ihm nicht. Sie hatte sich einen Freundeskreis aus viel jüngeren Leuten in Tel Aviv aufgebaut, an den Anschluss zu finden ihm nicht gelang. Sie warf ihm vor, in der Vergangenheit zu leben (oder vielmehr: nicht zu leben, in der Vergangenheit zu *spuken*), er ihr, ignorant zu sein. Der Get, der Scheidungsbrief, den er ihr durch einen Schreiber nach altem jüdischen Ritus überbringen ließ – sie hatte danach verlangt, wollte sich auch vor Gott ganz offiziell von Sinkler lösen –, war nichts als die logische Konsequenz aus der zehnjährigen Trennung, die ihre Bindung zerrissen, die sie in unvereinbare Leben geführt hatte.

Kurz darauf lernte Rosenberg den wenige Jahre älteren Sinkler kennen. Einen Verlorenen, der nachts ebenso ruhelos durch die Stadt wanderte wie er. Sie konnten stundenlang miteinander gehen und schweigen. Später trafen sie sich auch tagsüber. Und sprachen. Selten über die verlorenen Jahre. Nur so viel, wie gerade nötig war.

Sinklers Tochter heiratete, wurde schwanger, verlor ihr Kind. Sie suchte die Nähe des Vaters. Sinkler begann, mit ihr über die Zeit im Lager zu reden. Rosenberg erinnerte sich, wie sie in einem Café am Meer saßen und Sinkler ihm beiläufig davon erzählte.

»Bist du dir sicher, dass das eine gute Idee ist? Was kann sie verstehen?«

»Ich weiß nicht, Ephraim. Wie sollen wir sonst zueinanderfinden? Ich kann mich doch nicht von meiner Tochter scheiden lassen.«

Er schien Rosenbergs skeptischen Blick aufzufangen und sagte: »Ich glaube, es tut ihr gut.«

»Und dir? Tut es dir auch gut?«

Sinkler hatte nur mit den Schultern gezuckt. Rosenberg hatte verstanden.

Monate waren vergangen. Rosenberg hatte Sinkler nicht mehr gesehen. Es kam vor, von Zeit zu Zeit verloren sie den Kontakt oder verstummten. Er beschloss, ihm nach der Arbeit einen Besuch abzustatten.

Schon als Rosenberg das Haus betrat, hörte er den Laut. Ein fast unirdischer Ton. Er wusste, dass etwas passiert sein musste, doch ging er davon aus, dass sich Sinkler und seine Tochter gestritten hatten. Oder davon, dass Sinkler gefallen war und Hilfe benötigte. Dann kamen schnelle Schritte die Treppenstufen herab. Er hatte Miriam erst zweimal gesehen, erkannte sie kaum wieder, das Gesicht war eine Grimasse, er hielt sie an den Schultern fest, als sie an ihm vorübereilen wollte.

»Er ist schon ganz kalt.«

Rosenberg begriff nicht, spürte einen Moment Verblüffung in sich. Dachte, Miriam müsse sich getäuscht haben. Und wusste zugleich, dass sein Leben nicht mehr sein würde wie zuvor. Er wollte das nicht. Wollte nicht, dass sich etwas änderte, auch wenn nichts gut war, so wie es war. Er wollte seine Ruhe. Ruhe war alles, was ihm geblieben war. Eine Runde gehen. Mit Sinkler im viel zu warmen Sommer Tel Avivs.

Rosenberg stand, Miriam im Arm, zu lange, zu reglos. Vielleicht wollte er sich mit dem Bild, das ihm dort oben drohte, nicht konfrontieren. Er dachte daran, passendere Schuhe anzuziehen, die eine Distanz zwischen ihm und dem Boden, auf dem es geschehen sein musste, schaffen würden.

Dann löste er die Umarmung und schlurfte die Treppe hinauf wie ein müder alter Mann. In der Wohnung war es heiß, muffig, das Radio lief, eine Unterhaltungssendung. Es roch nach Tierfutter. Sinkler hatte zwei streunende Katzen von seinen nächtlichen Spaziergängen mitgebracht; aber vielleicht roch es auch nach totem Menschen, vielleicht gingen diese Gerüche irgendwann ineinander über, und Rosenberg konnte sie einfach nicht unterscheiden. Er wartete darauf, dass sein Kreislauf versagte, aber das geschah nicht.

Er trat langsam ins Wohnzimmer. Sinkler trug den alten Anzug, mit dem er nach Palästina eingewandert war, er hatte ihn behalten als Erinnerung an die Wiedervereinigung mit seiner Familie, an eine Zeit der Hoffnung. Er lag niedergestreckt auf der Sofakante, als hätte sich der Körper im letzten irdischen Moment nicht entscheiden können, ob er oben liegen oder zu Boden rutschen sollte. Frisch rasiert, das Gesicht grau, braun-grau, im Profil. Seine Linke hielt den Revolver. Es war nicht wie bei anderen Selbstmördern, denen manchmal der halbe Schädel fehlte, Rosenberg hatte sie in seiner Berliner Kripozeit gesehen. Es schien, als hätte Sinkler Schrammen auf dem Schädel, als hätte er sich mit einer sehr großen, sehr kräftigen Katze gebalgt, die ihm einige Striemen verpasst hatte. Sicher hatte er stiller und weniger blutig aus der Welt gehen wollen als andere, hatte eine Decke unter und hinter sich gebreitet, den Tachrichim, die traditionelle leinene Leichenkleidung, auf den Tisch gelegt und ein Kleinkaliber verwendet. Es hatte nur minimalen Schaden angerichtet. Äußerlich.

Miriam war nach Rosenberg eingetreten, nun hielt sie es nicht länger im Zimmer aus, stammelte »jitgadal vejitkadasch sch'mei rabah«, riss die spaltbreit offen stehende Balkontür ganz auf und hastete hinaus. Rosenberg lehnte sich an eine Wand, konzentrierte sich darauf, ruhig und gleichmäßig zu atmen. Hörte ihr Weinen.

Im selben Moment durchdrang ihn das Gefühl der Vergeblichkeit. Stationen, die Sinkler überlebt, Situationen, die Rosenberg mit ihm erlebt hatte – sie waren eingefärbt, nein, vollständig geprägt vom Bild des Toten in seinem Bardo zwischen Sofa und Boden. Schläge, Demütigungen, Hunger, Folter, die Selektionen, welche Sinkler überstanden hatte, ihre nächtlichen Spaziergänge, Fußballspiele, die sie besucht hatten, obwohl sich Sinkler nicht für Sport interessierte, die Fahrt nach Yad Vashem vor zwei Jahren: alles lief auf den Moment hinaus, in dem Sinkler den Revolver an die Schläfe führen und den Zeigefinger krümmen würde.

Rosenberg stellte das Radio aus, rief Ambulanz und Polizei. Er stand mit der schluchzenden Miriam auf dem Balkon, wartend, schweigend, vermochte sie nicht in den Arm zu nehmen. Die Polizei führte sie schließlich ins Treppenhaus, bat sie, die Wohnung nicht zu betreten, bis der Amtsarzt den Selbstmord bestätigt hätte. Rosenberg dachte, dass es das vollkommen falsche Wort war. Es war kein »Selbst-Mord«: Es war einer dieser Morde auf Distanz, auf zeitliche und örtliche Distanz. Auch Sinkler hatten die Deutschen auf dem Gewissen.

Er kannte das Prozedere aus seiner eigenen Kripoarbeit: Ambulanz, Polizei, Leichenbeschauer, wusste, dass alles irgendwie seinen Lauf nahm und sich von ihm und Miriam wegbewegte. Die müden Polizisten stellten Routinefragen, und er selbst fragte sich, wie lange Sinkler noch so daliegen müsste, grau und tot und vergeblich.

Als sie ihn in die Pathologie schafften, hatten sie nur wenig Mühe mit ihm. Sinkler hatte kaum Fleisch angesetzt seit der Befreiung aus dem Lager.

Der letzte Freund, den er hatte. Von allen anderen kannte er nicht einmal die Gräber. Rosenberg fühlte sich alleingelassen. Dann rang dieses Gefühl mit dem der Vergeblichkeit. Beide unterlagen. Und er hörte auf, überhaupt irgendetwas zu fühlen, wofür er Worte hätte finden können.

Kein Abschiedsbrief, hatte ihm Miriam Wochen später verraten. Aber sicher, dachte Rosenberg: Erst reden, dann nicht einmal schreiben wollen. Was half das Sprechen darüber, wenn Auschwitz fünfzehn Jahre später noch das Kommando erteilen konnte, im einsamsten aller Momente den Revolver an die Schläfe zu führen und den Zeigefinger zu krümmen …?

Am Abend, kurz bevor seine Observation begann, rief er Arella an. Rosenberg meldete sich und hörte nur lautes Ausatmen. Endlich sagte sein Schwiegervater: »Was machst du in Deutschland?«

»Ich telefoniere. Kann ich mit meiner Frau sprechen?«

Ausatmen, lauter als zuvor, Schritte, Stimmen im Hintergrund, wieder Schritte. Arellas Stimme.

»Ephraim, was machst du ganz allein in Deutschland?«

»Auch dir einen guten Abend, Arella. Ich wollte deine Stimme hören.«

Sie atmete hörbar aus. Sie war die Tochter ihres Vaters. »Also?«

»Ich bin nicht allein in Deutschland.«

»Das ist keine Antwort.«

»Du weißt, dass ich über laufende Operationen nicht sprechen darf.«

»Du darfst mich während laufender Operationen auch nicht anrufen und tust es trotzdem.«

»Wie geht's den Kindern?«

»Sie fragen mich, wann du wiederkommst.«

Er schwieg.

»Sie fragen mich, was du da überhaupt tust.«

»Sag Gili, der Talisman, den sie mir mitgegeben hat, wirkt.«

»Ephraim – nimmst du deine Medikamente?«

»Welche meinst du?«

»Die dir helfen zu schlafen.«

»Hin und wieder.«

»Hin und wieder ist Mist. Du nimmst sie also nicht.«

»Ich kann mich nicht konzentrieren, wenn ich sie nehme.«

»Warum kommst du nicht einfach zurück und wir reden über alles?«

»Reden. Über alles. Das wäre schön.«

»Dann komm zurück.«

»Es geht nicht, Arella, und du weißt es.«

»Was weiß ich denn? Was denn …?«

Sie war laut geworden. Im Hintergrund hörte Rosenberg eine männliche Stimme, die »mach Schluss, mach endlich Schluss« rief.

»Ich kann nicht weg von hier. Es ist meine einzige Chance … wenn ich jetzt aufgebe, wäre alles umsonst gewesen … die ganzen Jahre … die Opfer, die ich – die *wir* gebracht haben … ich kann nicht mehr davonlaufen, Arella, ich bin so müde …«

»Ich verstehe kein Wort. Und ich mag jetzt auch nicht mehr telefonieren. Pass auf dich auf, Ephraim. Und auf deine Toten!«

Er wollte ihr noch erklären, was zu erklären er vermochte,

du aber HERR wollest deine Barmherzigkeit nicht von mir wenden denn es hat mich umgeben Leiden ohn Zahl

was sich in Sprache fassen ließ,

es haben mich meine Sünden ergriffen dass ich nicht sehen kann ihr ist mehr denn Haar auf meinem Haupt

ohne dass die Worte darüber erstarrten.

und mein Herz hat mich verlassen

Dann nahm er endlich das wiederkehrende Tuten wahr, das ihm signalisierte, dass die andere Seite längst aufgelegt hatte.

Nacht im November 1961

Ich bin acht oder neun Jahre alt, mit Mutter auf dem Weg zu Tante Hedi. Obwohl sie nur in Kladow wohnt, sind wir eine halbe Ewigkeit mit der Bahn unterwegs. Endlich angekommen, tritt ein Uniformierter auf uns zu und sagt, dass wir uns entscheiden müssten, entweder Tante Hedi oder die Bahnhofsrestauration. Zu meiner Verwunderung sagt Mutter: Wir haben Durst.

Wir gehen in die Gaststätte, es gibt keine freien Tische. Wir setzen uns zu drei älteren Frauen, deren Gesichter von Schleiern verhüllt sind. Sie trinken schweigend, immer wenn sie das Glas an den Mund führen, müssen sie den Schleier umständlich heben. Dann sehe ich, dass ihre Gläser nicht leer werden. Als wieder eine der Frauen ihr Glas unter den Schleier hebt, bemerke ich, dass sie keinen Mund hat.

Mutter sagt: Wir haben kein Geld.

Mutter sagt: Ich gehe Geld holen. Ich komme wieder.

Dann ist sie weg und ich weiß, dass sie nicht wiederkehren wird.

Um mich herum heben sich die Schleier und fallen wieder und die Gläser werden nicht leer.

– Kurz vor drei Uhr aufgewacht.

Wieder ein Tag.

Ende Oktober 1941 wurden seine Mutter, die Schwestern Hanna und Leni und seine Tante Hedi nach Litzmannstadt deportiert. Der Judenrat des Ghettos registrierte ihre Namen und wies ihnen eine Bleibe zu. Bei nicht genehmigten Versuchen, das Ghetto zu verlassen, schossen die auf den Wachtürmen postierten SS-Männer sofort und ohne Vorwarnung. Die Deutschen gaben vor, Litzmannstadt unter jüdische Selbstverwaltung gestellt zu haben. Der Judenrat kontrollierte die armseligen Nahrungsmittelrationen, teilte die Zwangsarbeit ein und erstellte Transportlisten nach Auschwitz, Treblinka, Sobibor und Majdanek. Der Ordnungsdienst sprach von »Arbeitseinsätzen im Osten«. Doch wussten im Ghetto alle, was mit den Deportierten wirklich geschah.

Als er bis Dezember 1945 nichts von »seinen Frauen« gehört, niemanden gefunden hatte, der ihm Auskunft über ihren Verbleib geben konnte, hatte sich Rosenberg um eine Anstellung beim Suchdienst des Roten Kreuzes beworben. Er war mit einem Pass des Internationalen

Komitees vom Roten Kreuz nach Polen gefahren, um vor Ort unter erschwerten Bedingungen zu recherchieren. Polen und Sowjets arbeiteten nur zögerlich mit der Organisation zusammen, die ein berüchtigter Rückzugsort für Nazis aller Herren Länder war. Die Bürgermiliz und das »Korps der Inneren Sicherheit«, aus dem sich später der polnische Geheimdienst rekrutieren sollte, sabotierten seine Nachforschungen, wo sie nur konnten. Rosenberg zeigte polizeiliche Ausdauer und einen unbedingten Willen – wenn er auch nicht so ganz wusste, was es mit diesem Willen auf sich hatte. Denn die Hoffnung, dass er eine von ihnen lebend antreffen würde, hatte er aufgegeben. War es der Wille, Buße zu tun? Vergebung zu erlangen?

Endlich fand er die Namen in einer Transportliste aus dem Mai 1943. Er fuhr dreihundert Kilometer von Łódź nach Lublin, die Bürgermiliz im Schlepptau. In Majdanek verloren sich ihre Spuren. Bis er zufällig auf einen ehemaligen Insassen traf, der sich an Leni erinnerte, die schöne Leni. Und zu wissen glaubte, dass sie im August 1943 ins Gas geschickt wurde.

Der Lagerkommandant hieß Arthur Hermann Florstedt.

In Viehwaggons zusammengepfercht, ohne Essen und Trinken. Bei Ankunft öffnen sich die Verschläge, Kommandoschreie und Hundegebell. An der Eisenbahnrampe befiehlt man ihnen, das Gepäck zurücklassen. Ohne Verzug beginnt die »Ausmusterung«: Die SS lässt in zwei Reihen antreten, Männer und Frauen. Dann wird nach rechts oder links gezeigt. Wer nach rechts gehen darf, wird registriert und ins Lager gebracht. Nach kurzer Quarantänezeit kommt man zum Arbeitskommando, in Versuchsstationen und Produktionsstätten von Rüstungsgütern. Ab dann ist jeder Tag einer, den man irgendwie überleben muss: den Hunger, die Gewalt, die Krankheiten, die Selektionen, die sich wiederholen. Ein Teller Suppe für zehn Menschen. Kein Löffel.

Die Parole: Wer nicht isst, geht durch den Kamin.

Der Kamin produziert Asche. Sie liegt überall als feiner Staub. Es sind die Körper derer, die nach links müssen: die über Vierzigjährigen, Kranke, Kinder, Frauen mit Säuglingen. SS-Männer sagen, man bringe sie zur Entlausung und zum Baden. Die Gaskammern sind als Duschräume ausstaffiert. Sie leiten Kohlenstoffmonoxid oder Zyklon B hinein. Dann suchen Häftlinge des Sonderkommandos die Leichen ab nach Eheringen, sie brechen Goldzähne heraus und schneiden den Frauen die Haare. Sie schaffen die Leichen in die Krematorien und verteilen die Asche auf den Feldern. Da sie Mitwisser sind, werden auch sie getötet und durch neue Häftlinge ersetzt.

Die Selektionen, die sich wiederholen.

Kohlenstoffmonoxid oder Zyklon B.

Jahrelang hatte Rosenberg versucht, nicht zu viele dieser Berichte zu lesen. Er wollte sich nicht immer und immer vorstellen müssen, was sie zu erleiden hatten, Mutter, Hanna, Leni, Tante Hedi. Doch spätestens seit dem Eichmann-Prozess verging kein Tag, an dem er nicht darüber las. Manchmal war davon die Rede, dass die SS junge Frauen, wenn sie schön genug waren, zur Prostitution gezwungen hatte. Hochrangige Offiziere hätten sich Liebchen gehalten. Es sicherte das Überleben. Wenigstens für einige Wochen.

Leni war die schönere. Die jüngere. Sie hatte nur drei Monate überlebt. War sie nicht schön genug? War sie nicht jung genug?

16

Er ging in der Mitte, voller Vorfreude auf die Geschmacksexplosion von Schokolade und Erdbeeren in seinem Mund. Links war Matt, sein ältester Bruder, rechts seine Lieblingsschwester Becca. Ein italienischer Straßenverkäufer sang. Matt gab ein Eis aus. Als die Zunge in die weiche Masse fuhr, war das Eis so kalt, dass er einen beißenden Schmerz bis hin zu den Schläfen spürte.

Unwillkürlich fasste er sich an den Schädel, ertastete einen Eisbeutel und öffnete die Augen.

»Ah, da sind wir ja wieder.« Die tiefe Stimme kam von einem Medizinmann in grauer Uniform mit Rotkreuzbinde. Er hatte eine Brille mit dicken Gläsern und einen hellblonden Vollbart, der ihm das Aussehen eines kurzsichtigen Wikingers gab.

Vanuzzi lag auf einer Trage, die sich rückwärts bewegte. Dann spürte und hörte er, wie er unter Stöhnen vorn und hinten angehoben und in einen Krankenwagen geschoben wurde. Die Hintertüren, auf die er blickte, wurden zugeschlagen. Er versuchte sich aufzurichten, prallte benommen zurück.

»Sachte, sachte. Kann sein, dass Sie eine Gehirnerschütterung haben. Obwohl Sie das wahrscheinlich gewöhnt sind, den Vorverletzungen nach zu urteilen. Boxer, woll?!«

Vanuzzi hörte, wie der Motor angelassen wurde, beim Anfahren ging ein Ruck durch den ganzen Wagen. Ihm war übel, er hatte Mühe beim Einatmen, doch am schlimmsten waren die Kopfschmerzen. Er wollte dem Medizinmann (ein besserer Ausdruck fiel ihm gerade nicht ein, er wusste, dass es einen anderen gab, aber er wollte ihm einfach nicht einfallen), der sich neben ihn gesetzt hatte und einen seifigen Geruch verbreitete, etwas sagen, aber Vanuzzi bekam keinen Ton heraus. Er schloss seine Augen.

»He, nicht wieder wegtreten …!«

Vanuzzi öffnete die Lider.

»So ist gut. Den wievielten haben wir heute?«

Vanuzzi schaute den Medizinmann befremdet an.

»Bin ich ne Auskunftei?«

»Wie heißt die Hauptstadt von Argentinien?«

»Was ist das denn für eine Frage? Seh ich so aus, als ob ich mich mit den Hauptstädten im beschissenen Südamerika auskenne?«

Der Medizinmann wandte sich zum Beifahrer und sagte trocken: »Wach und ansprechbar.«

Man erklärte Vanuzzi auf der Fahrt, dass er am Rand eines Hafenbeckens gelegen und einen Riesendusel gehabt habe, nicht ertrunken zu sein. Auf der Unfallmeldestelle sei ein Notruf eingegangen, vielleicht habe ihn der Anrufer selbst so hingezerrt, dass der Körper nicht im Wasser lag. Außer Vanuzzi hätten sie aber niemanden vor Ort angetroffen.

Evelin? Erst sorgt sie dafür, dass er ordentlich Prügel bezieht, dann rettet sie ihn vor dem Ertrinken …? Unwahrscheinlich. Aber Passanten gab es nachts in dieser Gegend keine.

Im Duisburger Krankenhaus angekommen, gelang es Vanuzzi, sich wieder aufzusetzen, ohne sich übergeben zu müssen. Er sah direkt auf einen Spiegel. Er war vom Boxen tatsächlich einiges gewöhnt, aber er erschrak doch über das Gesicht, das er sah: Brillenhämatome an beiden Augen, Einblutungen am Jochbein, Schrammen auf der Nase, dem Kinn, die Unterlippe war aufgeplatzt. Er befühlte vorsichtig die Nase. Sie schmerzte, war aber nicht gebrochen. Zwei Rippen schienen angeknackst, beim Luftholen fuhr ihm immer noch ein sägender Schmerz in die Brust. Der Medizinmann hatte gesagt, dass sie im Krankenhaus weitere Untersuchungen vornehmen müssten, doch Vanuzzi war sich sicher, dass er sich nichts gebrochen und auch keine gravierenden inneren Verletzungen hatte. Er hatte im Krieg, bei Falloperationen für Nachrichtendienste und beim Boxen ein ganz gutes Gespür dafür bekommen.

Eine Krankenschwester kam und brachte Klinikgeruch mit sich. Da er bei solchen Einsätzen nie Dokumente bei sich hatte, weder Ausweis noch Führerschein oder Autopapiere, hatten sie auch nichts bei ihm gefunden und verlangten Namen und Anschrift. Das Erstbeste, das ihm einfiel, war der Name des Verlegers und die Adresse der Druckerei in Köln. Bei der anschließenden Untersuchung konstatierte ein Arzt tatsächlich keine ernsthafte Schädigung innerer Organe, wollte ihn zur Beobachtung aber mindestens eine Nacht im Krankenhaus behalten. Was Vanuzzi unbedingt verhindern musste.

Sie legten ihm eine Rippenbandage an, nähten eine klaffende Wunde, versorgten die kleineren mit Jod.

Momentan war er im Untersuchungsbereich des Erdgeschosses. Er nutzte die Gelegenheit, als der Arzt, seine Einweisung veranlassend, aus dem Ordinationszimmer ging, schnappte sich seine eigene Jacke und zog, unter Schmerzen, einen weißen Kittel über, der an der Wand hing. Das Gehen bereitete ihm keine allzu großen Schwierigkeiten, solange er ausladende Bewegungen des Oberkörpers vermied. Der Flur, den er durchqueren musste, um zum Eingang für Krankentransporte zu kommen, war leerer als zum Zeitpunkt, als er eingeliefert worden war. Und er hatte Glück, weil der diensthabende Wachmann gerade zum Rauchen vor dem Gebäude stand. Vanuzzi drehte den Kopf zur anderen Seite und drückte sich rasch an dem Mann vorbei, einen Abschiedsgruß murmelnd.

Fünfzig Meter weiter wurde ihm schwindlig. Er blieb stehen, zog den Arztkittel aus und warf ihn ins Gebüsch. Dann sah er die Telefonzelle, schleppte sich hin und ging neben ihr auf die Knie. Er übergab sich, doch es kam nur Galle. Kalter Schweiß stand ihm auf der Stirn, er fror und zog den Reißverschluss seiner Fliegerjacke bis oben zu.

Die Zocker hatten ihm abgenommen, was er bei sich getragen hatte: den Autoschlüssel, Papiergeld, die Uhr, vor allem aber seine Pistole. Da er indes immer Münzen in seiner Hose eingenäht trug, ein alter Armytrick, den er aus Besatzungszeiten in Europa beibehalten hatte, würde er einen Anruf tätigen können. Nachdem sich sein Magen etwas beruhigt hatte, zog er sich an der Telefonzelle hoch. Er blickte sich um. Weit und breit niemand. Es war früher Morgen, aber immer noch stockfinster. Er trat ein, wählte die Nummer seines eigenen Anschlusses. Der Rufton erklang zehnmal, dann hörte er Ödöns verschlafen krächzende Stimme. Vanuzzi bat den jungen Mann, ein Taxi zum Duisburger Krankenhaus zu nehmen, Geld, den Ersatzschlüssel fürs Auto und, Porca Madonna!, alle Schmerztabletten mitzubringen, die er fand. Dann hängte er den Hörer ein und ließ sich in der Telefonzelle erschöpft zu Boden gleiten. Er versuchte, oberflächlich zu atmen, um die angeknacksten Rippen nicht zu reizen. Am liebsten hätte er an Ort und Stelle geschlafen.

Er hatte bereits in der Zeitung von illegalen Spielhöllen im Ruhrgebiet gelesen, dies war also eine davon. Vanuzzi wusste nicht, was mehr schmerzte: Brust, Schädel oder der Umstand, dass er auf einen alten Trick hereingefallen war. Dabei war Evelin nicht einmal eine gute Schauspielerin! Selbst wenn sie wirklich erst seit Kurzem in der Kneipe arbeitete, würde sie doch keine Visitenkarte spazieren tragen, falls sich Ben Kemali dort aufhielt. Es sei denn, Vanuzzi *sollte* die Karte finden. Sie wusste natürlich, für wen sie arbeitete und was diese Leute zu verlieren hatten, wenn sie durch Vanuzzis Eindringen auffliegen würden.

Einen Treffer! Er hatte doch nur einmal wieder einen Treffer landen, endlich bekommen wollen, was man ihm immer verwehrt hatte … der Vater, der ihn aus der Schule genommen, obwohl die Mutter immer erklärt hatte, dass er der Klügste in der Familie war und eines Tages studieren würde …

Nach dem Unfall des Vaters, bei dem dieser eine Hand verloren hatte, nach dem Tod seiner beiden älteren Brüder, musste Dan das Geld nach Hause bringen. Er war vierzehn Jahre alt, und Geld verdiente man nicht in der Schule, sondern nur mit Alkoholschmuggel … später wieder, beim CIC und beim Mossad – immer unter

Wert gehandelt, nie eine Chance, an die wirklich großen Fälle heranzukommen. Erst als er vor fünf Jahren für den MI6 in Ungarn einen echten Coup landen konnte, hatte sich etwas geändert … wenigstens für einige Wochen … Und jetzt kauerte er hier in dieser beschissenen Telefonzelle in Duisburg und fragte sich, wohin er eigentlich wollte mit seinem Leben. Er war über fünfzig, und wenn er nicht gerade von irgendwelchen Zockern verprügelt wurde, war er noch immer gut in Form, hatte durch den Sport und den Umstand, dass er kaum Alkohol trank, den Körper eines zwanzig Jahre jüngeren Mannes. Trotzdem hatte er irgendwann einsehen müssen, dass er jetzt wirklich nicht mehr jung war, dass es jetzt wirklich zählte.

Was zählte?

Er wusste es nicht. Es war nur ein Gedanke, der in regelmäßigen Abständen auftauchte.

Ruhiger werden? Irgendwo Fuß fassen?

Keine Familie! Dafür war er zu alt und zu jung zugleich. Und vor allem zu unruhig. Es hielt ihn nie lange am selben Ort. Zumindest bisher nicht. Nein, woran er manchmal dachte, wovon er träumte, war eine andere Art, sich zu verorten … Der Glaube war es nicht. Seine Eltern hatten ihn nicht religiös erzogen, und er zürnte wohl auch einem Gott, an den er einerseits nicht so recht glauben konnte, und der andererseits, wenn er denn existierte, zugelassen hatte, dass die Deutschen »sein Volk« so abschlachten konnten.

Nein, es musste etwas sein, das ihn trug. Und das ihn bis zu seinem Tod weitertragen konnte.

17

»Es tut sich was.«

Der Anruf von Eitan weckte ihn aus dem Halbschlaf. Im Hintergrund waren Stimmen und das Klappern von Besteck zu hören. Obwohl er nicht tief geschlafen hatte, brauchte Rosenberg doch einen Moment, um sich zu orientieren.

»Was tut sich?«

»Er ist in einem Restaurant. Mit zwei Leuten.«

»Ist Florstedt dabei?«

»Nein.«

»Allmächtiger! Sie kennen doch das Prozedere, können Sie das nicht allein … Moment: zwei Leute, sprechen sie Französisch?«

»Vermutlich. Deshalb sollten Sie vorbeikommen. Ich kann kein Französisch.«

Eitan gab ihm die Adresse durch, Rosenberg klatschte sich kaltes Wasser ins Gesicht, studierte auf dem Weg zum Wagen den Stadtplan und fuhr los.

Eitan hatte den Tisch geschickt gewählt. Die drei Männer, die zu Mittag aßen, waren in Hörweite, doch von einer Wand aus Pflanzen von Eitan und ihm abgetrennt. Die Gefahr, dass sie erkannt würden, war gering, gleichzeitig vermochten die beiden Agenten hin und wieder einen Blick auf Kaiser und seine Franzosen zu erhaschen.

»Und?«, fragte Eitan flüsternd.

»Ich erkenne sie wieder, sind dieselben wie beim letzten Mal.«

»Was sagen sie?«

Rosenberg zuckte mit den Schultern. »Ich habe nie behauptet, dass ich Französisch kann.«

Eitan sah ihn entsetzt an. »Und jetzt?«

Die drei waren bereits beim Dessert, es würde nicht mehr lange dauern. Rosenberg gab Eitan den Autoschlüssel.

»Wir brauchen Bilder von ihnen. Holen Sie den Wagen. Stellen Sie ihn so ab, dass Sie fotografieren können, wenn die das Restaurant verlassen. Keine Schnappschüsse, scharfe Bilder!«

Er blickte Eitan hinterher, hörte, wie Kaiser am Nebentisch nach dem Ober verlangte, um zu zahlen. Sah, wie der für seinen Geschmack allzu schnell mit der Rechnung kam. Rosenberg hatte den Kleinlaster in einiger Entfernung abstellen müssen, es war weit und breit kein Parkplatz zu finden gewesen. Er begann, stark zu schwitzen, als die Stimmen neben ihm verstummten. Der Wagen war noch immer nicht zu sehen.

Ein Geldstück vom Boden aufheben und fragen, ob es jemandem der drei Herren gehöre. Dreißig Sekunden gewonnen, aber das Gesicht gezeigt. Auch wenn Rosenberg ein unscheinbares Äußeres hatte, war die Gefahr zu groß, dass Kaiser ihn irgendwann während der Beschattung wiedererkennen würde.

Das Scharren von Stuhlbeinen nebenan.

Einen Blumentopf umkippen, der ihnen vor die Füße fiele, großes Hallo – zwei Minuten gewonnen, aber Rosenberg stünde im Mittelpunkt des Interesses sämtlicher Gäste.

Vielleicht trennten sie sich ja nicht gleich an der Tür – obwohl sie das beim letzten Treffen getan hatten. Vielleicht gingen sie einen kurzen Weg miteinander. Vielleicht.

Er sah die drei Männer Richtung Ausgang schlendern.

Rosenberg legte einen Schein auf den Tisch, wechselte einen kurzen Blick mit dem Ober und strebte nun selbst der Tür zu.

Kaiser hatte sich wie zu erwarten von den Franzosen getrennt und schritt tüchtig aus. Wahrscheinlich war er auf dem Weg nach Hause.

Dann sah Rosenberg ihren Kleinlaster auf der gegenüberliegenden Straßenseite stehen. Er überquerte eilig die Fahrbahn und riss die Wagentür auf. Er rief nach hinten, Richtung Ladefläche, wo er Eitan vermutete: »Haben Sie sie?«

»Gut und scharf.«

Rosenberg schickte Eitan zu einem Fotostudio, er solle darauf drängen, die Bilder rasch zu erhalten, egal, was es koste. Bis Eitan endlich den Wagen verlassen hatte, hatte Rosenberg die beiden Franzosen aus dem Blick verloren. Er startete den Motor, folgte straßab, hielt an der ersten Querung, obwohl ein weiß uniformierter Polizist, der hier den Verkehr regelte, ihm mit der Trillerpfeife ärgerliche Zeichen gab, weiterzufahren. Rosenberg blickte nach rechts und links – dann sah er sie, offenbar auf dem Weg zu einem Taxistand. Endlich räumte er die Kreuzung, fuhr langsam, bis die Franzosen eingestiegen waren und folgte dem Taxi. Rosenberg hielt den Mindestabstand, den er von Verfolgungen aus seiner Kripozeit kannte.

Bonn lag wie eine Schlafende mit dem Rücken zum Fluss, es gab im Grunde nur Nord oder Süd, am Rhein konnte er sich problemlos orientieren. Doch entweder fuhr der Wagen vor ihm Schleich- oder Umwege oder hatte vor, seinen Verfolger abzuhängen, denn schon nach kurzer Fahrt fand Rosenberg keine markante Stelle mehr, wusste nicht, in welcher Richtung sie unterwegs waren. Nebel und Nieselwetter taten ein Übriges.

Er begann sich zu fragen, ob sie überhaupt noch in Bonn waren. Dann sah er Ortsschilder mit ihm unbekannten Namen. Das war also geklärt.

Nach mehr als einer halben Stunde hielt das Taxi vor ihm unvermittelt irgendwo auf dem Land. Rosenberg fuhr vorbei, dann ließ er den Wagen ausrollen, ohne die Bremse zu betätigen. Im rechten Außenspiegel sah er, wie die beiden Franzosen ausstiegen. Das Taxi zog nicht weiter. Was bedeutete, dass sie nicht lange hier bleiben würden.

Rosenberg blickte sich um, ob die Franzosen ihn bemerkt hätten. Keine Reaktion, sie setzten ihren Weg fort. Die Straße, auf der sie sich befanden, war zwar nicht gerade belebt, aber von Zeit zu Zeit kamen doch Wagen vorüber, vornehmlich Transporter wie seiner. Vielleicht hatte er Glück und fiel nicht weiter auf.

Die Franzosen hielten auf eine Böschung zu, die sie langsam erklommen. Er bereitete sich darauf vor, den Wagen zu verlassen, vermutete, dass sie auf die andere Seite der Böschung wollten, doch sie blieben auf der Kuppe stehen. Rosenberg kurbelte die Seitenscheibe herunter. Er hörte lautes Rauschen, das zu- und wieder abnahm. Dazwischen eine Sirene. Dopplereffekt.

Natürlich, die Autobahn von Bonn nach Köln, jenseits der Böschung.

Rosenberg stieg auf den Beifahrersitz, stellte sein Fernglas auf die zwei Männer ein. Die Sicht war durch den Nieselregen getrübt, außerdem hatte er mit den üblichen Problemen zu kämpfen, die Brillenträger mit Fernstechern eben so haben. Irgendwie musste es gehen.

Die Männer rauchten. Eine Zigarette. Noch eine. Und noch eine. Dann bemerkte Rosenberg im Augenwinkel die Lichter eines Autos auf sich zukommen. Er tauchte ab. Der Wagen blieb ungefähr fünfzig Meter vor dem Transporter stehen, das Licht wurde abgeblendet. Rosenberg sah eine Gestalt aussteigen, der Größe nach männlich, die nach rechts auf die Böschung zuging und dann vom Gesträuch verdeckt wurde, das zwischen Rosenberg und dem Feldrain wuchs.

Wenige Sekunden später tauchte der Mann wieder auf und erklomm die Kuppe. Rosenberg sah ihn nur von hinten, dann drehte sich der Mann ein paarmal ins Profil, war jedoch kaum zu erkennen. Die Begrüßung schien nicht freundlich, man gab einander nicht die Hände, die Franzosen machten ärgerliche Gesten. Der Größere der beiden stieß den Neuankömmling vor die Brust, der strauchelte, bekam aber den Arm seines Angreifers zu fassen und zwang ihn vor sich auf die Knie. Er holte mit dem anderen Arm aus. Der zweite Franzose ging dazwischen, sie ließen voneinander ab. Man wechselte einige Worte, dann stapften die Franzosen die Böschung wieder hinab. Der dritte Mann zündete sich eine Zigarette an.

Rosenberg fixierte die Franzosen im Außenspiegel, sah, wie sie ins Taxi stiegen. Dessen Lichter blendeten auf. Rosenberg duckte sich, um bei ihrem Vorüberfahren nicht entdeckt zu werden, doch der Wagen wendete und fuhr zurück in die Richtung, aus der er gekommen war.

Das Treffen hatte keine fünf Minuten gedauert.

Rosenberg schaute mit dem Fernglas zum dritten Mann hinauf, der noch immer im Sprühregen auf der Böschung stand und rauchte. Er fokussierte ihn.

Herrgott!

Er sah irritiert weg, dann wieder zurück.

Ziemlich lädiert zwar … aber ja, er war es, ganz zweifellos.

Was hatte das nun wieder zu bedeuten …?

Mit dem Fernglas behielt er den dritten Mann im Blick, bis der seinen Wagen erreicht hatte, dann tauchte Rosenberg abermals ab, um vom aufscheinenden Fahrtlicht nicht erfasst zu werden. Das Auto wendete mit heulendem Motor. Rosenberg hastete auf den Fahrersitz, startete den Diesel und fuhr so abrupt an, dass er beinahe mit einem vorüberdonnernden Sportwagen kollidiert wäre. Der Flitzer jagte hupend an ihm vorüber und setzte sich ans Heck des vor ihm fahrenden Autos, das Rosenberg nicht aus den Augen verlieren durfte. Zum Glück kamen sie rasch auf eine größere Straße, der Gegenverkehr hatte zugenommen, man konnte nicht überholen. Wirklich kritisch wurde es erst, als der Mann, der sich mit den Franzosen getroffen hatte, auf Höhe von Köln auf die Autobahn fuhr. Unter normalen Umständen hätte Rosenberg mit seiner lahmen Krücke keine Chance gehabt, dranzubleiben, doch sein Mann fuhr gleichbleibend gemächlich, und wenn er einmal Gas gab und überholte, schaffte es Rosenberg rasch, den Vorsprung wieder aufzuholen.

Sie fuhren nach Norden. Es begann zu dämmern.

Was, wenn der Kerl sehr weit nach Norden fuhr? Wie weit würde Rosenberg ihm folgen – bis Bremen, bis Hamburg? Warum folgte er ihm überhaupt? Intuition? Immerhin standen die Chancen nicht ganz schlecht, dass dieser Mann endlich ein wenig Licht ins Dunkel der Operation bringen könnte.

Die Autobahn wurde zu einer Schnellstraße, die Schnellstraße zu einer Land-, zu einer Geschäfts-, einer Durchgangs-, einer Wohngebietsstraße. Mittlerweile war es dunkel geworden.

Dann sah Rosenberg Bremslichter vor sich aufscheinen, das Auto hielt, parkte ein. Er tuckerte vorbei, blieb in kurzer Distanz stehen. Im linken Außenspiegel sah er den Mann auf ein Haus zugehen und darin verschwinden. Er versuchte sich zu merken, welcher Eingang es war, die Gebäude sahen alle gleich aus. Im dritten Stock ging ein Licht an. Dann ein zweites. Er prägte sich die Position der Lichter relativ zum Hauseingang ein.

Rosenberg setzte den Kleinlaster zurück, parkte. Auf einmal gingen die Lichter wieder aus und der dritte Mann tauchte auf der Hausschwelle auf. Er strebte die Straße hinab und war binnen weniger Sekunden vom Dunkel verschluckt.

Gut. Wenn es auf geradem Weg nicht ging, dann eben anders.

Rosenberg suchte sich im Führerhaus zusammen, was er an Werkzeug brauchte, stieg aus und überquerte die Straße.

Ihn fröstelte. Die Abendluft roch nach Kohlenrauch und Schwefel.

18

Das Taxi hielt direkt vor dem öffentlichen Fernsprecher. Ödön stürzte heraus und half Vanuzzi beim Aufstehen. Der gab dem Fahrer die Adresse am Duisburger Hafen, schob sich einige Schmerztabletten in den Mund und schluckte sie trocken. Sein Auto stand dort, wo er es in der Nacht zuvor abgestellt hatte. Ödön fuhr sie zurück nach Essen, es war wie nach einem Auswärtskampf, den Vanuzzi krachend verloren hatte.

Er hatte Ödön gebeten, keine Fragen zu stellen, die Fahrt über am besten zu schweigen. Doch kurz hinter Oberhausen platzte es aus dem jungen Mann heraus. Er warf Vanuzzi vor, ihm nicht mehr zu vertrauen, und dass er nur noch gut genug sei, den Fahrer zu spielen. Und überhaupt, warum Vanuzzi dafür nicht seine doofe neue Freundin angerufen habe?

»Ist ja gut, du hast recht, Ödön, ich hätte dir sagen müssen, wo ich bin, schon aus Sicherheitsgründen.«

»Noch besser wäre es gewesen, wenn ich gleich mit dabei –«

»Noch besser wäre es gewesen, wenn ich diese Leute nicht unterschätzt hätte … ich brauche einen neuen Plan … und einen Tag, um mich wieder zu berappeln.«

»Daraus wird nichts.« Ödön kramte in seinem Mantel und förderte ein zerknittertes Papier zutage. Er hielt es Vanuzzi hin. »Der Telegrammbote kam, als ich gerade aus der Haustür bin.«

Der Codename war korrekt. Man hatte eine deutsche Telefonnummer angegeben, die Vanuzzi um fünfzehn Uhr anrufen sollte. Hieß das etwa, dass Sélestat und sein Rottweiler wieder in Deutschland waren? Hatte Sélestat nicht gedroht, bei ihrem nächsten Treffen würde er Ben Kemali abliefern müssen?

Doch viel wichtiger: Wie hatte er Vanuzzi ein Telegramm in seine Wohnung schicken können …? Sélestat musste jemanden darauf angesetzt haben, Vanuzzis Adresse ausfindig zu machen. Und er wollte ihm auf diese Weise mitteilen, dass er wusste, wo er wohnte, falls Vanuzzi vorhatte, dem Franzosen Ärger zu machen.

Er biss die Kiefer aufeinander, bis sie schmerzten, wollte auf seine Uhr sehen und erinnerte sich, dass man sie ihm abgenommen hatte. Sie war ein Geschenk seiner Lieblingsschwester Becca gewesen. Was auch immer es kosten würde: Vanuzzi würde die Uhr wiederbekommen!

Sélestat nahm schon während des ersten Ruftons ab. Er bestand darauf, am Telefon keine Informationen auszutauschen, wollte Vanuzzi noch heute sehen, in der Nähe von Köln. Er musste sofort los, um noch rechtzeitig dort anzukommen, nahm eine weitere Schmerztablette und spülte mit kaltem schwarzen Kaffee nach. Er musste an zwei Bahnübergängen warten, um lange Kohlenzüge passieren zu lassen. Ein Wecker, den er aus der Wohnung mitgenommen hatte, um die Uhrzeit im Blick zu behalten, zeigte ihm an, dass er zu spät ankommen würde. Endlich am Treffpunkt, sah er in einiger Entfernung ein parkendes Taxi. Die Franzosen waren schon da. Sie würden nicht begeistert sein, dass sie auf ihn warten mussten.

Nieselregen hatte eingesetzt. Er zog seine Jacke über, ging einige Schritte von der Straße weg und sah den Pudel mit seinem entnervten Rottweiler.

»Kommen Sie auch endlich?!«

»Viel los auf der Autobahn. Was machen Sie in Deutschland?«

»Wir hatten in der Gegend zu tun. Was haben Sie uns zu sagen, Dan?«

»Bin dran an Ben Kemali.«

»Hat er Sie so zugerichtet?«

»Wie gesagt: bin dran.«

»Dran ist zu wenig.«

»Finde ich nicht.«

»Vanizzi, du Wichser! Zwei Wochen, nix passiert!«

»Es sind noch keine zwei Wochen. Und es ist jede Menge passiert.«

»Absolument rien! Du gibst unser Geld aus …«

Faucon stieß Vanuzzi bei jedem Wort den Zeigefinger gegen die Brust.

»He, nicht anfassen, Fuck-on!«

»Ich sollte dir gleich noch eine verpassen, Vanizzi, das macht die Augen schön!«

Faucon rempelte ihn an, doch Vanuzzi fing sich sofort wieder, zog den Rottweiler zu Boden und holte zu einem linken Haken aus. Sélestat trennte sie, stieß französische Flüche in Faucons Richtung aus. Der klopfte sich ab und stand mit angewidertem Gesichtsausdruck wieder auf.

»Faucon hat recht, es dauert viel zu lange. Sie haben acht Tage, dann übergeben Sie uns Ben Kemali. *Lebend!* Mir egal, wie Sie es anstellen.«

Sélestat wandte sich zum Gehen, schlug Faucon gegen den Arm als Zeichen, ihm nachzufolgen. Rückwärts schlurfend erhob Faucon seinen Zeigefinger, deutete auf Vanuzzi, dann machte er ein liegendes V mit Zeige- und Mittelfinger und führte es vor seine Augen. Vanuzzi nickte naserümpfend. Als die Franzosen ins Taxi eingestiegen waren, zündete er sich eine Zigarette an.

Acht Tage. Was tun? Die anderen im Algerischen Freundeskreis wussten nichts von Ben Kemali. Aber er musste ohnedies davon ausgehen, dass Evelin ihn für einen französischen Agenten hielt, ihn bei ihren Freunden verpfiffen hatte und er sich dort nicht mehr blicken lassen konnte. Die Einzige, die ihm weiterhelfen konnte, war Evelin selbst – doch kannte er nicht einmal ihren Nachnamen und wusste auch nicht, wo sie wohnte.

Vanuzzi warf seine Zigarette in Richtung der Autobahn, die hinter der Böschung zu hören war, wegen des starken Regens waren die Fahrzeuglichter aber nur irrlichternd zu sehen. Mit Kavaliersstart wendete er seinen Wagen, spürte, wie die Schmerzen in den Rippen wieder einsetzten, wahrscheinlich flaute das Adrenalin jetzt ab. Er konnte sich kaum rühren, jede Lenkbewegung bereitete ihm Probleme. Er hatte Mühe, sich auf die Straße zu konzentrieren, zuckelte dahin. Schneller zu fahren schien ihm zu gefährlich.

Zu Hause angekommen, fand er einen Zettel von Ödön, der einkaufen gegangen war. Painkiller, mindestens zwei, dann wollte Vanuzzi nur noch ins Bett, doch er stellte entsetzt fest, dass er alle Tabletten aufgebraucht hatte. Entnervt schlug er den Weg zur Apotheke ein. Als er wieder zurück war, die Wohnungstür öffnete und Licht machte, hatte er das unbestimmte Gefühl, dass irgendetwas anders war als zuvor. War Ödön dagewesen und wieder gegangen? Aber wozu? Er ging abends nie aus. Fabienne hatte ihn um einen Schlüssel gebeten, aber er hatte ihn ihr bislang verweigert.

Vanuzzi knipste das Licht wieder aus. Er zog seine Schuhe aus und schlich auf Strümpfen durch den Flur ins Schlafzimmer, wo er die Pistole des Algeriers versteckt hatte.

Kaum hatte er die Tür geöffnet, ertönte eine Männerstimme: »Suchen Sie die, Vanuzzi?«

ZWEITER TEIL

WIE WIR STERBEN

»Für den Kolonisierten kann das Leben nur aus dem
verwesenden Leichnam des Kolonisators hervorgehen.«
Frantz Fanon, *Die Verdammten dieser Erde*

19

Vanuzzi fuhr herum, hämmerte auf den Lichtschalter und starrte den Mann an. Ein bekanntes Gesicht, aber er konnte es im Moment nicht zuordnen. Falscher Ort, falsche Zeit.

»Sie sollten sie mal wieder ölen, die Pistole ist nicht gut in Schuss. Sieht Ihnen gar nicht ähnlich, Sie waren doch sonst immer so penibel mit Ihren Waffen.«

Vanuzzi schwieg, fixierte sein Gegenüber.

»Oder ist das gar nicht Ihre?«

»Was zum Teufel tun Sie hier, Rosenberg?«

»Sagen wir mal: Auf diesen Moment habe ich mich gefreut, seit Sie vor ... hm, ich muss rechnen ... vor dreizehn Jahren in meine Wohnung in Tel Aviv eingebrochen sind. Ohne Not. Einfach nur, weil Sie's konnten.«

»Ist das so?! You're welcome. Was tun Sie hier?«

Rosenberg machte keine Anstalten, die Waffe wegzulegen. Er sagte: »Sie sehen übel aus, Dan. Wer hat Sie so zugerichtet? Die beiden Typen, mit denen Sie sich gerade getroffen haben?«

Son of a bitch! Natürlich, wenn Rosenberg wusste, wo er wohnte, war er ihm gefolgt, offenbar den ganzen Weg von Köln. Vanuzzi spürte einen stechenden Schmerz in seinen Schläfen, sagte: »Können wir in die Küche? Muss Tabletten nehmen.«

Rosenberg nickte, folgte ihm und nahm am Küchentisch Platz. Vanuzzi öffnete die Packung mit Painkillern, pulte zwei heraus, schob sie sich auf die Zunge und spülte mit Wasser nach. Er machte keine Umstände, hielt einfach den Mund unter den laufenden Wasserhahn. Dabei fuhr ihm ein so heftiger Schmerz in den Schädel, dass ihm schwarz vor Augen wurde und er sich an der Spüle festhalten musste. Als es besser wurde, drehte er sich wieder zu Rosenberg um, der noch immer die Pistole hielt.

»Wollen Sie die nicht mal weglegen?«

»Erst wenn mir die Hände einschlafen.«

Der Kohleherd war kalt, die ganze Wohnung ausgekühlt. Vanuzzi sah, dass sich auf den Fensterbänken draußen wieder eine dicke Schicht grober Industriestaub abgelagert hatte. Er schnappte sich eine Zigarette vom Küchentisch, ließ die Klappe seines Feuerzeugs mit hellem Klicken aufspringen und inhalierte tief.

»Diese Typen, mit denen Sie sich treffen, Dan – was wissen Sie über die?«

»Dass sie gut zahlen.«

Rosenberg seufzte demonstrativ. »Wie leben Sie nur mit sich selbst?!«

»Ach, ich rasiere mich und dusche ab und an, dann geht das schon.«

»Sie können's nicht lassen. Das ist mir schon in Israel auf den Geist gegangen.«

»Die hier«, sagte Vanuzzi und warf die Tablettenpackung auf den Tisch, »sind auch ganz hilfreich. Sollten Sie mal probieren.«

Rosenberg fixierte ihn. »Wie lange kennen wir uns, Dan?«

»Vierzehn Jahre?«

»Vierzehn Jahre. Lange Zeit, nicht?«

Vanuzzi zuckte mit den Schultern.

»Immer wenn es ernst wird, machen Sie einen auf Straßenjunge von Chicago. Wollen Sie wissen, was *ich* glaube?«

»Eigentlich nicht.«

»Ich glaube –«

»And here we go …«

»Sie leiden daran, in Ihrem Job nicht loyal und nicht aufrecht sein zu können. Aber tief in Ihnen ist der kleine Dan, und der hat ein Verlangen nach Loyalität und Haltung, und um diesen Widerspruch überhaupt auszuhalten –«

»Wow.« Vanuzzi drehte den Wasserhahn wieder auf, hielt die angerauchte Zigarette darunter. Es zischte. Er warf sie ins Spülbecken.

»Sind Sie hierhergekommen, um mich zu analysieren? Wie passend: Küchenpsychologie in meiner bescheidenen kleinen Küche.«

»Die beiden Franzosen …?«

Vanuzzi nahm sich den zweiten Stuhl am Küchentisch, setzte sich rittlings.

»Kenne keine Franzosen.«

Rosenberg schien zu überlegen. Dann sagte er: »Ich krieg das in meinem Schädel nicht zusammen, Dan. 1947 jagen Sie mit mir deutsche Kriegsverbrecher, anschließend helfen Sie mir dabei, ins Institut zu kommen. Kurze Zeit später fliegen Sie raus, man munkelt, dass Sie auf eigene Faust arbeiten. Vor vier Jahren bekomme ich dann einen Brief von Ihnen, dass unser letzter gemeinsamer Freund bei einem Ihrer Einsätze getötet worden ist. Ich wundere mich, was ist plötzlich in den gefahren, er denkt an mich, wird er sentimental? Und jetzt arbeiten Sie für solche Leute.«

Solche Leute? Was meinte er damit? Und warum in drei Teufels Namen observierte ihn Rosenberg? Vanuzzi wusste, dass er sich konzentrieren musste, dass er derjenige war, der eigentlich die Fragen stellen sollte. Aber er war einfach zu kaputt, wollte nur, dass Rosenberg endlich verschwand.

Im nächsten Moment hörte er die Stimmen. Sie stritten. Wieder einmal. Dann klackerte ein Schlüssel im Schloss und die Eingangstür knallte gegen die Flurwand. Rosenberg nahm blitzschnell die Waffe herunter und verstaute sie in seinem Trenchcoat.

»Das – geht – nicht! Es ist automatisch technischer Knockout. Dan, erklär deiner blöden Freundin, was technischer K.o. …«

Ödön war mit einer Tüte Konserven und frischem Gemüse in die Küche getreten. Er tauschte einen überraschten Blick mit Rosenberg.

»Wir haben Besuch?«

Nun war auch Fabienne im Türrahmen zu sehen. Vanuzzi sagte: »Darf ich vorstellen? Der Geist der Weihnacht. Er wollte gerade gehen.«

Ödön stellte die Tüte ab, ging auf Rosenberg zu und gab ihm mit freundlichem Blick die Hand.

»Ich bin Ödön. Sie wollen schon gehen? Woher kennen Sie sich?«

»Aus Israel. Wir haben … hatten gemeinsame Freunde. Und, ja, ich muss leider gehen.«

»Ich wollte kochen, Sie könnten zum Essen bleiben und von Israel erzählen. Dan spricht nie darüber.«

»Vielleicht ein andermal. Ich weiß ja jetzt, wo er wohnt.«

»Exzellent, dann hätten wir das auch geklärt.«

Vanuzzi nahm zwei weitere Schmerztabletten und schleppte sich zum Bett, auf das er wie ein nasser Sack fiel. Im nächsten Augenblick umfing ihn gnädige Schwärze.

20

Als Vanuzzi erwachte, war es dunkel. Er tastete nach seinem Wecker, der kurz vor sechs Uhr zeigte. Er wusste nicht, ob es morgens oder abends war, ob er einen oder zwei Tage geschlafen hatte. Ödön war nicht zu Hause. Vanuzzi schaltete den Kurzwellenempfänger ein, drehte auf eine Station, deren Sprache er verstand, und stellte fest, dass es achtzehn Uhr am folgenden Tag war. Er hatte eine ganze Nacht und den ganzen Tag verschlafen. Es war Dienstag, der Freundeskreis würde sich also in Kürze treffen. Er machte sich starken Kaffee, den er in eine Thermosflasche füllte; auf dem Tisch stand Essen, von dem er einige Löffel in sich hineinschaufelte. Er war schon halb aus der Tür, als ihm einfiel, dass Rosenberg seine Pistole gehabt hatte. Hatte er sie mitgenommen? Unwahrscheinlich. Der Mann war selbst zu sehr Profi und wusste, was Vanuzzi bei seinen »Jobs« blühen konnte, wenn er ohne Waffe wäre. Da er sie gestern Abend, als Ödön und Fabienne da waren, nicht einfach auf den Tisch legen konnte, hatte er sie sicher irgendwo hingesteckt, bevor er aus der Wohnung gegangen war. Im Institut gab es eine Anweisung für einen Fall wie diesen. Vanuzzi ging einen halben Stock tiefer, öffnete die Tür zu seiner Toilette und hob den Spülkasten ab. Tatsächlich, hier lag sie, das Magazinfach war voll. Er würde sie erst einmal trocknen müssen, aber da er nicht vorhatte, sie heute noch zu benutzen, wäre das kein Problem.

Dann fuhr er zu Markus und Hildruns Haus im Essener Nordosten und postierte sich so, dass er die Leute, die ein und aus gingen, gut sehen konnte. Zuerst kamen Otto 1 und Otto 2, anschließend zwei Männer, die er bei der Vorbereitung der Demo kennengelernt hatte. Dann passierte nichts mehr.

Als Vanuzzi zwei Stunden darauf Otto 1 und Otto 2 sowie die beiden anderen Männer, in lebhafter Diskussion, aus dem Haus kommen sah und das Licht in Markus' und Hildruns Wohnzimmer ausging, musste er seinen Fehlschlag einsehen. Vielleicht hielt Evelin gerade die Beine still. Da sie nicht wissen konnte, ob Vanuzzi noch lebte, wäre es für sie riskant gewesen, sich hier sehen zu lassen.

Er wendete den Wagen und fuhr nach Duisburg.

Die Hafenkneipe war noch erleuchtet, auch das Licht im Zimmer mit den zugezogenen Vorhängen brannte. Mal sehen, was sich bis zur Sperrstunde so tat. Vanuzzi saß im Wagen und machte sich daran, die Pistole zu zerlegen und mit Waffenöl zu reinigen. Gegen Mitternacht kam der Kneipier heraus, allein. Er verschloss die Vordertür, Sekunden später rauschte er mit seinem Sportwagen davon.

Das war dann wohl auch nichts. Vanuzzi hatte sich den letzten Rest Kaffee in seiner Thermosflasche aufgespart. Er war kalt, schmeckte nach angebrannten Erbsen und hinterließ einen Geschmack von Zahnfäule im Mund. Er sah noch einmal hinüber zur Kneipe, als er bemerkte, wie jemand aus dem Nebeneingang trat und sich eine Zigarette anzündete. Der Kerl war ein Hüne mit Quadratschädel, soweit er das von hier beurteilen konnte … dann fiel es ihm schlagartig wieder ein: der Typ, der ihm das Queue über den Kopf gezogen hatte …

Vanuzzi ließ das Magazin in der Pistole einrasten, dann schlich er auf die Hinterseite des Hauses. Er hatte die Örtlichkeiten beim letzten Mal gut studiert, bevor er das Fenster gefunden hatte, durch das er einsteigen konnte. Deshalb wusste er, wo er auf Äste achten musste, über die er zu stolpern drohte oder die laut knackten. Er pirschte sich heran, der Kerl war noch immer mit seiner Zigarette beschäftigt. Dann hielt Vanuzzi ihm die Mündung der Waffe gegen das rechte Ohr und zischte: »Keinen Laut!«

Der Hüne erhob langsam die Baggerschaufelhände. Am linken Arm erkannte Vanuzzi seine Armbanduhr am gesplitterten Glas.

Er tastete den Mann ab, fand eine Pistole unter der Jacke, die der Hüne in den hinteren Hosenbund geschoben hatte. Vanuzzi brachte sie an sich, dann sah er sich um. An das Haus schloss sich eine Bö-schung an, die voller Gestrüpp war und zum Wasser führte. Von der gegenüberliegenden Seite des Hafenbeckens war sie durch Industrie-lichter schwach beleuchtet. Vanuzzi ließ den Riesen vor sich herge-hen, presste ihm die Pistole zwischen die Schulterblätter. Als sie am Wasser angekommen waren, sagte er: »Umdrehen!«

Der Hüne erschrak, weniger, weil er jetzt in die Mündung einer Waffe sah, sondern weil er Vanuzzis Gesicht wiedererkannte.

»Ja, nicht tot. Blöd gelaufen für dich.«

»Kuckma, ich sach die Heiopeis noch, lassma leben …«

»Sehr freundlich.«

»Du bist bei *uns* eingebrochen –«

»Halt die Fresse, Shorty!«

»Wat soll ich –«

Vanuzzi spannte den Hahn. Der andere schwieg umgehend.

»Evelin. Anfang zwanzig, auftoupiertes Haar und Mausezähn-chen.«

Der Hüne nickte.

»Klaro, malocht hier inne Kabbache. Als Zimmermädchen.«

»Zimmermädchen, nachts? Dass ich nicht lache!«

»Unser Geschäft fängt erst nachts an.«

»Was weißt du über sie?«

Der Hüne gab vor, nichts zu wissen. Erst als Vanuzzi ihm den Pistolengriff gegen die Vorderzähne rammte und er Blut spie, wurde er gesprächiger. Er habe mal was von ihr gewollt, als sie in der Kneipe angefangen hatte, sie aber nichts von ihm. Habe versucht, sie ein biss-chen auszuhorchen. Er wisse, dass sie an der Pädagogischen Akademie Essen studiere und Lehrerin werden wolle. Aber er kenne nicht ihren Nachnamen – sie habe schon den Vornamen nur widerwillig heraus-gerückt – und wisse auch nicht, wo sie wohne. Wahrscheinlich noch bei den Eltern, wie alle diese studierten Hühner.

»Keine Ahnung, wo das sein könnte?«

»Echt nich. Aber kannzema sagen, wie dat hier weitageht?« Seit dem Schlag mit dem Pistolengriff lispelte der Hüne. Wahrscheinlich hatte er nicht nur Blut gespuckt.

»Wenn du versuchst, Evelin zu warnen, komm ich wieder.«

»Die hat sich vom Hoff gemacht, kommt nich mehr, sacht der Chef.«

»Dann bist du ein glücklicher Mensch. Nur die Armbanduhr, die will ich zurück.«

»Klaro«, sagte der Hüne mit schiefem Lächeln, »geht eh vor.«

Vanuzzi nahm die Uhr mit der Linken entgegen, zog den Mann in der gleichen Bewegung zu sich heran und trat ihm in den Unterleib. Als der sich vor Schmerz krümmte, schlug er ihm die Pistole gegen die Schläfe. Der Hüne ging zu Boden wie ein gefällter Baum.

Vanuzzi machte sich auf den Weg zurück, warf sich während der Fahrt eine Tablette ein und kurbelte die Seitenscheibe herunter. Die Nachtluft trug einen harzigen Geruch mit sich.

21

Er war direkt in Fabiennes Hotel gefahren. Sie hatte sich wecken lassen, ohne zu murren und ohne ihm Fragen zu stellen. Er legte sich neben sie und bat sie, ihn spätestens um sechs Uhr zu wecken. Dann schlief er traumlos einige Stunden, bis ihn die Schmerzen vor der Zeit erwachen ließen. Er duschte, bat Fabienne, die Hämatome in seinem Gesicht zu überschminken, damit er nicht mehr aussah wie ein verprügelter Kater. Sie tat es und fragte ihn auch dann nicht, was er vorhatte, als er eine halbe Stunde später aus dem Hotel hastete. Es war die fast perfekte Gefährtenschaft für Vanuzzi: Beide kamen und gingen, wie es sich ergab und legten keine Rechenschaft darüber ab.

Er hatte von einem »Kabäusken« gehört, das der Boxclub besaß, um alte Trainingsgeräte unterzustellen, die ausgedient hatten, aber noch zu gut für den Sperrmüll waren. Er hatte sich einen winzigen Raum vorgestellt, bis oben voll mit Sandsäcken, war dann aber überrascht, sich im fast leeren, geräumigen Kellerzimmer einer alten Fabrikhalle wiederzufinden. Er hatte sich erboten, künftig den Abtransport aller Gegenstände aus dem Club zu organisieren, die ins Kabäusken sollten, und hatte die zugehörigen Schlüssel erhalten. Als Erstes hatte er sämtliche Schlösser ausgetauscht und durch sicherere Schließsysteme und Riegel ersetzt. Er hatte das Gerümpel aus dem Club entsorgt und begonnen, sich selbst einzurichten. Das war vor zwei Jahren gewesen. Seitdem lagerte Vanuzzi hier, was in seiner Wohnung keinen Platz fand, weil sie zu klein oder zu unsicher war, falls es einmal zu einer Wohnungsdurchsuchung kommen sollte. Längst hatten sie im Club vergessen, dass es diesen Raum gab, auch weil Vanuzzi die Pachtforderungen, die nicht hoch waren, zu Jahresbeginn abfing und selbst bezahlte.

In seinem Kabäusken befand sich eine kleine Sammlung von Perücken und Bärten. Fabienne hatte sein Gesicht zwei Hauttöne dunkler geschminkt, wodurch die Brillenhämatome als solche kaum mehr erkennbar waren, sondern eher wirkten wie die dunklen Augenpartien von Sizilianern. Entsprechend wählte er eine tiefschwarze Perücke und den gleichfarbigen Vollbart, der den größten Teil des Gesichts verdeckte. Aus seinem kleinen Kostümfundus zog er einen Blaumann, nahm Werkzeugkasten, Stromkabel und eine kleine Klappleiter zur Hand und fuhr damit nach Essen-Kupferdreh.

Der Smog war schon in den frühen Morgenstunden so dicht und drückend, dass Vanuzzi keine dreißig Meter weit sehen konnte. Einer dieser Tage, an denen die Sonne nie wirklich aufging.

Als er das Gebäude erreicht hatte, war er enttäuscht. Unter einer »Akademie« hatte er sich nun wirklich etwas Größeres und Glanzvolleres vorgestellt. Sie wirkte wie eine alte Schule mit baumumstandenem Pausenhof – jeden Moment rechnete er damit, dass die Glocke bimmeln und die Pennäler ihn johlend umtosen würden. Klein, wie das Gebäude war, hatte es den Vorteil, dass es dort nur wenige Studenten gab und Evelin vermutlich rasch zu finden wäre. Doch zugleich kannte sicher jeder jeden. Er hoffte, dass er seine Tarnung lange genug aufrechterhalten konnte, bevor jemand herausbekam, dass niemand einen Elektriker bestellt hatte.

Beim Durchschreiten des Gebäudes stellte er fest, dass es ein zentrales Treppenhaus gab, das alle benutzen mussten, die hinein oder hinaus wollten. Hier klappte er seine Leiter auf und verlegte ein Stromkabel quer und eines längs. Er achtete darauf, dass die losen Kabelenden unisoliert zu Boden hingen. Dann stellte er ein Schild auf mit den Worten: *ACHTUNG! STROMMARBEITE!!* und begann, neapolitanische Weisen vor sich hinzuträllern. Die Kombination aus Dreistigkeit, Achtlosigkeit und schlechter Rechtschreibung bot erfahrungsgemäß immer noch die beste Tarnung. Für die Studenten war er als Handwerker ohnehin Luft.

Die Gänge hatten sich geleert, die Seminare längst angefangen, als er Evelin ins Treppenhaus kommen sah. Er hörte auf zu singen und duckte sich weg, aber sie beachtete ihn nicht, hastete einem Raum zu, klopfte und trat mit gesenktem Haupt ein. Vanuzzi eilte die Leiter hinab, trat vor das Zimmer, in dem Evelin verschwunden war, und sah auf den Seminarplan: Englische Konversation für Lehramtsstudenten. Dann kehrte er zurück zu seinen Kabeln, deren Gewirr längst an ein kompliziertes Strickmuster erinnerte, und wartete.

Um halb drei öffnete sich die Tür des Seminarraums wieder. Als Vanuzzi sah, dass Evelin dem Ausgang und nicht einem zweiten Kurs zustrebte, war er erleichtert, raffte in Sekundenschnelle alles zusammen und verließ ebenfalls das Gebäude. Er sah, wie sie in einen Bus stieg. Er kannte die Linie, hetzte zu seinem Auto und fuhr los. Nach wenigen Minuten hatte er den Bus eingeholt. Es war umständlich, an jedem Halt in einiger Distanz ebenfalls zu bremsen und zu beobachten, wer ausstieg. Aber bislang funktionierte es. Sie näherten sich dem Essener Zentrum.

Evelin verließ den Bus genau dort, wo sie am vorigen Samstag aus der Straßenbahn ausgestiegen war. Vanuzzi scherte in eine Parklücke mit freier Sicht aus, griff nach seinem Fernglas. Sie ging über den Platz auf die Umfassungsmauer eines Gebäudes zu. Irgendwo dort war sie vor vier Tagen auch gewesen. Und dann sah er es: Die junge Frau blickte sich um, bückte sich und löste einen Mauerstein in Kniehöhe. Sie tastete offenbar in den Spalt hinein, zog ein Papier hervor und entfaltete es. Kaum eine Sekunde später knickte sie es wieder, schob es zurück und rückte den Stein vor. Im nächsten Moment war sie zur Haltestelle zurückgekehrt und stieg in eine Straßenbahn.

Natürlich, ein toter Briefkasten! Warum war er nicht gleich darauf gekommen …?! Im Nachrichtendienst hatte man ihnen beigebracht, dass tote Briefkästen ambivalent waren. Solange man Sender und Empfänger nicht zurückverfolgen konnte, boten sie eine fast risikolose Kontaktmöglichkeit. Konnte man sie aber zurückverfolgen, waren sie ideal für die Gegenseite, weil sich Inhalte denkbar leicht manipulieren ließen.

Vanuzzi stieg aus dem Wagen. Er brauchte einen Moment, um sich an der Mauer zu orientieren. Dann fand er den losen Stein, zog ihn heraus und brachte das Papier an sich. Er sah sich um: keine Blicke von Passanten. Er ging in ein nahe gelegenes Café, bestellte Wasser, bat um Papier und Kugelschreiber. Die Nachricht an Ben Kemali war auf Englisch – natürlich, beide hatten sie die Sprache studiert.

Nichts Neues von Leila und den Kindern. Ich bleibe dran.

Er hatte Evelin genau beobachtet: Es war keine neue Nachricht, die sie in den Briefkasten gelegt hatte. Sie hatte lediglich einen Blick auf den Zettel geworfen und festgestellt, dass es sich um ihr letztes Schreiben handelte, das Ben Kemali noch nicht abgeholt hatte. Die beiden hatten folglich eher unregelmäßig Kontakt, sonst hätte sie nicht nachschauen müssen, sondern gewusst, dass die Nachricht den Algerier erreicht haben musste.

Oder aber es war etwas mit Ben Kemali geschehen, und er hatte die Nachricht noch nicht abholen können. Vanuzzi verwarf den Gedanken.

Er prägte sich Evelins Schwünge ein. Das t, das i und das a waren charakteristisch, die Schrift war leicht nach rechts geneigt (zum Glück war sie nicht Linkshänderin, deren Handschrift zu imitieren war für ihn beinahe unmöglich). Er hatte schon als Jugendlicher gefälscht, als er für die Chicagoer Mafia unterwegs war. Im CIC hatten sie sein Talent entdeckt und ausgebaut, er hatte Briefe und Dokumente der Nazis oder der italienischen Faschisten manipuliert. Vanuzzi probierte einige Schwünge aus, mit denen er noch nicht zufrieden war. Er übte weiter, und zwanzig Minuten später konnte er Evelins Handschrift nahezu vollkommen nachahmen. Er schrieb:

Ich habe Leila und die Kinder erreicht, aber es gibt Probleme. Wir müssen uns treffen, Donnerstag hier um dreiundzwanzig Uhr.

Vanuzzi faltete den Zettel. Dann hielt er inne. Was, wenn sie vereinbart hatten, dass sie sich nur unter außergewöhnlichen Umständen treffen dürften? Wären nicht näher definierte »Probleme« als Anreiz für Ben Kemali nicht zu wenig? Vielleicht ginge er sogar davon aus, dass es eine Falle war, und dann hätte Vanuzzi seinen letzten Trumpf gespielt.

Raising the stakes – er musste den Preis für Ben Kemali erhöhen.

In den US-Diensten sprachen sie von MICE als Anwerbungsprinzip für Agenten: Money, Ideology, Coercion, Ego. Es waren aber auch Motive, die geeignet waren, Zielpersonen dazu zu bringen, zu tun, was man selbst wollte: Geld, der feste Glaube an eine Sache, Zwang und ein aufgeblasenes Ego. Geld und das Ego schienen bei Ben Kemali nicht zu verfangen, Druck konnte Vanuzzi auch nicht ausüben, blieb nur der feste Glaube …

Harald, der Prophet, hatte von Leila und den Kindern gesprochen. Sie waren dem vorsichtigen Ben Kemali so wichtig, dass er vergessen hatte, ihren Namen zu ändern oder ihn gar nicht erst zu erwähnen. Selbst wenn der Algerier davon ausging, dass der Prophet nichts als ein harmloser Spinner war: Auch harmlose Spinner verquatschen sich.

Was also war Ben Kemali wirklich wichtig? Seine politischen Überzeugungen? Nein: seine Familie! Was war hierbei am wichtigsten? Nach der Flucht mit ihr wiedervereint zu werden.

Vanuzzi zerknüllte das Papier und erhöhte den Preis für Ben Kemali: *Leila und die Kinder sind da. Wir treffen uns alle hier, Donnerstag um dreiundzwanzig Uhr.*

Er kehrte zurück zum toten Briefkasten und steckte den Zettel hinein. Er holte sich etwas zu essen, wurde durch die schwere Mahlzeit so müde, dass er im Auto einschlief. Als Vanuzzi wieder aufwachte, war es kurz nach zweiundzwanzig Uhr. Er fluchte, eilte zum Briefkasten, löste den Mauerstein und stellte fest, dass der Zettel nicht mehr da war.

Nun konnte er nur darauf vertrauen, dass Ben Kemali ihn gefunden hatte und nicht Evelin auf einem abendlichen Kontrollgang. Sonst würde er sich damit anfreunden müssen, vom Jäger zum Gejagten zu werden. Der Pudel und sein Rottweiler würden schon dafür sorgen.

22

Vanuzzi beschloss, am darauffolgenden Tag vor seiner üblichen Zeit aufzustehen und zum Briefkasten zurückzukehren. Immerhin bestand die Chance, dass Ben Kemali, wenn er den Zettel erhalten hatte, die Uhrzeit für die Familienzusammenführung ändern wollte oder gleich einen ganz anderen Gedanken hatte. Einen entsprechenden Zettel musste Vanuzzi abfangen, bevor er Evelin in die Hände fiele. Vanuzzi kam nachmittags und am frühen Abend, beide Male war der Mauerspalt leer.

Den Rest des Tages verbrachte er mit Fabienne im Hotel. Er hätte noch immer nicht sagen können, was es eigentlich war, das ihn mit dieser Frau verband – den unkomplizierten Sex ausgenommen. Und den Umstand, dass er sie buchstäblich gut riechen konnte. Von ihrer Haut und ihren Haaren ging ein Geruch nach Meerwasser und Zimt aus. Für Letzteres machte er den Puder verantwortlich, den sie benutzte. Das Meerwasser vermochte er sich nicht zu erklären.

Sie lagen nackt auf dem Bett, die Hände, die nicht mit Zigaretten beschäftigt waren, hatten beide hinter den Nacken geschoben, um den Kopf abzustützen.

»Was hast du eigentlich für ein Problem mit Ödön?«, fragte Vanuzzi unvermittelt.

Sie schien nachzudenken. Dann sagte sie: »Ich mag es nicht, wie er mich ansieht. Er hasst mich.«

»Er kennt dich nicht, warum sollte er dich hassen?«

»Weil er in mir etwas *nicht* sieht, das er gern in mir sehen würde.«

»Kann sein … ja, Ödön sucht wohl eine Familie.«

»Den Papa hat er schon gefunden.«

Vanuzzi stützte sich auf einen Ellenbogen und blickte sie an. »Ödön war neun, als seine Mutter starb. Seinen Vater hat er nie kennengelernt – kein großer Verlust, meinte die Mutter. Er ist in einem

Waisenhaus in Budapest aufgewachsen. Weißt du, was das bedeutet?«

Fabienne zuckte mit den Schultern.

»Du wirst mit vierzig anderen zusammengepfercht in einen Schlafsaal. Die Älteren haben ihren Sadismus perfektioniert und quälen dich Nacht für Nacht lautlos und ohne Spuren zu hinterlassen. Wenn *sie* dich nicht brechen, tut's das Erziehungskollektiv. Ein falsches Wort, ein falscher Blick beim Morgenappell, beim Schwur auf Stalin, und du stehst einen ganzen Tag lang auf einem Bein in der sengenden Hitze und darfst nicht trinken und nicht essen.«

Vanuzzi sah Fabienne prüfend ins Gesicht, wartete auf eine Reaktion. Als keine kam, sagte er: »Trotzdem haben sie's nicht geschafft, ihn zu brechen. Er hat diese Scheiße überlebt, sogar eine Schreinerlehre angefangen. Als wir uns kennengelernt haben, hatte er sich fest vorgenommen, eigenhändig den Stalinismus in Ungarn zu zerschlagen.«

»Ich seh schon, du bewunderst ihn genauso wie er dich.«

Vanuzzi überlegte. »Ja, ich bewundere ihn. Ich bewundere alle, die es schaffen, in beschissensten Umständen zu überleben, ohne ihre Menschlichkeit zu verkaufen.«

Vanuzzis Blick schweifte. Er fiel auf zwei Fotos, die an eine Wand unweit von ihm gepinnt waren. Er hatte sie zuvor noch nicht gesehen – oder ihnen keine Beachtung geschenkt. Soweit er erkennen konnte, zeigte das erste eine Gebirgslandschaft in Grautönen, karg, trist, menschenleer und lebensfeindlich. Es hätte das Monument Valley in Arizona sein können, aber dafür standen die Spitzen zu dicht gedrängt. Vanuzzi fokussierte das zweite Foto. Es schien das Innere eines Autotunnels zu zeigen, mit verschwommenen Lichtblitzen, die vorüberfahrende Wagen markierten. Beide Bilder kamen ihm irgendwie künstlerisch vor, aber da er sich damit nicht auskannte, konnten es auch nur Schnappschüsse sein.

»Was sind das für Fotos?«

»Die sind von mir.«

»Du fotografierst?«

Da keine Antwort kam, fragte er: »Warum, was reizt dich daran?«

Fabienne führte einen Handrücken zur Stirn, als wollte sie Schweiß abwischen oder sich Strähnen aus der Stirn streichen. Aber da waren keine Strähnen, und da war auch kein Schweiß. Noch nicht. Das Thema ist gut, dachte Vanuzzi, sie wird nervös, vielleicht gibt sie endlich einmal etwas von sich preis.

»Ich nehme die Welt beim Fotografieren anders wahr. Weil ich sie aus einer anderen Sicht erlebe. Ich gehe nicht mehr motivationslos durch Räume oder Landschaften. Ich sehe plötzlich Dinge, die ich vorher nicht gesehen habe, kann Dinge zum Vorschein bringen, die sonst unbeachtet geblieben wären, einfach vergehen würden … Fotos konservieren, sie halten die Vergänglichkeit auf. Das finde ich tröstlich.«

»Okay. Zeig mir noch mehr Bilder.«

»Heute nicht.« Fabienne schwieg, rauchte eine neue Zigarette an.

»Ich habe einen Auftrag«, sagte Vanuzzi, das Thema wechselnd. »Aber nicht mehr lange. Was hältst du davon, wenn wir danach wegfahren? Nur du und ich.«

Fabienne blickte zur Decke und rauchte.

»Du könntest mir Luxemburg zeigen. Ich war noch nie da.«

»Ist auch besser so.«

»Okay, dann fahren wir ein paar Tage ans Meer.«

Schweigen.

»Oder hast du etwas anderes vor?« Vanuzzi wartete darauf, ob noch etwas käme, doch Fabienne drückte nur ihre Zigarette im Aschenbecher aus, den sie auf dem Bauch balancierte. »Wow.«

»Was?«

»So hat mich noch nie eine Frau in der Luft hängen lassen.«

»Du hast bisher die falschen Frauen kennengelernt.«

»Schon möglich«, sagte Vanuzzi. Er schwang sich über die Bettkante, stand auf und zog sich schweigend an.

Fabienne sah ihm mit ausdruckslosem Gesicht zu. »Was willst du, Dan? Mich heiraten?«

Er schwieg noch immer. Dann bohrte er seinen Blick in ihren und sagte: »Bin ich dir zu alt?«

Fabienne lachte. »Gott, Dan! Und ich dachte immer, in deinem Land sagt man: It's good, if it feels good. Musst du das zwischen uns unnötig kompliziert machen …? Komm her, gib mir einen Kuss, und dann schwirr ab, Boxer …!«

Ab einundzwanzig Uhr bezog Vanuzzi Stellung in der Nähe des Briefkastens. Er hatte sich eine wenig belebte Ecke ausgesucht, von der er freien Blick hatte, selbst aber kaum gesehen werden konnte. Um sich zusätzlich unkenntlich zu machen, trug er wieder die Elektriker-Perücke mitsamt Vollbart. Ben Kemali hatte ihn in Köln zwar nur kurz gesehen, doch Vanuzzi durfte kein Risiko eingehen.

Ab halb elf kam eisiger Wind auf, gegen den nur intensive Bewegung half. Vanuzzi vertrat sich die Beine, dehnte und streckte sich. Er hatte zwar so gut wie keine Schmerzen mehr, selbst die Rippen waren auf dem Weg der Besserung, aber er fühlte sich nach der Attacke in Duisburg weniger gut gegen Kälte gewappnet und fror schneller.

Von einem nahe gelegenen Kirchturm schlug es zur vollen Stunde, erst vier tiefe, dann elf hohe Töne. Feine Schneekristalle flogen durch die Luft, verschluckten die Laute beinahe. Vanuzzi hatte damit gerechnet, dass der Algerier vor Ungeduld schon früher an den Treffpunkt kommen würde. Doch keine Spur von ihm, es waren überhaupt nur wenige Menschen unterwegs bei diesem unwirtlichen Wetter.

Vanuzzi sah auf die Uhr: fünf nach elf.

Wo bleibst du, Ben Kemali?

Zehn nach elf.

Die Sehnsucht nach seiner Familie konnte offenbar nicht gar so groß sein.

Wieder schlug die Kirchturmglocke.

Vanuzzi begann nervös zu werden. Wenn Evelin den Zettel ab-gefangen und den Algerier gewarnt hatte, wäre dieser längst in einer anderen Stadt. Verdammt!

Als das Taxi hielt, hätte er es beinahe übersehen, so sehr fegten Wind und Schnee mittlerweile über den Platz. Es war zwanzig nach elf. Ein Mann war ausgestiegen, Vanuzzi konnte ihn nicht gut er-kennen, die Schneekristalle bissen in seine Pupillen. Der Mann trug einen grauen Wintermantel und einen Hut in derselben Farbe, den er festhalten musste, sonst wäre er ihm vom Kopf geweht. Er über-querte den Platz, ging in eine Seitenstraße. Vanuzzi ließ ihn nicht aus den Augen, bis er nicht mehr zu sehen war.

Doch nur kurze Zeit später kehrte der Mann aus einer anderen Straße zurück und hielt auf die Mauer zu, in der sich der tote Brief-kasten befand. Er ging in die Knie, machte sich an den Steinen zu schaffen.

Höchste Zeit!

Vanuzzi hielt sich in den Schatten der Häuser gepresst, sodass ihn Ben Kemali nicht sehen konnte. Der Wind, der mittlerweile jeden anderen Laut verschluckte, spielte ihm in die Hände. Der Al-gerier war aufgestanden, verunsichert oder enttäuscht, weil er kei-nen Zettel vorgefunden hatte, der ihm erklärte, warum von Evelin und seiner Familie nichts zu sehen war. Er blickte sich suchend um. Vanuzzi hatte das Ende des Platzes erreicht, von hier aus konnte er sich Ben Kemali in dessen Rücken nähern, bis er die Mauer erreicht hätte. Dann musste es schnell gehen, weil sie nur noch fünfzehn Meter auseinander wären. Der Algerier ging einige hastige Schritte, entweder, um sich Bewegung zu verschaffen, oder um etwas gegen seine Unruhe zu tun. Vanuzzi hatte die Mauer erreicht, er sah sich um. Außer ihnen beiden war niemand weit und breit. Vanuzzi zog seine Pistole und entsicherte sie so leise wie möglich. Der Verschluss klemmte, obwohl er die Waffe sorgfältig geputzt hatte, wahrschein-lich spielte ihm die Eiseskälte einen Streich. Er rüttelte daran, dabei löste sich der Verschluss, klickte aber so laut, dass sich Ben Kemali in seine Richtung umdrehte. Vanuzzi versuchte, rasch hinter den Mauervorsprung abzutauchen, aber es war zu spät: Der Algerier hatte ihn als potentiellen Angreifer erkannt und war losgerannt. Vanuzzi hastete hinterher. Seine Muskeln waren kalt, die ersten Meter auf dem steinharten Asphalt bereiteten ihm große Schmerzen, außerdem drohte er ständig wegzurutschen. Ben Kemali ging es offenbar genauso, es gelang ihm nicht, seinen Vorsprung auszubauen. Er war jünger als Vanuzzi, aber der war im Gegensatz zum Algerier ortskundig.

Sie hatten eine schmale Nebenstraße erreicht, Vanuzzi war bis auf zehn Meter herangekommen, als Ben Kemali im Vorüberrennen einen Mülleimer zu Boden warf, über den Vanuzzi strauchelte und der Länge nach hinstürzte.

Seine Handgelenke schmerzten vom Fall, doch rappelte er sich sofort wieder auf. Der Algerier hatte einige Meter gewonnen. Vanuzzi hielt inne. Die Straße, in der sie unterwegs waren, führte direkt auf einen Bürokomplex zu, der mit einem hohen Zaun gesichert war, dann knickte sie entlang des Zauns nach rechts ab. Die nächste Einmündung war ein gutes Stück weg, Ben Kemali musste also entweder umkehren oder der Straße weiter folgen … Vanuzzi schlug sich nach rechts zwischen den Häusern durch, stieg über zwei kleine Gatter und querte verlotterte Grasflächen. Dann erreichte er die Parallelstraße kurz vor der Einmündung. Trotz der Kälte spürte er, wie ihm Schweiß in die Augen lief. Er hielt an der Hausecke inne, an der die Straßen ein T bildeten und warf einen Blick in die Straße. Ben Kemali. Er lief an den Häusern auf Vanuzzis Straßenseite vorbei, nicht mehr allzu schnell, mit vor Anstrengung verzerrtem Gesicht. Vanuzzi hörte ihn japsend näher kommen, trotz des pfeifenden Windes. Er überschlug die Distanz, begann zu zählen, dann sprang er vor und rammte Ben Kemali den Ellbogen ins Gesicht. Der Algerier ging zu Boden und knallte mit dem Hinterkopf auf den Asphalt.

Vanuzzi beugte sich von hinten über ihn, damit ihn Ben Kemali nicht erwischen konnte, falls der seinen Knockout nur vortäuschte. Er klatschte dem Algerier zweimal mit seiner behandschuhten Rechten ins Gesicht. Als Ben Kemali seine Augen wieder öffnete, sagte Vanuzzi grinsend: »Finally …!«

23

Keine Ahnung, auf welcher Seite der Kerl gerade stand. Vielleicht hätte er Vanuzzi härter anfassen sollen. Aber wie? Er war Rosenberg körperlich überlegen, selbst wenn er verletzt gewesen war. Mehr als mit der Pistole vor der Nase herumfuchteln war nicht drin gewesen. Und Dan war ein Sturkopf, das hatte Rosenberg in ihrer gemeinsamen Arbeit immer wieder erlebt. Wenn er mauerte, war nichts aus ihm herauszukriegen.

Vanuzzi kannte die Franzosen, ja, die Franzosen kannten Kaiser – aber das brachte Rosenberg keinen Schritt näher an Florstedt heran.

Es war dunkel. Rosenberg saß im Wagen und wartete. Die Scheiben beschlugen allmählich und die Thermosflasche mit Kaffee war schon zur Hälfte leer, dabei hatte seine Schicht erst vor einer Stunde begonnen.

Eitan hatte erzählt, dass ihr Mann den ganzen Tag lang das Haus nicht verlassen hatte. Es war ein normaler Werktag – war Kaiser etwa krank, musste man sich Sorgen machen?

Die Wohnung verwanzen, wenigstens das Telefon! Endlich erfahren, mit wem Kaiser außerhalb der Arbeit Kontakt hielt. Mordechai hatte nicht Unrecht gehabt. Rosenberg erinnerte sich an einen sowjetischen Flüsterwitz, den ein Kollege aus dem Institut erzählt hatte. Durchsage in einem Moskauer Hotel: Drücken Sie nicht die Zigaretten in den Blumentöpfen aus, Sie beschädigen sonst die Mikrofone!

Zum Teufel mit der Gefahr, Kaiser oder Florstedt aufzuschrecken! Wenn sie auf herkömmlichem Weg nicht weiterkamen, mussten sie einbrechen. Eitan sollte loslegen, sobald Kaiser morgen früh aus dem Haus ging.

Falls ihr Mann aus dem Haus ginge.

Es war ein schnittiger Wagen, der aus dem Nichts gekommen zu sein schien und vor Kaisers Haus hielt. Ein Mann stieg aus, den Hut tief ins Gesicht gezogen. Die Frontscheibe war noch immer beschlagen, Rosenberg konnte die Gesichtszüge des Mannes nicht sehen, und wegen des tief nach hinten abfallenden Wagendachs erkannte er auch den Fahrer nicht. Rosenberg rieb mit seinen Handschuhen die Sicht frei. Der Mann ging schnellen Schritts zur Tür, klingelte, dann verschwand er dahinter. Rosenberg nahm das Auto genauer in den Blick. Blauer Citroën DS, vielleicht auch schwarzgrau. Das Kennzeichen blieb im Dunkeln. Er suchte nach dem Fernglas, verfluchte sich dafür, nicht darauf geachtet zu haben, wo er es zuletzt hingesteckt hatte. Als er es endlich fand, war er durch die Anstrengung so erhitzt, dass die Linsen beschlugen. Er fokussierte das Kennzeichen – eindeutig ausländisch –, als er am Bildrand wahrnahm, dass sich rasch zwei Männer dem Citroën näherten. Er schwenkte den Fernstecher. Kaiser stieg im Fond ein, der Mann mit Hut, den er jetzt von hinten sah, hievte Gepäckstücke in den Kofferraum. Dann hielt er auf die Beifahrerseite zu, und kaum war er eingestiegen, fuhr das Auto auch schon an.

Rosenberg versuchte, den Diesel zu starten. Warum hatte er nicht daran gedacht, ihn vorglühen zu lassen? Erst beim vierten Mal kam der Motor, Rosenberg jagte aus der Parklücke, sah den DS nicht mehr. Er fuhr aufs Geratewohl bis zur nächsten Ampel, die rot war. Blickte nach vorn. Da war der Citroën, zwei Fahrzeuge schräg links vor ihm, auf der Abbiegerspur. Rosenberg schaltete sachte in den Rückwärtsgang, wechselte den Fahrstreifen. Die Ampel sprang auf grün. Er konnte einige Minuten lang die Distanz halten, obwohl der DS deutlich oberhalb der zulässigen Geschwindigkeit fuhr. Als der Citroën knapp vor einer Tram nach rechts abbog, musste Rosenberg lange fünf Sekunden warten, bis ihn die Straßenbahn passiert hatte. Er ließ den Motor aufheulen. Nach einem halben Kilometer hatte er den DS wieder im Blick. Sie überquerten den Rhein, fuhren in gleichbleibend hohem Tempo weiter. Dann erreichten sie die Stadtgrenze, und der Citroën gab Vollgas. Rosenberg suchte vergebens, dranzubleiben – spätestens nach drei von Kaiser und seinen Leuten überholten Fahrzeugen hatte er den Citroën endgültig aus den Augen verloren.

Rosenberg dachte angestrengt nach. Sie waren ostrheinisch unterwegs und fuhren nach Norden, darauf deuteten jedenfalls die Schilder Richtung Troisdorf. Wenn sie nicht vorhatten, mit Kaiser in eine andere Stadt zu fahren – und das würde man vermutlich eher auf der Autobahn tun, also der anderen Rheinseite –, konnte das eigentlich nur bedeuten, dass sie auf dem Weg zum Flughafen waren. Einen Versuch war's wert.

Rosenberg beschleunigte, kam zügig voran.

Er erinnerte sich, gelesen zu haben, dass erst dieses Jahr die große Startbahn fertiggestellt worden war und der erste Langstreckenflug stattgefunden hatte. Sollte Kaiser fliegen, konnte die Reise also sehr weit gehen.

Rosenberg jagte den Wagen bis vor das Flughafengebäude und hätte beinahe eine Kleingruppe von Stewardessen überfahren, die gerade die Straße überquerten. Dann kam ihm der DS entgegen, hielt auf die Ausfahrt zu. Rosenberg hatte mit quietschenden Reifen gestoppt. Wenn er richtig gesehen hatte, war außer dem Fahrer niemand im Wagen. Er suchte einen Parkplatz, fand keinen, drehte um und suchte erneut, als endlich jemand aus einer Lücke fuhr. Er hastete in das Flughafengebäude, um Ausschau zu halten nach Kaiser. Er glaubte ihn bald hier, bald dort zu sehen. Bei jedem älteren Mann mit Stock war er sicher, Kaiser zu erkennen, doch als er dann nah genug heran war, war es immer ein fremdes Gesicht. Inzwischen waren zwei Maschinen hintereinander gelandet, Menschen strömten ihm entgegen, die Geräuschkulisse war ohrenbetäubend. Rosenberg spürte, wie sein Herzschlag zu galoppieren begann. Berlin, Menschen über Menschen, SS, die Gefahr, entdeckt zu werden. Seine Angst rang mit dem Drang, Kaiser zu finden, Kaiser zu stellen.

Zwar gewann er das Duell gegen die Angst, doch der Gesuchte blieb verschwunden. Wahrscheinlich hatte er bereits eingecheckt. Rosenberg durchlief noch einmal die Gänge, doch fand er nicht, wen er suchte.

Still stehen, Atem schöpfen, nachdenken.

Der DS war ihm entgegengekommen, Kaiser konnte nicht lange vor ihm hier gewesen sein, drei, höchstens vier Minuten. Der Flughafen war nicht groß, das Gedränge – objektiv gesehen – nicht derart, dass Kaiser von ihm hätte übersehen werden können, wäre er noch im Bereich der Abflughalle gewesen. Es war also wahrscheinlich, dass er bereits an Bord von einer der Maschinen war.

Rosenberg ging zur Anzeigetafel, um zu sehen, welche Flüge in den letzten Minuten gestartet waren, welche unmittelbar bevorstanden. Paris war gerade weg, Madrid würde jeden Moment folgen. Da Kaiser über gute Verbindungen nach Frankreich verfügte, war Paris am logischsten.

Rosenberg postierte sich eine halbe Stunde im Ausgangsbereich, doch er sah kein bekanntes Gesicht mehr. Schließlich kehrte er nach Bonn zurück.

Sollten sie jetzt gleich …? Nein, sie mussten sich vorbereiten. Also morgen Nacht. Wenn Kaiser nicht zu Hause war, konnten sie auch im Schutz der Dunkelheit in seine Wohnung einbrechen und sie von innen nach außen kehren. Irgendeinen Anhaltspunkt würden sie finden. Sie hatten schließlich die ganze Nacht Zeit.

Die beiden Franzosen also. Hatte Kaiser mit ihnen seine Flucht besprochen? War es überhaupt eine Flucht oder doch nur eine Geschäftsreise? Denn selbst wenn Kaiser oder seine französischen Freunde herausgefunden hatten, dass man ihn observierte: Was hätte ihm *Operation Beethoven* schon anhaben können? Kaiser war entnazifiziert, juristisch unbelangbar, und die Leute, die er beriet, interessierten sich vermutlich kaum mehr für sein Vorleben. Zumal sich Rosenbergs

Aufenthalt in der BRD in einer diplomatischen Grauzone bewegte. Es gab keinen vernünftigen Grund zu fliehen, wenn Kaiser nicht anderweitig Dreck am Stecken hatte.

Zurück vor Kaisers Haus, um zu sehen, ob sich die Franzosen nicht etwa davor statt in der Wohnung breitmachten, kam Rosenberg die Idee: Ich lerne viele Menschen kennen an der Pforte. Ich sehe, ich höre, ich mache mir Notizen. Jahnke. Wenn er so gut über Kaiser Bescheid wusste – und das tat er, sonst hätte er diese »Informationen« nicht auf die Schnelle verfügbar gehabt –, würde er bestimmt eine Ahnung davon haben, was Kaiser vorhatte. Vielleicht kannte er sogar die Franzosen.

Es wäre Rosenbergs erster Weg am folgenden Morgen.

Der Mann, der gerade an der Pforte arbeitete, sah aus wie ein alter Silberpavian. Und er benahm sich auch so. Als Rosenberg ihm erklärte, dass er nicht ins Bundeshaus wolle, sondern dringend den Kollegen Eberhard Jahnke sprechen müsse, erklärte der Pavian griesgrämig und mit deutlich rheinischem Akzent: »Han mer nit, och nie jehat.«

Natürlich, dachte Rosenberg, warum sollte Jahnke unter seinem Namen beschäftigt sein? Wenn ihn wirklich die Stasi hier platziert hatte, hätte er sich einen Decknamen verpasst.

Er beschrieb Jahnke, das bordeauxrote Jackett.

»Nä, kütt mer nit bekannt vör, un ich ben schon zehn Johr hee.«

Rosenberg extemporierte eine rührende Geschichte von einem Bruder, den das Rote Kreuz als in der Sowjetunion lebend aufgespürt hätte, weshalb man unbedingt den Kontakt mit Jahnke aufnehmen müsse. Abgesehen davon, dass er immer weniger sicher war, tatsächlich zu verstehen, wovon der Pavian sprach, weil dessen Mundart immer breiter wurde, gewann Rosenberg den Eindruck, dass er die Wahrheit sagte: Kein Jahnke, weder an der Pforte noch anderweitig ums Bundeshaus beschäftigt.

Zur Sicherheit beobachtete Rosenberg den Eingang des Gebäudes bis zum späten Nachmittag, dann kehrte er zum Hauptquartier zurück.

Wo zum Teufel arbeitete Jahnke wirklich? Und was sollte die Geschichte mit der Pforte? Als Jahnke ihm davon erzählt hatte, hatte er ja noch nicht wissen können, was Rosenberg in Deutschland wollte oder suchte. War das seine offizielle Legende, oder hatte er einem alten Bekannten einen Bären aufgebunden?

Kaiser und Jahnke waren gleichzeitig weg. Zufall? Rosenberg hatte aufgehört, bei seiner Arbeit an Zufälle zu glauben. Vielleicht war Jahnke der Mann mit dem Hut, der Kaiser abgeholt und mit ihm nach Paris geflogen war, vielleicht hatten Vanuzzis Franzosen damit gar nichts zu tun. Oder alle zogen am selben Strang.

War Jahnke denn überhaupt weg? Wenn er Rosenberg nur von einem falschen Arbeitsplatz erzählt hatte, um sich wichtig zu machen, konnte es sein, dass er gerade in einer Metzgerei irgendwo in Bonn stand und Schweine zerlegte. Aber warum wüsste ein Metzger etwas über Kaiser und dessen Arbeit?

Was, wenn Kaiser einer der SS-Leute gewesen war, die Jahnke damals zur Flucht verholfen hatten – würden die alten Kameraden zusammenhalten und dafür sorgen, dass Florstedt unangetastet bliebe? Jahnke hätte Rosenberg auf Kaisers Spur setzen können, um ihn zu beschäftigen. Sicher brauchten sie Zeit, um Pässe und Flugtickets zu besorgen, Kontakt aufzunehmen mit Leuten, die ihnen Unterschlupf gewährten. Kaiser hatte Rosenberg ordentlich auf Trab gehalten, ohne irgendetwas Essentielles preiszugeben, und in der Zwischenzeit war Florstedt vielleicht schon über alle Berge …

Endlich im Hauptquartier angekommen, rauchte Rosenberg der Schädel. Er hatte Konzentrationsschwierigkeiten, der Schlafmangel ließ ihn eine solche Menge an Vielleicht und Angenommen nicht mehr balancieren. Zurück zu Vanuzzi, etwas über die Franzosen erfahren? Nein, erst einmal in Kaisers Wohnung, dann sehen wir weiter.

Als Rosenberg die Tür geöffnet hatte, sah er, dass Eitan telefonierte. Der Anschluss war im Flur und so nah am Wohnungseingang, dass sie, wenn sie beim Telefonieren nicht achtgaben, die geöffnete Tür ins Kreuz bekamen.

»Er ist da, ich reiche Sie weiter.«

Eitans Gesichtsausdruck war seltsam. Irgendetwas zwischen gespannter Hoffnung, Neugier und Häme. Er sagte: »Avi«, dann übergab er den Hörer und ging in sein Zimmer.

Rosenberg sammelte sich. Wahrscheinlich hatte Eitan ihrem Vorgesetzten schon erzählt, dass ihr Mann ihnen durch die Lappen gegangen war. Und wenn nicht, beschloss Rosenberg, würde er ihn jetzt einfach damit überrumpeln.

»Avi: Wir haben Kaiser verloren. Aber ich bin dran.«

»Vergiss Kaiser!«

»Wie bitte?«

»Es ist *eine* Sache, jemanden in Argentinien zu entführen, und eine *andere*, das in der BRD zu tun.«

»Das war es auch schon, als wir hier angekommen sind. Ich sehe nicht, was sich geändert haben sollte. Es ist das Land der Täter.«

»Ein treuer Bündnispartner der USA.«

»Ach, *daher* weht der Wind! Ich dachte bisher immer, bei uns gilt nur die Regel: Der Feind meines Feindes – nicht: der Freund meines Freundes.«

»Ben Gurion und Adenauer hätten letztes Jahr in New York beinahe geheiratet, so gut haben sie sich verstanden. Ist nur eine Frage der Zeit, bis wir diplomatische Beziehungen mit den Westdeutschen aufnehmen. Das werden wir durch so was nicht versauen, Ephraim.«

»Schau dir die Berichterstattung zu Eichmann an. Ich glaube nicht, dass die westdeutsche Presse etwas dagegen hat, wenn wir einen Dreckskerl wie Florstedt vor Gericht ziehen.«

»Die Presse vielleicht nicht, aber die Politik. Du vergisst diese UN-Resolution, die uns wegen Eichmann auf die Finger geklopft hat.«

»Weißt du, wie viele Florstedt auf dem Gewissen hat?«

»Du meinst: außer deiner Familie?«

Rosenberg schluckte. Er hatte Avi nichts davon erzählt, um *Operation Beethoven* nicht als seinen privaten Rachefeldzug dastehen zu lassen. Avi musste selbst recherchiert haben.

»Bist du talmudfest, Ephraim? Es heißt: *Wen der Herr strafen will, dem schickt er eine Aufgabe, die zu groß ist für ihn.* Glaubst du, du hast Strafe verdient?«

»Eine zu große Aufgabe? Darf ich dich daran erinnern, dass ich schon mal einen Kriegsverbrecher nach Palästina gebracht habe? Wir waren damals zu dritt, und hinter uns stand keine Organisation, die uns die Händchen gehalten hätte. Eine zu große Aufgabe – dass ich nicht lache!«

Rosenberg atmete tief durch. Dann schob er nach: »Wo genau soll das im Talmud überhaupt stehen?«

»Morgen früh geht euer Flug, Ephraim. Eitan weiß Bescheid, ich habe ihn instruiert. Vergesst eure Berichte nicht, vielleicht können wir sie eines Tages an unsere westdeutschen Freunde weiterleiten.«

Bevor er den Hörer aufknallte, sagte Rosenberg: »Ich habe auch ein Zitat für dich, Avi: *Wo nicht weiser Rat ist, da geht das Volk unter; wo aber viele Ratgeber sind, findet sich Hilfe.* Erkennst du es noch? Es ist unser Motto, das Motto des Instituts!«

Am liebsten hätte er irgendetwas zerstört, gegen die Wand geschmettert. Da er nichts zur Hand hatte, nahm er die Hand selbst, knallte sie gegen den Putz, bis sie blutete.

Dann sah er, dass Eitan ihn beobachtete.

»Wo nicht weiser Rat ist, da geht das Volk unter. Was möchten Sie uns damit sagen, Ephraim?«

»Nichts, Eitan, gar nichts. Höchste Zeit zu packen.«

Manchmal brauchte es aber nicht viele Ratgeber. Einer reichte: Die innere Stimme, die nicht verstummte.

Er hatte Eitan angeboten, an ihrem letzten Abend zu kochen. Sie hatten ihre Sachen rasch zusammengesucht, Rosenberg hatte eine Shakshuka improvisiert, Zwiebeln, Knoblauch und Tomaten in Olivenöl gedünstet, dazu hatte er Eier in den Sud geschlagen. Sie saßen in der Küche, Rosenberg hatte eine Flasche Rotwein entkorkt und schenkte Eitan eifrig nach. Der war mittlerweile beschwipst und vergnügt, erzählte davon, wie sehr er sich auf die Heimat freue, was er in Israel alles vorhatte – mal abgesehen davon, dass er die alten Knochen endlich wieder auftauen wolle, das Wetter in Deutschland sei einfach grässlich, wie Rosenberg das nur ein halbes Leben lang ausgehalten habe.

»Wir kannten nichts anderes.«

»Aber es ist immer kalt und grau. Grau, grau, grau. Monatelang. Wer kann denn hier schon leben? Höhlenbewohner!«

Eitan stützte den Kopf in die Hände. Dann fing er an zu brabbeln. Rosenberg gab ihm noch drei Minuten. Er half ihm beim Aufstehen und schaffte ihn ins Schlafzimmer. Eitan kippte auf das Bett und begann sofort zu schnarchen.

Rosenberg wusste, dass sein Kollege bei Einsätzen immer eine Taschenpistole durch den Zoll schmuggelte und mit sich trug. Mordechai hatte ihn damit aufgezogen, warum er so gern mit Mädchensachen spiele. Er durchsuchte Eitans Tasche und entdeckte darin einen doppelten Boden, in dem die Liliput platziert war. Ob Eitan wusste, dass Hitler immer eine vergoldete Liliput bei sich getragen hatte …?

Rosenberg verschloss die Tür zu Eitans Zimmer, legte den Zimmerschlüssel auf die Küchenspüle, kramte alle Unterlagen zusammen, die *Operation Beethoven* betrafen, und verstaute sie in seinem Koffer. Dann nahm er den Wagenschlüssel und zog die Tür leise hinter sich zu.

Wahrscheinlich war es unnötig. Die Menge an Schlaftabletten, die er im Rotwein aufgelöst hatte, war ausreichend, um Eitan mehr als einen halben Tag lang auszuknocken.

Wenigstens waren die Pillen auf diese Weise noch zu etwas gut.

Es war 1.34 Uhr, als er das Hauptquartier verließ. Unter seinen Sohlen knirschte Schneeharsch. Die Frontscheibe des Kleinlasters war mit einer Eisschicht bedeckt, die Rosenberg erst freikratzen musste. Die Scheibenwischer klebten an Eisresten fest. Der Motor machte Mucken, wie üblich.

Es ist immer kalt und grau.

Rosenberg fuhr den Straßenverhältnissen angemessen, eine Polizeikontrolle konnte er jetzt nicht brauchen. Am Verteilerkreis Bonn wechselte er auf die Autobahn, die ihn nach Norden führte. Außer ihm war so gut wie niemand unterwegs, auch nicht in der Gegenrichtung.

Er folgte den Schildern Richtung Essen-Borbeck, dann hatte er Mühe, die richtige Straße wiederzufinden. Im Ruhrgebiet schien alles gleich auszusehen, alles gleich vertraut, alles gleich unvertraut. Er stellte den Wagen ab, begab sich nach hinten auf die Ladefläche und rollte den Schlafsack aus, den er aus dem Hauptquartier mitgebracht hatte. Innerhalb kürzester Zeit war es beißend kalt im Transporter, aber diese eine Nacht würde er überstehen. Er hatte Schlimmeres überlebt.

Kalt und grau. Wenigstens schienen die Stimmen in seinem Schädel zufrieden mit seinem Handeln und gaben Ruhe.

Nach knapp zwei Stunden Schlaf wachte er erschöpft auf. Er sah auf seine Armbanduhr, es war kurz nach sechs. Er fühlte sich wie zerschlagen, alle Glieder schmerzten beim Aufstehen, er spürte die Zehen am linken Fuß nicht mehr.

Immerhin: Er war nicht erfroren.

Dann klatschte er sich mit den Handflächen ins Gesicht, stieg aus dem Wagen und überquerte die Straße. Die Haustür war unverschlossen, mühsam erklomm er zwei Stockwerke und klingelte.

Der junge Mann mit den roten Haaren öffnete. Er war offensichtlich überrascht, schien sich aber doch zu freuen und bat ihn herein. »Sie sind ja ganz durchfroren!«

»Es war eine kalte Nacht.«

»Rosenberg war der Name?«

»Ephraim. Ephraim war der Name. Dan nicht zu Hause?«

»Noch unterwegs, er kommt selten vor sieben heim. Frühstück?«

»Nur Kaffee, danke.«

Rosenberg trank in langsamen Schlucken.

»Kann ich Ihnen helfen, Ephraim?«

»Ich weiß nicht. Ich muss Dan um etwas bitten.«

»Worum müssen Sie ihn denn bitten?«

»Um Asyl.«

24

Er hatte Ben Kemali Handschellen angelegt und zu seinem Auto geführt. Der Algerier hatte erst einige aufgeregte Worte auf Arabisch gesprochen, als Vanuzzi darauf nicht reagiert hatte, war er ins Französische gewechselt. An seinem Taunus angekommen, hatte Vanuzzi den Kofferraum geöffnet und Ben Kemali hineinbugsiert.

»Ich versteh kein Wort von deinem Gebrabbel. Und jetzt ist Schluss damit!«

Eigentlich hatte Vanuzzi vorgehabt, den Algerier im Fond anzuketten, aber der Mann quasselte einfach zu viel.

Er fuhr zum Kabäusken des Boxclubs. Seine Wohnung war zu klein und zu unsicher. Selbst wenn er Ben Kemali permanent knebelte, würde der doch Mittel und Wege finden, das ganze Haus auf sich aufmerksam zu machen. Außerdem wusste Vanuzzi nicht, wie sich Ödön verhalten würde. Das galt allerdings auch für das Kabäusken. Er brauchte Ödön, um den Algerier zu versorgen, allein würde er es nicht schaffen. Weiß der Teufel, wie lange er ihn an der Backe hätte! Vanuzzi hatte den Kerl, der ihm die gefälschten Pässe für den Grenzübertritt besorgen sollte, seit Tagen nicht erreicht. Und er selbst brauchte ein wenig Ruhe, fühlte sich alt und matt. Die Vorstellung, in dieser Verfassung nach Frankreich zu fahren und sich mit Faucon herumzuärgern, überforderte ihn.

Nein, er würde Sélestat Bescheid geben, dass er Ben Kemali habe, aber auf die Pässe warten müsse. Dann sah man weiter. Das Ultimatum ließ ihm noch vier Tage.

Vanuzzi brachte Ben Kemali in den Kellerraum und kettete dessen Linke mit Handschellen an der Heizung fest. So viel er zuvor auch gequasselt hatte, nun war der Algerier still. Vanuzzi öffnete eine Wasserflasche und hielt sie ihm hin. Ben Kemali ignorierte ihn. Dann erhitzte Vanuzzi Konservenbohnen mit einem Campingkocher, schnitt

Wurst hinein und schob dem Algerier, der sich mittlerweile gesetzt hatte, das Essen vor die Füße. Noch immer keine Reaktion.

»Das ist Rindswurst, mir ist klar, dass du kein Schweinefleisch isst«, sagte Vanuzzi auf Englisch.

Ben Kemali hob die Augen, fixierte ihn. »Du bist Amerikaner?«

Die Stimme des Algeriers war überraschend tief und warm. Sie sprach ausgezeichnet Englisch, wenn auch mit deutlich arabischem Akzent.

»Wer bist du?«

Vanuzzi schwieg. Er begann, sich an Ben Kemalis Schlafplatz zu schaffen zu machen.

»Was willst du von mir?«

Er breitete eine Wolldecke über die Matratze. Sie hatte schon lange in diesem Kellerverschlag gelegen und roch nach Salpeter.

»Für wen arbeitest du?«

Er bezog ein Kissen und zog einen Schlafsack aus seinem Futteral.

»Wie lange werde ich hier sein?«

Vanuzzi blickte zu Ben Kemali und sah, wie der seinem Tun mit den Augen folgte.

»Denk dran, dass ich die Bänder habe!«

Bänder? Welche Bänder denn? Egal, das musste er heute nicht mehr rausbekommen. Vanuzzi zog seine Pistole, schloss die Handschellen des Algeriers auf und brachte ihn zur Matratze, die in einer anderen Zimmerecke lag. Dort rastete er eine Schelle an das Glied einer längeren Kette, die wiederum mit einem stabilen, in der Wand eingelassenen Ring verbunden war. Ben Kemali konnte sich dadurch in einem Radius von einigen Metern um seine Matratze herum bewegen. Wenn er sich nicht dämlich anstellte, würde er in hinlänglich bequemer Position schlafen, an die Heizung, Essen, Trinken und einen Eimer herankommen, in den er seine Bedürfnisse verrichten würde. Vanuzzi versuchte, dem Algerier alles pantomimisch begreiflich zu machen, doch der redete ununterbrochen auf Englisch auf ihn ein:

»Wer bist du? Was willst du von mir? Für wen arbeitest du? Wie lange werde ich hier sein? Denk dran, dass ich die Bänder habe!«

Vanuzzi nahm einen zweiten Anlauf für seine Pantomime.

Ben Kemali ließ ihn nicht aus den Augen und sprach unablässig weiter. »Wer bist du? Was willst du von mir? Für wen arbeitest du? Wie lange werde ich hier sein? Denk dran, dass ich die Bänder habe!«

Bänder habe ich auch, dachte Vanuzzi. Er wollte ihn nicht knebeln müssen, denn Ben Kemali sollte essen, trinken und sich ausquatschen, bis er es leid war. Aber er wollte sich das Gelaber auch nicht permanent anhören. Er war zu überdreht, um jetzt nach Hause zurückzukehren und sich schlafen zu legen, außerdem war es noch viel zu früh. Also zog sich Vanuzzi unter Ben Kemalis Worten in eine andere Ecke des Kabäuskens zurück, wohin die Kette des Algeriers nicht hinreichte, zog ein schweres Tonbandgerät, das unter Gerümpel vergraben lag, aus einem Schränkchen hervor und öffnete den Deckel. Er blies den Staub weg, ging dann durch seine Sammlung von Bändern, die in einem Karton lagen, und wählte eine Aufnahme von Ornette Colemans Album *The Shape of Jazz to Come*. Vanuzzi liebte die eigenwillige neue Art, wie der Altsaxophonist Bebop interpretierte, hatte die Bänder für ein Vermögen aus den USA importiert. Doch er wusste auch, dass die meisten Menschen, denen er sie vorgespielt hatte, »dat Laufen kriegen«, wie man hier in der Gegend sagte. Er fädelte das Band ein, ließ es kurz vor und wieder zurückspulen, dann stellte er den Betriebsarm auf Wiedergabe und drehte die Tonblende voll auf. Während Ben Kemali seine Sätze wiederholte, waren die zögerlichen Töne von Hi-Hat und Kontrabass zu hören, dann setzten Saxophon und Trompete in ohrenbetäubender Lautstärke ein. *Lonely Woman*, Vanuzzis Lieblingsstück. Er setzte sich in einen ausrangierten Sessel aus dem Boxclub, der nach altem Schweiß roch, und nahm das Buch zur Hand, in dem er gelesen hatte, bevor ihn Sélestats Auftrag erreichte.

Der Algerier begann, gegen die Musik anzuschreien. Seine Stimme würde das nicht lange aushalten, Vanuzzi gab ihm höchstens fünf Minuten. Doch als er ihn auch nach dem zweiten Musikstück noch immer hörte, kramte Vanuzzi in seinen Taschen nach Wachsohrstöpseln, knetete sie zurecht und schob sie sorgsam in die Hörgänge. Umgehend hatten Saxophon und Schlagzeug eine erträgliche Lautstärke und Ben Kemali war nicht mehr zu hören.

Vanuzzi pfiff leise mit.

25

Rosenberg sah Vanuzzi gegen sieben Uhr von einer sichtlich anstrengenden Nachtpartie zurückkommen. Als sich ihre Blicke begegneten, zog Vanuzzi die Augenbrauen zusammen, doch noch bevor er etwas sagen konnte, zwang Ödön ihn ins Wohnzimmer und schloss die Tür.

Was Rosenberg Ödön zuvor erzählt hatte, war dramatisch, aber keineswegs übertrieben. Ross und Reiter hatte er nicht benannt, doch mehr erklärt, als er eigentlich vorgehabt hatte. Der junge Mann flößte ihm ein für ihn selbst unerklärliches Vertrauen ein, und das von ihrer ersten Begegnung an. Offenbar hatte Ödön auf Vanuzzi eine ähnliche Wirkung, denn nur wenige Minuten vergingen, bis die beiden zu Rosenberg in die Küche kamen.

»Eine goldene Regel«, sagte Vanuzzi. »Gehen Sie mir aus dem Weg und gehen Sie mir nicht auf den Sack!«

»Strenggenommen sind das *zwei* Regeln, Dan.«

»Sie laufen auf eine hinaus.«

Dann stapfte Vanuzzi in sein Schlafzimmer und schlug die Tür hinter sich zu.

Die Sache mit dem Kleinlaster hatte Rosenberg vorerst geregelt, das Institut würde ihm nicht allzu schnell auf die Spur kommen. Dagegen wäre es zu riskant gewesen, in einem Hotel oder einer Pension abzusteigen. Er kannte das Prozedere, wusste, dass man dort immer fündig wurde, weil irgendjemand plauderte. Privatwohnungen auszuheben war viel schwieriger, und da niemand von seinem Kontakt mit Vanuzzi wusste, geschweige denn ahnte, wo der lebte, war die Situation für Rosenberg leidlich sicher. Für den Moment.

Das Zusammenleben in der Wohnung würde allerdings strapaziös werden. Natürlich, Luxus konnte er keinen erwarten, angesichts seiner Lebensgeschichte brauchte er den auch nicht. Aber das hier … die Küche mit eingebauter Dusche war noch das größte Zimmer, auch das einzig warme, weil Ödön jeden Morgen den Kanonenofen mit Eierkohlen und Briketts anheizte. Vanuzzis Schlafraum war winzig, das Wohnzimmer kaum größer und mit einer Couch, auf der Ödön schlief, zum größten Teil ausgefüllt. Die Toilette lag, wie Rosenberg bereits wusste, weil er Vanuzzis Pistole dort deponiert hatte, eine halbe Etage tiefer, das kaputte Fenster hatte Ödön notdürftig mit Paketband abgedichtet. Der junge Mann hatte ihn vorgewarnt: Winters gefriere das Wasser in den Leitungen, dann wäre es angebracht, Flüssigkeit zum Spülen aus der Wohnung mitzunehmen. Ödön hatte angeboten, Rosenberg bei sich im Wohnzimmer unterzubringen, aber das war nur möglich, wenn der sich direkt in den Bereich der offenen Tür gelegt hätte. Da es sich aber um ein Durchgangszimmer handelte, hätte Vanuzzi, wenn er frühmorgens nach Hause käme, über Rosenbergs schlafenden (ja? wirklich schlafenden?) Körper steigen müssen, um ins Bett zu gehen.

Dann entdeckte er die an die Küche angrenzende Speisekammer, in der Vanuzzi Konservenbüchsen gestapelt hatte, und zum ersten Mal in seinem Leben freute er sich darüber, kaum größer als eins fünfundsechzig zu sein. Wenn er sich querlegte, passte er ins Geviert, außerdem war er hier für sich. Ödön nickte und half ihm, die Kammer zu leeren und zu säubern. Erst als er die Tür von innen zuzog, bemerkte Rosenberg, dass es ein Raum ohne Fenster war. Er tastete nach einem Schalter. Die einzige Lichtquelle war eine schwache Birne, die nackt von der Decke hing. Er schaltete sie wieder ab.

Dann stand er da, in der tiefen Schwärze, und spürte, wie die Erinnerung seinen ganzen Körper flutete.

Die meisten der sicheren Wohnungen hatte er in den Jahren der Illegalität nicht verlassen dürfen. Er hatte auf Dachböden geschlafen und in Kellern. Einer seiner Fluchthelfer hatte einen Wandschrank so ausgebaut, dass Rosenberg mit angezogenen Beinen hinter einer Zwischenwand liegen konnte, die als doppelter Boden diente. Der Mann hatte darauf bestanden, den Schrank nachts abzuschließen, damit

Rosenberg nicht umhergehen und die Nachbarn wecken würde. Für seine Notdurft hatte man ihm einen Nachttopf gegeben. Ins Dunkel gezwängt hatte Rosenberg versucht, sein Geschäft zu verrichten und den Topf nicht versehentlich umzustoßen, wenn er sich auf die andere Seite drehte.

Er schlug auf den Lichtschalter, die Lampe funzelte, ging nur zögerlich wieder an. Er würde eine stärkere Glühbirne brauchen, eine, die es aushielt, die ganze Zeit zu leuchten, wenn er hier drin wäre. Er würde sich wieder und wieder vergewissern müssen, dass er nicht in Berlin und dass es nicht das Jahr 1942 wäre.

Ein Tag verging. Die auf Eis liegende Mission nagte an Rosenberg. Er hatte Vanuzzi nur zwischen Tür und Angel gesehen, hatte sogar darüber nachgedacht, ihn dafür zu bezahlen, dass er ihm half, Kaiser wiederaufzuspüren. Aber dann sah er dessen Blick, erinnerte sich an die »goldene Regel« und wünschte ihm lediglich einen schönen Abend, als Vanuzzi das Haus verließ. Ödön hatte ihm erzählt, dass er mit einem Auftrag beschäftigt war, der ihm den letzten Nerv raube. Rosenbergs Angebot wäre wohl auf taube Ohren gestoßen.

Um die Mittagszeit des nächsten Tages fuhr Rosenberg mit der Bahn nach Bonn, ging zu Kaisers Haus. Der Kleinlaster wäre zu auffällig gewesen, falls Leute aus der Europa-Division des Instituts hier auf ihn warten würden. Rosenberg hatte nicht nur einen Befehl missachtet, sondern auch einen Kollegen betäubt und eingesperrt und war mit wichtigen Unterlagen abgetaucht. Weil das Institut nicht wusste, was er damit vorhatte, konnte die Devise nur lauten: aufspüren und ausschalten.

Die Sonne projizierte den Schatten eines rauchenden Kamins auf die gegenüberliegende Hauswand. Er sah, wie die grauen Schwaden nach oben zogen und sich auf Höhe des zweiten Stocks verloren.

Er hatte auf einer Bank in einiger Entfernung von Kaisers Haus Platz genommen. Die Temperatur hatte umgeschlagen, und die schwarze Lederjacke, die er von Ödön geborgt hatte, speicherte die Wärme der Sonne.

Er sah Kaisers Zugehfrau kommen und zwei Stunden später wieder gehen. Immerhin ließ dies darauf schließen, dass Kaiser vorhatte, wiederzukehren. Ansonsten rührte sich nichts. Als es dunkel wurde, gingen die Lichter in Kaisers Wohnung nicht an. Rosenberg hielt bis dreiundzwanzig Uhr die Stellung, dann wurde ihm zu kalt und er ließ sich von einem Taxi nach Essen zurückbringen. Er zahlte eine astronomische Summe.

Die Nacht über schlief er kaum, immer mehr Erinnerungen aus der Zeit seiner Illegalität kamen über ihn, da half es auch nichts, die Lampe brennen zu lassen. In den frühen Morgenstunden hörte er Vanuzzi heimkehren (wo kam er her, wo trieb er sich nachts herum? Bei seiner Freundin?), dann klapperte Ödön in der Küche. Rosenberg beschloss, aufzustehen und einen Kaffee zu trinken.

Er unterhielt sich leise mit Ödön, während sich die Küche immer mehr erhitzte und er vom Ofen Abstand nehmen musste, weil sich erste Schweißperlen auf seiner Stirn sammelten. Ödön erzählte von der gescheiterten Revolution, seiner Flucht aus Ungarn und der Hoffnung, zurückzukehren, wären die Kommunisten einmal besiegt. Dann fragte er Rosenberg nach seinen Erlebnissen. Schon tags zuvor hatte er davon nicht genug bekommen können. Rosenberg sprach von seiner Kripozeit im Berlin der Zwanziger- und Dreißigerjahre; über das Institut berichtete er nur allgemein und über Dinge, die nicht geheime Verschlusssache waren, doch hinlänglich spannend sein konnten für den jungen Mann.

Ödön interessierte sich naturgemäß für alle Geschichten mit Vanuzzi. Ob der auch schon in Israel so unruhig und unzufrieden gewesen sei?

»Dan ist Dan«, sagte Rosenberg. »Er ist da, dann ist er weg. Und wenn er nach einer halben Ewigkeit wieder auftaucht, hat er entweder etwas Großartiges gemacht oder etwas ganz Dummes. Ich werde aus ihm nicht schlau.«

Ödön nickte nachdenklich. »Ich habe Angst, dass er gerade etwas ganz Dummes macht.«

Sie schwiegen, dann stand Ödön unvermittelt auf und sagte: »Ich muss Ihnen etwas zeigen, kommen Sie!«

Er packte Essen und Wasserflaschen in seinen Rucksack und führte Rosenberg zu Vanuzzis Wagen. Sie fuhren quer durch die Stadt.

»Dieser Auftrag, an dem Dan dran ist ...«

»Ich weiß nicht, ob ich das hören möchte, Ödön.«

»Warum? Sie sind sein Freund, oder?«

»Freund ... ich glaube nicht, dass Dan Freunde hat.«

»Ich bin sein Freund.«

»Und ich bin im Moment von ihm abhängig. Ich möchte ihn nicht provozieren. Ich kann's mir nicht erlauben, vor die Tür gesetzt zu werden.«

»Da hätte ich auch noch ein Wörtchen mitzureden.«

Ödön begriff nicht. Vanuzzi war unberechenbar. Die »goldene Regel«, so wie Rosenberg sie verstanden hatte, hieß vor allem: Komm mir bei meinem Job nicht in die Quere, sonst ... Rosenberg musste mit allem rechnen, auch damit, dass Vanuzzi seinen Aufenthaltsort dem Institut verpfeifen würde. Sicher hatte er noch den einen oder anderen Kontakt nach Israel.

Ödön ließ sich nicht beirren und berichtete, dass Vanuzzi einen Algerier an die Franzosen ausliefern solle. Er halte ihn gefangen, offenbar gebe es Probleme mit der Übergabe. Er selbst habe die Aufgabe, tagsüber nach dem Mann zu sehen, solange Vanuzzi schlief.

»Wohin fahren wir?«

»Zu Ben Kemali.«

»Würde Dan das wollen?«

»Nein, das würde er nicht.«

»Warum tun wir es dann?«

»Weil ich allein nicht klarkomme. Ich habe Zweifel.«

»Was für Zweifel?«

»Ich habe mich mit diesem Krieg beschäftigt … was die französische Armee da tut … ich weiß nicht, ob wir ihn ausliefern dürfen.«

Rosenberg dachte nach. Dann sagte er: »Sie haben mit dem Algerier gesprochen?«

»Ja, als ich ihm Essen gebracht habe. Aber es ist schwierig, er kann kaum Deutsch, und mein Englisch … Dan hat mir ein wenig beigebracht, aber ich spreche es nicht gut. Ich verstehe so vieles nicht, was Ben Kemali sagt.«

»Mein Englisch ist auch nicht perfekt.«

»Aber Sie können Arabisch.«

»Was man eben so aufschnappt, wenn man lang genug in Israel … Moment, Sie denken, dass ich mit ihm in seiner Muttersprache reden soll?«

»Ist einen Versuch wert.«

»Was genau versprechen Sie sich davon, Ödön?«

»Ich möchte wissen, ob Dan einen Fehler macht.«

»Wäre es dann nicht sinnvoller, mit Dan zu sprechen?«

»Sie kennen ihn. Er hat Ben Kemali, und jetzt möchte er ihn auch ausliefern.«

»Und Dan hat Schulden, nicht wahr?«

»Wir brauchen Geld. Aber doch nicht solches … ich hab ihm gesagt: Wir müssen das nicht tun. Ich weiß von einer Fabrik in Duisburg, da suchen sie einen Schreiner, ich kann Extraschichten einlegen. Aber er sagt, dass es nicht allein ums Geld geht. Der Algerier soll ein Kriegsverbrecher sein. Das behaupten die Franzosen, sage ich, aber Dan hat sich nicht darauf eingelassen. ›Du warst noch zu jung, als das mit den Nazis in Europa losging‹, sagte Dan, ›beim amerikanischen Geheimdienst hab ich einen Eid geschworen, Kriegsverbrechern das Handwerk zu legen. Diesen Schwur nehme ich sehr ernst.‹ Damit war unser Gespräch beendet.«

Ein bisschen zu dick aufgetragen für meinen Geschmack, dachte Rosenberg. Wenn Vanuzzi den Moralapostel herauskehrte, steckte meist noch etwas anderes dahinter.

»Und Sie glauben, dass ich in einem Gespräch mit diesem Algerier herausbekommen kann, ob er wirklich ein Kriegsverbrecher ist? Halten Sie mich für einen Lügendetektor?«

»Sie waren bei der Kripo, Sie haben Erfahrung mit Lügnern.«

Rosenberg seufzte. Ödön hatte angehalten. Wo waren sie? Eine Fabrikhalle, aufgelassen, baufällig, die Natur hatte sich große Teile des Geländes wiedererobert. Sie gingen einmal um die Anlage herum auf einen vorversetzten Verschlag zu, der einen besseren Eindruck als der Rest des Gebäudes machte. Ödön öffnete ein wuchtiges Kettenschloss, sie traten ein. Innen roch es nach Kalk und Schwefel. Rosenberg sah, dass man die Fenster der Halle mit schweren Eichenbrettern verbarrikadiert hatte. Ödön verrammelte die Tür von innen mit dem Kettenschloss, dann hielt er auf eine Treppe zu, die in den Keller führte. Es war stockfinster. Ödön knipste eine Taschenlampe an. Rosenberg schien, als ob sie sich durch ein Labyrinth von Gängen bewegten, und hätte nicht sagen können, wie lange sie schon unterwegs waren, bis sie endlich vor einer schweren Tür mit Stahlbeschlägen ankamen. Ödön atmete tief durch, dann zog er aus seinem Rucksack Vanuzzis Waffe und sagte: »Hier, die nehmen Sie. Zur Sicherheit.«

Er öffnete ein weiteres Schloss und zog zwei massive Riegel zurück. Nachdem er die Tür aufgestemmt hatte, wurden sie vom grellen Licht geblendet. Rosenberg sah den Algerier mit dem Rücken zu ihnen auf einer Matratze am Boden sitzen. Er wippte vor und zurück. Neben ihm standen Wasserflaschen, die meisten leer. Konservenbüchsen, ein Radioapparat, der ausgestellt war. Die Neonleuchten an der Decke tauchten die Szenerie in weißes Krankenhauslicht. Der Raum maß gut und gern vierzig Quadratmeter und war damit größer als Vanuzzis Wohnung. Ein kleiner Bereich war durch zwei Regale abgetrennt –

er sah aus wie eine Leseecke. Rosenberg entdeckte Bücher von elisabethanischen Klassikern: die gesammelten Werke von Shakespeare, von Marlowe, Kyd, Jonson und Webster. Eines lag neben einem alten Stuhl und trug ein Lesezeichen. Es wirkte so, als würde Vanuzzi hier lesen … *heimlich* lesen … als sollte niemand, auch Ödön nicht, mitbekommen, dass er so etwas tat. Weil er sich nicht erklären wollte? Weil es nicht zu dem Bild gepasst hätte, das er für andere abgeben wollte …?

Rosenberg kehrte in den vorderen Bereich des Raums zurück. Ben Kemali hatte aufgehört, sich zu bewegen.

»Ich habe Essen gebracht«, sagte Ödön auf Englisch.

Langsam drehte sich der Algerier ihnen zu und maß sie mit seinen dunklen Augen. Er war angekettet, konnte sich aber in einem Teil des Raums frei bewegen.

Ödön stellte einen Topf vor Ben Kemali hin. Der blickte kurz darauf, dann zu Ödön, schließlich zu Rosenberg. Ließ ihn nicht aus den Augen.

»Sabah al-khair«, sagte Rosenberg. Er sah, wie sich Ben Kemalis Pupillen weiteten – aus seiner Kripoarbeit wusste er, dass dies ein positives Zeichen war.

»Sabah an-nur«, antwortete der Algerier.

»Ödön kennen Sie schon, mein Vorname ist Ephraim.«

»Youssef.«

Dann sagte Ben Kemali zögernd auf Englisch: »Wollt ihr mich auch foltern?«

»Wieso auch?«, fragte Ödön erschrocken.

Rosenberg wechselte wieder ins Arabische: »Hat Ihnen der Mann, der heute Nacht hier war, etwas angetan?«

»Nein, der hat nur dagesessen, Jazz gehört und gelesen. Aber die französische Armee hat sich spezialisiert aufs Foltern.«

Rosenberg tat sich schwer, den algerischen Dialekt zu verstehen. Er brauchte einige Minuten, die Vokale in das gewohnte palästinensische Arabisch zu bringen und damit für ihn erkennbar zu machen. Dann übersetzte er für Ödön.

»Warum hat man Sie gefoltert?«

»Das wissen die Gefolterten in meiner Heimat nie so genau. Weil wir Algerier sind? Weil wir Algerier sind und keine Franzosen, das genügt.«

»Dann müsste die französische Armee ja das ganze Land foltern.«

»Sie sagen es.«

Rosenberg schüttelte den Kopf. »Wenn sie Sie gefoltert haben, wollten sie doch was aus Ihnen rausbekommen. Was war das?«

»Nach meiner Festnahme haben sie mir die Klamotten vom Leib gerissen und mich auf ein Brett gefesselt, das klebte vom Erbrochenen des Mannes, der vor mir drangewesen war. Sie haben mir Elektroden an die Hoden und die Zunge geklemmt und mich mit Wasser besprengt. Im nächsten Moment hat es sich angefühlt, als ob mich ein Tier beißen würde, das Fleischfetzen um Fleischfetzen aus mir herausreißt. Ich habe mir die Seele aus dem Leib gekotzt. Der Sergeant, der mich festgenommen hatte, sagte lächelnd: ›Pause‹. Ich habe immer noch gekotzt, gekotzt und gefroren, es hat mich geschüttelt vor Kälte. Dann sagte die Stimme: ›Weiter‹, ich habe ein Drehgeräusch gehört, bevor das Tier wieder zugebissen hat …«

Rosenberg tat sich schwer mit dem Übersetzen. Was er hörte, kannte er nur allzu gut.

»Wissen Sie, wie die Franzosen das nennen? ›Landtelefon‹. Das Drehgeräusch, das ich hörte, war die Kurbel eines Telefons. Es hat den Strom erzeugt. Je nachdem, wie schnell der Soldat kurbelte, desto stärker der Stromstoß. – Aber wissen Sie, was das Schlimmste war? Dass ich sehen konnte, dass es ihnen Spaß gemacht hat. Es waren ganz junge Kerls, sie waren noch nicht aus dem Alter raus. Sie haben einfach nur Landtelefon mit mir gespielt.«

»Was haben sie Ihnen denn vorgeworfen?«

»Nichts.«

»Sie müssen Ihnen etwas gesagt haben.«

»Sie haben mir am zweiten Tag gesagt, dass ich mich umbringen soll, um mir weitere Qualen zu ersparen.«

»Sie behaupten, dass sie Sie tagelang mit Strom gefoltert haben, ohne etwas Bestimmtes aus Ihnen herausbekommen zu wollen?«

»Nein. Nein, sie haben mich nie zwei Tage in Folge mit derselben Methode gefoltert. Einmal haben sie mir Wasser eingeflößt und mich dann in eine Gefriertruhe gesperrt. Ein andermal nannten sie es baignoire, die ›Badewanne‹. Sie legten mich wieder auf ein Brett, umwickelten meinen Kopf mit Tüchern, dann haben sie Wasser auf mich laufen lassen, immer auf Mund und Nase. Ich dachte, ich würde ertrinken … und musste noch froh sein, dass sie vorher nicht in das Wasser reingepisst hatten.«

»Ich verstehe, was Sie mir sagen wollen.«

»So, verstehen Sie das?«

»Ich bin als junger Mann von der Gestapo gefoltert worden. Sechs Monate lang.«

Der Algerier sah Rosenberg zum ersten Mal mit einem Blick an, als wollte er ihm zu verstehen geben: Ich höre dich, du bist ebenbürtig. Dann sagte er: »Wussten Sie, dass die französischen Offiziere in meinem Heimatland im Zweiten Weltkrieg von der Gestapo selbst auf diese Weise gefoltert wurden?«

Rosenberg nickte. Ben Kemali nickte.

»Ich glaube, das nennt man Ironie, Ephraim.«

»Frankreich ist eine Demokratie. Das kann nicht rechtens sein.«

»Natürlich ist das verboten. Aber die Politiker in Frankreich sehen weg. Viele halten die Algerier für Menschen zweiter Klasse, sie sagen, die islamische Kultur sei mit französischen Bürgerrechten nicht vereinbar. Und die Armee vertuscht, was in den Folterkammern passiert.«

»Wie?«

»Wasser und Strom hinterlassen keine sichtbaren Spuren. Und

meist geben die Offiziere die Zahl der toten ALN-Kämpfer nach einer Schlacht höher an, um unsere Leute erst zu foltern und dann zu töten.«

»Und die foltern sie auch, ohne etwas von ihnen erfahren zu wollen, einfach so, aus Spaß?«

»Kämpfer natürlich nicht, die haben wertvolle Informationen. Aber Zivilisten verschwinden in den Gefängnissen, ohne je zu erfahren, was man ihnen vorwirft. Wenn sie überleben, sind sie gebrochene Leute und demoralisieren den Rest unserer Bevölkerung. Und wenn nicht – geht man mit ihren Leichen ›Krabben füttern‹. Das französische Militär hat wirklich ein Gespür für schöne Ausdrücke.«

Sie blieben den ganzen Nachmittag. Ben Kemali erzählte seine Sicht der Dinge. Erzählte, dass die Kolonialarmee Höhlen, welche die ALN-Kämpfer nutzten, dauerhaft unbrauchbar mache mit Gasrückständen aus dem Ersten Weltkrieg und frischem Atommüll. Auf diese Weise habe man zwei Fliegen mit einer Klappe geschlagen: Man war das Gift im Mutterland los und tötete die Aufständischen.

»Was meinen Sie«, fragte Ödön auf der Rückfahrt. »Macht Vanuzzi einen Fehler?«

Rosenberg dachte nach.

»Ben Kemali hat darüber gesprochen, was die französische Armee zu verantworten hat. Stimmt nur ein Teil davon, ist das schlimm genug. Aber wenn Sie ehrlich zu sich sind, wissen Sie immer noch nicht, was er selbst zu verantworten hat.«

Ödön nickte schweigend. Es war klar, dass er innerlich kämpfte. Ben Kemali hatte zu ihm gesagt: »Du und ich, wir sind aus dem gleichen Holz. Wir stammen von geknechteten Völkern ab.« Er wollte Ödön manipulieren, deshalb hatte er auf Englisch gesprochen – ohne zu wissen, dass Rosenberg ihn verstand.

Unvermittelt fragte Ödön: »Schlafen Sie eigentlich auch irgendwann mal, Ephraim?«

»Was meinen Sie damit?«

»Nichts.« Ödön konzentrierte sich auf den dichten Feierabendverkehr.

»Nur dass ich in den letzten Nächten gehört habe, wie Sie den Flur rauf- und wieder runtergegangen sind. Ich habe einen leichten Schlaf. Immer, wenn ich wach war, habe ich Ihre Schritte gehört.«

»Das tut mir leid. Ich werde leiser sein.«

»Nein, Ephraim, deshalb habe ich es nicht erwähnt … ich weiß nur nicht, wie Sie das machen … Sie scheinen einfach nie zu schlafen …«

Er schien wirklich nie zu schlafen. Die Schlaflosigkeit war ein Teil von ihm geworden. Auch wenn sich die Gründe für sie ein wenig verändert hatten, seit er bei Vanuzzi war. Es waren nicht mehr die Träume von »seinen Frauen«, die ihn wach hielten – seine eigenen Erinnerungen übernahmen langsam die Kontrolle. Er war wieder in Berlin. Es war wieder das Jahr 1942. Er litt Hunger und war auf der Flucht.

Den Transporter hatte Rosenberg in einer dunklen Ecke geparkt. Die Nacht war noch nicht allzu weit fortgeschritten, seine Armbanduhr zeigte kurz nach zwölf.

Er hatte drei Stunden Observation hinter sich. In Kaisers Wohnung war kein Licht angegangen, auch sonst keine verdächtigen Aktivitäten um das Gebäude herum. Die Straße war menschenleer.

Rosenberg trat auf die Haustüre zu und öffnete sie mit Spanner und Tropfendiamant. Leise erklomm er die Treppen, dann erwartete ihn das zweite Schloss. Es war schwerer zu knacken, auch weil das Risiko, bemerkt zu werden, im Haus größer war und er ganz besonders vorsichtig zu Werke gehen musste.

Die Tür bewegte sich ohne Laut in den Angeln. Er schloss sie hinter sich. In der Wohnung roch es nach Putzmittel, scharf, mit einer Fliedernote. Er sicherte ein Zimmer nach dem anderen, ab und an knarrte unter seinem Gewicht der Dielenboden.

Kaiser war ausgeflogen.

Rosenberg nahm sich Zeit, die Wohnung auf sich wirken zu lassen. Sie war nahezu klinisch rein, die Zugehfrau leistete ganze Arbeit. Alles machte einen aufgeräumten Eindruck. Nein, es war das falsche Wort: sie wirkte unpersönlich, als ob sich ihr Besitzer nicht häuslich hätte niederlassen wollen. Oder als ob jemand, der ihn nicht kannte, die Unterkunft für ihn eingerichtet hätte. Keine Fotos, die Kaiser oder Verwandte zeigten. Die wenigen Bilder an den Wänden waren Kopien bekannter Gemälde aus dem achtzehnten und frühen neunzehnten Jahrhundert. Sie hätten in jedem Hotel hängen können. Der Bücherschrank enthielt historische und politische Wälzer, die Schallplattensammlung hauptsächlich Operneinspielungen (nur sehr wenig Wagner, Rosenberg war überrascht). Kaisers Kleiderschrank war auffallend leer – was entweder dafür sprach, dass er nur wenig Klamotten besaß oder sehr lange wegbleiben wollte. Aber würde er dann seine Habseligkeiten in Deutschland zurücklassen?

Wenn sie nicht wirklich mit ihm zu tun hatten: ja!

Rosenberg ging ins Arbeitszimmer. Kein Safe. An den Schreibtisch musste er wieder mit dem Dietrich heran, alles, was Kaiser an Aktenordnern besaß, lagerte hinter verschlossenen Türen. Er fand Steuererklärungen, Kontoauszüge und zwei Testamente, aber keine staatlichen Dokumente. Auch das war kein gutes Zeichen – Kaiser hatte sie vermutlich bei sich.

In einem Aktenordner, der mit Gesprächsprotokollen bestückt war, die zunächst wenig Aufschluss darüber gaben, was Kaisers Aufgabe war im politischen Bonn, sah Rosenberg schließlich Aufzeichnungen aus dem Jahr 1950. Er stutzte. Kaiser war seinerzeit im Stab eines hochrangigen Mitglieds der Organisation Gehlen bei der Himmeroder Expertengruppe gewesen. Sie sollte die Möglichkeiten einer militärischen Wiederaufrüstung Deutschlands nach dem Zweiten Weltkrieg und einer »Ehrenerklärung für den deutschen Soldaten« prüfen – und hatte ganz nebenbei versucht, auch auf eine Rehabilitation der Waffen-SS hinzuwirken. Rosenberg erinnerte sich, dass sich Adenauer damals im Bundestag auf eine solche »Ehrenerklärung« für die Wehrmacht eingelassen hatte. Sie hatte Rosenberg mehr empört als jede andere Vertuschung, an der sich die Deutschen nach dem Krieg versucht hatten. Rosenberg las weiter, und es wurde immer klarer: Kaiser war nichts anderes als ein mehr oder weniger gut getarnter SS-Lobbyist.

Sollte er die Unterlagen mitnehmen …? Wer weiß, wofür sie noch zu gebrauchen waren? Doch Kaiser würde, wenn er zurückkäme, schnell merken, dass sie fehlten, und wäre gewarnt. Rosenberg entschied sich dafür, sie an Ort und Stelle zu belassen. Und machte sich noch einmal bewusst, dass er nicht deswegen hier war.

Er trat in die Zimmermitte, stemmte die Arme in die Hüften. Was hätte sein ehemaliger Vorgesetzter bei der Kripo dazu gesagt? Trotz dieses Funds war alles in dieser Wohnung so unauffällig, dass es auffällig war.

Rosenberg ging vor, wie es die Spurensicherer taten: zog die Bücher eines nach dem anderen heraus, hielt sie an den Buchrücken und schüttelte sie wie nasse Katzenkinder. Nichts. Keine Lesezeichen, keine Postkarten, nicht einmal getrocknete Blumen. Dann nahm er sich die Schallplattenhüllen vor, die Taschen von Jacketts und Hosen. Wieder nichts.

Es wurde immer (un)auffälliger.

Spülkästen in der Toilette waren beliebte Verstecke – die Toilette hatte keinen Spülkasten. Lose Kacheln im Bad und in der Küche – es gab keine losen Kacheln. Auffallend wacklige Dielenbretter – hier wackelte rein gar nichts. Büchsen und Schüsseln in der Küche – Rosenberg siebte sogar das Mehl ergebnislos durch. Er entdeckte einen Notizblock, sah, dass sich auf der obersten Seite die Schrift eines herausgerissenen Blattes durchgedrückt hatte. Er nahm einen Bleistift und schraffierte vorsichtig die Druckstellen. Eier, Butter, Milch, Mehl – Safran macht den Kuchen gehl, fluchte er.

Er durchkämmte die Papierkörbe, drei an der Zahl, aber die Zugehfrau hatte sie pflichtgemäß geleert. Zum Schluss machte er sich an den Bildern zu schaffen und untersuchte Rückseiten und Rahmen. Es durfte einfach nicht wahr sein!

Da er bei seiner Flucht aus dem Hauptquartier an alles gedacht hatte, nur nicht daran, Wanzen mitzunehmen, beschloss Rosenberg, die Durchsuchung zu beenden. Es war 3.15 Uhr. Er war schon auf dem Weg zur Wohnungstür, als er sich noch einmal an seinen Kripo-Ausbilder erinnerte.

Er kehrte zurück ins Wohnzimmer, ins Schlafzimmer, in Kaisers Arbeitszimmer. Er leuchtete mit der Taschenlampe in den dunklen Kamin hinein. Etwas blitzte auf. Rosenberg nahm einen Holzspan und kratzte damit in der Asche. Ganz hinten fanden sich Reste von Papier, das nicht verbrannt war. Er musste sich tief in den Ofen hineinbeugen, bis er zwei Fetzen fand, die er von der Asche freiblies. Sie gehörten zusammen, waren Teile eines Bildes.

Er starrte darauf.

Teil eins: Habichtstock. Teil zwei: Florstedts Gesicht … das gleiche Foto, welches das Institut erst auf die Spur von Florstedt gebracht hatte.

Was hatte das nun wieder zu bedeuten …?

Rosenberg kam in den frühen Morgenstunden nach Essen zurück. Als er die Tür zu seiner Speisekammer öffnete und den Lichtschalter betätigte, sah er Vanuzzi auf einem Stuhl sitzen. Auf seinen Knien balancierte er die Aktenmappe über *Operation Beethoven*, die Rosenberg geglaubt hatte, sicher im Transporter versteckt zu haben.

»Na?«, sagte Vanuzzi, »lassen Sie mich raten: Kaiser wohnt eher zweckmäßig als schön.«

Rosenberg rammte die Tür hinter sich zu. »Warum stehlen Sie meine Unterlagen?«

»Ich habe sie nicht *gestohlen*, nur aufmerksam gelesen.«

»Her damit!«

Vanuzzi reichte ihm das Konvolut. »Irgendwelche neuen Erkenntnisse, Ephraim?«

Rosenberg überlegte. Wenn Vanuzzi ohnehin Bescheid wusste, konnte er auch mitspielen. »Ich gehe davon aus, dass Ihre beiden Franzosen Kaiser zur Flucht verholfen haben. Oder ihn zumindest außer Landes geschafft haben.«

»Davon gehe ich auch aus.«

»Würden Sie mir dann freundlicherweise erzählen, wer diese Leute sind?«

»Französischer Auslandsnachrichtendienst.«

»Danach sieht's aber nicht aus.«

»Ach, Sie haben Erfahrungen mit dem SDECE?«

»Ich habe Erfahrungen mit Scheißkerlen.«

Vanuzzi lachte. »Scheißkerlen wie mir, meinen Sie?«

Rosenberg schwieg. Er hätte sich nach der anstrengenden Nacht gern gesetzt, aber dafür wäre nur der Boden infrage gekommen, und er wollte nicht, dass Vanuzzi auf ihn herabsehen konnte. Ärgerlich genug, dass er stehend kaum größer war als Dan im Sitzen.

»Ephraim: Ich habe die Unterlagen schon seit zwei Tagen. Ich erreiche unsere französischen Freunde nicht, also habe ich ein wenig für Sie recherchiert.«

»Sehr aufmerksam von Ihnen.«

»Wussten Sie, dass Schlafdeprivation zu lebhaften Halluzinationen führen kann? Vor allem in Kombination mit Medikamenten, die aufputschen.«

Rosenberg zuckte mit den Schultern. Vanuzzi zog eine Schachtel mit Medikamenten aus der Jackentasche: Dexedrine.

»Privatsphäre gibt's bei Ihnen nicht, oder?!«

»Wenn Sie bei einem Scheißkerl um Asyl bitten, müssen Sie mit allem rechnen.« Vanuzzi warf ihm die Packung zu. »Ödön sagt, dass Sie mehr oder weniger rund um die Uhr wach sind. Das geht nur mit diesem Zeug. Meine Jungs bei der Army haben auch Upper geschmissen. Die Sergeants haben sie dazu sogar animiert, um die Strapazen besser auszuhalten. Erst waren sie die Könige der Welt, ein paar Wochen später total am Arsch. Die meisten sind im Kugelhagel gestorben, haben gar nicht mehr begriffen, was um sie herum passierte.«

»Tauschen wir jetzt Kriegserlebnisse aus, Dan?«

»Nachdem ich Ihre Akten studiert hatte, hab ich mich mit dem Institut kurzgeschlossen.«

»Sie haben mich verpfiffen?«

»Ich habe nur einen guten Freund um Informationen gebeten. Er wird kein Interesse haben, Sie zu mir rückzuverfolgen.«

»Ach ja? Warum nicht? Ich habe sensibles Material gestohlen, für das Institut bin ich ein Sicherheitsrisiko.«

»Sie sind ganz sicher ein Sicherheitsrisiko, aber nicht für das Institut.«

»Ach nein? Für wen dann?«

»Für sich selbst. Ephraim: Die suchen nicht nach Ihnen. Die wissen nichts von einer *Operation Beethoven*.«

»Ich hätte Sie nicht für so naiv gehalten, Dan.«

»Weil sie so was immer sagen. Sicher. Aber das war kein Bullshit-Talk mit meinem Freund. Wenn Sie erst vor Kurzem für den Fall rekrutiert wurden, warum haben Sie schon vor Wochen den Dienst quittiert, Ephraim?«

Rosenberg schwieg, starrte Vanuzzi an.

»Niemand weiß, wo Sie stecken. Nicht jetzt – schon seit Wochen.«

»Weil es sich um eine *Geheim*operation handelt.«

»Die braucht eine so lange Vorlaufzeit? Und warum mussten Sie dafür offiziell den Dienst quittieren?«

»Ich bin hier, um vor dem Institut unterzutauchen, schon vergessen?«

Rosenberg sah, wie Vanuzzi ihn beobachtete. Er fühlte sich wie Wild vor dem Blick des Jägers.

»Wie, sagten Sie, heißen Ihre Leute?«

»Ich sagte gar nichts. Ich weiß ja noch immer nicht, für wen Sie da arbeiten.«

»Kommen Sie schon, in den Unterlagen stehen natürlich keine Namen, nur Ziffern. Damit kann ich nichts anfangen.«

»Ich darf die Namen meiner Mitarbeiter nicht preisgeben.«

»Ich dachte, die arbeiten gar nicht mehr für Sie?«

»Ich darf die Namen meiner Mitarbeiter nicht preisgeben.«

»Die Vornamen! Kommen Sie schon, was haben Sie zu verlieren?«

Rosenberg dachte nach. »Eitan und Mordechai.«

»Eitan? Doesn't ring a bell. Aber Mordechai – so ein großer, drahtiger, Muttermal an der rechten Schläfe?«

Rosenberg nickte.

»Ich war mit ihm befreundet.«

Warum wundert mich das jetzt nicht?, dachte Rosenberg.

»Der ist vor drei Jahren gestorben.«

»Was?«

»Sprengstoffexperte. Hatte sich verschätzt. Üble Sache.«

»Dann reden wir nicht vom selben Mann.«

»Groß, drahtig, Muttermal –«

Rosenberg fuhr auf: »Es ist nicht derselbe!«

»Okay, okay.« Vanuzzi kramte wieder in seiner Jacke, dann hielt er sich Fotos der beiden Franzosen vor die Brust. »Wo haben Sie die her, Ephraim?«

»Eitan hat sie gemacht, nach einem Treffen mit Kaiser.«

»Ich dachte mir, dass Sie so was sagen würden. Hat er sie auch zum Entwickeln gebracht?«

»Ja.«

»Auf der Rückseite der Bilder steht der Name des Fotostudios in Bonn. Der Inhaber erinnerte sich gut an den Auftrag, weil der Kunde auf beinahe sieben Mark Rausgeld verzichtet hat.«

»Na und? Eitan hatte es eilig.«

»Eitan? Der Fotograf hat mir Ihr Gesicht und Ihre Statur präzise beschrieben. – Ephraim: Dieser angebliche Auftrag war von vornherein Ihre eigene Nummer. Jetzt möchte ich nur noch wissen, ob Sie das bewusst getan haben oder …«

»Sie glauben, ich bilde mir das alles nur ein?«

»Nein, Sie halluzinieren, das ist etwas anderes. – Was ist mit dem Fotostudio? Haben Sie dafür eine Erklärung?«

»Der Mann lügt.«

»Er weiß nichts von Ihnen, nichts von den Franzosen, nichts von mir … warum sollte er lügen?«

»Ich … erinnere mich … genau, dass ich Eitan ins Fotostudio geschickt habe. Ich bin Ihnen zu Ihrem Treffen hinter der Autobahn gefolgt.«

Vanuzzi atmete hörbar aus. »Das Institut fand Ihre Recherchen zu Florstedt spannend, hat die Mission aber abgelehnt. Keinen Staub aufwirbeln nach der Eichmann-Entführung, keinen Ärger mit der UN und den Deutschen riskieren. Einen Tag nach dieser Entscheidung haben Sie das Institut verlassen.«

Rosenberg schüttelte den Kopf. Der Kerl redete und redete und redete, war noch lauter als die Stimmen in seinem Schädel. Er wusste nicht mehr, was er noch glauben sollte.

»Aber es war doch dieser Florstedt, der hat Ihre ganze Familie auf dem Gewissen. Wenn wir schon nicht alle kriegen können, dann wenigstens diesen Dreckskerl! Sie haben sich einen Pass besorgt und sind nach Deutschland gekommen.«

Rosenberg schüttelte unablässig den Kopf.

»Sie brauchen noch mehr? Gut. Sie wollen einen heißen Tipp von einem Jahnke bekommen haben, der an der Pforte des Bundeshauses arbeitet und plötzlich unauffindbar ist … kein Wunder, er wurde 1944 hingerichtet.«

»Das stimmt nicht, er konnte mithilfe der SS fliehen«, sagte Rosenberg. Er hatte Mühe, sich zu beherrschen.

»Die ganze Observation: akribisch notiert … aber nur eine einzige Handschrift.«

»Ich habe das Gekritzel von Eitan ins Reine schreiben müssen …«

»Ihre Frau hat mich gebeten –«

»Sie haben … Sie sind …« Rosenberg stürzte auf Vanuzzi zu, packte ihn am Kragen, doch dieser schüttelte ihn kurzerhand ab.

»Sie hat Angst. Sie bat mich, auf Sie aufzupassen. Sie weiß nicht, was Sie hier tun. Sie hat mit Ihrem Vorgesetzten gesprochen … niemand weiß, was Sie hier tun, Ephraim, niemand! Wissen Sie es denn selbst?«

Was er alles erwidern hätte können, was er alles sagen hätte müssen. Aber er konnte nicht. Da war keine Luft in diesem winzigen, lichtlosen Raum. Rosenberg drückte die Unterlagen fest an seine Brust.

Er musste raus.

Er musste gehen.

Er brauchte Luft.

Er brauchte Licht.

26

In den letzten Tagen hatte Vanuzzi mehr Zeit im Boxclub verbracht als in den Monaten zuvor. Er hatte sich Pratzen gegriffen und jungen Boxern geholfen, ihre Koordination zu schärfen. Er hatte Telegramm um Telegramm geschickt, hatte sich Nachmittage lang schwarzen Kaffee in großen Mengen eingeflößt, um wach zu bleiben und den Anruf nicht zu verpassen. Doch die Franzosen schienen plötzlich das Interesse an Ben Kemali verloren zu haben. Erst machten sie Druck, und nun hielten sie sich nicht an ihre Vereinbarung. Vielleicht waren sie mit diesem Kaiser beschäftigt, damit, ihm und seinem alten Kameraden Florstedt zur Flucht zu verhelfen. Denn Rosenbergs Observationen hatten Hand und Fuß, nahm man einmal die Halluzinationen aus.

Vanuzzi hatte mittlerweile seine gefälschten Pässe, aber noch immer keine Instruktionen, wohin er Ben Kemali bringen sollte. Er war gezwungen, den Algerier weiter durchzufüttern. Fabienne hatte er seit ihrer Auseinandersetzung nur zwischen Tür und Angel gesehen. Er verbrachte seine Nächte im Kabäuschen, um ein Auge auf Ben Kemali zu werfen. Die meiste Zeit saß der Algerier schweigend da und zeigte kein Interesse am Radio oder an den englischsprachigen Büchern, die Vanuzzi ihm mitgebracht hatte. Bald begann er, mit dem Oberkörper vor und zurück zu schaukeln, bald nahm er seine Fragerei wieder auf, die Vanuzzi noch immer ignorierte. Meist mithilfe von Ohrstöpseln und Jazz.

Nachdem Vanuzzi ihm klarzumachen versucht hatte, dass er erst sein Leben in den Griff bekommen musste, bevor er daran denken konnte, wieder auf die Suche nach Florstedt zu gehen, war Rosenberg aus dem Haus gestürzt. Vanuzzi wollte zum Telegrafenamt, wie jeden Tag, als ihm Ödön den Weg vertrat. Vanuzzi rechnete damit, dass er ihm

Rosenbergs wegen den Kopf waschen wollte, doch der junge Mann sagte: »Du musst Ben Kemali zuhören!«

»Ich muss essen, trinken und schlafen, mehr muss ich nicht.«

»Du musst Ben Kemali zuhören!«

»Hör mal, Ödön …«

»Entweder du hörst Ben Kemali zu oder ich gehe. Ich hab's satt, die Drecksarbeit für dich zu machen. Ich habe gestern darüber nachgedacht, den Mann einfach laufen zu lassen. Ich kann das nicht mehr.«

Die Sache war offenbar ernster, als Vanuzzi befürchtet hatte.

»Mal angenommen, ich würde mit ihm sprechen … worüber denn?«

»Ich glaube, dass Ben Kemali nicht der ist, für den ihr ihn haltet.«

»Du meinst, dass er nicht für den FLN arbeitet. Der FLN, der Kriegsgräuel zu verantworten hat – und ich rede hier nicht von bestialisch getöteten französischen Soldaten, sondern von der Zivilbevölkerung, den eigenen Leuten.«

»Das war ja auch der Grund, warum er mit dem FLN gebrochen hat.«

Vanuzzi lachte auf. »Ein Märchenonkel! Na klar, würde ich an seiner Stelle auch sagen.«

»Ich glaube nicht, dass er lügt. Und Rosenberg glaubt das auch nicht.«

»Bist du von allen guten Geistern verlassen? Warum nimmst du Rosenberg mit?«

»Weil er Arabisch kann.«

»Wunderbar. Was macht ihr da am Nachmittag? Kaffeeplausch?«

Ödöns Augen hatten sich in die von Vanuzzi gebohrt. Er schien nur mühevoll an sich zu halten, Vanuzzi hatte ihn noch nie so erlebt.

»Es ist sowieso nichts mehr zu ändern, Ödön, ich habe alles für die Übergabe in Frankreich vorbereitet. Ich warte nur noch auf den Anruf von Sélestat.«

»Dann kannst du auch mit Ben Kemali sprechen.«

»Was sollte das bringen?«

»Sprich mit ihm oder ich bin weg. Dann musst du Tag und Nacht bei ihm sein, weil du nie wissen kannst, ob ich ihn nicht doch freilasse.«

Ödön hatte seine Hände zu Fäusten geballt, er zitterte am ganzen Körper. Vanuzzi schüttelte entnervt den Kopf, dann sagte er: »Gut. Eine halbe Stunde. Aber ich muss vorher ein Telegramm aufgeben.«

Das Gespräch mit dem Algerier lief nicht, wie es sich Ödön vorgestellt haben musste. Dabei hatte der junge Mann ganze Arbeit geleistet: Ben Kemali kannte Vanuzzis vollständigen Namen, sprach ihn, als wäre er nur *ein* Wort. Er wusste auch längst, dass er dem französischen Geheimdienst ausgeliefert werden sollte. Der Algerier starrte Vanuzzi in die Augen und wiederholte, so schien es, vorbereitete englische Sätze über die Kolonialverbrechen Frankreichs.

Vanuzzi sah auf die Uhr: Gleich war eine halbe Stunde vorüber. Er zog Zigaretten hervor, Ben Kemali schüttelte den Kopf. In seiner Jacke kramte Vanuzzi nach dem Feuerzeug, das er nicht fand, dabei fielen ihm die Fotos von Sélestat und Faucon aus der Tasche. Er hatte sie nach der Konfrontation mit Rosenberg achtlos wieder eingesteckt und vergessen.

Ben Kemalis Blick ging zu Boden. Er erstarrte, nahm eines der Bilder und sah erschrocken zu Vanuzzi hin.

»Sind das deine Geheimdienstkontakte, Danvanuzzi?«

»Ja.«

»Diese Leute kenne ich aus Algier … sie waren beim SDECE in Algerien, aber nach den Säuberungen –«

»Whoa, whoa … Säuberungen?«

»Die beiden –«

»Ich hör dir zu, Ben Kemali, aber nur, wenn du meine Fragen beantwortest. Welche Säuberungen?«

»Es gab Gerüchte über einen Putsch in Frankreich. De Gaulle hat Offiziere aus Militär und Geheimdiensten entfernt, deren Loyalität er in Zweifel zog. Denen ihr Korpsgeist wichtiger war als der Dienst für ihr Land. Nach der Niederlage von Dien Bien Phu in Französisch-Indochina haben einige Offiziere alles daran gesetzt, die militärische Schmach durch rigides Vorgehen in Algerien zu verdrängen. Sie wollen Frankreich wieder groß machen. Sie haben de Gaulle unterstützt, weil sie ihn als einen der ihren akzeptierten, als ihren Führer. Aber de Gaulle hat verstanden, dass er den Krieg in Algerien nicht gewinnen kann, und jetzt fühlen sich diese Leute von ihm verraten. Sie werfen ihm vor, Frankreich an die Kommunisten verkaufen zu wollen, er soll ein linkes U-Boot sein …«

»Was hat das mit Sélestat zu tun?«

»Er hat die Seiten gewechselt. Er ist OAS!«

»Was ist ›OAS‹?«, fragte Ödön. Er hatte sichtlich Mühe, bei der schnellen englischen Kommunikation mithalten zu können.

»Die Organisation de l'armée secrète. In ihrem Namen berufen sie sich auf die Tradition der französischen Résistance, auf den Kampf gegen die Nazis. Aber sie sind selbst ganz gewöhnliche Nazis.«

Vanuzzi rauchte eine Zigarette an und schenkte dem Algerier nun wirklich seine volle Aufmerksamkeit. »Geht das etwas genauer …?«

Ben Kemali drückte den Rücken durch und erzählte.

Die OAS habe sich vor einem Jahr gegründet. Die meisten Mitglieder seien französische Siedler aus Algerien, aber es machten auch Mutterland-Franzosen mit. Eines ihrer Hauptziele sei es, die Verhandlungen zwischen de Gaulle und der FLN über ein unabhängiges Algerien zu sabotieren. Im April 1961 habe die OAS zusammen mit Truppeneinheiten der Militärverwaltung, Fallschirmjägern und der Fremdenlegion die Repräsentanten der französischen Regierung in Algier verhaftet und erklärt, dass die Armee die Kontrolle übernehme. In einer Ansprache hätten alte Generäle verkündet, dass es jetzt um Frankreichs Ehre gehe, darum, die Blutopfer, die man in den Kolonialkriegen gebracht habe, zu würdigen und nicht in den Schmutz zu treten, wie es de Gaulle tue. Der Putsch sei zwar nach ein paar Tagen in sich zusammengebrochen, die OAS habe dennoch davon profitiert. In Scharen seien ihnen Soldaten, alte und neue Nazis zugelaufen. In Algier gebe es seitdem Tage mit mehr als hundert OAS-Bombenanschlägen. Außerdem schickte sie motorisierte Todesschwadronen aus, die mit Maschinenpistolen auf Cafés schössen, welche hauptsächlich von Algeriern frequentiert würden. Im September habe sie ein Attentat auf de Gaulle in Pont-sur-Seine verübt, das vereitelt worden sei. Erst als man angefangen habe, auch in französischen Städten Bomben zu legen, habe sich die öffentliche Stimmung gegen die OAS zu wenden begonnen. Aber sie erhalte weiterhin Zulauf von den Rechten, von faschistischen Gruppen wie Jeune Nation, und Geheimdienstleute, ja selbst Polizisten würden sich zu ihr bekennen. Die OAS gehe davon aus, dass sie bis Ende 1961 eine Armee von mehr als einhunderttausend Freiwilligen zur Verfügung haben würde.

Vanuzzi hatte mit skeptischem Blick zugehört. Dann fragte er: »Woher weißt du das so genau?«

»Der FLN hat eine eigene Geheimpolizei.«

»Okay, mal angenommen, ich glaube dir und Sélestat gehört zur OAS: Worum geht es dann eigentlich? Will dich die OAS foltern, um an Informationen über die FLN-Spitze heranzukommen und so den Widerstand in Algerien zu brechen?«

»Das ist viel komplexer … Danvanuzzi, du musst verhindern, dass mich diese Leute bekommen … ich möchte nicht mein Leben für einen Geiselaustausch geben …!«

»Was für ein Geiselaustausch?«

»Der FLN hat OAS-Kommandeure gefangen genommen. Jetzt braucht die OAS Leute, die der FLN haben will, um sie einzutauschen.«

»Weißt du das oder glaubst du es?«

»Das machen die seit Monaten so. Es wäre nicht der erste Geiselaustausch, und es wäre nicht der letzte.«

»Sélestat möchte dich also nicht töten?«

»Tot bringe ich ihm nichts.«

»Das erklärt so einiges. Aber was ist dann das Problem? Du kommst zu deinen eigenen Leuten zurück …«

Vanuzzi nahm einen nervösen Blick von Ben Kemali auf – und verstand. »Du bist tatsächlich ein Deserteur!«

»Ich darf dem FLN nicht in die Hände fallen, weil er mich liquidieren würde. Mich und meine Familie.«

»Weiß Evelin davon? Und der Algerische Freundeskreis?«

»Der FLN hat entsprechende Interna verbreitet … dass ich ein Kriegsverbrecher sei und die Sache des algerischen Volkes verraten hätte. Ich musste Evelin einschärfen, ihren Freunden nichts von mir zu erzählen, weil es sonst der FLN erfahren würde.«

»Sie hätte dich verpfeifen können.«

»Es war ein Risiko. Aber ich musste es eingehen, schließlich warst du hinter mir her.«

»Schweigen kann Evelin. War es ihre Idee, mich in Duisburg über die Klinge springen zu lassen?«

»Meine. Sie hatte berichtet, dass ein Neuer im Freundeskreis auffallend neugierig war. Seit Köln wusste ich, dass man mir auf der Spur war … aber es ging nie darum, dich zu töten. Diese Zuhälter sollten dich nur ein paar Tage ausschalten. Ich musste Zeit gewinnen, ich erwarte meine Familie.«

»Und Djefel?«

»Dachte vermutlich, dass du für den FLN arbeitest, und hat sich lieber umgebracht, als dem in die Hände zu fallen.«

»Dann waren die Männer, mit denen ich in Köln gekämpft habe, gar nicht deine Leibwächter?«

»Nein, das waren ›Boussouf-Boys‹. Abdelhafid Boussouf hat eine Geheimpolizei für den FLN aufgebaut. Es war nicht ihr erster Versuch, mich zu schnappen. Oder meine Familie, um ein Druckmittel zu haben.«

Die Ironie schien angemessen: Unfreiwillig war Vanuzzi zu Ben Kemalis Leibwächter geworden.

»Weshalb hast du deine eigenen Leute verraten?«

»Ich habe sie nicht ›verraten‹ … wenn überhaupt, dann haben sie mich und unsere Sache verraten!«

Ben Kemalis Augen wurden stechend. Dann begann er zu erzählen.

27

Wie Djefel entstammte Ben Kemali einer wohlsituierten Familie aus Algier. Sein Vater war Rechtsanwalt, wollte, dass der Sohn in seine Fußstapfen träte. Während seines Jura-Studiums begann er sich zu fragen, wie es sein konnte, dass Franzosen und Algerier im Land nicht die gleichen Rechte hatten; warum eine französische Stimme im Parlament achtmal so viel Gewicht hatte wie eine algerische, obwohl sie alle französische Staatsbürger waren; und warum die Franzosen Industrieimperien aufbauen konnten mit billigen algerischen Arbeitskräften, während gleichzeitig die muslimische Bevölkerung am Hungertuch nagte. Ben Kemali kam in Berührung mit einem politischen Arbeitskreis, der sich radikalisierte, als französische Soldaten nach dem niedergeschlagenen algerischen Aufstand von 1945 mit Ringen aus den abgeschnittenen Fingergliedern der Aufständischen posierten. Ben Kemali begann sich ebenfalls zu radikalisieren, las Schriften des antikolonialistischen Philosophen Frantz Fanon und geriet in den Strudel charismatischer Befreiungskämpfer, die ihn zum FLN brachten. Er traf auf Männer, die sich dafür aussprachen, den Terror, den die Algerier jeden Tag im eigenen Land am eigenen Leib erlebten, ins französische Mutterland selbst zu tragen. Sie wollten, dass dort ein Klima von Unsicherheit und Angst entstehe, welches früher oder später dazu führen müsse, dass Frankreich Algerien in die Unabhängigkeit entlassen würde. Ben Kemali sah sich selbst als »Hundertfünfzigprozentigen«, der gern eine Maschinenpistole in die Hand genommen und gegen die Franzosen gekämpft hätte, auch in den Straßen von Paris oder Marseille. Doch da seine Führung bessere Verwendungszwecke für einen Akademiker wie ihn hatte, wurde er mit seinem juristischen Fachwissen und seinem unbedingten Einsatz für die Sache zum perfekten Parteikader. Er wurde mehrmals von der Polizei verhaftet und gefoltert, kletterte umso rascher in der Hierarchie und übernahm schließlich die

OPA, die *Organisation politico-administrative*, die für Kriegspropaganda und Verwaltung innerhalb des FLN zuständig war. Er holte Djefel in seinen Stab, der ihm in Parteiversammlungen aufgefallen war, und machte ihn zu seinem Vertrauten.

Dann kam der Mai 1957 und mit ihm das Massaker von Mélouza. Eine ALN-Einheit war ausgezogen, ein Dorf zu bestrafen, das im Verdacht stand, das MNA zu unterstützen, eine trotzkistische Gruppierung, die mit dem FLN traditionell verfeindet war. Die ALN trieb die Dorfbewohner vor der Moschee zusammen, dann erschlug man sie, Kinder, Frauen, Männer, Alte und Junge, mit Äxten und Spitzhacken. Man stach ihnen die Augen aus, schlug die Hände ab und ließ sie an Ort und Stelle liegen, wo sie von einer französischen Armeeeinheit zwei Tage später gefunden wurden.

Im FLN fluchte man über die sinnlose Grausamkeit der Armeeleute, dann entschied man sich dafür, das Beste daraus zu machen und das Massaker den Franzosen in die Schuhe zu schieben.

An dieser Stelle unterbrach Ödön Ben Kemalis Erzählung und fragte: »Aber wie konntet ihr das belegen?«

»Belegen? Wozu belegen, junger Freund …? Es genügt, wenn man es wieder und wieder *behauptet*. Und dafür war ich zuständig. Ich habe nie getötet – zumindest nicht mit Waffen …«

Nach Mélouza versuchte Ben Kemali die Stimme, die sich in ihm regte, zu betäuben. Vergeblich. Wir sind nicht besser als die anderen, sprach diese Stimme, wir löschen ein ganzes Dorf aus, wenn es darum geht, eine rivalisierende Organisation auszuschalten. Das war keine nationale Einheit gegen einen Besatzer, das war brutaler Terror!

Schon einen Monat später sollte sich dieser Terror gegen die eigenen Parteikader wenden. Nach der verlorenen »Schlacht von Algier«, als der Konflikt zwischen FLN und französischer Armee eskaliert war, brach innerhalb der Führungsspitze des FLN ein blutiger Machtkampf los. Man suchte Schuldige für diesen Fehlschlag und begann, sich gegenseitig umzubringen. Längst war es kein Krieg mehr von

Algeriern gegen Franzosen, sondern von Algeriern gegen Algerier, von FLN-Kadern gegen FLN-Kader. Ben Kemali und Djefel sorgten auch jetzt dafür, dass der jeweilige starke Mann an der Parteispitze die Morde auf französische Polizeieinheiten abwälzen konnte, doch irgendwann in diesen Tagen verstanden sie, dass es ihnen selbst früher oder später an den Kragen gehen würde, weil sie zu viel über die Machenschaften der Mächtigen wussten. Beide hatten begonnen, Alkohol in großen Mengen zu trinken, um ihre Arbeit zu ertragen. Sie berieten sich, dass es so nicht weitergehen konnte – und planten die Flucht. Alles war bereits bis ins Kleinste geregelt, als Ben Kemali die Nachricht ereilte, dass sich Algerien unabhängig erklärt habe und er Mitglied des Schattenkabinetts werden solle. Mitsamt den anderen Regierungsmitgliedern verfrachtete man ihn nach Tunis, wo man ihnen Asyl gewährte. Ben Kemalis Familie blieb in Algerien zurück, er setzte alles daran, sie nach Tunesien zu holen, doch sollte ihm dies erst 1959 gelingen.

Der Fluchtplan war dadurch obsolet geworden. Zumal die Boussouf-Boys, die FLN-Geheimpolizei, alle ranghohen Kader und deren Familien Tag und Nacht bewachte. Offiziell ging es darum, sie vor Mordanschlägen französischer Agenten oder Rechtsextremisten zu schützen, doch in Wahrheit wurden sie überwacht, um zu verhindern, dass sie auf dumme Gedanken kamen. Ben Kemali bot Djefel an, ohne ihn das Land zu verlassen. Er war familiär ungebunden, hatte allein eine bessere Chance. Doch der hielt seinem Chef die Treue.

So versuchten sie es noch einmal mit der Propagandaarbeit. Aber der parteiinterne Konflikt zwischen der FLN-Regierung in Tunis und der ALN-Guerilla zeichnete sich immer deutlicher ab. Die wahre Macht lag längst bei der kämpfenden Truppe, die sich als soldatische Elite verstand. Ben Kemalis propagandistische Arbeit hatte dafür gesorgt, dass die Krieger den Status von Mudschaheddin erhielten. Starben sie, wurden sie als islamische Märtyrer verehrt. Sie rauchten nicht, tranken keinen Alkohol, beteten vorschriftsgemäß und hielten den Ramadan ein. Die meisten von ihnen kamen vom Land, konnten weder lesen noch schreiben. Die FLN-Regierung dagegen bestand aus akademisch gebildeten Kadern – kurz: verweichlichten, verwestlichten Sesselfurzern, die mit allen Mitteln in die Schranken gewiesen werden mussten. Die Propagandaabteilung hatte angefangen, ihr eigenes Grab zu schaufeln.

So vergingen die Monate. Ben Kemalis Familie durfte endlich nach Tunis nachkommen, und de Gaulle wollte das Volk darüber abstimmen lassen, ob Algerien in die Unabhängigkeit entlassen werden sollte. Djefel und er fanden de Gaulles Vorschläge akzeptabel. Es war genug Blut vergossen worden, zumal der Kampf immer aussichtsloser wurde, weil es der französischen Armee gelungen war, Algerien von zwei Seiten abzuschnüren. Doch mit dieser Einschätzung waren Ben Kemali und Djefel allein. Die ALN-Kommandanten wollten den Krieg sogar »totalisieren«, wie sie es nannten. Man hatte bei de Gaulles letztem Besuch gesehen, wie sich Tausende Algerier ohne vorherige Mobilisation des FLN zusammengefunden hatten. Würde Algerien jetzt unabhängig, schwämmen dem FLN in den Wahlen die Felle davon, und die ALN-Führung würde die finanzielle Alimentierung ihrer Armee durch die arabischen Ölstaaten verlieren, von der vor allem die Kommandanten selbst und ihre Familien profitierten.

Ben Kemali und Djefel wussten, dass der Moment gekommen war, wollten sie nicht das Blut Tausender an den Händen haben. Im Dezember 1960 war ihnen die Flucht über Italien nach Deutschland gelungen. Nur Ben Kemalis Familie steckte noch immer in Italien fest.

Ödön sah von Ben Kemali zu Vanuzzi, dann wieder zum Algerier hin.

»Warum hast du uns das nicht von Anfang an gesagt?«

»Weil Danvanuzzi mich mit seinem Jazz zugedröhnt, meine Fragen nicht beantwortet und mir nicht zugehört hat! Ich wusste nicht, für wen ihr arbeitet ... es war klar, dass es nicht der FLN ist, als ich von den toten Boussouf-Boys in Köln erfahren habe. Ich bin davon ausgegangen, dass ihr mich dem französischen Geheimdienst ausliefert. Dort hätten mir zwar auch wieder Folter und Isolationshaft gedroht, aber ich hätte eine Chance gehabt zu überleben … ich hätte nur glaubhaft machen müssen, dass ich ein Überläufer bin und wertvolle Informationen habe … und meine Familie wäre frei gewesen. Aber wenn ihr mich an die OAS übergebt, wird der FLN mich und meine Familie töten.«

Vanuzzi überlegte. Log Ben Kemali oder log er nicht? Die Geschichte klang plausibel, aber … warum sollte er ihm glauben? Wenn die Rote Hand, eine SDECE-Einheit, vor Jahren Jagd gemacht hatte auf algerische Unabhängigkeitskämpfer und deren Unterstützer, konnte Sélestat heute auch FLN-Leute nach Frankreich entführen und dort vom SDECE verhören lassen. Und wenn Sélestat Résistancekämpfer war, gleichsam Seite an Seite mit Vanuzzi, als der noch amerikanischer GI gewesen war, gegen die Nazis gekämpft hatte, hatte er jetzt bestimmt nicht plötzlich die Seiten gewechselt. Oder doch …?

Rosenberg hatte Vanuzzi vor den Franzosen gewarnt. Sie hatten Kontakt mit Kaiser, einem ehemaligen SS-Mann, der wiederum mit einem Kriegsverbrecher befreundet war. Das war mindestens etwas befremdlich …

Nach langem Schweigen sagte Vanuzzi: »Trotzdem passt das für mich noch nicht zusammen. Warum sollte dich der FLN austauschen, wenn er dich ohnehin liquidieren will? Er könnte dich gleich hier umbringen und seine wertvollen Geiseln für andere aufsparen.«

»Weil man mich lebend braucht. Ich besitze etwas, das der FLN unbedingt haben muss …«

Sobald Ben Kemali und Djefel beschlossen hatten, dem FLN den Rücken zu kehren und aus Tunis zu fliehen, hatten sie aus den Geldern für die Propagandaarbeit Mittel für ein Tonbandgerät abgezweigt, das sie einem französischen Journalisten abkauften. Da die Maschine wesentlich größer und schwerer war, als er erwartet hatte, musste sich Ben Kemali etwas einfallen lassen. Nach einigen misslungenen Versuchen konnte er es schließlich am Boden einer Munitionskiste, innerhalb eines selbst gebauten doppelten Bodens, platzieren, sodass die Stimmen auf den Bändern gut zu verstehen waren und den aktuellen FLN-Führern zugeordnet werden konnten. Auf diese Weise hatten sie heimlich Aufnahmen von Lagebesprechungen gemacht, die nicht für die Öffentlichkeit bestimmt waren. Darauf war zu hören, wie der FLN eigene Kriegsgräuel zugab und zugleich Frankreich in die Schuhe schob. Wenn jemand diese Bänder an eine französische oder deutsche Tageszeitung schickte, wäre schnell Schluss mit der monetären, personellen und ideellen Unterstützung der europäischen Linken für den FLN.

Bevor sie aus Tunis abreisten, hatte Ben Kemali dafür gesorgt, dass dem FLN ein Ausschnitt aus einer der Aufzeichnungen zugespielt wurde. Ben Kemali und Djefel waren für den FLN nicht nur Volksverräter, sondern auch propagandistisch gefährlich und mussten ausgeschaltet werden – sobald man die Bänder hatte. Da man dies aber selbst nicht schaffte, ließ sich der FLN auf den Deal mit dem Todfeind ein: der rechtsextremen OAS.

Ben Kemali stand die Anstrengung des Gesprächs ins Gesicht geschrieben. Der Schweiß lief ihm über die Schläfen herab, er hatte zwei Mineralwasserflaschen ausgetrunken.

Nach kurzem Schweigen sagte Ödön: »Wenn du noch immer nicht überzeugt bist, Dan – die Bänder wären ein Beweis. Oder nicht?«

Vanuzzi zuckte mit den Schultern.

»Können wir sie anhören, Ben Kemali?«

»Die Gespräche sind in Arabisch, junger Freund, ihr würdet nichts verstehen.«

Ödön schien nachzudenken. Dann sagte er: »Aber Rosenberg.«

»Das stimmt. Wir müssten nach Köln, Danvanuzzi, sie liegen in einem Bankschließfach.«

»Also los!«

Ödön war aufgesprungen, doch Vanuzzi hielt ihn am Arm fest.

»Whoa, whoa, hier fährt niemand irgendwohin! Eine bessere Gelegenheit, stiften zu gehen, kommt nicht mehr.«

»Kannst du ihm nicht einfach den Schlüssel geben, Ben Kemali?«

»Keine gute Idee. Danvanuzzi muss sich in ein Buch eintragen, wenn er in den Schließfachbereich will. Die Bankangestellten vergleichen die Unterschrift, sie merken sofort, dass sie nicht stimmt, und rufen die Polizei. Außerdem sind die Bänder meine Lebensversicherung, ich möchte sehen, was mit ihnen geschieht.«

»Dann fällt das flach«, sagte Vanuzzi. »Es muss anders gehen …«

28

Der Hof der Wohnanlage erwachte allmählich zum Leben: Frauen hatten damit begonnen, Teppiche zu klopfen, einige Jungs in unmittelbarer Nähe »schabbelten« mit der Oberseite von Overstolz- und Juno-Zigarettenschachteln. Er erinnerte sich an das Spiel, in Potsdam hatten sie mit Bierdeckeln geschabbelt: Man warf sie in Richtung der Wand, und wer am nächsten am Mauerwerk war, hatte gewonnen. Er war gut darin. Bis sie aufgehört hatten, mit ihm zu spielen, weil er Jude war und Juden angeblich immer mogelten.

Noch sträubte er sich, zu glauben, was Vanuzzi ihm gesagt hatte. Doch die Worte verfehlten ihre Wirkung nicht: Es mahlte in ihm, und Runde um Runde, die der Mahlstein zurücklegte, wurde Rosenberg unsicherer.

Worauf konnte er sich eigentlich noch verlassen, wenn er wirklich halluziniert hatte?

Sollte das Institut nicht hinter ihm her sein, konnte er bei Tag durch die Stadt gehen, sich in diesen Hof setzen und den Kindern beim Spielen zuschauen. Er konnte aber auch den Wagen nehmen, nach Bonn zurückfahren und die Probe aufs Exempel machen.

Es mahlte in ihm. Bis er, einem Impuls folgend, aufstand und zu seinem Wagen zurückkehrte. Er hatte den Schlüssel zum Hauptquartier behalten, instinktiv vielleicht, vielleicht aber auch, weil er vergessen hatte, ihn für Eitan zurückzulassen. Als sich Rosenberg dem Gebäude näherte, sah er sich vorsichtig nach allen Seiten um, im Treppenhaus achtete er auf jedes Geräusch. Er fokussierte die Wohnungstür, schloss sie leise auf und zog seine Pistole. Der Flur war leer, die ganze Wohnung war leer, das Zimmer, in dem er Eitan eingesperrt hatte, verschlossen. Er erinnerte sich daran, dass er den Zimmerschlüssel auf die Spüle gelegt hatte. Er schlich in die Küche. Da war er. An derselben Stelle. Sein Herz schlug schneller, er spürte das Pochen im Hals. Was, wenn er Eitan zu viel von den Schlaftabletten untergemischt hatte, was, wenn er ihn getötet hatte …? Aber deshalb war er ja hier: um herauszufinden, was wirklich geschehen war. Rosenberg nahm zitternd den Schlüssel, kehrte zum versperrten Zimmer zurück. Das Schloss gab ein knirschendes Geräusch von sich. Dann drückte er sachte die Tür auf.

Die Vorhänge waren vorgezogen, die Luft roch abgestanden. Das Zimmer war so leer wie die anderen.

Rosenberg war gleichzeitig erleichtert und besorgt.

Er würde hier bleiben und zu verstehen versuchen, was mit ihm geschah. Die Ereignisse objektiv rekonstruieren, soweit ihm das möglich war, Realität und Halluzination voneinander scheiden.

Stunden später wusste er, dass dies schwerer war als befürchtet, weil die Erinnerungen fehlerlos verzahnt schienen und er kaum Lücken entdeckte.

Im Bericht eines Psychiaters, der für das Institut arbeitete, hatte er einmal gelesen, dass ein Mensch sich selbst ständig Geschichten erzählte, dass unsere Person psychologisch gesehen nichts anderes war als die Geschichten, die wir uns selbst von uns erzählen. Erst dadurch würde unser Ich Kontinuität und Konstanz erhalten.

Sein Hirn hatte dafür gesorgt, ihm Geschichten zu erzählen, in die auch andere Menschen involviert waren, Menschen, die lebten, und Menschen, die lange tot waren. Er lebte schon so lange mit den toten Schwestern und der Mutter, warum nicht auch mit einem toten Mordechai …? Vielleicht lebten in ihm viele Geschichtenerzähler, die ihre eigenen Stoffe ausspinnen wollten … Eitan war einer … Mordechai war einer, Jahnke, Avi …

Vanuzzi hatte gesagt, dass es das Gespräch mit Avi wirklich gegeben hatte, wenn auch Wochen zuvor, wenn auch nicht am Telefon. Es war der Auslöser gewesen, nach Deutschland zu kommen.

Doch wenn Jahnke wirklich tot war, wer hatte ihm dann den Tipp mit Kaiser gegeben?

Niemand! Er musste es selbst herausgefunden haben. Es war ihm von Anfang an seltsam vorgekommen, dass er bei seinen Recherchen Kaiser übersehen haben konnte ... ausgerechnet Kaiser! – Allerdings zeigte sich an Jahnkes Person auch die ganze Schwierigkeit von Rosenbergs Unterfangen: Er war nicht überzeugt von dessen Tod. Was sollte diese komplexe Geschichte eines Verrats, die sich sein Hirn ausgedacht haben sollte? Hatte er etwa noch eine Rechnung mit Jahnke offen gehabt, die er auf diese Weise hatte begleichen wollen? Und hatte es nicht schon allzu viele Fälle von angeblich toten SS-Männern gegeben, die dann ganz fidel durch die Gegend spaziert sind?

Er beschloss, das Thema Jahnke vorerst beiseite zu schieben und sich auf die Personen und Ereignisse zu konzentrieren, die real waren: Kaiser, Rosenbergs eigene Observationen, die Begegnungen mit den Franzosen, mit Vanuzzi ... doch auch da passte nicht alles zusammen. Wenn er selbst die Fotos von den Franzosen gemacht hatte, musste er das Restaurant vor ihnen verlassen haben – er hatte die Szene anders im Gedächtnis. Und warum hatte er keinerlei Erinnerung daran, die Bilder selbst zur Entwicklung gebracht zu haben? Weil Eitan gerade die Führung seiner inneren Geschichte übernommen hatte und Rosenberg davon nichts wissen konnte oder durfte? Weil seine eigene Geschichte sonst nicht schlüssig weitererzählt hätte werden können?

Er verstand, dass der Eichmann-Prozess ein Auslöser war. Wofür genau auch immer. Seine Toten waren Nacht und Tag wieder um ihn, er hatte mehr Umgang mit ihnen als mit den Lebenden. Im Bericht des Psychiaters, der für das Institut arbeitete, hatte er auch gelesen, dass bei Personen, die ein psychisches Trauma erfahren hatten, dieses durch bestimmte Reize, die anderen nichtig schienen, wieder aufbrechen und sie zu unerklärlichen Taten reizen konnte. Eine berühmte englische Autorin war eines Tages verschwunden, man hatte ihr Auto auf der Landstraße gefunden, die Kripo ging von einem Gewaltverbrechen aus. Zwei Wochen darauf tauchte sie Hunderte von Kilometern entfernt in einem Hotel wieder auf und erinnerte sich an nichts.

Fugue nannten sie das Phänomen. Er hatte sich den Begriff gemerkt, weil er schön klang und Rosenberg an die makellose Musik von Johann Sebastian Bach erinnerte.

Als seine Träume immer fordernder geworden waren, war etwas in ihm zerrissen. Er musste auf die Suche nach Florstedt gehen, er spürte ein Bedürfnis in sich, als ob es gälte, Hunger oder Durst zu stillen. Und es musste für ihn zum Auftrag, zur *Operation Beethoven* werden, sonst hätte er es nie über sich gebracht, seine Familie zu verlassen und in das Land zurückzukehren, in dem man ihn hatte töten wollen.

Es klang so einfach. Es klang so logisch. So richtig. Doch es fühlte sich nicht einfach an, nicht logisch, nicht richtig.

Rosenberg schob den Gedanken beiseite, ging in die Küche, machte einen Kaffee, der Tote hätte wecken können (wie viele Tote denn noch?), und breitete seine Unterlagen auf dem Tisch aus.

Was war mit dem Foto, das er bei Kaiser gefunden hatte? Besser gesagt: mit den unverbrannten Resten des Bildes. Er hatte die Fetzen mitgenommen, zog sie jetzt aus der Tasche seines Trenchcoats und legte sie vor sich hin.

Konnte er davon ausgehen, dass er dieses Foto wirklich in Kaisers Wohnung gefunden und nicht aus Israel mitgebracht und selbst verbrannt hatte? – Ja. – Weil? – Es gab das Originalbild, das ihnen zugespielt worden war; er hatte zwei Kopien vom Positiv in Tel Aviv anfertigen lassen, für jedes (vermeintliche) Mitglied seiner Operation. Alle befanden sich in den Unterlagen. Er legte sie neben die verbrannten Reste. Das Foto aus Kaisers Wohnung war zweifellos ein viertes Bild.

Vielleicht hatte ihr Informant nicht nur dem Institut das Foto zugespielt, sondern auch Kaiser. Aber warum? Wenn er wollte, dass man Florstedt schnappte, hätte er doch keine Spielchen gespielt und Kaiser das Bild zukommen lassen. Selbst wenn der Informant Kaiser damit hätte sagen können, dass er längst Bescheid wisse, dass er ihn in der Hand hätte. Doch wenn er Kaiser erpressen wollte mit seinem Kontakt zu Florstedt, war es wiederum idiotisch, das Institut einzuschalten.

Und wenn es nicht ihr Informant war, der das Foto weitergegeben hatte? War es möglich, dass Leute aus Kaisers Umfeld an das Bild herangekommen waren? Wem hatte Rosenberg selbst das Foto gezeigt? Einigen Bundeshausbeschäftigten zu Beginn der Beschattung – und Jahnke, aber die hatten es alle nur *gesehen*. Dann natürlich der Besitzer des Fotostudios, in dem das Bild entwickelt worden war. Dieser hätte weitere Abzüge anfertigen können. Aber wozu hätte er dann Rosenberg auf die Fährte des Bundeshauses setzen sollen?!

Nein, Kaiser musste über ihren Informanten an das Foto herangekommen sein. Vielleicht hatte der es erst dem Institut geschickt, dann überlegt, dass er aus seinem Wissen auch Profit schlagen konnte. Es kommt zu einem Treffen. Ihr Informant erzählt Kaiser natürlich nichts vom Institut, sonst wäre die Erpressung nichtig. Kaiser lässt sich auf die Erpressung ein, er vernichtet das Positiv, das Negativ nimmt er mit zu Florstedt, um es dem zu zeigen, ihn zu warnen, dass sie künftig vorsichtiger sein müssten bei ihren Treffen.

Aber jemand wie Kaiser lässt sich nicht auf eine Erpressung ein. Er würde dem Informanten nicht trauen, nicht darauf vertrauen, dass der nicht weitere Bilder angefertigt hatte. Viel wahrscheinlicher war: Kaiser hört sich den Erpresser an und winkt ab. Na und, was geht das mich an? Gehen Sie damit ruhig zur Presse, es wird ein paar turbulente Tage geben, dann beruhigen sich die Schmierfinken wieder. Mir kann keiner! Dennoch nimmt Kaiser das Positiv mit. Er verbrennt es, ein rein symbolischer Akt – weil der andere ohnehin das Negativ hat.

Es konnte nicht lange her sein, dass man ihm das Bild zugespielt hatte – in einer solchen Wohnung würden selbst Aschereste im Kamin schnell beseitigt.

Kaiser weiß, dass *ihm* das Foto nicht schaden kann – aber Florstedt. Er kontaktiert Vanuzzis Franzosen, die ihn außer Landes schaffen. Und nun sitzt er bei seinem alten Kameraden, um ihn zu warnen. Oder waren die beiden schon auf dem Weg nach Südamerika …?

Nacht im November 1961
Hanna erwartet mich wieder in der Wohnung in Potsdam, außer ihr ist niemand da.

Wo sind sie alle?, frage ich.

Sie sind schon fort, Ephi, sie warten nur auf mich.

Wohin sind sie gegangen?

Hanna schweigt.

Warum bist du noch hier, Hanna?

Du lässt mich nicht gehen.

Ich lasse dich nicht gehen? Aber ich tu dir doch nichts.

Weißt du, was ein Dibbuk ist?

Ein Totengeist, der Besitz von Körper und Geist eines Lebenden ergreift und ihn nicht mehr loslässt.

Das stimmt, Ephi. Aber es ist falsch, kein Toter würde das tun. Es ist umgekehrt: Der Geist des Lebenden nimmt Besitz vom Toten und lässt ihn nicht ziehen.

Aber wenn du gehst, sind alle fort, Hanna.

Hanna legt mir eine Hand auf die Wange. Dann sagt sie: Ach, Ephi, mein kleiner Ephi.

– Gegen sechs Uhr aufgewacht, nicht weiter beschreibliches Gefühl von Ruhe und Wärme.

Wieder ein Tag.

29

Jungs in alten braunen Hosen tollten um die Mülltonnen herum, die im Hinterhof standen. Sie spielten Fangen oder trugen ihre kleinen Bandenkämpfe aus. Ab und an trat ein Mann in schmutzigem Hemd mit herunterhängenden Hosenträgern auf einen winzigen Balkon, der auf den Hinterhof hinausging, und zeterte: »Waatet, bis ich euch am Aasch krich!« Die Kinder verstreuten sich, kamen aber nach einigen Minuten wieder, und das Spiel begann von vorn.

Vanuzzi sah und hörte vom geöffneten Fenster aus zu. Er trank einen übelriechenden Instantkaffee nach dem anderen. Er hatte seit vierundzwanzig Stunden nicht mehr geschlafen, sein Tag-Nacht-Rhythmus war durch die Versuche, mit den Franzosen Kontakt aufzunehmen, vollkommen verschoben. Sein Körper sandte ihm pausenlos Signale: die Wunden verheilten schlecht, die Rippen schmerzten wieder. Alles in ihm schien zu schreien: Lass mich schlafen, lass mich endlich schlafen! Aber wenn er dann wirklich einmal auf dem Bett lag, kreisten seine Gedanken und ließen ihn nicht zur Ruhe kommen.

Vanuzzi schloss das Fenster wieder, kehrte zum Telefon zurück, das er seit Tagen anstarrte. Der schwarze Apparat war speckig, das Kabel mit so komplizierten Knoten verschlungen und verkürzt, dass man den Hörer nur noch zum Ohr bekam, wenn man das Gerät gleichzeitig vom Schreibtisch hob.

Auch wenn die Franzosen seine Adresse kannten, hielt Vanuzzi den Kontakt über den Boxclub aufrecht. Aus Sicherheitsgründen. Hier trainierten immer drei oder vier Männer, die wie Kleiderschränke gebaut waren. Sollte es Sélestat einfallen, irgendeinen Unsinn anzustellen, konnte Vanuzzi mit deren Hilfe rechnen.

Nach dem Gespräch mit Ben Kemali hatte er Ödön zu Hause abgesetzt und ihm eingeschärft, darauf zu vertrauen, dass er schon einen Plan habe. Dann war er direkt in den Club gefahren.

Hatte er einen Plan? Zumindest eine Idee.

Im Club hatte Vanuzzi zunächst van Doren, dann seinen Case Officer Monty Hanson angerufen. Damit hatte er ein Tabu gebrochen, selbst unter der Voraussetzung, dass er einen Fall für den MI6 bearbeitet hätte, aber es ließ sich nicht anders machen. Nachdem sich Hanson ein wenig beruhigt hatte, hatte Vanuzzi gefragt: »Haben Sie meine Adresse an Sélestat weitergegeben, Monty?«

»Rufen Sie deshalb an? Sind Sie von allen guten Geistern verlassen, Dan?«

»Also?«

»Natürlich nicht.«

»Monty: Sind Sie sich absolut sicher, dass es Sélestat um das Abschöpfen von Informationen für den SDECE geht?«

»Ich bin mir absolut sicher, dass ich heute schlecht zu Mittag gegessen habe. Andere Sicherheiten brauche ich nicht.«

»Was können Sie mir über Sélestat sagen, wo steht er politisch?«

»Das ist mir vollkommen egal, Dan. Und sollten Sie etwas darüber in Erfahrung bringen, möchte ich es nicht wissen.«

Dann legte Monty abrupt auf.

Vanuzzi schlug die Zeit bis fünfzehn Uhr tot. Irgendwann musste Sélestat ja wieder anrufen. Sein Instinkt sagte ihm, dass es heute passieren würde. Und er sollte ihn nicht täuschen: Um 15.03 Uhr klingelte das Telefon. Vanuzzi wartete drei Rufzeichen ab. Aus dem Trainingsraum brüllte Die Taube: »Danny: kannzema …?«

Vanuzzi hob ab. »Ich höre.«

»Wohin sind die Wildgänse gezogen?«

»Shit, seit Tagen warte ich auf Ihren Anruf, Sélestat, wo treiben Sie sich rum?«

»Wir mussten etwas Dringenderes im Ausland erledigen.«

»Was kann dringender sein als das hier?«

»Das geht Sie einen Dreck an, Vanuzzi!«

»Dann solltet ihr euch gleich wieder auf den Weg machen. Ich habe Ben Kemali. Aber es gibt eine Planänderung. Die Übergabe wird in Deutschland stattfinden.«

»Bordel de Dieu! Vanuzzi, ich habe Ihnen erklärt, warum das nicht geht, ich wiederhol mich nicht gern.«

»Ich habe Ben Kemali. Ab sofort spielen wir nach *meinen* Regeln, oder ich suche mir jemand, der besser bezahlt.«

Tiefes Atmen in der Leitung, unterdrückte Stimmen, die klangen, als kämen sie von unter Wasser – offenbar beriet sich Sélestat mit Faucon und hatte die Hand auf die Sprechmuschel gelegt.

»Es ist umständlich für uns, aber wir können es einrichten, Vanuzzi. Sie haben einen Pass für Ben Kemali? Eine gute Arbeit?«

»Eine exzellente Arbeit.«

»Très bien, très bien. Wir treffen uns wieder hinter der Autobahn, wie –«

»Wir treffen uns in Essen. Hier gibt es ein ehemaliges Zechengelände, Albertus Magnus. Erstes Haus links der Zufahrtsstraße, morgen, einundzwanzig Uhr. Ich will außer Ihnen und Faucon niemand sehen, sonst platzt die Übergabe.«

Schweigen, ein Geräusch wie fernes Windbrausen in der Leitung.

»In Ordnung.«

»Sélestat?«

»Ja?«

»Vergessen Sie mein Geld nicht!«

Es war nichts geschehen in der Nacht. Niemand vom Institut hatte Rosenberg aufgestört. Er konnte sich nicht daran erinnern, wann er zuletzt so lange und so tief geschlafen hatte. Er ging zu Kaisers Haus, wo er den Nachmittag verbrachte und nichts von Belang registrierte. Abends rief er bei Vanuzzi an, um Bescheid zu geben, dass sie sich keine Sorgen machen sollten und er demnächst zu ihnen zurückkehren würde, um seine Sachen zu holen.

Ödön war einsilbig, erklärte, dass er nicht wisse, ob heute ein guter Tag dafür sei – vielleicht wäre es besser, erst einmal dort zu bleiben, wo er jetzt war. Noch bevor Rosenberg fragen konnte, was los war, hatte er Vanuzzi am Hörer.

»Ich war gestern Morgen noch nicht ganz fertig, Ephraim. Ich denke, das müssen Sie wissen. – Das Foto von Kaiser und diesem Florstedt … das Institut hat es nicht exklusiv.«

»Was heißt das, Dan?«

»Ich habe Ihnen erzählt, dass ich ein paar alte Kontakte reaktiviert hatte, um zu recherchieren … mein Mann beim Institut hat mir erzählt, dass sie das Foto weitergeleitet haben –«

»An wen?«

»Die CIA. Langley war nicht gerade amused über die Eichmann-Entführung, man hat das Institut ins Gebet genommen, über künftige Aktionen *vorher* informiert zu werden. Also hat Tel Aviv alle Informationen über Florstedt Langley durchgestochen. Aber da weiß man schon lange, dass das mit Florstedts angeblicher Exekution nicht stimmt, das Foto war nur ein Beweis.«

»Sie klingen so, als hätten sie das von Langley aus erster Hand.«

Vanuzzi schwieg. Dann sagte er: »Es gibt da noch einen anderen alten Kontakt. Ehemals CIC, der Mann arbeitet heute für Langley in Bonn.«

»Und Langley ist jetzt an Florstedt dran?«

»Kein Interesse. Eichmann zeigt, dass es für die USA nicht gut ist, wenn Staub aufgewirbelt wird, sagt mein Mann. Die Verstrickung der amerikanischen Dienste in die Rattenlinien sind ein Problem, Presse und Bürgerrechtsgruppen in den Staaten haben Schaum vor dem Mund. Aber Langley hat das Foto dem Bundesnachrichtendienst zugespielt.«

»Herrgott!«, schrie Rosenberg. »Und der BND gibt es dann direkt seinem ehemaligen Mitarbeiter Kaiser!«

»Wissen Sie das oder glauben Sie es, Ephraim?«

»Ich weiß es. Ist über Ihren CIA-Kontakt etwas rauszukriegen über Kaisers oder Florstedts jetzigen Aufenthalt?«

»Vergessen Sie's! Mein Mann teilt gern mal ein wenig Herrschaftswissen mit armen Schluckern wie mir. Aber nicht, wenn es um diplomatisch kitzlige Dinge geht, die ihn den Job kosten könnten.«

»Vielleicht finden wir ein Druckmittel, wie wir ihn zum Reden bringen können. Ich komme zu Ihnen, dann –«

»Heute ist keine Zeit dafür, wir haben zu tun. Ich wollte nur, dass Sie das mit dem Foto wissen.«

»Warten Sie, ich könnte –«, sagte Rosenberg, doch Vanuzzi hatte bereits aufgelegt.

31

Sie lag in einiger Distanz zu den nächsten bewohnten Grundstücken. Die ehemalige Grube Albertus Magnus war heute eine Industriebrache, nur vereinzelt standen Häuserruinen, die seit Jahren auf den Abbruch warteten. Die Natur hatte begonnen, sich das Gelände zurückzuerobern. Die Gebäude waren überrankt mit Efeu und wildem Wein, um sie herum wuchsen Büsche und Sträucher. In den Hallen war der Beton aufgeplatzt und gab kleinen Bäumen und Grasflächen nach. Die Bahnschienen zur Abfuhr der Kohle waren verrostet und verbogen. In einigen Abschnitten fehlten sie gänzlich – wahrscheinlich hatten sich Langfinger daran gemacht, mitzunehmen, was nicht niet- und nagelfest und noch halbwegs brauchbar gewesen war.

Vanuzzi hatte sich das Haus ausgesucht, das den besten Erhaltungszustand versprach. Er war zu Zeiten, als er noch nicht den Kellerraum des Boxclubs übernommen hatte, öfter hier gewesen, um zu prüfen, ob sich ein Raum finden würde, damit er wenigstens kurzfristig seine Sachen unterstellen konnte. Das war nicht der Fall, und so hatte er keinen weiteren Gedanken daran verschwendet.

Vanuzzi war mit Ödön und Ben Kemali während der Dämmerung angekommen. Das Aschgrau des westlichen Himmels ertrank allmählich in der dunklen See des Horizonts. Wegen der Lichtverhältnisse konnten sie sicher sein, von Passanten nicht entdeckt zu werden – auch wenn es unwahrscheinlich war, dass sich überhaupt jemand um diese Uhr- und Jahreszeit hier herumtrieb. Gleichzeitig war es noch hell genug, um das Gebäude zu durchsuchen, falls die Franzosen geplant hatten, sie in einen Hinterhalt rennen zu lassen.

Vanuzzi hatte Ödön auf einer Empore zu seiner Rechten platziert, wo der junge Mann Deckung und zugleich einen guten Rückzugsweg haben würde. Er selbst und Ben Kemali blieben in der Gebäudemitte. Der Algerier saß, noch immer gefesselt, auf dem Boden, hinter einem langen, umgestürzten Tisch versteckt. Von hier aus konnte Vanuzzi den Eingang links vor ihm im Auge behalten, zugleich befand sich hinter ihnen ein Ausgang, der für Ortsunkundige nicht zu finden war. Auf dem Weg dorthin standen Schränke und lagen weitere umgestürzte Tische, die ihnen, falls sie sich schnell zurückziehen mussten, Deckung bieten würden.

Um überhaupt etwas sehen zu können, hatte Vanuzzi zwei alte Ölfässer auf halbem Weg zwischen sich und dem Eingang aufgestellt, sie mit zerschlagenen Regalbrettern befüllt und das Holz angezündet. Der Widerschein der Flammen warf groteske Schattenspiele an Wand und Decke.

Dann warteten sie.

Die einzige Zufahrtsstraße auf das Gelände schlängelte sich auf der Seite des Gebäudes entlang, die Ödön durch ein Fenster mit zerbrochener Scheibe gut einsehen konnte.

Lange Zeit geschah nichts. Vanuzzi spielte nervös an seiner Pistole herum. Schließlich hörte er die Stimme Ödöns: »Auto!«

Es dauerte weitere zwei Minuten, bis sie den näher kommenden Motor hören konnten. Irgendwann veränderte sich das Geräusch nicht mehr, er schien im Leerlauf zu tuckern, bis der Laut erstarb. Zwei Türen wurden zugeschlagen, dann fielen die fahlen Lichtscheine von Taschenlampen durch den Eingang herein. Sélestat und Faucon näherten sich langsam, Letzterer trug einen Handkoffer bei sich. Als die Franzosen bei den Ölfässern angekommen waren, rief Vanuzzi: »Bleibt stehen, dass ich euch sehen kann!«

Der Pudel und sein Rottweiler wechselten einen schnellen Blick. »Was soll das Theater, Vanuzzi? Trauen Sie uns nicht?«

»Zwanzig Meter sind eine gute Distanz für Geschäfte.«

»Ich sehe Sie, aber wo ist Ben Kemali?«

Vanuzzi nickte dem Algerier zu, der aufstand und sein Gesicht zeigte. Die Franzosen sprachen ein paar Worte miteinander, die Vanuzzi nicht verstand.

Anschließend sagte Sélestat: »Dann können wir wohl zur Übergabe kommen.«

Vanuzzi signalisierte Ben Kemali, sich wieder hinzusetzen. »Nicht so schnell! Es gibt da ein paar Dinge, die finde ich sonderbar, Sélestat … angefangen damit, dass Sie die ganze Zeit darauf gedrängt haben, die Übergabe auf französischem Boden stattfinden zu lassen. Und auf einmal lassen Sie sich darauf ein, dass es in der BRD passiert.«

»Wie sagen die Deutschen, Vanuzzi? Lieber den Spatz in der Hand …«

»Ach ja? Und der Spatz in der Hand bringt jetzt keine diplomatischen Verwicklungen mehr?«

Sélestat sah zu Faucon. Der begann, in seinem Mantel zu kramen.

»Warum zerbrechen Sie sich für uns den Kopf, Vanuzzi? Sie sollten lieber mal einen Blick in den Koffer hier werfen.«

»Aber Kopfzerbrechen ist eine meiner Schwächen, Sélestat, schon mein Vater selig hat sie mir nicht austreiben können. Mir ist da nämlich eine Geschichte zu Ohren gekommen, die ich Ihnen erzählen muss. – Es war einmal ein Häuflein SDECE-Leute, die aus ihrer Truppe geflogen waren, weil sie mit Nazis rumgefummelt haben. Sie beschlossen, ab sofort ihr eigenes Süppchen zu kochen und ranghohe FLN-Leute zu jagen. Sie konnten das aber nicht selbst tun, sonst wäre der SDECE auf sie aufmerksam geworden. Deshalb suchten sie sich einen Externen, einen vom MI6, der Erfahrung und Schulden hatte und so gut wie alles getan hätte, um an Geld zu kommen. Dem erzählten sie, dass die Übergabe der FLN-Leute in Frankreich stattfinden müsse. Sie wussten, dass er die Glaubhaftigkeit ihrer Legende überprüfen und sich an diesem Detail festbeißen würde. Würde die Sache schiefgehen, könnte man sie auf die Briten schieben und wäre fein raus. Doch wenn's klappte, könnte man die Algerier gegen ein paar Nazifreunde austauschen. Und dann wäre es auch egal, wenn die Übergabe in der BRD stattfinden würde …«

Vanuzzi sah, wie Faucon eine Pistole zog und durchladen wollte, doch Sélestat hielt ihn mit einer Hand zurück. »Eine schöne Geschichte, Vanuzzi. Woher haben Sie die?«

»Hat mir ein Vögelchen gezwitschert.«

»Schlachten Sie das Vögelchen, gibt bestimmt ein leckeres Süppchen.«

Faucon lachte dümmlich.

»Dann hab ich lecker Süppchen, aber das Vögelchen zwitschert nicht mehr. Wär doch schade drum, da gibt's noch so viel mehr Geschichten …«

»Monty hat offenbar übertrieben. Er sagte, Sie sind gut und skrupellos. Scheint beides nicht zu stimmen. – Ben Kemali ist ein Kriegsverbrecher, Vanuzzi. Haben Sie schon mal vom Massaker von Ouarsenis gehört? Das Pack hat vierhundert französische Soldaten abgeschlachtet. Und jetzt raten Sie, wer der Oberbefehlshaber der Algerier war?«

»Das Massaker von Ouarsenis. Auch davon hat das Vögelchen erzählt. – Ben Kemali hat am 23. Dezember 1960 Tunis verlassen, die Stempel in seinem Pass belegen es. Wann hat dieses Massaker stattgefunden, Sélestat?«

»Ist das hier ne gottverdammte Quizshow?«

»Antworten Sie!«

»Du kannst mich mal, Vanuzzi!«

»Ouarsenis war Mitte Januar 1961, da war Ben Kemali schon längst in Italien.«

»Na und? Dann halt nicht Ouarsenis. Irgendwo wird der Hurensohn schon mitgemischt haben. Die Algerier haben alle Dreck am Stecken.«

Vanuzzi nahm einen Blick Sélestats nach rechts oben auf. Hatte der Franzose Ödön entdeckt? Vanuzzi zog seine eigene Pistole aus dem Hosenbund und entsicherte sie, hielt sie aber hinter seinem Rücken verborgen.

»Vanuzzi: Was glaubst du, worum's hier geht, eh? Längst nicht mehr um Frankreich und Algerien. Es geht um den Kampf Zivilisation gegen Barbarei. Es geht ums Überleben der weißen Rasse!«

»Wenn's euch ums Überleben der weißen Rasse geht, warum legt ihr Ben Kemali dann nicht einfach um, statt ihn zu seinen Leuten zurückzubringen?«

»Warum sollen wir uns an so einem die Hände schmutzig machen?! Sollen die Mélons das selbst erledigen, wir bekommen zwei unserer fähigsten Kommandeure zurück.«

»Und was stellt ihr dann mit euren fähigen Kommandeuren an, Sélestat?«

»Algerien ist französisch und wird es bleiben! De Gaulle ist ein Diktator, ein Volksverräter. Die politische Elite in unserem Land ist schlimmer als die Gestapo. Sie ist korrupt, sie will uns an die Sowjets verkaufen!«

»Sagt jemand, der in der Résistance gekämpft hat.«

»Der Kampf ist der gleiche, damals gegen die Deutschen, heute gegen die Volksverräter. Sie hätscheln die Algerier auf unsere Kosten, aber wir, wir haben dieses Land wieder aufgebaut. Ich nenne das Selbstverteidigung, wir holen uns unser Land zurück!«

»Von welchem Land reden Sie, Sélestat? Frankreich? Algerien?«

»Ein letztes Mal: Algerien ist französisch und wird es bleiben! Was wird wohl passieren, wenn diese Bougnoules unabhängig werden, hm? Sie werden die französischen Männer erschlagen, die französischen Frauen vergewaltigen und französische Kinder versklaven. Millionen werden sterben. Aber wir können es verhindern! Die OAS sieht alles!«

»Danke, Sélestat. Jetzt weiß ich, was ich wissen muss. Zeit, dass wir verschwinden, Ben Kemali.«

»Aber natürlich, Vanuzzi, wir hätten es wissen müssen – mit Juden soll man keine Geschäfte machen!«

Vanuzzi nahm wieder den Blick nach rechts wahr – und duckte sich instinktiv zu Boden. Zwei Schüsse fielen beinahe gleichzeitig: einer von

Faucon, der auf dem Tisch vor Vanuzzi abprallte, und ein zweiter von der rechten Seite, der Vanuzzi am Arm auf Höhe des Ellbogens traf. Es schmerzte nicht besonders, fühlte sich an, als hätte ihn ein Cross beim Boxkampf getroffen. Als sich Vanuzzi zu orientieren versuchte, wo genau sich Sélestats dritter Mann befand, krachte ein weiterer Schuss von der Empore. Ein Schmerzensschrei. Dann ein Geräusch, als ob eine Pistole zu Boden fiele. Im Augenwinkel sah Vanuzzi Ödön, der zwei weitere Schüsse abgab, und einen gekrümmten Schatten, der von der Empore entfloh. Vanuzzi drehte sich wieder nach vorn und sah Faucon auf sich zukommen, der den Koffer als Deckung vor die Brust hielt. Faucon ballerte Richtung Empore, dann wieder auf Vanuzzi.

Vanuzzi atmete rasch ein und wieder aus, streckte den Kopf über den Tisch und schoss zweimal hintereinander. Die erste Kugel traf Faucon in den Oberschenkel und ließ ihn mitsamt Koffer zu Boden gehen, die zweite blieb in der Stirn des OAS-Mannes stecken. Faucon gab ein lautes Zischen von sich, dann knallte er auf sein Gesicht. Vanuzzi war wieder abgetaucht, hörte zwei Schüsse von Ödöns Seite, dann mehrfaches lautes Klicken. Noch immer keine Reaktion von Sélestat, vielleicht hatte dessen Waffe Ladehemmung. Sekundenbruchteile später knallten Schüsse in Ödöns und Vanuzzis Richtung. Als Vanuzzi wieder den Kopf über den Tisch erhob, sah er, wie Sélestat den Geldkoffer an sich brachte und zum Eingang rannte. Dabei schoss er unentwegt weiter auf Vanuzzi, um seinen Rückzug zu sichern. Als die Kugeln des Franzosen ihn nicht mehr treffen konnten, jagte ihm Vanuzzi hinterher. Draußen war es noch hell genug, dass er sehen konnte, wie Sélestat auf einen dunklen Citroën DS zurannte. Der Fahrer war ausgestiegen und nahm Vanuzzi ins Visier. Der hechtete hinter einen Mauervorsprung zurück, die Kugel des Franzosen ging meterweit daneben. Vanuzzi schoss umgehend, traf zweimal das Dach des Wagens, verfehlte aber den Fahrer. Sélestat war in das Auto gesprungen, dessen Motor im nächsten Augenblick ansprang. Sekunden später sah Vanuzzi nur noch eine Staubwolke, die sich entlang der Zufahrtsstraße ausbreitete.

Er kehrte ins Gebäude zurück. Ödön und Ben Kemali hatten sich über die Leiche von Faucon gebeugt. Sie selbst waren unverletzt. Vanuzzi hatte einen Streifschuss abbekommen und blutete leicht. Er hatte Jod im Auto, das würde es tun.

»Der dritte Mann, Ödön?«

Der junge Mann zuckte mit den Schultern. »Ich hab nichts mitbekommen, erst als er geschossen hat.«

Vanuzzi ging auf die rechte Hausseite zu. Er sah, dass es hier einen Mauerdurchbruch gab, der neu war und der es einem schlanken Mann erlaubte, ungesehen ins Gebäude und auf die Empore zu gelangen. »Schlampige Arbeit, Dan!«, fluchte er halblaut. Er konnte von Glück reden, dass der Kerl auf der Empore nicht über Ödön gestolpert war und kurzen Prozess gemacht hatte.

Vanuzzi sammelte die Patronenhülsen ein, die er auf die Schnelle finden konnte, und löschte das Feuer. Jetzt sah es so aus, als ob in der Halle ein paar Obdachlose Platte gemacht hätten. Dann kehrte Vanuzzi zu den anderen zurück und signalisierte, dass sie ihm helfen sollten, Faucons Leiche verschwinden zu lassen.

»Was …? Das ist ein Klotz von Mann!«, sagte Ben Kemali und erhob die Arme, die noch immer in Handschellen steckten.

»Kofferraum, dann in den Rhein-Herne-Kanal!«

»Dan …?«

»Wir können ihn nicht liegen lassen, bei einer Leiche schaltet sich die Kripo ein. Hier gibt's jede Menge Spuren, die zu uns führen könnten. Außerdem hat man mich mit ihm gesehen, mehr als einmal.«

Beim Anheben des Körpers machte sich der Streifschuss bemerkbar – ein dumpfer Schmerz fuhr Vanuzzi in den rechten Ellbogen. Er biss die Zähne zusammen. Selbst zu dritt hatten sie Mühe, Faucon aus dem Haus und ins Auto zu tragen. Dort stellte sich heraus, dass er nicht in den Kofferraum passte. Sie fixierten ihn auf dem Rücksitz und zogen ihm einen Hut tief in die Stirn. Von Weitem sah es aus, als ob ein Besoffener seinen Rausch ausschliefe.

32

Vanuzzi hatte beschlossen, dass sie sich trennen sollten. Da Sélestat wusste, wo er und Ödön wohnten, konnten sie nicht zurück zur Wohnung. Ödön sollte zum Kabäusken vorgehen und dort zusammenpacken, was auch immer sie brauchen würden, um einige Tage unterzutauchen. Querfeldein wäre die Strecke ein strammer Fußmarsch von zwanzig Minuten. Vanuzzi wollte mit Ben Kemali die Leiche loswerden und nachkommen. Sollte es, aus welchen Gründen auch immer, Probleme geben mit dem Kabäusken, würden sie sich im Hinterhof des Boxclubs treffen.

Ödön machte sich auf den Weg und war binnen Sekunden von der Nacht verschluckt. Vanuzzi fuhr los. Die Zufahrtstraße zum Zechengelände war eine einzige Holperpiste. Faucons Leiche kippte nach vorn, dann zur Seite und blieb liegen, über den ganzen Rücksitz hingestreckt. Als Vanuzzi auf die Hauptstraße einbog, sah er, wie ein parkendes Auto aufblendete und hinter ihnen herfuhr. Dann wurde das Blaulicht angeschaltet. Vanuzzi schlug wütend gegen das Lenkrad.

»Vielleicht sind sie gar nicht hinter uns her«, sagte Ben Kemali, der sich alle drei Sekunden umdrehte.

»Kriegen wir schnell raus.«

Vanuzzi lenkte den Wagen abrupt in die nächste Straße, die in ein Wohngebiet führte. Im Innenspiegel sah er, wie ihm der Streifenwagen folgte. So viel dazu. Er gab Gas, brachte siebzig Meter zwischen sich und den tannengrünen VW Käfer der Polizei. Er kannte sich hier nicht aus, hoffte darauf, früher oder später wieder auf eine Hauptstraße zu stoßen, wenn er geradeaus weiterfuhr. Der Streifenwagen holte wieder auf. Dann erreichte Vanuzzi tatsächlich eine größere Straße und fuhr in die Richtung, in der er die nächste Autobahn vermutete. Ihm fiel ein, dass die Zuständigkeit der deutschen Polizei schon an der Stadtgrenze endete, aber es war fraglich, ob sich die Jungs hinter ihm daran hielten. Er beschleunigte wieder, zog an zwei, drei gemächlich vor ihm fahrenden Autos vorbei. Da jetzt Gegenverkehr einsetzte, klebte die Polizei hinter einem der von Vanuzzi überholten Wagen, aber er selbst hatte ebenfalls einen vor sich, der kaum von der Stelle zu kommen schien.

Mittlerweile hatten sie die Stadtgrenze hinter sich gelassen. Vanuzzi sah im Spiegel, wie der Streifenwagen zum Überholen ansetzte. Er zog ebenfalls heraus und drückte das Gaspedal durch, als zwei Lichter auf ihn zuschossen. Ben Kemali stieß einen Schrei aus. Vanuzzi bremste hart und scherte im letzten Moment wieder ein, bevor sich die beiden Autos ineinandertrieben. Dann lenkte er sofort wieder auf die Gegenfahrbahn und überholte den vor ihm fahrenden Wagen. Der Algerier auf dem Beifahrersitz war kreidebleich und murmelte arabische Worte vor sich hin, vielleicht ein Gebet, vielleicht eine Verwünschung. Vanuzzi sah in den Spiegel: Der Streifenwagen kam nicht näher als hundertfünfzig Meter heran. Er sah auf das Tachometer: Natürlich, viel mehr gab der Käfer-Motor nicht her – die Streckenverhältnisse auf der Straße allerdings auch nicht. Doch irgendwo hier musste eine Zufahrt auf die Autobahn kommen …

Minuten später fuhr Vanuzzi auf die A2 und drückte das Gaspedal durch. Der Streifenwagen im Innenspiegel wurde klein und immer kleiner, schließlich geriet er außer Sicht. Vanuzzi schaltete das Licht auf der fast leeren Autobahn aus und fuhr an der nächsten Ausfahrt ab. Er gelangte auf eine Bundesstraße, die durch ein Waldstück führte, ließ den Wagen in einen Forstweg rollen und stellte den Motor ab. Sie spähten und lauschten in die Nacht. Plötzlich begann Ben Kemali zu lachen. Erst leise, dann immer lauter. Vanuzzi ahnte, dass es nichts als eine nervöse Reaktion war, aber sie war so ansteckend, dass er selbst einfiel und sie minutenlang weiterlachten.

Als sie sich wieder beruhigt hatten und von der Polizei nichts zu sehen war, zerrten sie Faucons Leiche vom Rücksitz. Erst jetzt hatte Vanuzzi Zeit, die Taschen des Franzosen gründlich zu untersuchen.

Dessen Pistole hatte er bereits in der Halle eingesteckt, nun fand er einen Schlagring, einige Francs-Scheine und ein Flugticket, das nur wenige Tage alt und auf die Strecke Köln/Bonn–Madrid ausgestellt war. Er nahm alles an sich, was mittelbaren Aufschluss über die Identität des Toten geben konnte, dann deckten sie die Leiche mit Ästen und Laub zu. Der nächste Spaziergänger mit neugierigem Hund würde sie entdecken, selbst wenn Füchse oder Wildschweine sie nicht schon vorher ausgruben. Doch da der Boden steinhart war und Vanuzzi kein Werkzeug im Wagen hatte, musste dies reichen.

Sie fuhren nach Essen zurück, waren spät dran. Die ganze Aktion hatte sie mehr als eine Stunde gekostet. Als sie am Kabäusken ankamen, hatte Vanuzzi ein ungutes Gefühl. Er schaltete das Licht aus und ließ das Auto weiterrollen. Die Tür zum Verschlag, über den der einzige Weg in den Keller führte, stand halb offen. Er hatte Ödön eingeschärft, darauf zu achten, sie aus Sicherheitsgründen stets hinter sich zu verschließen. Zwar war Ödön hin und wieder zerstreut, aber das hier …

Vanuzzi brachte den Wagen hinter die Fabrikhalle. Er öffnete die Handschellen des Algeriers auf einer Seite und kettete ihn an der Wagentür fest.

»Sorry, muss nachsehen, was da los ist.«

Dann entsicherte Vanuzzi seine Pistole und ging einige Schritte auf die Eingangstür zu. Er hörte Stimmen aus dem Inneren der Halle, duckte sich zurück in den Schatten einer Mauer und lugte um die Ecke. Ein Mann trat durch die Tür, Pistole in der einen, Funkgerät in der anderen Hand. Er sprach Französisch und sah sich draußen nach rechts und links um. Der Größe nach war es nicht Sélestat. Die Stimmen verstummten, dann krächzte es wieder aus dem Funkgerät und der Mann kehrte in die Halle zurück.

Vanuzzi überlegte. Den Überraschungseffekt nutzen …? Zu riskant! Er wusste nicht, wo Sélestat war. Oder ob es noch mehr dieser OAS-Leute gab. Die Frage war auch, wie sie überhaupt von seinem Kabäusken wissen konnten.

Vanuzzi sah auf seine Uhr. Halb zwölf. Wahrscheinlich hatte Ödön mitbekommen, dass etwas faul war, und war wie vereinbart weitergezogen. Vanuzzi schlich zurück zum Wagen und fuhr mit Ben Kemali zum Boxclub. Doch als sie dort ankamen, war von Ödön ebenfalls keine Spur.

Sie warteten zwanzig Minuten. Nichts geschah. Dann war es nicht mehr zu ändern: Sie mussten zum Kabäusken zurück, nach dem Rechten sehen. Auf der Fahrt sprach Vanuzzi beschwichtigend auf Ben Kemali ein. Er könne ihn nicht gehen lassen, bevor er nicht wisse, was mit Ödön geschehen war. Der Algerier schien zu verstehen. Dennoch hatte ihn Vanuzzi zu dessen eigener Sicherheit in den Kofferraum verfrachtet und ihm geraten, stillzuhalten, bis klar war, ob sich die Franzosen noch am Kabäusken herumtrieben.

Dort angelangt zog Vanuzzi seine Waffe. Die Eingangstür zur Halle stand nicht mehr offen, das Kettenschloss war vorgelegt. Er öffnete es und trat ein. Der erdige Geruch war stärker als sonst, aber vielleicht waren seine Sinne auch nur bis zum Zerreißen gespannt. Vanuzzi sicherte vorsichtig Halle und Kellergänge. Als er die Tür zu seinem Kabäusken aufriss, war das Licht aus und der Raum verlassen.

Dann entdeckte er den Umschlag. Er lag, von einem Stein beschwert, auf dem Boden. Vanuzzi öffnete das Kuvert. Ein Zettel. Er las ihn. Erstarrte. Zerknüllte ihn. Steckte ihn in die Jackentasche.

Geistesabwesend kehrte er zum Wagen zurück und startete ihn. Er hörte, wie Ben Kemali gegen den Kofferraumdeckel hämmerte und schaltete die Zündung wieder ab. Vanuzzi fühlte sich noch immer wie ferngesteuert, als er die Klappe öffnete und Ben Kemali aufhalf.

»Was ist?«, fragte der Algerier.

Vanuzzi starrte ihn an, ohne ihn wahrzunehmen.

»Sollten wir uns jetzt nicht besser trennen, Danvanuzzi?«

Ben Kemali gehen lassen … Vanuzzi wurde gewahr, dass sich seine Gedanken zu ordnen begannen. »Natürlich«, antwortete er. »Du hast recht. Komm, lass uns zum Abschied einmal die Hände schütteln.«

Er hielt dem Algerier die Rechte hin, der sichtlich irritiert daraufstarrte, sie aber nach kurzem Zögern ergriff. Im selben Moment zog ihn Vanuzzi zu sich heran und trat ihm mit dem Knie in den Unterleib. Er ließ Ben Kemalis Hand fahren und streckte ihn mit einem ansatzlosen Aufwärtshaken gegen den Kopf nieder.

Glaskinn!, dachte Vanuzzi. Eigentlich hatte er gar nicht so hart zugeschlagen. Jetzt musste er die Konsequenzen tragen und einen Bewusstlosen in den Kofferraum hieven. Es war beschwerlich, doch gelang es schließlich.

Als er die Klappe zuschlug, sagte Vanuzzi: »Tut mir leid, mein Freund, aber jetzt brauch ich dich wieder.«

33

Wenn Vanuzzi jetzt losfuhr, hatte er ausreichend Zeit. Irgendetwas würde ihm auf dem Weg schon einfallen.

Er hatte hastig drei Zigaretten geraucht. Als er der Autobahn zujagte und den vierten Gang ins Getriebe hämmerte, wurde sein Blick starr. Er hielt abrupt an, tastete seinen Hosenbund ab. Seine Pistole – er hatte sie im Kabäusken vergessen! Mah, wo ist dein Hirn, wenn du es brauchst, Dan …?! In der Innentasche seiner Fliegerjacke spürte er die Pistole, die er Faucon abgenommen hatte und ließ das Magazin herausspringen. Nur noch eine Kugel …! Der Franzose hatte wie ein Bekloppter herumgeballert. Vanuzzi musste umdrehen und seine eigene Pistole holen.

Zum dritten Mal in dieser Nacht an der alten Fabrikhalle angekommen, schien wieder etwas nicht zu stimmen. Zwar hing das Kettenschloss noch, aber seine Position hatte sich verändert. Bei näherer Untersuchung sah Vanuzzi Kratzer, die vor einer halben Stunde nicht dagewesen waren. Metall auf Metall. Er leuchtete die Außenfront des vorversetzten Verschlags ab. Dann sah er einen Fußabdruck, der ebenfalls neu war. Es gab ein Fenster, das im Gegensatz zu allen anderen nicht verrammelt war und direkt über dem Eingang auf Höhe des zweiten Stocks lag. Ein geübter Turner oder Kletterer würde die Fassade erklimmen und einsteigen können …

Vanuzzi entsicherte die Pistole im Wissen, dass er nur noch einen Schuss hatte. Er musste versuchen, so rasch wie möglich an seine eigene Waffe zu kommen. Wenn der Eindringling im Kellerbereich wäre, würde er nicht hören, wie Vanuzzi das Kettenschloss öffnete. Dann hätte Vanuzzi den Überraschungseffekt auf seiner Seite.

Er steckte den Schlüssel ins Schloss, öffnete den Bügel und ließ die Kettenglieder so leise wie möglich durch die Wandöse gleiten. Er riss die Tür auf und ging einige Schritte hinein, als er plötzlich ein lautes

Klacken hörte und das grelle Licht eines Scheinwerfers die Szenerie ausleuchtete. Vanuzzi hatte seine Waffe auf sein Gegenüber angelegt, das ebenfalls mit auf ihn gerichteter Pistole dastand. Beide verharrten in dieser Position und starrten einander an, als warteten sie darauf, dass der andere zuerst blinzeln und die Situation auflösen würde.

Es schien unendlich lange Zeit vergangen zu sein, als Vanuzzi schließlich sagte: »Ich wusste es. Irgendwie wusste ich es die ganze Zeit. Wer bist du wirklich?«

»Wo ist Ben Kemali?«

»Haben *die* dich auf mich angesetzt?«

»Die …?«

»Porca Madonna!, natürlich haben sie das. Schließlich bist du nach der Sache mit Djefel wie aus dem Nichts aufgetaucht.«

»Stimmt, Zufall ist das nicht.« Fabiennes Stimme klang heiser und belegt, als ob sie stundenlang geschrien hätte.

»Haben sie dich geschickt, um zu prüfen, ob ich meine Arbeit ordentlich mache?«

»Wer denn, zum Teufel?«

»Die OAS.«

»OAS…? Du denkst, ich wäre so eine?«

»So eine – was?«

»Eine Nazibraut. Nein, mit der OAS habe ich nichts zu schaffen. An Djefel war ich selbst dran. Ich habe dich gesehen. Ich habe deine Pistole gesehen. Ich habe Djefel vom Dach springen sehen. Und gehört, wie du dich als Arzt ausgegeben hast.«

»Danach … in Djefels Wohnung … das warst *du*. Und im Duisburger Hafen … warst das auch du?«

»Ich hab dich ans Ufer gezogen. Mehr ging nicht, du bist zu schwer!«

»Ergebensten Dank, Fabienne. Wenn das überhaupt dein Name ist.«

»Es ist mein Name.«

»Im Hafen konntest du nicht warten, weil ich dich sonst gefragt hätte, was du eigentlich hier machst. Was hast du denn gemacht, hm?«

»Ich musste dir hin und wieder auf die Finger sehen.«

»Musstest du, so so. Für wen arbeitest du, Fabienne?«

»Für Corentin und Martin.«

»Für welchen Dienst arbeiten die?«

Fabienne lachte bitter. »Dienst? Ja, sie haben ihren Dienst geleistet. Bei der französischen Armee. Sie waren Paras – Fallschirmjäger. Achtzehn und neunzehn Jahre, als sie eingezogen wurden.«

»Und?«

»Sie waren meine Brüder. Meine kleinen Brüder. Sie waren in einer einsamen Bergregion … die ALN hat sie massakriert. Sie haben nur die Köpfe und ihre Geschlechtsteile an die Armee zurückgeschickt.«

Vanuzzi hörte Fabienne schwer ausatmen. Er schwieg.

»Ich habe nicht gut genug auf sie aufgepasst.«

»Wenn Ben Kemali denen in die Hände fällt, hat er keine Chance mehr.«

»Meine Brüder hatten auch keine Chance. Also, wo ist er?«

»Sie haben Ödön.«

»Was …? Wer?«

»Die OAS. Sie wollen ihn gegen Ben Kemali austauschen.«

»Dan, wenn das ein Trick ist …«

Vanuzzi griff langsam in seine Jackentasche und zog den zerknüllten Zettel hervor, den er im Kabäusken gefunden hatte. Er warf ihn Fabienne vor die Füße. Sie hob die Papierkugel auf und begann zu lesen, mit sekündlichem Kontrollblick, ob Vanuzzi sich bewegte.

Wir haben deinen kleinen Freund. Wenn du ihn lebend wiedersehen willst, komm mit BK um 4.30 Uhr in die Schreinerei Przybilski.

Fabienne zuckte mit den Schultern. »Dann ist die Sache doch ganz einfach: Gib ihnen Ben Kemali, dann bekommst du Ödön.«

»Das glaubst du doch selbst nicht! Die können Ödön und mich nicht gehen lassen.«

»Warum nicht?«

»Weil wir wissen, wer sie wirklich sind. Wahrscheinlich hatten sie von Anfang an vor, uns loszuwerden.«

»Wer garantiert dir, dass sie Ödön nicht schon längst getötet haben?«

»Das tun sie nicht. Die ticken wie ich. Ich töte keine Geisel. Ich weiß, dass man mir *meinen* Mann nicht gibt, wenn die anderen nicht vorher sehen, dass *ihrer* noch lebt. Blut fließt immer erst nach der Übergabe.«

Fabienne zuckte mit den Schultern. »Für Ödön tut es mir leid. Ich mag ihn. Er erinnert mich an Corentin … aber Ben Kemali *muss* sterben, so oder so …!«

Im nächsten Augenblick ertönte ein Geräusch in Vanuzzis Rücken.

34

Er war mit dem Transporter an Vanuzzis Haus vorbeigefahren und hatte einen Parkplatz gesucht, als sein Blick auf den DS fiel. Er ließ den Wagen weiterrollen, drehte am Ende der Straße um und hielt in kurzem Abstand gegenüber dem Citroën. Kein Zweifel, es war dasselbe Auto, mit dem man Kaiser zum Flughafen gebracht hatte. Außer dem Fahrer konnte er zunächst nicht erkennen, ob sich noch weitere Personen im Wagen befanden. Dann leuchtete ein Streichholz auf dem Beifahrersitz auf, das eine Zigarette entzündete.

Die Franzosen waren auf alle Fälle zu zweit. Rosenberg sah zu Vanuzzis Wohnung hinauf. Kein Licht. Sie warteten hier auf ihn. Doch wenn er Ödön richtig verstanden hatte, musste Ben Kemali in Frankreich übergeben werden. Was machten diese Kerle also in Essen …?

Eigentlich hatte Rosenberg nur noch seine Sachen aus der Wohnung holen wollen, aber nun kam ihm die ganze Geschichte seltsam vor. Es gab zwei Möglichkeiten: Entweder blieb er hier und beschattete die Franzosen, die seine letzte Spur zu Kaiser und Florstedt waren, oder er versuchte, Vanuzzi und Ödön aufzuspüren, um zu erfahren, was hier los war.

Rosenberg startete den Wagen und fuhr durch die Nacht. Außer ihm war kaum jemand unterwegs. Er war sich nicht sicher, ob er wirklich den Weg zu Vanuzzis Kellerversteck finden würde. Doch er hatte sich bislang immer auf seinen ausgeprägten Orientierungssinn verlassen können, und so kam er nach wenigen Minuten an der aufgelassenen Fabrikhalle an, die Ödön das »Kabäusken« nannte. Schon von Weitem sah er, dass durch die Eingangstür Licht nach draußen fiel. Bei seinem Besuch vor zwei Tagen hatte das Gebäude nicht so gewirkt, als ob es in der Halle überhaupt eine funktionierende Beleuchtung gäbe.

Rosenberg hielt in einiger Distanz an. Auch wenn er nicht mehr wusste, ob auf sein Hirn noch Verlass war, konnte er sich doch seit seiner Zeit als Illegaler auf das merkwürdige Ziehen im Magen verlassen, das Gefahr signalisierte. Er zog seine Taschenpistole und schlich einmal um das Gebäude herum. Vanuzzis Wagen stand dort, wo auch Ödön vor zwei Tagen geparkt hatte. Dann hörte er zwei Stimmen, eine weibliche und eine männliche, und erkannte sie umgehend. Er bewegte sich leise auf die Eingangstür zu und belauschte das Gespräch.

»Ben Kemali *muss* sterben, so oder so …!«

Rosenberg trat ein und richtete seine Pistole auf die Frau.

»Waffe weg, Fabienne!«

Sie fuhr herum, sah irritiert vom einen zum anderen und ging einige Schritte zur Seite, um mit der Pistole bald auf Vanuzzi, bald auf Rosenberg zu zielen.

»Denken Sie nach! Sie können einen von uns erschießen, aber dann sterben Sie durch die Kugel des anderen.«

»Ich will niemanden erschießen, ich will nur Ben Kemali.«

»Den bekommst du nicht!«

Vanuzzis knurrige Stimme drohte, den Rapport zunichte zu machen, den Rosenberg mit der jungen Frau aufzubauen versuchte.

»Lassen Sie uns reden, Fabienne. Aber erst legen Sie die Waffe weg!«

Sie überlegte. Dann senkte sie, unendlich langsam, ihre Pistole und ließ sie auf den Boden fallen.

Vanuzzi trat näher, kickte die Waffe beiseite und hebelte Fabiennes rechten Arm auf ihren Rücken.

»Was soll das, Dan? Was wollen Sie mit ihr machen – sie einsperren wie Ben Kemali?«

»Warum nicht?!«

»Die Franzosen stehen vor Ihrem Haus, mindestens zwei Mann. Wenn sie Ödön haben, können wir jede Hilfe gebrauchen.«

Es war wie immer schwer, in Vanuzzis Gesicht zu lesen. Aber es war doch offensichtlich, dass seine Wut ein Zeichen von Enttäuschung war. Verrat – oder das Gefühl, von jemandem verraten worden zu sein, dem man nahezustehen glaubte – war etwas, an dem auch gute Agenten zerbrechen konnten, wusste Rosenberg aus Erfahrung.

Es gelang ihm, Vanuzzi zu überreden, Fabienne in einen Plan zur Befreiung Ödöns einzubinden – aber dafür mussten sie die junge Frau erst einmal davon überzeugen, dass Ben Kemali nicht der war, für den sie ihn hielt. Und dafür musste sie ihnen erst einmal erzählen, wer *sie* wirklich war.

Fabienne stammte nicht aus Luxemburg, sondern aus der französischen Grenzregion zum Großherzogtum. Ihr Vater war deutschsprachiger Luxemburger, die Mutter Französin. Sie war zweisprachig aufgewachsen mit ihren beiden jüngeren Brüdern, die sich, sobald sie volljährig geworden waren, zu den Fallschirmjägern gemeldet hatten. Ihr Einsatzort lag in der Gebirgsregion des Ouarsenis – eines der Fotos in ihrem Hotelzimmer zeigte die Berge, in denen sie patrouilliert hatten. Während einer Verfolgung, bei der die Algerier ihre Ortskenntnis ausspielen konnten, waren sie im Januar 1961 mit ihrer Truppe in einen Hinterhalt der ALN geraten. Als Rache für die vorangegangene Zerstörung zweier Dörfer, die den FLN unterstützt hatten, hatte man die französischen Gefangenen auf bestialische Weise umgebracht. Und anschließend Leichenteile und Habseligkeiten der Getöteten vor die Armeeverwaltung in Algier gekippt.

Zusammen mit ihren Eltern hatte Fabienne versucht, das Geschehene irgendwie zu verstehen. Sie hatten zugestimmt, dass die Armee das, was von den Brüdern übrig geblieben war, in einem ebenso pompösen wie hohlen Staatsbegräbnis zu Grabe tragen durfte. Sie hatten die Reden ertragen, in denen viel Aufhebens gemacht wurde von der Größe der französischen Nation und der Vergeltung an den verantwortlichen Algeriern, doch bei der namentlichen Verlesung der

Gefallenen stimmte nicht einmal der Nachname von Corentin und Martin. Ihre Eltern standen die Zeremonie durch, doch ihr Vater erhängte sich ein Vierteljahr später, und ihre Mutter starb kurz darauf an einer Herzattacke. Natürlich war ihnen bewusst, was es bedeutete, in diesen Tagen die Eltern französischer Soldaten zu sein – doch woran sie wirklich zerbrachen, war die Bestialität, mit der man ihre Kinder gemordet und zerstückelt hatte.

Die Verantwortlichen für das Massaker waren schnell ausgemacht – und ironischerweise waren sich hierin einmal die FLN-Propaganda und die französische Presse einig. Die einen wollten abtrünnige Parteikader belasten, weil sie aufgrund der Brutalität des ALN-Massakers den Gegenwind des algerischen Volkes spürten, den anderen war es so ziemlich egal, solange es sich nur um arabisch klingende Namen handelte. Der Name Youssef Ben Kemali war mit einem Mal in aller Munde.

Fabienne ging zum SDECE. Sie diente sich an, um auf die Jagd nach Ben Kemali zu gehen, den die französische Presse im europäischen Ausland vermutete. Sie war davon überzeugt, der Aufgabe gewachsen zu sein. Sie war eine Clandestine in der Résistance gewesen, hatte im Kampf gegen die deutschen Besatzer manches gelernt, auch wenn sie damals noch blutjung gewesen war. Sie konnte mit Waffen umgehen, wusste, wie sie Personen observierte, ohne selbst entdeckt zu werden. Doch im SDECE hatte man sie nur ausgelacht. Ein in die Jahre gekommener Weiberheld, der noch immer von seiner Unwiderstehlichkeit überzeugt war, wimmelte sie ab, weil sie eine Frau war. Die Crémerie sei schließlich keine Weiberwirtschaft! Aber er wisse schon, was sie ansonsten für ihn tun könne, und er habe auch nichts dagegen, dies im Büro zu tun. Sie sah seinen Ehering, wusste, dass er gern die Kosten für ein Hotelzimmer sparen wollte, und so schlug sie ein Stelldichein für den Abend vor, wenn kaum mehr Leute im Haus waren. Sie kam mit einer Flasche Rotwein, die sie vorher mit den Beruhigungsmitteln ihrer Mutter versetzt hatte. Binnen Minuten war der

Kerl eingeschlafen, und Fabienne begann, sich mithilfe seiner Schlüssel in der Registratur Informationen über Ben Kemalis Aufenthaltsort zu verschaffen. Man vermutete ihn in der BRD, aufgrund der Nähe zu örtlichen Unterstützernetzwerken deutscher Kofferträger irgendwo im Raum zwischen Bonn und Dortmund. Sie achtete darauf, nichts mitzunehmen und auch ansonsten keine Spuren zu hinterlassen, der Weiberheld sollte sie lediglich als Traumbild in Erinnerung behalten.

Dann machte sie einen Teil ihres Erbes zu Geld und fuhr nach Deutschland. Nach Wochen ergebnisloser Recherchen fand sie Djefel endlich durch das Bild in derselben Kölner Tageszeitung, die Vanuzzi von van Doren zugespielt worden war. Sie observierte ihn, ohne auf Ben Kemali zu stoßen, als plötzlich Vanuzzi auftauchte und Djefel vom Dach sprang.

Fabienne konnte sich zunächst keinen Reim auf Vanuzzi machen. War die Crémerie nun doch an den Algeriern dran? Doch spätestens, als sie den amerikanischen Akzent in seiner Stimme hörte und sah, wie er die Leiche Djefels fledderte und einen Schlüssel einsteckte, war sie davon nicht mehr überzeugt. Sie folgte Vanuzzi bis zum Haus, in dem Djefel wohnte, wartete, besann sich, und trat dann mit über Mund und Nase gezogenem Schal und gezückter Pistole ein. Falls Vanuzzi etwas Entscheidendes entdeckt hatte, wollte sie es dingfest machen – doch im nächsten Augenblick wurde sie von einem Elefanten überrollt … bei der Kollision mit Vanuzzi in Djefels Wohnung war dem Boxer die Ankündigung für einen seiner Kämpfe herausgerutscht. Sie fand heraus, wo sich Vanuzzis Club befand. Der Umstand, dass ihr Vater als Amateur geboxt und sie ab und an zu Kämpfen mitgenommen hatte, kam ihrem Plan durchaus entgegen. Und Vanuzzi stürzte sich auf sie wie ein Sperber auf seine Beute …

Als er dann begann, sich rar zu machen, war ihr klar, dass etwas passiert sein musste. Sie hatte Vanuzzis Sachen mehr als einmal durchwühlt, als er bei ihr im Hotelzimmer übernachtet hatte, dabei aber nie etwas gefunden. Auch ansonsten hatte er, so verliebt er auch gewesen zu sein schien, Stillschweigen bewahrt über alles, was seinen Auftrag betraf, und so war sie Ödön eines Nachmittags zum Kabäusken gefolgt, was nicht besonders schwer war, und hatte gesehen, wie er Essen und Getränke transportierte. Weil Ödön in seiner Eifersucht auf sie zudem sehr beredt war, konnte sie sich rasch zusammenreimen, dass Vanuzzi Ben Kemali an das SDECE übergeben sollte.

Es war genau das, was sie wünschte.

»Aber wenn Sie Rache wollten und wussten, wo Ben Kemali war: Warum haben Sie dann nicht selbst zugeschlagen?«, fragte Rosenberg.

»Ich habe nächtelang wach gelegen und darüber nachgedacht. Ich wollte es tun. Ich saß sogar schon im Auto … hier einzubrechen schien mir kein großes Hindernis, ich habe es heute Nacht auch geschafft. Aber dann … ich ahnte, dass es *eine* Sache ist, von dieser Rache immer und immer wieder zu träumen, und eine andere, einem Menschen ins Gesicht zu sehen und ihn kaltblütig zu erschießen … ich habe meiner eigenen Courage nicht getraut … mir ausgemalt, dass es Ben Kemali gelingen könnte, zu entfliehen, wenn ich es nicht fertigbringen würde, auf ihn zu schießen … aber jetzt …«

Fabienne zündete eine Zigarette an, Rosenberg sah, wie ihre Hände zitterten.

»Ich habe Ödön belauscht. Ich weiß, dass auch Dan von Ben Kemali manipuliert wurde und er deshalb seinen Auftrag nicht mehr ausführen möchte. Das kann ich nicht zulassen.«

»Ben Kemali hat mit dem Massaker, bei dem deine Brüder getötet wurden, nichts zu tun …!«

Aus seiner Jackentasche zog Vanuzzi den Pass, den der Algerier benutzt hatte, um aus Tunesien auszureisen. Er hatte ihn Ben Kemali abgenommen, nachdem er ihn gefasst hatte, um zu prüfen, ob er sich für den Grenzübertritt bei der Übergabe eignen würde.

Fabienne warf einen Blick auf die Stempel der Visa, die Ben Kemalis Ausreise aus Tunesien und Einreise nach Italien im Dezember 1960 belegten. »Zoli. Das ist nicht sein Name.«

»Natürlich nicht, er reist unter falschem Namen. Aber es ist sein Gesicht, oder etwa nicht?!«

»Wenn man Pässe fälschen kann, kann man auch Einreisestempel fälschen.«

»Kann man, Fabienne«, antwortete Rosenberg ruhig. »Aber wozu sollte er das tun? Ben Kemali hat damals noch nicht gewusst, dass ihm dieser Ausreisestempel ein Alibi geben würde.«

»Er hat für die Propagandaabteilung gearbeitet, er war nie bei der kämpfenden Truppe«, sagte Vanuzzi. »Der FLN hat ihm das Massaker in die Schuhe geschoben, und die französische Presse hat diese Lesart ungeprüft übernommen, um sich auf den vermeintlichen Kriegsverbrecher stürzen zu können.«

Verführbarkeit auf allen Seiten, dachte Rosenberg. Auch Fabienne hatte die Presseberichte in ihrem Land nicht hinterfragt, obwohl diese offensichtlich aus der algerischen Propagandamaschinerie stammten. Doch nun, als sie verstand, dass die vermeintlichen SDECE-Leute in Wahrheit Faschisten waren, Faschisten vom selben Schlag wie die, die sie als Clandestine im besetzten Frankreich bekämpft hatte, würde ihr hoffentlich bewusst, dass sie drauf und dran gewesen war, sich in den Dienst der falschen Leute und der falschen Sache zu stellen.

»Ich muss Ödön da rausholen. Er wollte nie mitmachen, ich bin schuld daran, dass er in die Sache hineingeraten ist. Ich muss wissen, ob ich auf euch zählen kann. – Auf euch *beide*«, sagte Vanuzzi.

»Natürlich«, sagte Rosenberg. Auch wenn er sich eingestehen musste, dass er eine eigene Agenda verfolgte, weil er hoffte, die Franzosen über Kaiser auszufragen.

Fabienne zögerte. Erst langsam löste sich die Erstarrung, welche die junge Frau befallen hatte. Sie nickte unmerklich.

»Gut«, sagte Vanuzzi, sichtlich erleichtert. »Damit sind wir zu dritt. Jetzt brauchen wir einen Plan, und das schnell. Irgendeine Strategie des Instituts, die Sie aus dem Hut zaubern könnten, Ephraim …?«

Es war gleich halb zwei, in drei Stunden sollte die Übergabe stattfinden.

Rosenberg überlegte. Die Franzosen gingen von einem dreifachen Vorteil gegenüber Vanuzzi aus, glaubten sich personell, örtlich und zeitlich überlegen. Mit Fabienne war es ihm und Vanuzzi nun möglich, diese personelle Überlegenheit auszugleichen. Zugleich hatten sie die Chance, von drei Seiten zuzuschlagen, sie mussten nur darauf achten, dabei nicht in einen Hinterhalt zu rennen. Doch gegen den zeitlichen Vorteil von Sélestat und seinen Leuten war nichts auszurichten, weil die Franzosen bestimmt schon an Ort und Stelle waren. Sich so in den Flanken zu platzieren, dass er und Fabienne unbemerkt bleiben konnten, war nahezu unmöglich.

»Kennen Sie den Übergabeort, Dan?«

»Nein.«

»Aber *ich* kenne ihn«, sagte Fabienne und blickte Rosenberg mit großen Augen an. »Er ist nicht weit von meinem Hotel. Mir war ein Stuhlbein in meinem Zimmer gebrochen, und ich habe einen Tischler gebraucht, um es reparieren zu lassen … die Werkstatt steht leer, es gibt keine Tür mehr. Ich bin rein und habe mich umgesehen …«

»Warum?«, fragte Vanuzzi überrascht.

»Weil mich solche Orte magisch anziehen. Ich liebe es, sie zu fotografieren.«

»Aber Sie haben nicht zufällig –«

»Zufällig doch.«

Rosenberg lächelte.

»Sehr gut. Holen wir Ödön zurück! – Sie mögen doch Shakespeare, Dan. Was halten Sie eigentlich von *Hamlet* …?«

35

Sie fuhren in zwei Wagen: Rosenberg mit Fabienne voraus, Vanuzzi kam mit dem aus dem Kofferraum befreiten, doch nun wieder mit Handschellen gefesselten Ben Kemali nach. Sollten sie nach dem Austausch verfolgt werden, war es besser, sich zu trennen oder die OAS-Männer mit zwei Fahrzeugen in die Zange zu nehmen. Sélestat kannte Vanuzzis Auto, nicht aber den Kleinlaster von Rosenberg, den dieser, ohne weiter aufzufallen, nahe der ehemaligen Schreinerei parken konnte. Sie hatten anhand der Fotos, die Fabienne gemacht hatte, eine gute Vorstellung der Räumlichkeiten, die sie erwarten würden.

Als Rosenberg und Fabienne sich dem Gebäude näherten, war weit und breit kein anderes Auto zu sehen. Die Stille der vorgerückten Nachtstunde wurde nur durch Windstöße durchbrochen, die eiskalt waren und Rosenberg erschauern ließen.

Sie hatten damit gerechnet, sich anschleichen zu müssen, um der Aufmerksamkeit von Sélestats Wachen zu entgehen, doch sie konnten ungestört das Gebäude umkreisen. Selbst wenn man bedachte, dass sie anderthalb Stunden vor der ausgemachten Zeit da waren, schien dies Rosenberg ausgesprochen seltsam. Bauten die OAS-Leute ausschließlich auf ihre personelle Überlegenheit …?

Er schärfte Fabienne flüsternd ein, extrem vorsichtig zu sein, wenn sie gleich hineingingen. Dann traten sie mit gezogenen Pistolen ein und durchleuchteten die ehemalige Schreinerei mit ihren Taschenlampen.

Es war ein freistehendes Gebäude. Die in einiger Distanz befindlichen benachbarten Häuser, die ebenfalls nach Handwerksbetrieben aussahen, wirkten genauso verlassen und abbruchreif.

Rosenberg sah sich um. Die Scheiben waren eingeworfen, die Fenster aber so hoch gelegen, dass sie nicht befürchten mussten, dass die OAS-Leute über sie einstiegen und ihnen in die Flanken fielen.

Kein funktionierendes Licht, mit dem man die Schreinerei ausleuchten hätte können. Es roch nach Hundekot und Holzasche. Spinde mit eingedrückten Türen, leere Kisten und Kästen, einige halb zerlegt. Offenbar hatte man mit dem Holz, aus dem sie bestanden, Lagerfeuer mitten im Raum entzündet, deren verkohlte Reste allerorten den Boden bedeckten. Außer einer alten Abrichte keine Werkzeugmaschinen.

Wie sie von Fabiennes Fotos bereits wussten, befanden sich an beiden Seiten der Schreinerei alte Materiallager, die vom eigentlichen Raum durch eine nach vorn und hinten offene Zwischenwand abgetrennt waren. Sie waren noch immer gut befüllt, weil die Holzplatten zu groß und zu schwer waren, um sie abtransportieren und Diebesbeute aus ihnen machen zu können. War man klein und schlank genug, war es möglich, sich so zwischen die Platten zu quetschen, dass man in der Dunkelheit nicht entdeckt wurde.

Vanuzzi war mit Ben Kemali im Auto geblieben. Er hatte es in einer Straße abgestellt, die in einiger Distanz am Gebäude vorbeiführte. Von hier aus konnte er die einzige Zufahrtsstraße zum Gewerbegebiet, in dem sich die Schreinerei befand, gut einsehen. Nur selten fuhr ein Wagen an ihnen vorüber, meist waren es Kleinlaster wie der von Rosenberg. Die ganze Gegend war wie ausgestorben, von den OAS-Leuten bislang keine Spur.

Sie saßen schweigend bis 3.35 Uhr. Dann startete Vanuzzi den Taunus und fuhr vor die Rückseite der Schreinerei. Er führte Ben Kemali in das Gebäude und platzierte sich und den Algerier direkt gegenüber dem Haupteingang. In ihrem Rücken gab es keinen Zugang, auch kein Fenster, von dem aus sie von hinten angegriffen werden konnten. Allerdings bedeutete das auch, dass, sobald der Austausch stattgefunden haben und es nötig werden würde, die Flucht nach vorn anzutreten, Ödön und er den einzigen Zugang nutzen mussten, und vor dem würde Sélestat mit seinen Leuten stehen.

Vanuzzi ersetzte Ben Kemalis Handschellen durch einen Strick. Er fesselte die Handgelenke aneinander, der Algerier hielt die Arme vor der Brust angewinkelt. Als Vanuzzi das Geräusch von über Kies knirschenden Reifen hörte, zog er ihn zu Boden und hielt die Pistole drohend in den Nacken des schräg vor ihm knienden Ben Kemali. Vanuzzi sah sich noch einmal mithilfe seiner Taschenlampe im Raum um: keine Spur von Rosenberg oder Fabienne.

Minuten vergingen. Dann trat ein OAS-Mann ein, der eine Pistole in der einen und eine Blendlaterne in der anderen Hand hielt, welche die Schreinerei bis hin zu Vanuzzis und Ben Kemalis Position ausleuchtete. Er registrierte die beiden, rief etwas auf Französisch, und Sélestat folgte mit dem gefesselten und geknebelten Ödön, dem er seine Pistole, für Vanuzzi gut sichtbar, gegen die Schläfe presste. Wie vorausgesehen, blieben die OAS-Leute wenige Meter nach dem Eingang stehen.

»Constantine!«, sagte Sélestat und gab dem Mann mit der Laterne einen Wink. Der setzte sich in Bewegung, sah sich oberflächlich rechts und links im Raum und in den Holzlagern um.

Vanuzzi spürte sein Herz bis in den Hals schlagen. Ein Schweißtropfen lief ihm über die Stirn in die Augen.

Dann kehrte Constantine zurück und signalisierte seinem Kommandeur, dass alles in Ordnung war.

»Wen glauben Sie zu finden, Sélestat? Monty Hanson …?«

»Bei euch Juden muss man mit allem rechnen.«

Vanuzzi atmete tief durch. Dann fragte er: »Wie haben Sie sich das hier vorgestellt?«

»Wie werde ich mir das wohl vorgestellt haben?! Ben Kemali bewegt seinen Arsch auf mich zu, während dein kleiner Freund –«

»Danach, Sélestat, wie soll das *danach* weitergehen?«

»Du bekommst schon, was du verdienst, Jude.«

Im nächsten Augenblick trat ein weiterer OAS-Mann mit gezogener Pistole und einem Koffer ein. Vanuzzi fuhr nervös herum.

Sélestat schnalzte mit der Zunge und lachte. »Sind wir ein wenig nervös? Das ist nur Laghouat mit deinem Geld.«

Der Mann stellte den Koffer einen Meter vor seinen Leuten auf den Boden und trat dann wieder ins Glied.

»Na, was hast du damit vor, Vanuzzi? Deine Schulden zurückzahlen?«

»Hören Sie auf mit den Spielchen, Sélestat. Ich weiß, dass mich Ihre Schergen nach dem Austausch töten werden. Sie müssen mir schon ein überzeugendes Argument geben, warum ich das hier durchziehen soll.«

Sélestat zog die Augenbrauen zusammen. »Red keinen Stuss, Vanuzzi. Mach fertig, oder ich mach deinen kleinen Freund fertig.«

»Ödön und ich haben nichts zu gewinnen, wir sterben ohnehin. Genau wie Ben Kemali, wenn der FLN ihn gegen eure Kommandeure ausgetauscht hat. Wir können uns das Theater sparen und gleich Schluss machen.«

»Du langweilst mich, Vanuzzi. Ich weiß, dass du das nie tun würdest.«

»Ach ja? Und wieso?«

»Du bist Jude. Juden lassen sich kein Geschäft entgehen! – Also, Vanuzzi, wird Zeit, aus deiner Deckung zu kommen!«

»Mah, Sélestat, Sie wissen doch: Die Deckung ist meine große Schwäche.« Vanuzzi spannte den Hahn seiner Waffe und rief: »O, I am slain!«

Im nächsten Moment schoss er Ben Kemali in den Nacken. Während der Schuss nachhallte, ergoss sich ein Schwall Blut aus dem Mund des Algeriers. Er kippte nach vorn weg mit dem Gesicht auf den Boden. Vanuzzi führte blitzschnell die Pistole zu seinem Mund, drückte ab und sackte blutüberströmt in sich zusammen. Ödön stieß einen Schrei aus, der durch den Knebel, auf den er biss, kaum erstickt wurde. Laghouat riss sich aus seiner Erstarrung, um zu Vanuzzi hinzurennen.

In diesem Moment eröffnete Rosenberg das Feuer auf Sélestat und Constantine. Letzterer ging, von zwei Kugeln getroffen, zu Boden. Sélestat schoss in Rosenbergs Richtung. Noch bevor er einen weiteren Schuss abfeuern konnte, hatte Fabienne ihn von der anderen Seite erreicht und hielt dem OAS-Kommandeur ihre Pistole an den Schädel. Sélestat ließ seine Waffe fallen, Fabienne packte Ödön und riss ihn mit sich nach hinten ins Dunkel.

Als er Rosenbergs ersten Schuss gehört hatte, hatte sich Laghouat zu seinem Kommandeur umgedreht. Diesen Moment nutzte der auf dem Bauch liegende Vanuzzi und feuerte dem OAS-Mann ins Bein. Laghouat ging in die Knie, drehte sich mit ausgestreckter Pistole zu Vanuzzi um, als ihn ein zweiter und dritter Schuss in die Brust traf. Laghouat kippte zuckend zur Seite weg.

Mittlerweile hatte Rosenberg den mit erhobenen Händen dastehenden Sélestat erreicht, um ihn festzusetzen, als dieser mit einer ansatzlosen Bewegung seines rechten Ellenbogens Rosenberg Taschenlampe und Pistole aus der Hand schlug und zum Eingang flüchtete. Vanuzzi schickte ihm eine Kugel hinterher, die ihn aber verfehlte.

Rosenberg sammelte seine Waffe auf und hetzte hinter Sélestat her.

Vanuzzi atmete tief durch. Er rief nach Ödön, dessen Antwort ihn umgehend erreichte: »Er lebt …! – Ich bring ihn um!«

Dann richtete sich Vanuzzi auf und fragte Ben Kemali: »Alles okay bei dir?«

»Das Zeug schmeckt zum Kotzen.«

»Rosenberg hat's dir gleich gesagt: Zwei Blutkapseln genügen …«

Vanuzzi streckte dem Algerier eine Hand hin, die dieser ergriff. Dann zog er ihn in die Vertikale. Ben Kemali, der sich mittlerweile, wie vorgesehen, selbst entfesselt hatte, um nötigenfalls in die Schießerei eingreifen zu können, sah aus, als ob er einen Hammel geschlachtet hätte. Gesicht, Hals und Brust trieften, die Kleidung war klebrig, das Kunstblut hatte bis zu den Schuhen gespritzt.

Ödön hatte sichtlich mit seinen Gefühlen zu kämpfen. Er trat auf Vanuzzi zu, sah ihm mit stechendem Blick in die Augen und versetzte ihm einen rechten Haken. Vanuzzi hatte den Schlag zwar kommen sehen, wollte Ödön aber die Chance geben, seinem ersten Impuls zu folgen.

»Könnt ihr mir mal sagen, was das war?«, fragte Ödön.

Vanuzzi nahm ihn beiseite und erklärte ihm, dass Rosenberg auf die Idee gekommen war, eine Strategie anzuwenden, die sie beide gut kannten. Man nannte sie nachrichtendienstlich »Hamlet«, weil in dem Theaterstück unzählige Figuren getötet und deshalb zahllose Blutkapseln gebraucht würden. Sie hatten die letzten Worte des sterbenden Lord Polonius als Stichwort genommen, sich bereit zu machen für die eigentliche Operation.

»Aber woher hattet ihr das Blut?«

»Die Kapseln sind von Ephraim. Er meinte, dass er so was immer in seinem Koffer hat, weil man nie wissen kann, wofür man's mal braucht.«

»Aberwitzig! Was, wenn sie nicht darauf reingefallen wären?«

»Madman-Strategien wie diese funktionieren, wenn Schockeffekt und Timing stimmen. Irgendeiner kommt immer angerannt, um sich aus nächster Nähe zu überzeugen.«

»Aber du hattest nur Platzpatronen, Dan!«

»Die ersten zwei. Der Rest der Munition war scharf.«

Ödön schüttelte den Kopf.

Vanuzzi sah ihn fragend an. »Friede?«

Ödön boxte Vanuzzi spielerisch gegen die Schulter, als Fabienne, die unterdessen die Waffen der toten OAS-Leute eingesammelt hatte, den Koffer öffnete.

»Das wird dir nicht gefallen, Dan …«

»Was?«

Vanuzzi trat näher. Fabienne zog einige Francs-Noten heraus. Sie begann zu lachen. Das Lachen, das ihm so gut gefiel.

»Das sind alte Francs, die sind seit zwei Jahren ungültig. Sammler geben euch zehn Mark dafür und spendieren vielleicht aus Mitleid ein Bier.«

36

Er musste damit rechnen, in einen Hinterhalt zu geraten, sobald er die Schreinerei hinter sich gelassen hatte. Erst als nichts dergleichen geschah, war er sicher, dass Sélestat keine weiteren Leute mehr vor Ort hatte.

Die Nacht war weit vorangeschritten und überraschend hell. Rosenberg konnte Sélestat gut erkennen und strengte sich an, mit dem OAS-Mann mitzuhalten, hatte aber große Mühe, dem deutlich Jüngeren zu folgen. Sélestat war Rosenbergs letzte Verbindung zu Kaiser und damit zu Florstedt. Er wollte nichts unversucht lassen, an ihm dranzubleiben.

Der lief direkt auf Vanuzzis Auto zu, hielt inne und schlug einen Haken, um zu seinem DS zu kommen. Rosenberg, der den Citroën bereits wahrgenommen und das Manöver antizipiert hatte, kürzte den Weg ab. Als Sélestat sah, was Rosenberg vorhatte, änderte er nochmals abrupt seine Richtung. Rosenberg blieb stehen und gab einen Schuss auf die Beine des OAS-Mannes ab. Er verfehlte ihn. Sélestat drehte sich um, ohne dabei anzuhalten. Erst als sich der Boden unter seinen Füßen von Gras zu Asphalt wandelte, wurde er langsamer – aber da war es bereits zu spät. Rosenberg hörte den lauten Knall, ein schlurfendes Geräusch, dann einen zweiten Schlag. Er rannte zur Straße hin und sah in einigen Metern Distanz ein stehendes Auto, dessen Abblendlicht ausgeschaltet war. Plötzlich heulte der Motor auf, Reifen drehten durch und der Wagen jagte davon. Rosenberg beugte sich über Sélestat, dessen Glieder verrenkt und verdreht waren und der aus einer Kopfwunde stark blutete. Immerhin hatte er noch Puls, wenn auch sehr schwach.

Rosenberg musste ihn von der Straße ziehen, bevor noch ein Auto kam. Es gelang ihm, doch als er Sélestats Körper auf den Grasstreifen gebracht hatte, war der bereits seinen Verletzungen erlegen.

Rosenberg schrie einen Fluch in die Nacht. Anschließend durchsuchte er den OAS-Kommandeur, ohne etwas Wichtiges zu finden, und kehrte zurück zu den anderen.

»Zeit zu verschwinden!«, sagte Vanuzzi, nachdem er Rosenbergs Bericht gehört hatte.

»Und die Leichen?«

»Was sollen wir mit ihnen anstellen, Ephraim? Es war kompliziert genug, *eine* loszuwerden, aber drei …?«

»Wir können sie nicht hierlassen. Wenn der Kerl, der Sélestat überfahren hat, ein schlechtes Gewissen hat und wiederkommt …«

»Wir können sie auch nicht spazierenfahren. Wenn der Kerl, der Sélestat überfahren hat, die Polizei ruft und die uns hier findet …«

»Wir bringen sie in meinen Transporter, mir wird schon etwas einfallen.«

Nachdem sie die Körper mühevoll auf die Ladefläche des Kleinlasters gelegt hatten, beschlossen sie, sich wieder zu trennen. Vanuzzi sollte Ben Kemali, Ödön und Fabienne mitnehmen, Rosenberg allein zu einem vorher verabredeten Treffpunkt fahren, wohin Vanuzzi nachfolgen wollte. Der war mit seinen Gefährten bereits am Taunus angekommen, als Rosenberg ihm hinterherlief und zurief, er solle einen Moment warten … Laghouat, der dritte Mann, der später als die anderen gekommen war … Sélestats Schleife, als er auf Vanuzzis Auto zugehalten hatte …

Rosenberg ging auf alle viere und sah sich den Motorraum von unten mithilfe seiner Taschenlampe an, Vanuzzi tat es ihm nach. Dann blickten sie einander an – sie hatten die Bombe zeitgleich entdeckt.

Jetzt war klar, weshalb Sélestat seinen zeitlichen Vorsprung nicht genutzt hatte: Er hatte nach Vanuzzi ankommen müssen, hatte durch Laghouat die Höllenmaschine platzieren lassen, die wahrscheinlich auf die Zündung reagiert hätte. Dadurch wäre er Vanuzzi und Ödön nach der Übergabe losgeworden, ohne es auf einen weiteren Shootout ankommen zu lassen.

»Wie gut sind Sie darin, Bomben zu entschärfen?«, fragte Rosenberg.

»In ein paar Sekunden werden wir's wissen …«

Die anderen waren zurückgetreten, Vanuzzi hatte vorsichtig begonnen, im unteren Motorraum seines Taunus zu hantieren. Während sich für Rosenberg die Zeit unendlich zu dehnen schien, hatte Vanuzzi den gegenteiligen Eindruck. Er war überrascht, wie schnell er mit seinem »Handpäckchen« wieder unter dem Motor hervorkam. Er war schweißüberströmt, sagte, dass es wohl schnell habe gehen müssen, die Bombe sei alles andere als ausgefeilt. Rosenberg nickte. Ausgefeilt oder nicht – ihm war nicht wohl bei der Aussicht, mit einer Bombe und drei Leichen in seinem Transporter quer durch die Stadt zu fahren.

37

Es waren die frühen Morgenstunden zwischen Dunkelheit und Tag. Die Stadt erwachte, beigefarbene Linienbusse und Straßenbahnen in derselben Farbe nahmen ihre Runden auf, das Bahnhofsgebäude begann sich mit Menschen zu füllen. Das Wetter hatte einmal mehr umgeschlagen, es war ein ungewöhnlich warmer Morgen: Männer und Frauen ließen ihre Wintermäntel offen stehen, bei den einen blitzten Anzug und Krawatte hervor, bei den anderen bunte Kostüme und Röcke. Über den Häusern lagen dunkelgraue Rußwolken, die vielen das Atmen erschwerten und nach Kohle und Teer rochen.

Sie hatten Ödön und Fabienne in deren Hotel abgesetzt – Vanuzzi traute seiner Wohnung immer noch nicht. Dann hatte Vanuzzi mit Ben Kemali mehrere Kanister mit Benzin gefüllt, und sie waren zu Rosenberg in ein abgelegenes Waldstück gefahren. Sie hatten Kennzeichen und Identifikationsnummern aus dem Kleinlaster entfernt, das Benzin großflächig in der Fahrerkabine und auf der Ladefläche verteilt und den Wagen angezündet. Hätten sie die Bombe benutzt, wäre die Vernichtung von Fahrzeug und Leichen zwar vollständiger gewesen, hätte aber für die Polizei noch mehr Fragen aufgeworfen, als es dieser Fund ohnehin tun würde. So hatten sie sich entschieden, die Bombe möglichst tief im Waldboden zu vergraben und Feuer und Benzin das Ihrige tun zu lassen.

Anschließend waren sie nach Essen zurückgefahren. Rosenberg war am Auto geblieben, Vanuzzi geleitete Ben Kemali zum Bahnsteig. Die Reise sollte nach Norden gehen.

Der Algerier, den sie zwischenzeitlich mit sauberen Klamotten versehen hatten, sah Vanuzzi grinsend an.

»Jetzt hast du dir also doch ein Geschäft entgehen lassen – Jude …!«

»Noch bist du nicht weg – Araber …!«

Sie fixierten einander. Dann lachten sie und gaben sich einen festen Händedruck.

Ben Kemalis Zug fuhr ein, hatte drei Minuten Aufenthalt. Auf dem Bahnsteig tauchte ein bekanntes Gesicht auf. Vanuzzi hatte Evelin größer in Erinnerung – aber vielleicht sorgten die jetzt nicht mehr auftoupierten Haare dafür, dass sie kleiner und zierlicher erschien.

Die Studentin tauschte einen Blick mit Ben Kemali und Vanuzzi. Dann sagte sie: »Et is Zeit, Youssef.«

»Wie geht's weiter mit ihm, Evelin?«

»Wir müssen seine Familie so schnell wie möglich nach Deutschland kriegen. Dann wird man weitersehen.«

Vanuzzi nickte. »Just keep a low profile!«

Evelin und Ben Kemali stiegen ein, ohne sich noch einmal umzudrehen. Ein Pfiff ertönte, und der Zug setzte sich in Bewegung. Der aufkommende Fahrtwind war frisch, Vanuzzi zog den Reißverschluss seiner Jacke bis zum Hals zu und verließ den Bahnsteig.

Rosenberg lehnte am Taunus. In Gedanken verloren. Er war die ganze Fahrt über schweigsam gewesen. Er bemerkte Vanuzzi erst, als dieser aufmunternd auf die Motorhaube klopfte. Nur langsam löste sich Rosenberg aus der Welt in seinem Kopf, streckte die Hand aus und sagte: »Das war's dann. Leben Sie wohl, Dan.«

»Das war *was*? Was haben Sie vor, Ephraim?«

»Weiß ich selbst nicht so genau. Ich muss erst wieder klar werden, dann sehe ich weiter.«

»Ist das so?! Und ich dachte, wir suchen diesen Florstedt.«

»Wie bitte …?«

»Hören Sie zu, Ephraim: Wir sorgen erst mal dafür, dass wir beide ein wenig Schlaf bekommen … falls das bei Ihnen nicht klappt – na ja, mir egal, ob Sie ab und an ein wenig halluzinieren, Sie sind ein exzellenter Partner, wenn's darum geht, Kriegsverbrecher aufzuspüren.«

»Ich kann Sie nicht bezahlen, Dan …«

»Ach, Sie wissen es noch gar nicht …? Auf Florstedt ist ein Kopfgeld ausgesetzt worden … Schauen Sie mich nicht so an, ich habe Schulden. Und Sie wissen doch, ich bin Jude, ich lasse mir kein Geschäft –«

»Um Gottes willen, Dan, hören Sie auf mit dem Blödsinn und steigen Sie endlich ein!«

Vanuzzi lachte. Dann startete er den Wagen und fädelte sich in den vorübereilenden Verkehr ein.

»Die Frage ist nur, wo wir ansetzen. Kaiser ist weg, die OAS-Leute sind tot. Das Einzige, was ich habe, ist die Vermutung, dass sich Kaiser irgendwo in Frankreich mit Florstedt getroffen hat.«

Vanuzzi grinste. »Wenn Sie glauben, dass Madrid in Frankreich liegt …«

»Madrid …?«

Vanuzzi zog aus seiner Jacke das Flugticket, das er Faucon abgenommen hatte. »Einer der OAS-Männer war blöd genug, es aufzuheben.«

Rosenbergs Gesicht leuchtete plötzlich auf. »Spanien ist eine Diktatur und liefert nicht an die BRD aus.«

»Was einem Florstedt nur recht sein kann.«

Sie hielten an einer roten Ampel. Rosenberg sagte zweifelnd: »Aber Spanien ist groß. Wo sollen wir anfangen zu suchen?«

Vanuzzi überlegte kurz. »Da gibt es jemanden in einer Kölner Kneipe … einen gewissen Harald. Den sollten Sie unbedingt mal kennenlernen …«

Die beiden tauschten einen schnellen Blick. Dann sahen sie gemeinsam über die Ampel in Richtung Horizont. Zwei gigantische Wolkenwände hatten sich am Himmel aufgetürmt, sie sahen aus wie ineinandertreibende Eisschollen. Wer genau hinhorchte, konnte das Bersten des Eises hören. Dann brach unversehens ein greller Fleck durch die grün-graue Tönung und beschien den Bahnhofsvorplatz.

Sonne, dachte Vanuzzi, zum ersten Mal seit Wochen!

EPILOG

Evelin hatte ihm eingeschärft, dass es zu gefährlich sei, in der BRD zu bleiben. Es gebe einfach zu viele FLN-Sympathisanten, die es als einen Akt der politischen Anständigkeit ansähen, seinen und den Aufenthaltsort seiner Familie der algerischen Regierung zu melden. Zudem hatte er gelesen, dass Adenauer die Regierung de Gaulles nicht länger vor den Kopf stoßen und verdächtige Algerier ebenso wie untergetauchte Fahnenflüchtige an Frankreich ausliefern wollte.

Es war Neujahr 1962 und der dritte Versuch, ihn mit seiner Frau und den Kinder wiederzuvereinigen. Zweimal waren Evelin und er daran gescheitert, sie über den Grenzübergang aus der Schweiz zu schmuggeln. Als er sie nun endlich umarmen wollte, zögerten Brahim und Naima, ihn zu küssen. Er war ein fremder Mann in einem fremden Land. In ihren dunklen Augen las er nichts als die Strapazen der vorangegangenen Monate und eine verkapselte Angst vor dem, was als Nächstes passieren würde.

Leila sagte: »Die Kinder müssen in die Schule.«

»In die Schule? Brahim ist fünf, die Kleine vier. Welche Schule würde sie schon aufnehmen?«

»Die Kinder müssen in die Schule!«

Ben Kemali schwieg. Er wusste, dass sie mal wieder recht hatte.

Über Monate hatte Evelin mühevoll versucht, Kontakt mit Leila zu halten. Zwischen den Frauen schien sich eine geheimnisvolle Beziehung am Telefon entwickelt zu haben. Evelin wusste Dinge über Leila, die Ben Kemali unbekannt waren. Doch als sie die junge Deutsche zum ersten Mal sah, verschleierten sich Leilas Augen. Sie hatte nicht geahnt, wie jung Evelin war. Sie wollte, dass Ben Kemali den Kontakt zu ihr sofort abbrach.

»Das geht nicht, wir brauchen sie. Das weißt du.«

Leila sah ihn schmallippig an. Und er wusste, dass er den Kontakt sofort abbrechen würde.

Anfang März 1962 las er in einer deutschen Zeitung, dass binnen zwei Stunden in Algier einhundertzwanzig Bomben explodiert waren, die unzählige Tote gefordert hatten. Rivalisierende OAS-Gruppen reklamierten die Anschläge für sich. Der Polizei erklärten sie in einem Bekennerschreiben, dass sie sie als fremde Besatzungsmacht ansehe und entsprechend behandeln werde, sollte sie nicht geschlossen zur OAS überlaufen. Ungeachtet dessen fand in den folgenden Wochen die zweite Runde der Friedensgespräche zwischen Frankreich und dem FLN statt. Man beschloss, die Kampfhandlungen einzustellen und einen Friedensvertrag zu unterzeichnen.

Wohin sollten sie gehen? Leila hatte die Hoffnung nicht gänzlich aufgegeben, in ihr Heimatland zurückkehren zu können. Wenn schon nicht gleich, dann vielleicht im Laufe der nächsten Jahre. Sie drängte darauf, in einen französischsprachigen Staat zu gehen, damit sie sich verständigen konnte und nicht auf die Unterstützung viel zu junger Frauen angewiesen war. Also entschlossen sie sich, Evelin ein letztes Mal tätig werden zu lassen, damit sie ihnen Reisepapiere besorgte.

Als sie in Brüssel ankamen, hörte Ben Kemali im Radio, dass Edmond Jouhaud gefangen genommen worden war, ein hochdekorierter französischer General, der mittlerweile der wichtigste OAS-Kommandant war. Die OAS zog sich daraufhin in einen Stadtteil von Algier zurück, der als ihre Bastion galt, und ließ es zu einer Straßenschlacht mit der französischen Armee kommen. Diese rückte mit zwanzigtausend Soldaten, Helikoptern und Panzern vor und hatte längst ihre Sympathien für die OAS verloren.

Evelin hatte sie mit einem befreundeten belgischen Pärchen in Kontakt gebracht, das ihnen Unterschlupf auf ihrem Bauernhof gewährte. Der allerdings lag im flämischen Teil des Landes, und da hier niemand Englisch konnte und sich die meisten Menschen weigerten, Französisch zu sprechen, war nun niemand von ihnen mehr in der Lage, sich mit Worten zu verständigen.

Dennoch hielten sie den ganzen April tapfer durch.

In Frankreich wurde der Friedensvertrag von Évian zwischen Regierung und FLN in einem Referendum mit Zweidrittelmehrheit bestätigt. Ben Kemali kämpfte mit den Tränen. Damit war der Weg zur Unabhängigkeit seines Landes wirklich frei … und er würde es nicht erleben. Sein Name wurde, so konnte er in den französischsprachigen Verlautbarungsblättern von FLN-Sympathisanten in Belgien lesen, in Algerien weiterhin in den Schmutz getreten. Ein Judas. Ben Kemali war zum Synonym für den Verräter schlechthin geworden.

Djefel hatte recht gehabt, als er ihm vor ihrer Flucht eingeschärft hatte, peinlich genau darauf zu achten, dass Leila und die Kinder zeitgleich entkommen konnten. »Du weißt, wie sie denken, Youssef: Wenn du gegen sie bist, ist deine Frau gegen sie. Wenn du gegen sie bist, ist dein Sohn gegen sie. Wenn du gegen sie bist, ist deine Tochter gegen sie.«

Als sie Ende April 1962 in Amsterdam ankamen, las Ben Kemali, dass auch Raoul Salan in Algier verhaftet worden war, der letzte ranghohe OAS-Kommandant. Dies heizte den Terror noch einmal an. In der verbleibenden Führung der Organisation beschloss man nun eine Politik der verbrannten Erde: Nichts, was das unabhängig werdende Algerien von den Franzosen übernehmen konnte, sollte übrig bleiben. In Algier brannten sie die Universitätsbibliothek nieder, im ganzen Land Stadthallen, Krankenhäuser und Schulen. Sie zerbombten die Wasser- und die Stromversorgung.

In den Niederlanden hoffte Ben Kemali darauf, weniger FLN-Sympathisanten zu begegnen als in Belgien. Weil er mit seinen

Kindern unterwegs war, reiste er längst wieder unter eigenem Namen. Auch weil er Brahim und Naima nicht dazu bewegen konnte, zu lügen und sich neue Namen einzuprägen. Ohnedies hätte er in falschen Papieren nicht zu weit von der Wahrheit abweichen können, denn arabische Muttersprachler hätten ihm, der Frau und den Kindern sogleich angehört, dass sie aus dem westlichen Maghreb stammten.

Einige Zeit sah es danach aus, dass sie endlich ankommen würden. Sie konnten Brahim in die Schule schicken, mussten ihm nur einschärfen, um keinen Preis etwas von Algerien zu erzählen. Die Niederlande galten als das liberalste und weltoffenste Land in Europa. Niemand wollte wissen, woher Ben Kemali kam und wer er war. Er hatte keine Mühe, sich auf Englisch zu verständigen, und fand rasch Arbeit als Nachhilfelehrer für Sprachen.

Doch als die Algerier Anfang Juli in ihrem eigenen Referendum mit überwältigender Mehrheit für die Unabhängigkeit stimmten und sein Land am 5. Juli wirklich souverän wurde, hatten Ben Kemali und Leila beschlossen, Amsterdam auf schnellstem Weg zu verlassen. Denn Brahim war auf dem Pausenhof von drei Männern auf Arabisch angesprochen und dazu genötigt worden zu sagen, woher er stamme und wer sein Vater sei.

Kurzzeitig spielten sie mit dem Gedanken, sich eine gute Legende zuzulegen und nach Frankreich zu gehen. Ben Kemali hätte sich als Harki ausgeben können, als Algerier, der für die Kolonialarmee gearbeitet hatte. Viele von ihnen waren in den letzten Monaten nach Marseille geflohen, weil sie, ebenso wie die französischen Siedler, Zettel in den Briefkästen oder vor den Haustüren fanden, auf denen zu lesen stand: »Koffer oder Bombe«. Harkis und Siedler, die man nun verächtlich *Pieds-noirs* nannte, Schwarzfüße, sie alle rechneten damit, dass sie nur ein paar Monate in Frankreich wären, bis sich die Situation in Algerien wieder beruhigt hätte. Ben Kemali hatte die Bilder in der Zeitung gesehen: Menschen, die trotz der Sommerhitze schichtenweise Mäntel und Pullis übergezogen hatten, weil sie nicht genug Platz in den Koffern hatten für Kleidung und das, was ihnen lieb und teuer war, und es deshalb vorzogen, das Liebe und das Teure in die Koffer zu packen und den Rest einfach überzuziehen.

Er hätte sich als algerischer Harki ausgeben können, doch die meisten von ihnen, die nach Frankreich geflohen waren, arbeiteten nun in schlecht bezahlten Jobs, welche die Franzosen nicht machen wollten, und hausten unter erbärmlichen Bedingungen. Und dann, nach einer kurzen Phase, in der das französische Volk die flüchtigen Algerier mit offenen Armen empfangen hatte, begann sich Fremdenfeindlichkeit breitzumachen. Überall in der europäischen Presse stand zu lesen, wie »bräunliche Schwimmer« den Pariserinnen das Plätschern in ihren Bassins vergällten. Wie zehn, zwanzig Algerierhände an den Verschlüssen des Badekostüms zerrten, bis es herabgezogen war, und mutige Bademeister, die einzuschreiten versuchten, nach Dienstschluss von »feindseligen Rotten« bedroht wurden.

Die französische Rechte nutzte die Steilvorlage und heizte die Stimmung in Frankreichs Straßen zusätzlich auf. Wollte er, dass seine Kinder in solch einer Atmosphäre aufwuchsen …?

Als sie Stockholm erreichten, hatten die FLN-Führungskader beschlossen, sich gegenseitig zu zerfleischen. Zwischen provisorischer Regierung und dem FLN kam es zu einem Machtkampf. Der FLN warf der Regierung vor, in den Verhandlungen mit Frankreich die Sache des algerischen Volkes verraten und schlechte Bedingungen ausgehandelt zu haben. Ein erwartbarer, aber nicht ungeschickter Schachzug. Würde sich der FLN durchsetzen, und niemand zweifelte ernsthaft daran, konnte er künftige Fehlschläge auf die provisorische Regierung abwälzen und alle Erfolge für sich reklamieren. Doch schon nach wenigen Tagen mündete die Auseinandersetzung in einen

Bürgerkrieg. Spätestens jetzt sah sich Ben Kemali darin bestätigt, dass das interne Machtgerangel erst richtig losging – mit unabsehbaren Folgen. Es war ein bitterer Triumph, nachträglich recht zu bekommen, weil er Leilas Hoffnung, jemals mit der Familie zurückkehren zu können, endgültig zerschmetterte. Sie ließ sich von Ben Kemali, der vor allem die englischsprachige Presse verfolgte, alle Artikel vorlesen, die mit ihrem Heimatland zu tun hatten. Ihre Angst um Freunde und Verwandte, die in der Heimat der Willkür des Parteiapparates ausgesetzt waren, wich nach kurzer Zeit einer Apathie. Leila schien abgestumpft, hörte nur noch mit halbem Ohr zu, als er ihr erzählte, dass sich der FLN endgültig gegen die provisorische Regierung durchgesetzt hatte und Ahmed Ben Bella zum Präsidenten gewählt worden war.

Dass in der Zeitung auch stand, Ben Bella habe eine Prämie auf Ben Kemalis Kopf ausgesetzt, verschwieg er Leila.

Algerien wurde ein Einparteienstaat nach sozialistischem Vorbild, den ein Politbüro steuerte. Das Land schlitterte von einer politischen und wirtschaftlichen Krise in die nächste, und Schuld daran hatte der Friedensvertrag von Évian. Vor allem aber seine Verhandlungsführer.

Dann ging auch Naima zur Schule, und die Katastrophe wiederholte sich: Maghrebiner sprachen die Kleine auf dem Pausenhof an und fragten sie nach ihrem Vater.

Als sie in Stavanger ankamen, hatte Houari Boumedienne, vorheriger Stabschef und Verteidigungsminister, mithilfe des Militärs, das ihn, den ehemaligen ALN-Kommandanten, noch immer verehrte, Ben Bella weggeputscht. Es war Juni 1965, und Ben Kemali und seine Familie waren schon fünf lange Jahre auf der Flucht. Boumedienne gestaltete Algerien in einen Militärstaat um und schaltete jegliche verbliebene politische Opposition aus. Er glorifizierte den Befrei-

ungskampf und stilisierte das Land zum Vorbild für die Entkoloniali-
sierung der gesamten »Dritten Welt«.

Ben Kemali hatte den letzten Winkel Europas erreicht. Er saß am
Meer und blickte in die Weite. Nach Westen. Irgendwo dort draußen
lag Amerika. In den USA hätte er als Afrikaner mit kommunistischem
Hintergrund keine Chance. Aber in Kanada suchten sie gut ausgebil-
dete Männer. Er war Jurist, sprach beide Landessprachen exzellent.
Als der Einreisebescheid kam, keimte bei ihm noch einmal so etwas
wie Hoffnung auf. Ein neuer Kontinent, ein neues Leben. Das weite
Meer würde allen Schmutz und alle Kümmernis von ihnen waschen.
Neuanfang. Vielleicht sogar Neugeburt.

Als sie dann in Montreal ankamen, hatten Franzosen und Algerier
damit begonnen, sich gegenseitig die Zahl ihrer Toten vorzurechnen.
Sie rechneten und rechneten. Eine Zahl schwebte über allen anderen:
mehr als eine Million Menschen, die ihr Leben in diesem Krieg gelassen hatten. Auf welcher Seite auch immer. Wodurch auch immer.

Ben Kemali fiel zum ersten Mal auf, wie groß die Kinder schon
waren. Groß und verschlossen und kalt, verwirrt von den Fluchtreisen, von neuen Ländern und neuen Städten. Verbittert, dass sie immer und immer neue Freundinnen und Freunde hinter sich hatten
lassen müssen.

Leila konnte und wollte schon lange nicht mehr. In Norwegen
hatte sie zweimal eine Überdosis Schlaftabletten genommen. Zweimal hatte er sie rechtzeitig gefunden und ins Krankenhaus gebracht –
ohne dass die Kinder davon erfahren hatten. An manchen Tagen hatte
sie einen glasigen Blick und war nicht ansprechbar, an anderen war sie
von den Stimmungsaufhellern so überdreht, dass sie keinen vernünftigen Satz formulieren konnte.

»Säuft Mama?«, hatte ihn Brahim gefragt, und Ben Kemali war
so entsetzt gewesen vom Wort »saufen« oder davon, dass Brahim die

Wörter »saufen« und »Mama« in einen Satz gebracht hatte, dass er ihm eine schallende Ohrfeige zur Antwort gab. Seitdem mied es der Junge, mit ihm allein in einem Raum zu sein.

Nur bei Ben Kemali schien sich etwas zum Guten verändert zu haben. In Kanada fühlte er sich zum ersten Mal wirklich angekommen. Zwar arbeitete er in einer Anwaltskanzlei in eher untergeordneter Position, doch hatte man ihm und seiner Familie ein dauerhaftes Bleiberecht gewährt. Allmählich war auch sein Name in Vergessenheit geraten, sodass er begann, in eine Moschee zu gehen und ein Restaurant zu besuchen, dessen Besitzer aus Algerien stammten. Er wurde Stammkunde, und die Frau des Hauses behandelte ihn wie einen Verwandten.

Eines Sonntags wurde er vom Besitzer in die über dem Restaurant gelegene Privatwohnung eingeladen. Sie tranken grünen Tee mit frischer Minze und aßen Griwech. Ben Kemalis Blick fiel auf das gerahmte Schwarz-Weiß-Foto eines jungen Mannes, das auf einem Beistelltisch stand. Es trug einen Trauerrand. Das alternde Paar folgte seinen Augen, die Frau stand auf und hielt es Ben Kemali hin.

»Ihr Sohn?«

Sie nickte.

»Jeden Sonntag staube ich das Bild ab. Idir. Er war siebzehn, als sie ihn töteten. Er war zu Besuch bei meiner Schwester, in einem Dorf in den Bergen. Wir hätten ihn nicht fahren lassen dürfen. Eine Strafaktion des ALN. Weil das Dorf angeblich mit den Franzosen kollaborierte.«

Ben Kemali atmete schwer durch. »Ich weiß nicht, was ich sagen soll …«

»Sagen Sie nichts. Wir alle haben jemanden verloren. Was hat dieser Krieg nur aus uns gemacht …?«

Ben Kemali biss in die zweite Hälfte seines Griwech. Sie schmeckte salzig. Mit Tränen bestrichen, dachte er.

GLOSSAR

Aba (hebräisch): »Papa«.

ALN: Armée de libération nationale oder Nationale Befreiungsarmee. Bewaffnete FLN-Einheiten, der militärische Arm der FLN im Kampf gegen das französische Militär.

BND: Bundesnachrichtendienst, der 1956 gegründete westdeutsche Auslandsnachrichtendienst. Nachfolger der Organisation Gehlen, die unter Verdacht stand, Altnazis eine Heimstatt geboten zu haben.

Bougnoules (französisch): »Kameltreiber«, abfälliger Ausdruck der französischen Rechten für Algerier.

Case Officer: Führungsoffizier bei einem Nachrichtendienst, der im Bereich Human Intelligence tätig ist.

CIA: Central Intelligence Agency, der US-Auslandsnachrichtendienst. Nach seinem Hauptquartier in Langley, Virginia, spricht man von ihm intern meist von »Langley«.

CIC: Counter Intelligence Corps, Heeresnachrichtendienst der USA. Sein Nachfolger ist seit 1961 die DIA (Defense Intelligence Agency) als Dachorganisation der Nachrichtendienste von Army, Navy, Air Force und Marine Corps.

Crémerie: Siehe SDECE.

Cross: Eine Gerade mit der Schlaghand beim Boxen, bei der die gegnerischen Arme gekreuzt werden.

FLN: Front de libération nationale oder Nationale Befreiungsfront. Algerische Kaderpartei, die aus der antikolonialen Befreiungsbewegung heraus entstanden ist.

FNF: Fédération de France du FLN. Netzwerk von Auslandsalgerier*innen und nicht-algerischen Unterstützer*innen des FLN.

Griwech: Frittierte Zöpfe, ein süßes maghrebinisches Sesam-Gebäck.

Hippou men areten en polemo (altgriechisch): Die Tüchtigkeit eines Pferdes beurteilen wir im Krieg.

Institut: Siehe Mossad.

It's good, if it feels good (englisch): Es ist gut, wenn es sich gut anfühlt.

Jab: Eine beim Boxen abrupt geschlagene Gerade mit der (schwächeren) Führhand.

Jitgadal vejitkadasch sch'mei rabah (hebräisch): Erhoben und geheiligt werde sein großer Name. (Anfang des Kaddisch, des jüdischen Totengebets).

Langley: Spitzname für die CIA, nach dem Hauptquartier in Langley, Virginia.

Mélons (französisch): »Melonenkopf«, abfälliger Ausdruck der französischen Rechten für Algerier.

MI6: Military Intelligence, Section 6, der britische Auslandsnachrichtendienst (auch: Secret Intelligence Service).

MNA: Mouvement national algérien, eine mit dem FLN verfeindete, trotzkistisch ausgerichtete algerische Befreiungsbewegung.

Mossad: Der israelische Auslandsnachrichtendienst. Der Name steht für: Institut für Aufklärung und besondere Aufgaben, deshalb kurz: das Institut.

Nom de guerre: Kampfname, der Tarnname für Agenten oder Freischärler.

OAS: Organisation de l'armée secrète. Eine rechtsextreme Untergrundorganisation, die 1960 von französischen Siedlern in Algerien gegründet wurde und zum Ziel hatte, de Gaulles Friedensprozess zu unterminieren.

One really bad day in paradise (englisch): Ein richtig mieser Tag im Paradies.

OPA: Organisation politico-administrative, beim FLN zuständig für Propaganda, Verwaltung und Truppennachschub.

Organisation Gehlen: Siehe BND.

Powerpunch: Eine harte Gerade beim Boxen mit der (stärkeren) Schlaghand.

Rattenlinien: Im Anschluss an den Zweiten Weltkrieg die Fluchtrouten von Nazi-Kriegsverbrechern nach Übersee. Die katholische Kirche, das Internationale Rote Kreuz und die US-Nachrichtendienste waren maßgeblich daran beteiligt, diese Fluchtrouten aufrechtzuerhalten.

Sabah al-khair, sabah an-nur (arabisch): Guten Morgen, einen Morgen des Lichts; arabische Höflichkeitsformeln.

SDECE: Service de documentation extérieure et de contre-espionnage, französischer Auslandsnachrichtendienst. Auch »Crémerie« genannt.

Sekundant: Im Boxsport ein Betreuer, der den Kämpfer am Ring versorgt und ihn in den Pausen mit Rat und Tat unterstützt.

Southpaw: Rechtsausleger in der US-amerikanischen Boxersprache, also oft ein Linkshänder.

Stasi: Staatssicherheitsdienst der DDR.

Très drôle (französisch): Sehr lustig.

Très délicat (französisch): Sehr heikel.

Wop: Abfälliger Ausdruck für italienischstämmige US-Amerikaner*innen.

ZITATE

*So kam ich unter die Deutschen (…); Ich wollte nun aus Deutschland
   wieder fort (…); Und wenn manchmal mir so ein Wort entfuhr (…):*
   Friedrich Hölderlin, *Hyperion oder Der Eremit in Griechenland*

Sprachlos und kalt / Im Winde klirren die Fahnen: Friedrich Hölderlin,
   Hälfte des Lebens

*Bonn mit seinen vielen engen Gassen, Buchhandlungen, Burschenschaf-
   ten, kleinen Bäckereien mit einem Hinterzimmer, wo man Kaffee
   trinken konnte:* Heinrich Böll, *Ansichten eines Clowns*

*Das algerische Volk steht seit sechs Jahren im Kampf um seine Unabhän-
   gigkeit (…):* Aus dem Impressum der Zeitung *Freies Algerien*

*Nicht etwa, daß Eichmann etwas verschweigen wollte (…); Wenn nun-
   mehr Adolf Eichmann im Jerusalemer Volkshaus zum deutschen
   Juden-Vernichter schlechthin avanciert (…):* Zitate aus einer Repor-
   tage in: DER SPIEGEL 16/1961, »Der Prozeß« (Verfasser*in nicht
   zu ermitteln)

Möge Sanftmut sein auf ihren Lippen (…): Traditioneller irischer Se-
   genswunsch

Du aber Herr wollest deine Barmherzigkeit nicht von mir wenden (…):
   Auszug aus Psalm 40,12ff.

O, I am slain! (Oh, man hat mich getötet!): William Shakespeare, *Hamlet*

Die von Ben Kemali geschilderten Folterszenen folgen dem Bericht
   von Henri Alleg: *La Question* (Éditions de Minuit, Paris 1958).
   Die Sicht des französischen Militärs auf Folter (sogenannte »verschärfte Vernehmung«) habe ich dem Buch *Services Spéciaux Al-
   gérie 1955–1957* von Paul Aussaresses entnommen.

GANZ HERZLICHEN DANK AN …

… Dr. Annette Kosakowski, meiner unermüdlichen Ideengeberin und meinem Beistand während der Pandemie, die mir immer den Rücken freigehalten hat für den Schreibprozess, auch wenn ich oft unausstehlich war;

… meinen Lektor Stefan Imhof, der einmal mehr so umsichtig wie unbestechlich war und dem Projekt den letzten Schliff gegeben hat;

… Norbert Treuheit und das ganze Team von ars vivendi, die mich seit Jahren unterstützen;

… die Literaturagentur Herbach&Haase, insbesondere Axel Haase für Betreuung, Hilfe und tiefe literarische Einblicke;

… meine lieben Kollegen Joachim Zelter, Andreas H. Drescher und Leo F. Seidl; durch eure Bücher und euren Zuspruch komme ich immer wieder aus den Tiefs meiner schriftstellerischen Existenz;

… Martin Evans, ohne dessen grandios recherchiertes Buch *Algeria: France's Undeclared War* ich bei meiner Recherche auf verlorenem Posten gestanden hätte.

Aufgrund der Corona-Krise und der für mich damit verbundenen existenzbedrohenden Situation war es mir nur durch institutionelle Förderung möglich, diesen Roman plangemäß zu schreiben. Mein besonderer Dank gehört deshalb

… dem Ministerium für Wissenschaft, Forschung und Kunst Baden-Württemberg für das Stipendium des Landes Baden-Württemberg im Zusammenhang mit der Corona-Pandemie,

… der Jury des Förderkreises deutscher Schriftsteller in Baden-Württemberg für ein Arbeitsstipendium.